Pour Céline,

LE QUATRIÈME ORDRE

et tous ses mystères n'attendent plus que vous ! Bonne découverte du Monde !

Merci

Mathieu

Mathieu Valentin

Le Quatrième Ordre

Rencontres

À Contresens Éditions

ISBN 979-10-90408-08-1

2, hameau de Villers-la-Fosse
02200 VAUXREZIS

www.acontresenseditions.com

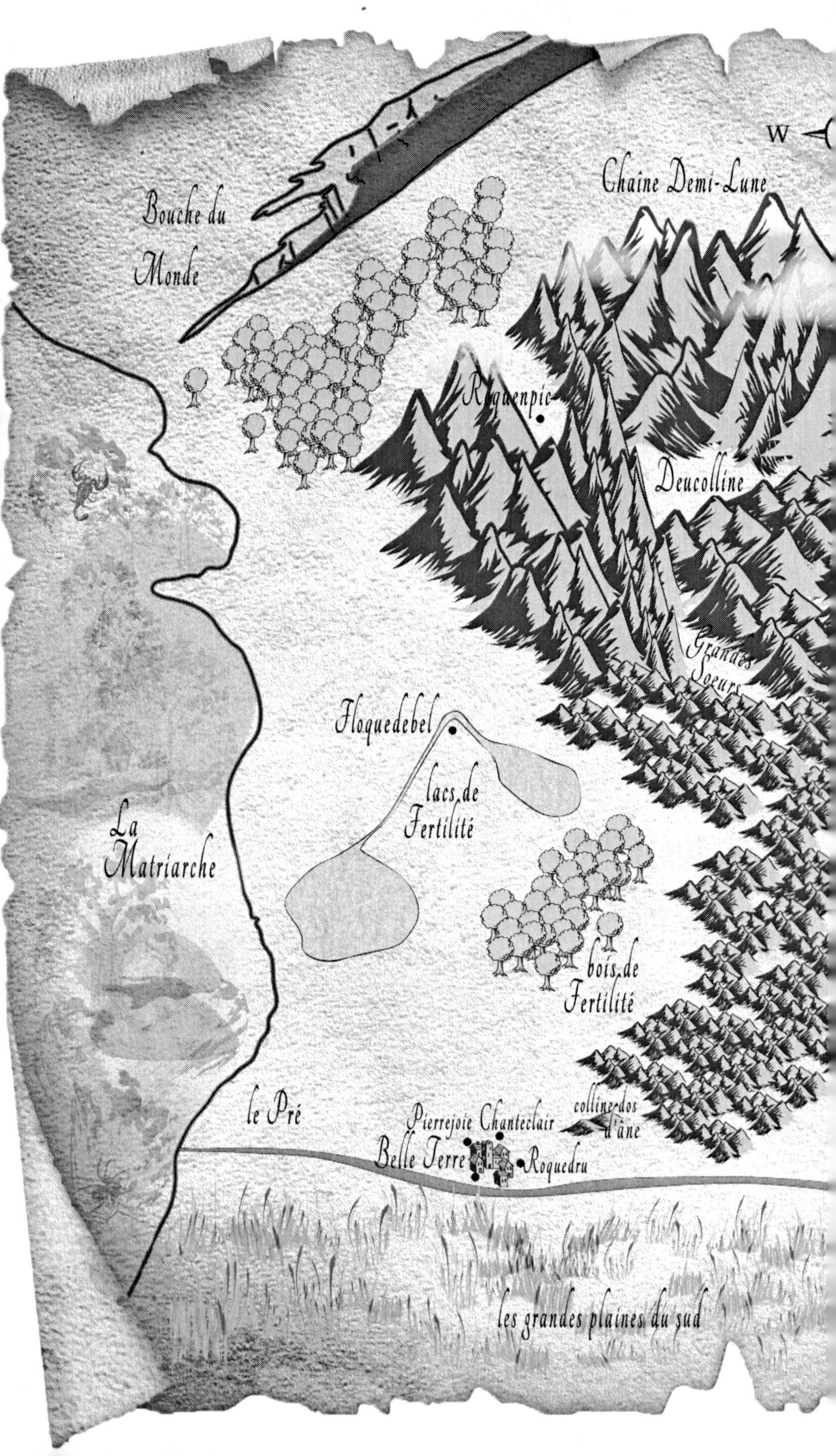
W
Chaîne Demi-Lune
Bouche du Monde
Roquenpic
Deucolline
Grandes Soeurs
Floquedebel
lacs de Fertilité
La Matriarche
bois de Fertilité
le Pré
Pierrejoie
Chanteclair
colline dos d'âne
Belle Terre
Roquedru
les grandes plaines du sud

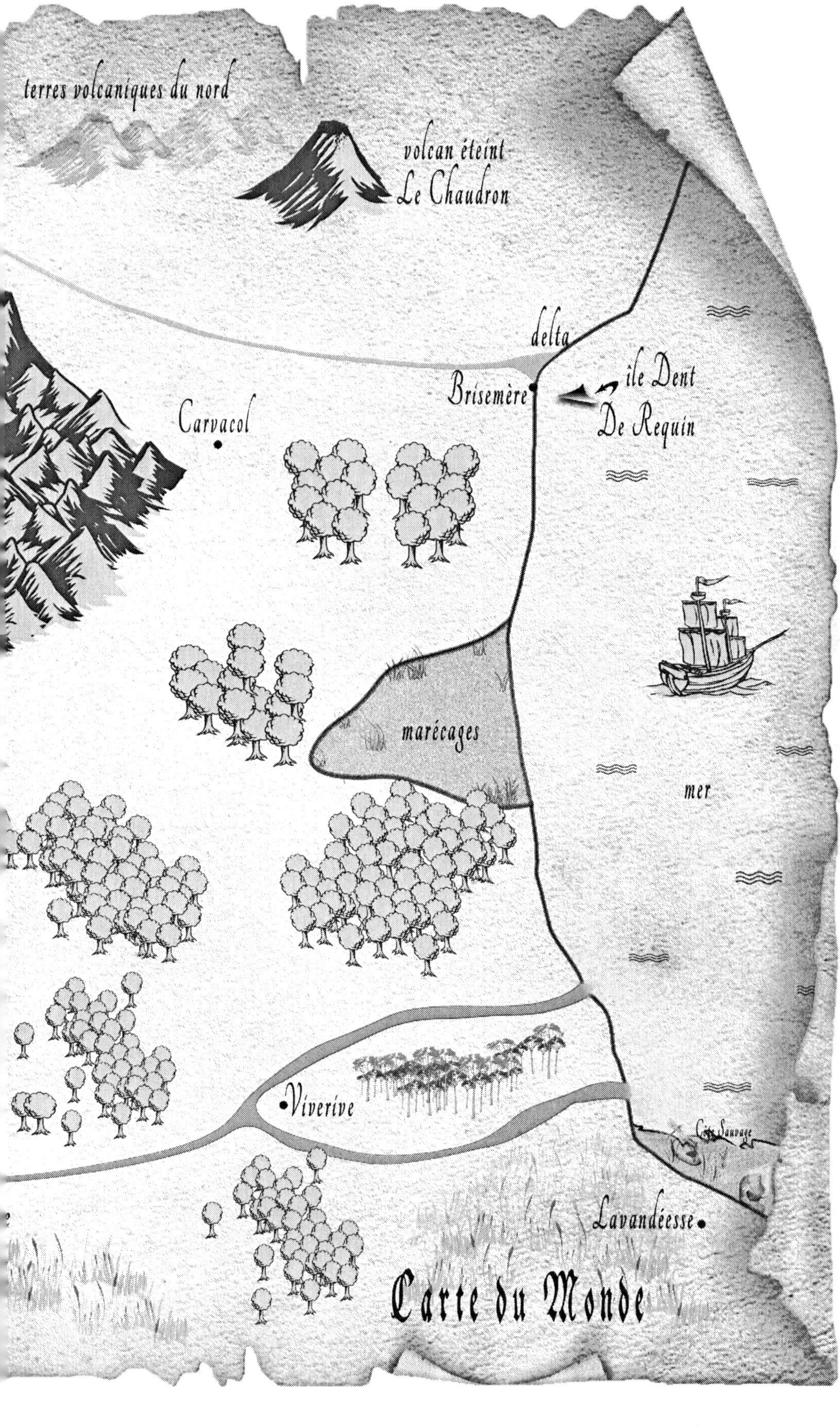
terres volcaniques du nord
volcan éteint
Le Chaudron
delta
Brisemère
île Dent
De Requin
Carvacol
marécages
mer
Viverive
Côte Sauvage
Lavandéesse
Carte du Monde

Liste des personnages :

Abeba Finefleuve: Magicienne, condisciple de l'École Impériale, sœur jumelle d'Addis

Abel Rougétang: Magicienne, Élite, professeur à l'École Impériale

Addis Finefleuve: Magicienne, condisciple de l'École Impériale, sœur jumelle d'Abeba

Adi Blanchecho: Ordinaire, condisciple de l'École Impériale, future Élite

Aïa Drudeplui: Ordinaire, fille de Mouna et Dgel, sœur jumelle d'Ushu, sœur de Kael, Lestine et Ximo, cousine de Taro Chanteterre

Aïs Selbrise: Ordinaire, rencontrée sur la route de Belleterre

Alucia Clairevent: Guerrière, Élite, professeur à l'École Impériale

Astrancia Finonde: Magicienne de génie, condisciple de l'École Impériale, future Élite

Atalahia Sauvevive: Compagne de Gora Lécoforêt, amie de la famille Drudeplui

Ator Tourhaute: Mage, condisciple de l'École Impériale, futur Élite

Audivine Lancejuste: Magicienne, guérisseuse à l'École Impériale, cousine de Daucus Magemonde

Ava Bleudecrai: Ordinaire, condisciple de l'École Impériale, future Élite

Balkan Griciel: Apprenti de Talo Poderoque

Barbarian Pursoleil: Premier de tous les Guerriers-Mages

Barbu Ier / Talo Poderoque / Talo le puissant: Guerrier noble, père de Modo Poderoque

Beli Vertemarée: Mage, fonctionnaire, adjoint de Trigly Pluidevan

Bibi Sans-nom-de famille, L'Orphelin, le Pur: Guerrier-Mage Pur

Couma Fortemaison: Guerrier, Champion du Monde, Élite, professeur à l'École Impériale, meilleur ami de Daucus Magemonde

Dandrelin Belépoque: Mage, Capitaine des Élites / Élite Commandeur

Daucus Magemonde: Maître Mage, Élite, Directeur de l'École Impériale

Daxi Verpré: Ordinaire, vainqueur de l'Épreuve de Chant lors de la Rencontre de l'an 95

Dgel Drudeplui: Ordinaire, fonctionnaire, mari de Mouna et père de Kael, Lestine, Ximo, Ushu et Aïa, oncle de Taro Chanteterre

Eilauri Charbonardent, la Sylvestre, la Sagesse: Guerrier-Mage Pure, illustre descendante de Barbarian Pursoleil

Eleia Selbrise: Ordinaire, rencontrée sur la route de Belleterre

Euridipe III: Ordinaire, deuxième Empereur du Monde de la Troisième Ère du Temps, petit-fils de l'Empereur Merilyth Ier

Fili Fauchebranche: Guerrier, assistant de Konogan Chanvrefête

Gora Lécoforêt: Ordinaire, associée et amie proche de Mouna Drudeplui, compagne d'Atalahia

Gustus Ferdeciel: Mage noble, Directeur du Département des armes magiques, père de Targo Ferdeciel

Hara Dansevent: Ordinaire, condisciple de l'École Impériale, future Élite

Harty Chauffevive: Ordinaire, Directeur-adjoint / Professeur à l'École Impériale, fidèle de l'Empereur

Intia Bellefleur: Guerrière, fonctionnaire, adjointe de Trigly Pluidevan

Kael Drudeplui: Ordinaire, fils aîné de Mouna et Dgel, grand frère de Lestine, Ximo, Ushu et Aïa, cousin de Taro Chanteterre, inventeur et ingénieur de génie

Kerguélen Le Sanglant: Guerrier-Mage, Roi des Sombres

Konogan Chanvrefête: Ordinaire, Étoile de la chanson, favori de la cour

Lahulo Grandefrène: Mage, aventurier et explorateur, Vice-Champion du Monde

Laume Rivenfeu: Guerrier, condisciple à l'École Impériale, futur Élite

Lestine Drudeplui: Ordinaire, fille de Mouna et Dgel, sœur de Kael, Ximo, Ushu et Aïa, cousine de Taro Chanteterre, apprentie secouriste

Luce Sanrouge: Magicienne, Héritière de Turbith Sanrouge, amie très proche de Bibi, Taro et Ran

Lyrem Frangedépé: Ordinaire, professeur de chant / prof lyrique à l'École Impériale

Malassez Vaguelente: Mage, Élite, professeur à l'École Impériale

Merilyth Ier: Ordinaire, Élite, premier Empereur du Monde de la Troisième Ère du Temps

Modo Poderoque: Guerrier, condisciple de l'École Impériale, futur Élite, fils de Talo Poderoque, meilleur ami de Targo Ferdeciel

Mouna Chanteterre épouse Drudeplui: Ordinaire, épouse de Dgel, mère de Kael, Lestine, Ximo, Ushu et Aïa, tante de Taro Chanteterre, sœur de Cardibo, gérante d'une auberge à Belleterre

Nampo Brûlepo: Mage, Chef de l'Ordre des Mages, Conseiller de l'Empereur

Néodyme Chantebrise: Ordinaire, mère de Ran Chantebrise, épouse de Salimé

Nity Chantedou: Magicienne, sœur cadette de Piétovar Chantedou

Noradré Laquelui: Magicienne, secrétaire à l'École Impériale

Oxétron Roquedelune: Guerrier, Chef de l'Ordre des Guerriers, Conseiller de l'Empereur

Piétovar Chantedou: Mage, ami de Luce, Bibi, Taro et Ran, rencontré lors d'une Épreuve de la Rencontre de l'an 95, frère aîné de Nity

Ran Chantebrise: Guerrier, fils de Salimé et Néodyme Chantebrise, ami d'enfance de Taro, ami très proche de Bibi et Luce

Régène Fleurdeforêt: Ordinaire, professeur à l'École Impériale

Renna Chandecoq, née Chanteterre: Sœur aînée de Taro Chanteterre, blessée au visage par une attaque démoniaque

Riono Tablerase: maître défunt de Taro Chanteterre

Salimé Chantebrise : Guerrier, époux de Néodyme, père de Ran

Tandra Fuilevent : Magicienne, responsable vie scolaire de l'École Impériale

Targo Ferdeciel: Mage, fils de Gustus, condisciple de l'École Impériale, futur Élite, meilleur ami de Modo Poderoque, ennemi de Bibi, Luce, Taro et Ran

Taro Chanteterre : Guerrier, fils de Cardibo et Zarine, frère cadet de Torgo, ami d'enfance de Ran, ami très proche de Bibi et de Luce, neveu de Mouna et Dgel, cousin de Kael, Lestine, Ximo, Ushu et Aïa

Torin Selbrise : Ordinaire, rencontré sur la route de Belleterre

Trigly Pluidevan : Ordinaire, fonctionnaire, Directeur du bureau des investigations

Turbith Sanrouge, Turbith le Grand : Maître Mage, père de Luce, l'un des Mages les plus puissants du Monde, patriarche d'une des familles de nobles les plus prestigieuses

Ushu Drudeplui : Ordinaire, fille de Mouna et Dgel, sœur jumelle d'Aïa, sœur de Kael, Lestine et Ximo, cousine de Taro Chanteterre

Vigor Selbrise : Ordinaire, rencontré sur la route de Belleterre

Ximo Drudeplui : Ordinaire, fils de Mouna et Dgel, frère de Kael, Lestine, Ushu et Aïa, cousin de Taro Chanteterre

Prologue

L'Humanité, depuis ses balbutiements, n'était qu'une série de découvertes, d'évolutions et de progrès. Elle se divisait en trois Ordres : les Mages, les Guerriers et les Ordinaires.

À cette époque, les Ordinaires bâtissaient des merveilles, cultivaient des espaces toujours plus grands et repoussaient sans cesse les limites des sciences. Épaulés par les Mages, ils rendaient la vie quotidienne plus douce, tandis que la Force des Guerriers ne cessait d'écarter la menace des ennemis ancestraux : les Démons. Tous les ordres se complétaient de sorte à former une Humanité solidaire et puissante qu'ils représentèrent par un triangle dont chaque sommet portait le Blason d'un Ordre : une baguette et une fiole pour les Mages, une épée et un bouclier pour les Guerriers, un marteau et une planche pour les Ordinaires. Ce triangle, entouré par un cercle qui passait par ses trois sommets, constituait le symbole du Monde, béni par l'Esprit des Ordres. Tous y vivaient en harmonie. Les Démons enfin maîtrisés et refoulés jusqu'au plus profond de leurs ténèbres, la paix s'installa dans le Monde.

En l'an 3064 de la Première Ère du Temps naquit Barbarian Pursoleil, un enfant à priori sans distinction particulière qui se révéla pourtant être un Guerrier-Mage, premier homme possédant des dons de Magie et de Force. Cet événement extraordinaire, signe d'un nouveau temps, enflamma le Monde. Barbarian, vénéré tel un cadeau offert par l'Esprit des Ordres, fut salué par l'avènement de la Deuxième Ère du Temps. Il créa l'Ordre des Guerriers-Mages, représenté par une épée et une fiole, qu'il intégra aux Trois Ordres Initiaux lors d'une cérémonie si grandiose que son écho résonna des centaines d'années durant. L'Humanité changea sa représentation d'un triangle en un carré, signe que le Quatrième Ordre était accepté dans le cercle du Monde sans en briser le parfait équilibre.

Bientôt, toute une population de Guerriers-Mages vit le jour. D'après la légende, Barbarian, l'élu du Tout Puissant Esprit, fut l'être le plus sage du Monde. À sa mort, les Guerriers-Mages continuèrent leur expansion et se révélèrent des êtres puissants et avides, voire même cupides, de savoir, de sciences et d'art. Au fur et à mesure des générations, la rivalité entre les premiers-nés de l'Esprit des Ordres – les Ordinaires – et les Guerriers-Mages, dépeints comme les favoris, ne fit que s'accroître. Ces derniers devinrent arrogants et dédaignèrent les Ordinaires qui leur faisaient de l'ombre avec les créations innovantes façonnées par la seule force de leurs mains et de leur intelligence.

Progressivement, les Guerriers-Mages finirent par convaincre les Mages et les Guerriers de la faiblesse de ces hommes qui portaient si bien leur nom. Privés des dons de Magie ou de Force, signes de la bénédiction de l'Esprit des Ordres, ils ne pouvaient qu'être inférieurs. Rapidement les Ordinaires furent considérés comme le ridicule brouillon de l'Esprit des Ordres ou encore comme la base de création des êtres suprêmes : les Guerriers-Mages. Réduits en esclavage, brimés, pillés de leurs richesses et radiés de l'Emblème de l'Humanité, les malheureux subissaient l'ignominie. Pourtant, quand le plus ancien des Ordres fut démantelé, les Mages et les Guerriers s'effrayèrent de la puissance du Quatrième Ordre qui s'était approprié la plus grande part des richesses et des connaissances. Ils s'allièrent pour mieux les contrer, allant jusqu'à s'unir aux Ordinaires qu'ils pourchassaient encore quelque temps auparavant. Leur alliance, semée de complots alimentés par la rancœur et la vengeance, éclata en guerres sanglantes.

Après de longues décennies gouvernées par des Rois éphémères et des Impératrices vite détrônées, les jeunes générations de Guerriers-Mages renoncèrent à leur immense pouvoir au profit de la paix et de l'égalité entre les Hommes. En contrepartie, naquit parmi eux une communauté d'enfants cruels, pétris de haine, fascinés par l'infinie puissance de leurs dons. Ces enfants, privés de la toute puissance dont ils rêvaient, formèrent une communauté de Sombres, ceux qu'on désignait comme les Maudits de l'Esprit des Ordres. Le rejet dont ils faisaient l'objet exacerba leur haine. Ils explorèrent des chemins magiques dangereux, noirs, corrompus et, par d'odieux procédés, rallièrent ceux que le Monde avait oubliés : les Démons des Anciens Temps.

Cette ténébreuse alliance sema la mort et la destruction dans le Monde. Le Quatrième Ordre, en pleine rédemption, trompé par ceux qu'ils croyaient leurs descendants fidèles, fut exterminé. Sa culture et sa grandeur n'existaient plus qu'à travers des lambeaux de connaissance, dispersés dans le Monde. Les autres Ordres, divisés par leurs anciennes querelles, ne comprirent la menace que trop tard. Ils furent balayés par les Sombres et les Démons.

Des années d'obscurantisme s'implantèrent, pendant lesquelles le quotidien des Hommes ne fut qu'une succession de massacres. Les influents et la classe dirigeante se vautraient dans le luxe, l'orgie et la paresse, alors que le peuple agonisait, les joues creusées par la famine, le corps ravagé par la maladie et l'esprit abêti. Les Guerriers-Mages du Quatrième Ordre, traqués et exécutés pour haute trahison, survivaient grâce à leur habilité. Quelques familles des autres Ordres avaient le courage d'affronter le sort réservé à ceux qui aidaient les traqués : la torture et l'éviscération publique. L'héroïsme des Guerriers-Mages inspira le peuple brimé qui les baptisa « les Purs ».

Après de longues années de lutte, les Purs réussirent à instiller aux autres Ordres le goût de la révolte. Un puissant mouvement de résistance se mit en place et fit vaciller le pouvoir despotique des Rois des Sombres. Hélas, de sinistres agents de la mort pénétrèrent les noyaux de la résistance des Purs dont la lignée s'éteignait.

C'est alors qu'un Ordinaire, épaulé par de fins stratèges, rallia tous les siens. Ils s'équipèrent d'armes inédites, parvinrent à unir les Quatre Ordres, renforcèrent ainsi la résistance et sauvèrent les rares survivants du Quatrième Ordre. Cette gigantesque armée défit les troupes démoniaques des Guerriers-Mages noirs. Les Sombres comme les Démons, furent massacrés ou exilés.

Ainsi, après un millénaire de troubles, en l'an 2080 de la Deuxième Ère du Temps, la Guerre de Libération du Monde s'acheva. Le Grand

Ordinaire qui mena l'Humanité à la victoire prit le titre d'Empereur du Monde, fils du Tout Puissant Esprit. Il fusionna à nouveau les Trois Ordres Initiaux. Les Chefs de l'Ordre des Mages et des Guerriers devinrent ses bras droits. La Deuxième Ère du Temps, si torturée, céda la place à une nouvelle Ère.

Les Trois Ordres s'employèrent à la reconstruction du Monde. De soudaines bénédictions de L'Esprit des Ordres leur permirent de jouir de récoltes providentielles, de terres à nouveau fertiles et de découvertes de mines et de carrières regorgeant de ressources. Les derniers Purs préférèrent rester à l'écart de l'Emblème de l'Humanité et se dispersèrent dans la nature. Ils ne firent que peu d'usage de leurs dons, car ils aspiraient désormais à des vies paisibles et anonymes, remplies de connaissance, d'art et d'humilité.

Le Monde connut ainsi une soixantaine d'années florissantes. La natalité explosa, les anciennes grandes villes redorèrent leur blason et une multitude de villages de jeunes artisans et d'agriculteurs jaillirent de terre pour nourrir l'Humanité.

En l'an 58 de la Troisième Ère du Temps, l'Empereur du Monde Merilyth Ier mourut. Le Monde était plongé dans un chagrin partagé par l'Esprit des Ordres qui fit durer la pluie quarante jours durant. Le soleil revenu, son petit-fils Filipendo, vingt trois ans, monta sur le trône et devint Euridipe III. Le jeune Empereur, doué d'une intelligence aiguisée et d'une impressionnante maturité, assuma pleinement son rôle. Son goût pour la compétition et son envie de voir l'Humanité se surpasser l'incitèrent à développer la création de concours répartis sur une période d'été, organisés dans toutes les villes ou villages du Monde. On s'y amusait beaucoup et on y dévoilait ses talents et ses capacités. De douces années s'écoulèrent.

En l'an 63, des Démons réapparurent brusquement, saccageant dans la plus grande incrédulité des petits villages isolés qui cachaient quelques Purs. L'Empereur renforça son corps armé, la Milice, pour parer à cette menace, tandis que les Élites, les chevaliers de la justice et de la paix, enquêtaient à la recherche de la source démoniaque. Malgré le renforcement de la Milice et des Élites, les Démons restaient insaisissables. Personne ne savait d'où ils venaient ni où ils se cachaient. En l'an 65, le Monde comprit que les Démons cherchaient à éliminer les Purs dispersés dans la population. La peur poussa les gens à rejeter les Purs qui vivaient discrètement parmi eux. Ils allèrent parfois jusqu'à les offrir en sacrifice aux Démons, dans l'espoir d'être eux-mêmes épargnés. L'ancien surnom des Sombres, les Maudits de l'Esprit des Ordres, ressurgit du passé pour s'appliquer cette fois aux Purs. Ceux-ci formèrent une communauté secrète visant à protéger leurs descendants. Le Monde entier déjà aux abois, s'en inquiéta, se remémorant l'ancienne puissance des Guerriers-Mages. En l'an 68, les Démons s'acharnèrent sur les Purs avec une implacable férocité. On chuchotait que les Purs étaient maudits, qu'ils portaient malheur et que l'Esprit des Ordres souhaitait se débarrasser de son erreur. Puis, on les représenta comme de nobles et vieux ermites, cachés dans des lieux reculés et secrets, occupés à peaufiner en vain des connaissances perdues, dans l'espoir fou de voir renaître l'Ordre des Guerriers-Mages. L'étau des Démons finit par se desserrer avec la disparition des Purs. Le Monde respira à nouveau un air chargé de paix, malgré quelques incidents isolés.

L'Empereur et son Gouvernement ne s'en tinrent pas là. Pour détourner l'attention du peuple de la disparition des Purs et de l'existence sporadique des Démons, ils firent évoluer l'idée de concours désormais regroupés dans de grandes villes. Les sportifs, les artistes, les combattants, les musiciens, les danseurs, les Guerriers, les Mages, les Ordinaires, les artisans, les agriculteurs, les inventeurs, les commerçants et les spectateurs s'y bousculaient.

En l'an 80, l'Empereur et les Chefs des Ordres décidèrent d'organiser tous les cinq ans une grande rencontre de ce type, réunissant le Monde entier dans la Capitale : Belleterre.

En l'an 85, la deuxième Rencontre eut un succès extraordinaire. Ainsi le Monde, finalement en paix, retrouvait la puissance et la grandeur d'autrefois.

Chapitre 1.

1er juillet de l'an 95 de la Troisième Ère du Temps. Le temps : quelle étrange perception, soit il s'échappe, soit il s'éternise.

Quand avait-il commencé à graver toutes ces marques ? Leur nombre l'angoissait. Il prit une inspiration et, religieusement, suivit du doigt les sillons de la pierre. 23 mai de l'an 91. Un peu plus de quatre ans. Un lent retour en arrière, une longue attente sur le point de se terminer…

Le jeune homme s'assit sur le sol de sa maison de pierre et regarda une nouvelle fois cette impressionnante collection de traits figés dans les murs, preuve de son séjour dans cette vallée et des multiples reports de son départ.

Quatre ans donc… Quatre longues années de solitude depuis que son maître était mort avec ces mots terribles à la bouche : « Vis seul ici dans cette cachette, abolis tes contacts avec la société des Ordres Initiaux, apprends à te connaître, à te contrôler, sois fort, ne te repose sur rien ni personne. Ne renonce jamais. Reste seul et survis. Attends. »

Attendre. Oui, soit. Mais quoi ? Sa résurrection ? La fin du Monde ? Son maître était mort avant de lui avoir donné la moindre réponse.

Être fort. Ne pas sombrer. Une évidence inscrite dans les gènes de ce garçon timide, bouc émissaire du village, jeune Pur maladroit qui portait malheur et qu'on ne laissait jamais s'approcher des autres enfants.

Mais pourquoi « rester seul » face à ses propres besoins, à la maladie, aux douleurs, à ses peurs, aux attaques sporadiques des Démons et des animaux sauvages ? Après avoir triomphé de ces défis, certes enrichissants, mais au risque de sa propre vie, comment surmonter le vide ? Ce terrible vide.

Le mot le faisait frissonner. Vide. Même sa prononciation semblait l'entraîner dans un trou vers l'avant, comme pris par un étrange vertige. Son enfance n'avait pas baigné dans l'amour, bien au contraire ; le sentiment hostile de son village à son égard et la rudesse de son maître l'avaient rendu très tôt coutumier d'une forme de solitude, mais toute différente de celle, totale, qu'il vivait depuis ces quatre années.

Un seul être l'avait accompagné dans cet exil, son vieil ami. Celui-ci ne se tenait pas toujours à ses côtés, car farouchement libre et indépendant, mais il lui suffisait de penser à lui pour écarter les noires humeurs qui l'envahissaient parfois sans crier gare, comme en cet instant où il repensait à son maître. Cet homme l'avait élevé dans une telle intransigeance que sa sévérité le hantait encore.

Pour se libérer de son influence, il en arrivait à souhaiter le haïr. Il regrettait cependant de n'avoir jamais vu apparaître sur son visage un sourire, un témoignage de sa fierté à son égard et que se brise de cette façon le masque rigide qui ne laissait jamais place à aucun signe d'amour. Une question se posait depuis quelque temps déjà : devait-il lui continuer à lui obéir et rester dans cette vallée ou ne plus écouter ces mots, de plus en plus flous dans son souvenir, pour tenter l'aventure ?

Sa décision, il l'avait prise. Il s'en irait, laissant tout cela derrière lui, solitude, vallée, souvenirs, angoisses ! C'est vers l'avant, vers l'inconnu qu'il allait se diriger. Pour continuer à survivre.

Il participerait à la Rencontre. Sans elle, il serait sans doute parti, mais elle l'attendait, là, comme une excuse parfaite. Il avait peut-être vingt ans cette année, un bien bel âge pour un nouveau départ.

Le jour se levait. Il abandonna ses pensées pour revenir à la réalité. Il fit le tour de sa petite habitation mi-maison, mi-caverne, adossée au point culminant du flanc rocheux qui descendait dans la vallée. Son regard s'arrêta sur les lieux : une couche contre la paroi de droite dans un renfoncement à l'abri du vent, une fenêtre ronde fermée par un lourd rideau de tissu et une étagère de pierre contenant les trois livres que lui avait légués son maître. Il les connaissait par cœur, mais ne pouvait se résoudre à les laisser là. Compagnons de solitude. Nourriture de l'âme. Échappatoire salvateur.

Au fond de l'antre, il avait entreposé ses réserves, cueillies, chassées, fumées et stockées avec l'opiniâtreté d'un écureuil anxieux. Contre la paroi de gauche se trouvait son atelier et une vieille souche qui servait de plan de travail. Du matériel fabriqué le plus souvent de ses propres mains apparaissait là également, armes, bâton, outils en métal ébréchés, fioles usées, poudres magiques… Son indispensable feu, cercle de pierre entourant un tas de cendres grisonnantes, l'avait sauvé bien des fois du froid et des loups audacieux. Tant de souvenirs… Pendant toutes ces années, il avait rêvé d'une vraie maison avec l'eau courante apportée par l'aqueduc dans une salle de bains, de bons outils modernes, solides, d'armes tranchantes, de tables lisses et solides, d'un lit confortable, de vêtements ajustés sans rapiéçages maladroits, de vaisselle, de tapis, d'horloge et d'une bibliothèque ! Il avait rêvé du confort qui se développait sans cesse partout dans le Monde depuis la fin de la Guerre de Libération.

Pourtant, ce foyer qui ressemblait à un trou lui appartenait. Qu'allait devenir cet endroit qui l'avait hébergé ?

Son émotion passée, il mit un lourd sac sur l'épaule, prit à la main son cher bâton à tout faire et réalisa qu'il était finalement prêt à partir. Il sortit et offrit son visage triste à la caresse du soleil levant qui parvint à lui arracher un sourire.

Il regarda une dernière fois ce paysage familier : la rivière calme vers le sud-est, la forêt d'arbres épars qui la bordait en grimpant sur le flanc de la colline en pente douce. Plus au nord, l'extrémité de la falaise, devenue menue, avec quelques broussailles sèches qui s'y accrochaient. Un de ces rochers lui évoquait un visage de vieille femme qui regardait patiemment la vie et rassurait ceux qui passaient. Combien de fois s'était-il surpris à lui parler ? Un lézard s'y installa pour profiter du chaud soleil d'été.

Il chercha trace de son ami dans les parages, mais celui-ci resta caché. Le jeune homme se sentit alors appelé par la vallée, par les montagnes, les plus hautes au loin dans son dos, les plus rondes et basses s'étalant à ses pieds, à quelques jours de marche. Et loin devant, droit au sud, un passage sortait de la montagne en croissant : la Chaîne Demi-Lune. Elle avalait ce grand champ de collines vertes et boisées, les Grandes Sœurs, qui allaient en rapetissant jusqu'à celles qu'on surnommait les Petites Sœurs.

Il n'avait jamais dépassé ces montagnes. Tant de découvertes à faire ! Un nouveau monde à explorer !

Il se retourna vers sa maison, protubérance rocheuse qui plongeait sous la falaise comme si celle-ci avait été posée sur les trois quarts de la petite construction en pierre et l'avait absorbée. Il réajusta son sac à dos avec résolution tourna le dos à la plaine et fit quelques pas.

– Je reviendrai au moins une fois, marmonna-t-il en s'arrêtant brusquement.

Il se pencha pour prendre une pierre avant de la poser à plat dans sa main gauche, la fixa avec intensité et des éclats de lumière surgirent de sa paume. Un instant plus tard, la pierre vibrait. Puis, il la posa au sol, inerte, sans signe distinctif, au milieu de l'entrée, avant de dire d'une voix rendue profonde et basse par le manque d'exercice :

– Tu dois monter la garde pour moi.

Il descendit la pente abrupte qui menait au sol, presque rassuré. Il eut l'impression que sa poitrine se dilatait et qu'une étreinte se desserrait. Il respirait ! Vite ! Vivre ! Il s'élança en courant le long de la rivière.

Il avalait les kilomètres, marchant dix heures par jour, poussant parfois jusqu'à douze, trottinant quand le terrain le lui permettait, puisant dans son Endurance de Guerrier.

Après trois jours de marche acharnée dans des forêts denses que coupaient de larges prairies fleuries, la rivière piqua vers l'est. Comme il se dirigeait droit vers le sud, il dut l'abandonner.

Au septième jour de marche, les montagnes qu'il avait traversées se fondaient désormais au loin dans son dos. Celles, plus proches, de la courbe sud-ouest de la Chaîne Demi-Lune, lui offraient encore des paysages à couper le souffle.

Ces régions, pleines de diversité et de beauté, s'enrichissaient des traces de la main de l'homme. Les troupeaux de chèvres, de moutons et surtout de vaches laitières étaient à l'honneur, rendant ces lieux très réputés. Des hameaux, des villages, des moulins, des citadelles, des manoirs en ruine, des tours de guet restaurées en auberge et même des routes cahotantes et défoncées, qu'il n'empruntait jamais, ponctuaient son parcours. Et toujours au loin, des silhouettes humaines vaquaient à leurs occupations. Il craignait de les approcher.

Au neuvième jour, son enthousiasme et sa formidable énergie s'émoussèrent. Il se dirigeait vers la Rencontre à un rythme impressionnant mais toujours solitaire, malgré quelques apparitions de son vieux compagnon qui peinait à suivre le rythme et l'en blâmait. L'attraction de la Rencontre était plus forte que tout, mais une question se posait jour après jour : devait-il laisser ses appréhensions le contrôler ou aller vers les autres pour combler sa solitude ? Le soir, il s'endormit les yeux dans l'immense ciel étoilé où ses rêves s'enchaînèrent jusqu'à le relever à l'aube, plein d'espoir et d'excitation : la réponse à sa question lui était apparue.

Ce jour-là, vers midi, alors qu'il ôtait son haut en laine usé et noyé de sueur pour le sécher au vent, il aperçut un nuage de poussière au sommet de deux collines avoisinantes. S'agissait-il de cavaliers lancés au galop ? Dans ce cas, ils allaient lui offrir une parfaite occasion de tenir ses bonnes résolutions ! Un sourire naquit sur son visage et entrouvrit ses lèvres sèches.

Bien qu'effrayé, il modifia sa route pour que leurs chemins se rejoignent. Une crainte s'empara alors de lui : savait-il encore parler correctement ? Il essaya et se rassura car, même si les mots avaient du mal à sortir, ils restaient audibles et compréhensibles.

En arrivant près d'un petit ruisseau d'eau claire, son sens pratique reprit le dessus. Il décida de s'y arrêter pour remplir ses gourdes et se désaltérer. Rien de pire que la déshydratation. Cinq cavaliers, lourdement chargés, et un sixième plus en retrait, furent bientôt à quelques mètres de lui. Il serra son bâton plus fort, ôta son chapeau et posa son sac pour remettre son haut en laine collant à sa peau moite. Quand son visage ressortit du tissu, les cinq étrangers étaient arrêtés devant lui, tirant sur la bride de leurs chevaux, nerveux et piaffants après cette course.

L'homme de tête représentait le noble dans toute sa splendeur, riche et puissant. La profondeur de ses rides et ses cheveux poivre et sel trahissaient une quarantaine avancée alors que ses yeux bleu brillant et sa barbe nette lui donnaient un air rude et sévère. Cet homme irradiait de Force et de fierté par tous les pores de sa peau sans s'en cacher le moins du monde. Son cheval lui ressemblait, déjà âgé, d'un noir de jais, aux muscles saillants.

Ses vêtements de voyage, tachés de poussière et de boue, ainsi que les besaces sur les flancs de son cheval et ses armes à demi cachées révélaient son rang et sa richesse. L'Emblème des Guerriers, épée et bouclier, avec les détails propres à sa lignée apparaissait en divers endroits.

Les quatre hommes qui le suivaient avaient une trentaine d'années, sauf le plus jeune qui lui ressemblait trait pour trait. Sans doute le fils et les apprentis qui accompagnaient le maître jusqu'à la Rencontre.

Le dernier inconnu, lui aussi plus jeune, arriva au pas avec son cheval qui tirait un lourd travois – sorte de traîneau constitué de deux perches croisées dont l'une des extrémités repose sur le sol, l'autre étant attachée à la croupe de l'animal. Celui-ci paraissait plus humble et plus avenant.

L'homme de tête, très charismatique, lui évoqua un roi. Il le surnomma intérieurement Barbu Ier. Celui-ci, distrait par l'arrivée du dernier Guerrier, fronça les sourcils et reporta avec vigueur son regard droit sur lui, sans desserrer ses lèvres aux plis durs.

– Euh… bonjour, fit-il devant le mutisme du cavalier.

Il ne put retenir un immense sourire, signe de sa joie libératrice et nouvelle de pouvoir communiquer.

– Eh bien voyageur, quelle idée de cheminer seul ! Nous t'avons pris pour un Démon et avons fait un détour inutile !

– Ah.

Il se sentit bête. Évidemment qu'il n'était pas un Démon. Que devait-il dire ? Après un temps de réflexion, il se lança :

– Les Démons de taille humaine rôdent rarement seuls.

– De nos jours beaucoup plus, intervint l'apprenti roux d'un air qu'il voulait aussi impressionnant que celui de son maître.

Il lui trouva un air bovin et ne lui accorda qu'un coup d'œil.

– Un Démon reste un Démon, quelle que soit l'époque, non ?

– Il suffit voyageur, beugla le premier cavalier. Nous n'avons pas perdu notre temps pour subir l'insolence d'un jeune citoyen crasseux et imbécile ! J'en ai fait fouetter pour moins que cela !

Pour un premier échange, voilà qui commençait bien.

– Ce n'est tout de même pas de ma faute si vous ne savez pas faire la différence entre un Démon et un jeune voyageur, même imbécile.

Il vit celui qui paraissait le plus sympathique s'amuser discrètement de la situation. L'homme de tête éperonna son cheval pour le faire avancer de quelques pas menaçants. Il semblait bouillir de colère. Le «jeune voyageur» crut bon de tenter de le calmer et les mots lui vinrent si naturellement à l'esprit qu'il en fut le premier surpris :

– Mais il ne sert à rien de vous mettre dans de tels états, Monseigneur. L'erreur est humaine et vu mon accoutrement je peux comprendre que vous m'ayez confondu…

– Silence misérable ! aboya le noble.

Il commençait à se sentir énervé lui aussi. Il était vraiment malpoli ce vieux prétentieux de noblion !

– Veuillez employer un ton poli avec moi Monsieur, dit-il avec un début de froncement de sourcils.

Révolté, Barbu en chef le toisa de haut en bas avec violence. Ses yeux bleus ressemblaient à deux glaçons. Il fit mine de descendre de cheval pour en découdre mais un des apprentis posa un bras sur celui de son aîné.

– Maître, ne perdons pas plus de temps.

Barbu Ier se redressa sur son cheval et le regarda d'un air mauvais, imité par celui qui devait être son fils.

– Tu as raison Balkan. Il n'en vaut même pas la peine !

– Vous n'êtes décidément pas aimable Monsieur.

Cavalier en chef se pencha sur sa selle et planta un doigt menaçant dans sa direction.

– Nous verrons si la politesse et l'amabilité te serviront lors de la Rencontre sale pouilleux. Car c'est là-bas que tu te rends n'est-ce pas ?

– Oui, répondit-il avec un sourire béat.

– Alors nous nous retrouverons bientôt et tu regretteras ton insolence face à un noble du nom de Poderoque !

– Mon insolence ?

Grand Guerrier Barbu amorça un demi-tour pour partir et le dernier cavalier en profita pour intervenir d'une voix agréable :

– Seigneur, je crains de ne plus pouvoir suivre votre chevauchée. Mon lourd paquetage épuise mon cheval, aussi il ne me reste plus qu'à vous remercier et à vous souhaiter une bonne fin de voyage.

La petite troupe était déjà loin lorsqu'il termina sa phrase. Le jeune homme ne se démonta pas et rit en leur faisant des adieux moqueurs de la main.

Assez grand, massif, les cheveux brun foncé et courts, les yeux noisette, une toute jeune barbe sur son visage carré et bien proportionné, l'homme était très beau, semblait sûr de lui et plein d'une force tranquille. Il descendit de sa monture, les muscles tendant ses vêtements de voyage.

– Il a le sang bouillant ce Guerrier, fit remarquer le jeune voyageur.

– Ce n'est pas peu dire, lui répondit le cavalier. Mais c'est en partie ma faute : je lui ai soutenu que tu n'étais pas un Démon et il n'a pas apprécié qu'un jeune homme donne tort à un noble du nom de Poderoque. Quant à toi, tu lui as tenu tête si naturellement ! Bravo ! Je m'appelle Taro, dit-il en tendant la main. Taro Chanteterre. Et toi ?

Il considéra un instant la main offerte. Les usages d'une première rencontre préconisaient le salut rituel d'un poing sur le cœur suivi du toucher de son front avec son index et son majeur qu'on tendait ensuite vers le ciel tout en déclamant la formule de son Ordre. La poignée de main était normalement réservée aux personnes qui se connaissaient déjà. Mais les choses changeaient dans le Monde et les anciennes traditions se perdaient.

Taro lui souriait d'un air rassurant. Aussi, après une fugace réflexion, il tendit la main à son tour pour empoigner la sienne. Des frissons parcoururent son bras. Un contact humain ! Il hésita soudain à dire son prénom tant il le trouvait ridicule. Mais il ne pouvait plus se dérober.

– Je m'appelle Bibi.

Ce nom lui sembla si sot en bouche qu'il ne put s'empêcher de baisser les yeux que Taro s'obstinait pourtant à regarder bien en face.

– Bibi ? dit Taro en souriant toujours plus largement. Bibi tout court ? Pas de nom de famille ?

– Pas à ma connaissance.

– C'est surprenant comme nom, fit le jeune homme en accentuant aimablement sa poignée de main. Enchanté de faire ta connaissance, Bibi Sans-nom-de-famille.

– Moi aussi, Taro Chanteterre.

Taro rit. Bibi fut séduit par ce rire clair et expressif.

– Bibi ?

– Oui ? demanda-t-il, surpris qu'il lui parle encore.

– Accepterais-tu que nous fassions route ensemble jusqu'à la Capitale ?

– Je vais ralentir ton cheval, observa Bibi très étonné.

– Elle est fatiguée ma bonne mémère et je veux qu'elle soit en pleine forme pour la Rencontre. Je ne suis pas pressé. L'idée de faire la route seul n'est pas pour me réjouir.

– Pourquoi ? demanda Bibi.

Taro prit deux secondes de réflexion.

– Je m'ennuierais, je crois.

– Tu penses qu'avec moi tu ne t'ennuieras pas ?

Taro sourit.

– Vu ce que je viens de voir, je t'assure que non.

– Bien, dit Bibi ne sachant pas quoi dire d'autre.

– Tu campes déjà ? demanda Taro en soulageant son cheval de son travois.

– Je dois chasser. Et puis je dois laver mes habits de voyage et me laver tout court, dit Bibi avec un clin d'œil en désignant son visage couvert de sueur, de poussière et de débris végétaux dans sa chevelure.

– Ça m'arrange. Mon cheval est vraiment épuisé.

Bibi observa la fière jument trapue et solide, beige, légèrement tachetée de marron sur le dos et avec la croupe et les pâturons gris.

– Elle est belle.

– Elle s'appelle Blouma ! C'est la meilleure jument que je connaisse. Peut-être même le meilleur animal du Monde. Qu'en penses-tu ?

– Eh bien, je ne connais pas tous les animaux du Monde... Et celui que je connais met la barre très très haut, donc…

– Comment ça ?

– Un ami à moi, qui gambade. Je ne l'ai pas vu depuis quelques jours, il est parti bouder parce que je marche trop vite à son goût.

– Soit, fit Taro sans oser insister davantage. Dis-moi Bibi, tu n'as aucun Emblème visible, à quel Ordre appartiens-tu ?

– Toi tu es un Guerrier, dit Bibi fier de le savoir. Tu émanes de Force.

– Merci, dit Taro avec un sourire charmeur. Si tu le sens, c'est que tu es un Mage.

– Non, je suis un Guerrier-Mage, expliqua Bibi avec innocence.

Machinalement, Taro décroisa les bras avec un mouvement vers son poignard et une ombre soupçonneuse tomba sur son visage. Bibi le vit se crisper, prêt à en découdre et fut surpris de la violence de sa réaction. Comment avait-il pu oublier que les Guerriers-Mages ne faisaient pas l'unanimité ?

– Tu es un…

– Oui, le coupa Bibi d'une voix rauque.

– Un Sombre ou bien… ?

Il se sentit blessé. Il s'y attendait mais reçut le soupçon comme une gifle. Pourquoi les gens restaient-ils hostiles aux Guerriers-Mages, alors qu'on n'avait pas vu un Sombre depuis près de cent ans et que les rumeurs de malédiction des Purs n'étaient qu'une vieille superstition ? Bibi ne comprenait pas.

– À ton avis ? demanda-t-il avec une expression de défi.

– Excuse-moi, dit Taro en se détendant et en riant soudainement. Tu as raison, c'est idiot de ma part. C'est incroyable. Tu es une rareté alors ! Je n'avais jamais rencontré de Pur auparavant. Ni même entendu parler d'un Pur… euh… vivant. Et tu es si jeune.

– Et maintenant tu vas partir en courant de peur que je n'attire le malheur sur toi et sur ta famille ? demanda Bibi avec ironie.

– Pas du tout, affirma Taro avec une force qui étonna le jeune voyageur. Je ne crois pas aux cancans de culs-terreux et, de toute façon, je ne crains ni les ennuis ni les Démons.

Bibi haussa les épaules et sortit un couteau de pierre de son sac. Il se leva et dit simplement :

– Je vais chasser.

Taro acquiesça et se détourna, plutôt mal à l'aise, ce qui ne lui ressemblait guère. Il ne pouvait s'empêcher de rester sur ses gardes. Il l'entendit partir et se retourna pour l'observer, dans ses vêtements lâches, sales et usés, se faufiler avec une souplesse naturelle dans les hautes herbes, son bâton à la main. Taro haussa les sourcils devant cette soudaine assurance, lui qui semblait si maladroit, naïf, rêveur. Son aspect miteux n'arrangeait rien. Quelle rencontre inopinée en pleine nature !

D'après les croyances populaires, les Purs survivants seraient de très vieux et puissants sages reclus, alors que lui paraissait jeune et fragile. Et cette tristesse qu'on pouvait lire sur son visage, comme si elle faisait partie de lui depuis si longtemps qu'il ne s'en apercevait plus. À quoi pouvait bien se résumer son histoire ? Bibi intriguait beaucoup Taro, qui pouvait à présent se vanter de voyager en compagnie d'un Pur. Il sourit en imaginant l'effet qu'il ferait à la Rencontre. Puis, à la pensée qu'il cachait peut-être son jeu de Sombre, son insouciance s'évanouit.

Taro pesa le pour et le contre et décida de jeter un coup d'œil à son sac. À peine l'eut-il effleuré qu'une violente décharge de Magie le secoua. Il vit un petit caillou posé dessus et réessaya en l'empoignant franchement. Sous une pluie d'étincelles, son bras fut violemment rejeté en arrière.

Un caillou ensorcelé. Surprenant. Taro ne l'avait pas vu faire mais il trouva l'idée audacieuse. Avec soulagement, Taro songea que si cet étonnant voyageur faisait partie des Sombres, sans doute aurait-il perdu la main ! Taro le prédisait, il n'allait pas s'ennuyer avec cet étrange personnage.

Bibi arrêta brutalement sa marche. Il prit conscience de sa tension et de sa distraction. Il tourna la tête à droite puis à gauche pour se repérer. Ce n'était pas ainsi qu'il allait faire une bonne chasse.

Ces rencontres l'ayant beaucoup troublé, il souffla pour se calmer. Le noble représentait tout ce qu'il détestait : arrogance, haine et violence. Ses menaces planaient dans un coin de son esprit, mais le gigantisme de la Rencontre et de Belleterre suffirait à l'éloigner de ce belliqueux personnage.

Quant à Taro, il s'avérait très sympathique. Cela étant, Bibi se méfiait. Il avait trop souffert auparavant pour accueillir aujourd'hui cet étranger à bras ouverts. Très heureux de goûter à une compagnie après ces années seul, la peur d'une nouvelle blessure ternissait l'éclat de cette fragile rencontre. Sa réaction instinctive à l'annonce de son statut de Guerrier-Mage parlait d'elle-même.

Ayant fait le tri de ses pensées, le jeune Pur se concentra sur sa traque. Aussitôt, son corps prit une posture plus animale, son regard se voila d'une aura menaçante. Furtif et souple, il glissa dans les collines et finit perché sur un arbre, pour disposer d'une meilleure vue.

Il repéra bientôt ce qu'il espérait : un troupeau de tricornes, ces minuscules antilopes de la taille d'un gros chat, au pelage brun-roux, ornées de trois cornes, la plus petite au milieu du front. Ayant adopté le mode de vie des rongeurs, petite taille, vorace appétit, courte vie mais fertilité exceptionnelle, elles avaient réussi à s'imposer dans des régions moins accueillantes que celles des Plaines du Sud où vivaient leurs cousines plus imposantes. Les tricornes représentaient la nourriture de base des carnivores – lynx, loups téméraires, chats sauvages, pumas des montagnes, gros renards, ours en gavage et désormais des Purs pressés.

Les petits animaux broutaient avidement près d'un trou d'eau bordé de joncs et de roseaux. Homme devenu fauve, Bibi se plaça sous le vent et se rapprocha avec patience pour mieux surprendre les chevrettes sauvages. Il arrêta son choix sur trois jeunes adultes dodus, avec de belles cornes, des ingrédients magiques utiles pour la préparation de certaines potions ou poudres.

Après quelques minutes d'observation, ses pouvoirs à fleur de peau, il se releva brutalement avec un cri d'effort, son bras tendu vers l'avant. Le sol explosa près de ses proies, avec un flash et un bruit assourdissant. Il bondit aussitôt, tout comme les tricornes qui s'enfuirent en tout sens, hormis les malchanceuses, trop proches du sort, qui zigzaguaient, déboussolées. L'une d'elles avait été éjectée au loin, une patte brisée par la violence de l'impact.

Malgré tout, Bibi ne fut pas assez rapide face aux vives créatures, qui avaient fait de la fuite un art. Il parvint néanmoins à paralyser d'un sort une tricorne plus âgée, qui titubait encore sous le choc de sa magie. Celle à la patte cassée bêlait piteusement en tentant de se relever. Il courut jusqu'à sa victime pour lui trancher la gorge, lui épargnant ainsi de nouvelles souffrances.

– Merci pour cette vie que je prends et qui perpétuera la mienne, récita-t-il comme son éducation le lui imposait.

Il fit de même avec celle demeurée inerte, la puissance de la paralysie ayant bloqué son cœur et sa respiration. Comme toujours, la voix de son maître tintait à ses oreilles, aboyant des récriminations sur l'usage de son pouvoir qui lui était absolument interdit durant la chasse. En proie à la famine, Bibi avait très souvent dérogé à la règle sans cesser de maudire son maître pour sa dureté, et lui-même pour sa culpabilité. Cependant, il comprenait. Ses pouvoirs lui permettaient de tuer d'un seul geste, d'une seule pensée, mais cela ne devait pas lui donner le droit d'apporter la mort, même à un animal. Il devait respecter la vie et ne pas sombrer dans une facilité aveugle.

Si on enviait parfois les capacités d'un Guerrier-Mage, il ne tirait aucune satisfaction d'être un Pur. À cause du rejet bien sûr, mais surtout parce que la violence de sa Magie et de sa Force l'avait toujours effrayé. Il rêvait quelquefois de dons plus humbles que ses facultés de destruction incontrôlables. Son maître l'exprimait toujours clairement : lui et ses dons se comparaient à un volcan endormi. Il l'avait tyrannisé en conséquence.

Étouffant la voix du passé, il chargea ses prises sur ses épaules, se mit du sang partout, pesta, puis s'amusa à imaginer la réaction de Taro. Avec tout ce sang, il devait avoir l'air d'un Guerrier-Mage noir terrifiant. Cela dit, comment reconnaître un Sombre ? Il se mit en route d'un pas lent, vers le filet de fumée qui indiquait la présence de leur campement et de Taro. Ami précieux ou ennemi implacable ? Il le saurait bien assez vite.

Le jeune Guerrier allongé dans l'herbe chantonnait les yeux fermés, adossé contre une de ses sacoches. Ses pieds nus remuaient en rythme, tout comme le brin d'herbe entre ses dents. Son chapeau lui cachait les yeux et il sursauta quand Bibi fit tomber les deux tricornes au sol.

– Désolé, s'empressa de dire celui-ci.

– Y'a pas de mal Bibi, dit Taro en se redressant. Tu as fait vite.

– J'ai utilisé la Magie, avoua Bibi avec gêne.

– Quoi de plus normal pour un Pur ?

– Tu en es convaincu cette fois ? répliqua celui-ci d'un ton vif.

– Excuse-moi pour ma réaction tout à l'heure, répéta Taro. On m'a tellement appris à craindre les Sombres, alors que ce ne sont plus que de vieilles légendes pour effrayer les enfants.

– Bien dit.

– Néanmoins, si je peux me permettre une suggestion, il serait peut-être préférable que tu te présentes comme un Pur, au lieu de dire Guerrier-Mage !

Bibi se pencha sur sa proie et commença à l'écorcher.

– Je n'aime pas dire que je suis un Pur. Tu sais ce que ça veut dire pur ?

– Et bien, oui, répondit Taro sans comprendre où il voulait en venir.

– La définition de pur c'est : sans élément étranger. Ou bien : droit, sans défaut moral. Ce n'est pas ce que je suis. D'un point de vue logique, dans mes veines coule un mélange d'Ordinaire, de Mage et de Guerrier. Tu parles d'une pureté ! Et j'ai plein de défauts moraux, comme tout le monde.

– Il existe une autre définition Bibi. Un Pur est un Guerrier-Mage qui ne choisit pas d'utiliser ses pouvoirs pour répandre le mal.

Bibi brandit les viscères de sa proie et dit :

– Et elle ? Elle en dit quoi de la façon dont j'ai utilisé mes pouvoirs ?

Taro sourit doucement.

– Je le savais.

– Quoi ?

– Je ne vais pas m'ennuyer avec toi. Veux-tu que je t'aide ?

Bibi hésita, n'ayant guère l'habitude de travailler à deux, avant d'enchaîner :

– Tu pourrais me monter de quoi fumer la viande ?

– Et la Magie ? lui lança-t-il avec un clin d'œil. Non, je plaisante Bibi. Je crois que j'ai compris.

– Compris quoi ?

– Que tu ne t'en sers que lorsque c'est vraiment nécessaire.

Bibi sourit.

– En tout cas j'essaie.

– Tu vois, j'ai tout compris, je ne suis pas un imbécile quand je veux, lui dit-il avec un sourire en coin.

– Je demande à voir.

Taro rit de la boutade. Bibi haussa les sourcils, presque étonné de sa répartie. Il gloussa à son tour. C'était si bon de pouvoir plaisanter avec quelqu'un !

Taro se leva pour chercher du bois et des pierres, tandis que Bibi continuait son labeur en silence. Le nouveau venu semblait souvent sur le point de poser des questions devant l'équipement rustique de Bibi, mais il s'en empêchait, par politesse. Leurs premiers échanges furent donc assez laborieux avant que la gêne ne se dissipe peu à peu.

Le jeune Guerrier s'avérait d'une compagnie plaisante, tout en charme. Bibi appréciait le plaisir latent mais bien présent d'une compagnie, sans vraiment réussir à s'y faire. Il peinait à croire que quelques jours auparavant, il survivait encore dans sa vallée, coupé de tout.

Il profita du temps de fumaison de la viande pour aller se laver. Il avait rarement été à ce point crasseux, respectant habituellement une hygiène stricte. Il évitait ainsi mycoses, poux, parasites et maladies qui n'auraient pas manqué de l'affaiblir.

Taro le regardait fouiller dans son énorme sac avec curiosité. Il ne lui posait toujours pas de questions, même si l'envie l'en taraudait plus que jamais. Qui était-il ? Il le regarda disparaître dans la pénombre, entre chien et loup, sans son bâton, et s'inquiéta. Les Démons étaient rares mais ils avaient prononcé le mot Pur à plusieurs reprises. D'après son expérience, rien que chuchoter le mot Pur pouvait les attirer. Ou, malgré ses propres dires, accordait-il trop d'importance aux légendes de bonne femme ?

Il se sentit néanmoins coupable pour sa légèreté. Les Purs étaient menacés d'extinction et son rôle de combattant Guerrier le poussait à protéger ceux qui en avaient besoin. Il rapprocha son épée de sa main et guetta les bruits de la nuit. Un bruit d'eau suivi d'une mélodie chantonnée à voix basse le rassura.

Bibi réapparut peu après, ses vêtements mouillés à la main. Sa longue et épaisse chevelure noire était propre, enfin démêlée, dégoulinant sur son visage lavé mais toujours mangé par une barbe juvénile. Taro s'étonna du charme qui s'en dégageait, une fois la crasse éliminée. Il remarqua ensuite les muscles élancés et puissants avant de constater que Bibi semblait à la limite de la maigreur. Les côtes trop apparentes, les os des hanches qui menaçaient de percer sa peau, ses clavicules saillantes.

Il se rappela soudain le premier prédateur qu'il avait observé, lors d'une exploration des Plaines du sud. Il n'oublierait pas le spectacle de ce superbe félin, immense, à la tête entourée d'une crinière rutilante. Une véritable lance de muscles et de tendons prête à frapper, aux os dessinés sous sa peau tendue, au ventre rendu creux par le manque d'expérience et la solitude. Bibi le lui évoquait soudain.

Entièrement nu, celui-ci fouillait dans son sac sans gêne. Taro fit mine de s'absorber dans une petite sculpture de bois qu'il avait sortie de son paquetage.

– Tu es tout sauf pudique, ne put-il s'empêcher de faire remarquer.

– Oh ! Excuse-moi, j'avais perdu l'habitude de… je m'habille, dit Bibi confus. Je ne voulais pas t'embarrasser.

– Je me suis laissé surprendre. Ne t'inquiète pas et fais comme tu veux, tu es libre.

– Encore heureux, lança-t-il avec un ton faussement en colère.

Taro sourit, ravi de voir que le jeune homme se détendait.

– Je te fais à manger, dit Bibi sur un ton calme mais sans appel qui étonna Taro.

– Pourquoi pas ? Mais en quel honneur ?

– J'aime bien ta conversation.

– Eh bien moi j'apprécie ta franchise ! répliqua Taro avec un éclat de rire dans la voix. Tant que nous sommes dans ce registre, je peux te dire quelque chose, même si on ne se connaît pas encore beaucoup ?

– Oui, si tu veux.

– Ne le prends pas mal, ça n'aura rien de méchant.

– Je jugerai, dit le jeune Pur sur un ton prudent.

– Je trouve que tu es un personnage bien étrange.

Bibi soupira avec une ombre de sourire.

– Ça faisait bien longtemps qu'on ne me l'avait pas dit.

Taro crut pouvoir palper sa tristesse dans l'air tant ses traits la reflétaient. Il n'insista pas et l'observa cuisiner.

– Tu voyages depuis combien de temps Bibi ?

– Dix jours. Et toi ?

– Cinq, déjà !

– Tu viens d'où ?

– Carvacol. La ville où réside le Gouverneur de la Région Nord-Est. Le grand Samovar Coeurardent. Jamais Guerrier n'a aussi bien porté son nom.

– C'est une grosse ville ça non ?

– Oui. Elle est magnifique, perchée sur sa colline isolée. Dans les Anciens Temps, c'était la Capitale du Monde. Elle en a gardé de nombreux vestiges et de vieux monuments, contrairement à Belleterre ou même à Viverive qui ont souffert des guerres. Elle est faite d'un véritable dédale de vieilles ruelles qui grimpent vers l'enceinte fortifiée de la ville haute, envahie par la végétation. La vue sur les remparts est absolument splendide. Sans parler de la ville basse qui s'étend de plus en plus. J'adore ma cité.

– Il faudra que j'aille voir ça un jour, dit Bibi d'un ton rêveur.

– Je te servirai peut-être de guide, qui sait ?

Bibi répondit par un sourire poli puis ils gardèrent le silence quelques minutes.

– Tu aimes ta viande bien cuite ou saignante ?

– Peu importe, avoua Taro sorti de ses pensées.

– Alors ça sera bien cuite. Évitons de récolter des parasites.

– Des parasites ?

Bibi mit à profit le temps de la cuisson pour expliquer à Taro que beaucoup de parasites, comme le ver solitaire, s'attrapaient en consommant de la viande ou du poisson insuffisamment cuit.

– J'espère que ça te suffira, ajouta-t-il en lui tendant des brochettes de viande de tricorne.

– Mais oui, ne t'en fais pas. Surtout après tes discours sur les vers et les intestins, fit Taro en riant de bon cœur.

– Oups ! Pas forcément la meilleure façon de vanter ma cuisine ! Allez mange, dit Bibi en servant un brouet de céréales fait à partir d'eau, du sang et de la graisse de la petite antilope.

Taro profita de son dîner simple mais délicieux. Il observa une fois de plus les ustensiles de Bibi sortis d'un autre âge, ses bols en bois brut, ses cuillers en os, ses vieux vêtements de voyage, son sac à dos étrange, ses petits sacs en cuir usés et son bâton blanc de vieillesse poli par le passage de ses mains, tordu à l'extrémité. Bien sûr, Bibi appartenait au Quatrième Ordre disparu, mais tout de même.

Tout dans son attitude éveillait la curiosité. Si réservé. Si maladroit. Et pourtant parfaitement rompu au voyage et à la vie en plein air, assuré dans le moindre de ses gestes. Il se décida en un quart de seconde, quand il le vit sortir de ses affaires sa fourrure de couchage.

– Bibi ?

Celui-ci releva la tête avec un air interrogateur sur le visage, invitant Taro à poursuivre.

– D'où est-ce que tu viens ? Pourquoi ne possèdes-tu rien d'autre que des ustensiles en bois ou en fourrure ? demanda-t-il en montrant tour à tour sa gamelle et ses vêtements.

Bibi détourna le regard.

– Tu ne veux pas me répondre ? insista Taro d'une voix engageante.

– Désolé, j'ai perdu l'habitude de parler alors je n'arrive pas à arranger mes pensées.

– Comment ça tu as «perdu l'habitude de parler» ?

– Eh bien je suis orphelin. J'ai été élevé dans un village perdu de montagne par un homme tyrannique. Comme nous étions Purs, les villageois ne nous appréciaient pas vraiment. Puis mon maître m'a fait promettre de rester dans une vallée. J'y vivais seul depuis très longtemps.

– Seul ? Mais comment ça ? Juste toi ?

– Oui. Enfin, pas tout à fait. Mon vieux copain ne m'a jamais abandonné.

– Ah oui, ton ami qui gambade, fit Taro d'un ton prudent. Mais pourquoi ton maître a-t-il voulu que tu sois cloîtré ainsi ?

– Je ne sais pas vraiment.

– Où était-ce ?

– Au creux de la Chaîne Demi-Lune.

– Tu es resté là-bas combien de temps ?

– Quatre ans.

– Pourquoi tu n'y es plus ?

– Parce que j'en avais marre, parce qu'il y a la Rencontre cette année.

– La Rencontre ?

– Une excuse suffisante pour une nouvelle vie, expliqua Bibi dans un accès de sincérité. Quelque chose de meilleur. D'après mon maître, rester caché dans cette vallée représentait le seul moyen pour moi de survivre. Depuis peu, j'ai réalisé qu'au contraire, j'y mourais à petit feu. Il fallait que j'en parte.

Quatre ans isolé ? Se cacher de quoi ? de qui ? s'interrogeait Taro. Bibi eut du mal à déglutir, perdu dans le regard de son interlocuteur.

– J'en avais assez d'être seul.

Bibi lutta contre son mal-être, alors que de douloureux souvenirs rejaillissaient. Il s'affaira à installer son couchage pour cacher son émotion.

Taro l'imita. Quatre ans isolé de tout contact ? Comment avait-il fait pour survivre à l'hiver, ne pas devenir fou, ne pas mourir de faim. Même avec des dons de Force et de Magie, ce n'était pas une mince affaire. Et tout fabriquer, chasser, étriper ? Seul ? Sans personne avec qui rire, pleurer, partager ! Inconcevable !

– Je n'ai plus très envie d'en parler, trancha Bibi quand le jeune Guerrier fit mine de reprendre la parole.

– Aucun problème Bibi, abdiqua Taro d'un ton rendu hésitant. Je comprends.

Il avait du mal à réaliser tout ce que cela pouvait bien signifier. Un immense respect et une pointe de crainte s'insinuèrent dans son esprit.

– Et toi, c'est quoi ta vie ? reprit le jeune Pur.

Taro sourit lentement. Voilà qui lui permettrait de se remettre de sa surprise.

– Houla ! Vaste sujet.

– Tu pourras raconter en plusieurs fois ! proposa Bibi plein d'espoir.

Taro sourit devant son enthousiasme, qui chassait la tristesse.

– Et puis pourquoi pas ? fit-il en balayant ses réticences. À une condition seulement !

– Laquelle ?

– Qu'un jour, toi aussi tu me racontes comment tu as fait pour te retrouver dans cette vallée perdue.

– Promis.

– Bien ! Je suis né le 30 novembre de l'an 73. À Carvacol.

Bibi trouva que c'était une bonne manière de commencer son histoire.

Cadet de trois sœurs et d'un frère beaucoup plus âgés, il avait surpris tout le monde en pointant le bout de son nez six ans après les derniers espoirs de ses parents.

Les Chanteterre, puissante famille de nobles Ordinaires, possédaient de nombreuses fermes et terrains, des habitations, une forge, une foule de bétails, deux auberges et une scierie. Son père siégeait parmi les hauts dirigeants de Carvacol et son premier fils suivait la voie paternelle avec talent. Plein d'ambition, il rêvait de devenir Chef Ordinaire de sa ville.

Seuls les nobles pouvaient être propriétaires de tels biens et siéger aux postes politiques. Les citoyens, ceux qui louaient ces possessions pour se loger ou qui travaillaient pour eux, dépendaient en grande partie de leur bon vouloir.

Certains nobles veillaient sur ceux dont ils étaient en partie responsables, en faisant fructifier leurs biens, pour être capable de leur offrir des conditions de vie décentes sans abuser de leurs droits. D'autres, la plupart, se sentaient beaucoup moins concernés par le sort de cette plèbe.

Taro avait eu une enfance heureuse, entre les jeux, les travaux dans les fermes de sa famille, les leçons de base reçues dans leur luxueuse demeure, ses sœurs, ses amis dans tout Carvacol et alentours.

Son père était devenu distant, dur et exigeant, sans compter sa mère peu attentionnée, mais cela ne l'avait pas empêché de grandir droit, libre mais encadré, avec son lot de découvertes et de bêtises. Il n'y avait qu'un souci majeur, son ennemi juré : son frère.

Taro contait bien et ponctuait l'histoire de son enfance d'anecdotes drôles et puériles. Bibi ne pipa mot et s'absorba intensément dans le récit malgré l'heure tardive. Sa première soirée sans silence depuis des années !

Le jeune Chanteterre s'interrompit et regarda Bibi par delà les flammes du foyer. Ses yeux noirs flamboyaient de concentration, ses traits harmonieux baignaient dans la lueur dansante des flammes qui le rendait plus mystérieux que jamais. S'il le pouvait, d'un tour de

Magie, Taro aurait capturé cette image pour montrer à tout le monde à quoi ressemblait réellement un Pur.

– L'enfance est finie à ce stade. Je te parlerai de l'adolescence demain.

Bibi hocha la tête, compréhensif. Il devait dormir pour être capable de suivre le rythme du cheval.

– C'était chouette, affirma-t-il en s'enroulant dans sa fourrure.

Taro se sentit gêné de sortir son sac de couchage en tissu, accueillant et chaud.

– Bonne nuit Bibi, dit-il une fois installé à sa guise.

– Bonne nuit Taro.

Le calme tout relatif de la plaine, plein de bruits frissonnants, s'insinua entre eux. Taro tenta de réfléchir à l'étrangeté de Bibi, mais le sommeil pesait lourdement sur ses paupières. Le voyage et les émotions l'avaient fourbu. Une douce chaleur l'envahit.

– Et merci, chuchota la voix de Bibi dans le lointain.

Taro eut un dernier sourire avant de sombrer dans le sommeil.

Le jeune Guerrier croyait s'être réveillé à l'aube, pourtant le soleil avait entamé sa course depuis quelques heures déjà. Bibi se tenait droit, dirigé plein sud, les cheveux ébouriffés par le vent. Il semblait respirer les senteurs lointaines de Belleterre. Il se tourna vers lui et lui sourit.

– Je t'ai laissé dormir. Tu ronflais.

Taro rit en s'extirpant de son couchage. Il s'étira pour offrir son torse nu à la caresse du soleil naissant.

– Je suis lent le matin. Tu aurais dû me réveiller.

– On rattrapera le retard en forçant l'allure, dit Bibi en haussant les épaules.

– On a encore le temps. La Rencontre commence le 1er août. Les inscriptions sont closes le 30 juillet. On est le onze.

– J'ai juste hâte d'arriver !

Taro s'avança vers la rivière, encore engourdi par le sommeil et dit :

– Je te comprends bien. Allez, je me remue.

Bibi se moqua gentiment de lui et profita à nouveau de la fraîcheur de la brise avant que celle-ci ne se fasse trop chaude. Il se concentra sur lui-même pour sentir sa Force et sa Magie enfler.

Pour un Pur, cacher ses pouvoirs permettait d'éviter les ennuis et les lapidations en tout genre, mais parfois, le naturel se devait de reprendre le dessus. Ainsi, il oublia pour quelques secondes son contrôle, laissa ses dons irradier, parcourir sa peau comme des vagues et goûta à cette délicieuse sensation d'abandon avant de tout enfouir au plus profond de lui-même.

Ils se mirent en route quelques minutes plus tard dans une plaine ondulée où les collines étaient de moins en moins abruptes et où les plateaux chargés de fleurs se succédaient.

Taro menait sa jument au pas et Bibi, contrairement à ce qu'il avait pensé, dut ralentir son rythme effréné. Son compagnon de route tenait à faire de longues pauses pour se restaurer et laisser Blouma récupérer. Bibi ne s'en plaignit pas, car il devait lui aussi songer à ménager ses efforts. Malgré cela, ils avançaient à un rythme convenable.

Ils cheminèrent ainsi pendant trois jours, faisant doucement connaissance, s'aidant à mieux vivre leur voyage. Bibi parlait de plus en plus et abreuvait son compagnon d'informations sur la faune et la flore qu'ils croisaient. Taro, fidèle à sa promesse, lui racontait chaque soir un épisode de sa vie, comme son début d'adolescence perturbée pendant laquelle ses bêtises enfantines se transformèrent en véritables erreurs.

L'esprit confus, sa Force profondément refoulée, en totale opposition avec son père, le jeune Taro était un adolescent précoce, beau, sauvage et incontrôlable. Il n'obéissait qu'à ses propres règles et attira bon nombre d'ennuis sur sa famille. Un jour, il provoqua un Guerrier, une connaissance de ses parents, et celui-ci mit le doigt sur le problème : sa Force bien cachée, tache honteuse du dernier-né d'une grande et puissante famille d'Ordinaires.

Taro devint apprenti Guerrier à douze ans et se révéla plein de talent, si bien qu'on ambitionna d'en faire un jour un Élite. Son comportement redevint celui d'un jeune homme poli et rieur.

L'homme qui avait détecté son potentiel était un Quêteur, un voyageur offrant ses services, ses pouvoirs et ses connaissances à qui le demandait dans le Monde, tout en étudiant ce que bon lui semblait. Il pouvait aussi prendre des décisions de justice face à des problèmes insolubles dans de petites communautés isolées. Ce titre prestigieux, malgré tout sur le déclin, permit à Taro de quitter l'école imposée par l'Empereur et son Cénacle, pour suivre son seul enseignement. Ainsi, il se retrouva très vite à le suivre dans de nombreuses régions du Monde, loin de ses parents, ce qui lui donnait de véritables bouffées d'oxygène. Taro adorait ces moments.

Dans les Anciens Temps, certains Quêteurs devenaient des Maîtres, un nouveau statut donné à une personne passée experte dans un ou plusieurs domaines. Ces érudits prirent peu à peu le pas sur les Quêteurs, malgré leur âge souvent avancé, mais nécessaire à l'accumulation de tant de savoir. Cependant, les époques changeaient et le dernier à avoir atteint ce rang n'était âgé que de trente-trois ans, un véritable record. On en parlait déjà comme d'une légende.

Taro décrivit également à Bibi les nombreux lieux qu'il avait visités, sa soif d'apprendre, sa soudaine sérénité qui interloquait ses sœurs, la jalousie de son frère et le trouble de sa famille de voir un Guerrier faire irruption parmi les Chanteterre. Ce trouble se traduisit par une dureté accrue de son père, un semblant de peur nourri par sa mère qui finissait par l'éviter. Heureusement, la relation exceptionnelle qui le liait avec Riono Tablerase, son maître, compensait toutes ces affres.

Bibi profitait de leurs échanges pour lui poser une multitude de questions sur le fonctionnement et les événements du Monde. Taro lui résuma le mouvement citoyen qui naissait un peu partout, encouragé assez frileusement par l'Empereur malgré l'influence de son épouse. Le peuple y exprimait sa révolte face à la main mise des nobles sur l'économie, la politique et leurs vies.

L'Empereur avait été contraint d'accepter quelques-unes de ses revendications, pour éviter une guerre civile. À présent, les citoyens pouvaient devenir propriétaires de logements, d'affaires, de terres, à condition que des nobles y soient financièrement impliqués. Les gens du commun y gagnaient de meilleures conditions de vie, une stabilité, une sécurité et les nobles ne perdaient qu'une partie seulement de leur contrôle.

Taro était un farouche partisan de ce mouvement contrairement à son père et à son frère, encore très attachés à leur ancien contrôle traditionnel. Ils y trouvaient tous les trois une nouvelle source de conflit. Beaucoup de nobles ne voyaient pas ce changement d'un bon œil.

L'origine des nobles remontait au début de la Troisième Ère du Temps. Le Monde sortait alors d'une guerre sans précédent et ces chefs de familles, aux généalogies prestigieuses, possédaient encore suffisamment de biens pour offrir du travail, relancer la reconstruction du Monde et son économie.

Malgré ces ambitions de départ, qui leur avaient valu le titre de noble, les abus finirent par s'installer dans les mœurs : salaires diminués voire inexistants, punitions corporelles, emprisonnements, expulsions injustifiées... La colère du peuple avait forci au point d'ébranler l'Empereur, qui finalement autorisa la naissance de ce mouvement.

La discussion s'enchaîna assez naturellement sur le souverain et ses conseillers. Il s'entourait en effet de patriarches de familles de renom, à qui il portait une grande confiance et qui finissaient souvent ministres. Ces intimes décideurs formaient son Cénacle. Le Chef de l'Ordre des Mages et celui de l'Ordre des Guerriers en étaient les membres d'honneur.

Compte tenu de l'éloignement, les Gouverneurs Samovar Coeurardent et Chandu Terreudebien, représentants des Régions Nord-Est et Sud-Est, y siégeaient de manière occasionnelle. Leur statut particulier leur octroyait une grande latitude de décision, dirigeant leurs Régions tels de petits rois, possédant leurs propres cours et leurs intimes.

Cela étant, Taro préféra surtout lui parler de son maître, Riono Tablerase, une force de la nature d'une cinquantaine d'années, jovial, amoureux de la vie, des voyages et des gens, qu'il aidait toujours de bon cœur et avec toute son énergie.

Bibi n'osa pas lui demander pourquoi il ne l'accompagnait pas jusqu'à la Rencontre. Il se contenta d'écouter les exploits de cet homme en admirant le respect et la réelle affection que Taro lui portait. Bibi espérait faire prochainement sa connaissance.

Cette nuit-là, lorsqu'il s'endormit, il rêva de Taro et d'une image floue de Riono Tablerase toujours plus loin vers des endroits fascinants alors que son maître le retenait avec une force qu'il n'arrivait pas à contrer. Coincé, il contemplait Taro s'éloigner de lui, et frémissait de douleur quand celui-ci criait son nom, en riant avec Riono.

Le lendemain, frappé par la lumière du matin, il s'éveilla avec difficulté, résultat d'une nuit agitée. Il découvrit Taro, prévenant, qui lui tendait un bol rempli d'un liquide fumant et le regarda sans comprendre. Personne n'avait accueilli un de ses réveils par une attention de la sorte. Le remerciant d'un sourire timide, il plongea ses lèvres dans le liquide.

– Tilleul-menthe.

– Bravo Bibi, très fort.

– Je suis en retard, dit ce dernier en s'habillant.

– Pour une fois que je me réveille avant toi. Et le soleil vient de se lever.

– C'est bien ce que je dis, je suis en retard. Allez, je me remue, répliqua Bibi avec un clin d'œil.

Taro rit et rangea le reste de ses affaires dans les sacoches accrochées au flanc de la douce Blouma. Le lève-tard l'imita. Brutalement, un hennissement apeuré déchira l'air. Bibi se redressa en un éclair et fit face à deux Démons.

De la race des Caïs, les monstres hauts de deux mètres, la peau rougeâtre telle un cuir usé, leurs bras musclés, mais trop grands, se crispant d'impatience, observaient leurs ennemis humains d'un air mauvais. La différence de taille entre les deux indiquait le mâle et la femelle chassant de concert.

Leur cou trapu supportait une face humanoïde plate, aux tempes et aux pommettes saillantes, aux traits coupants, avec des fentes en guise de narines et de longues rides jaunâtres qui montaient jusque derrière leur crâne. Leur front se prolongeait en une sorte de calotte bombée, piquetée de toutes petites cornes. Des rayures jaunes zébraient également leurs épaules, leur dos, leurs cuisses. De longues griffes souillées armaient leurs mains, des dents pointues leur bouche. Dans leurs paumes, une petite protubérance cachait une griffe spéciale, rétractile, que les Caïs utilisaient pour empoisonner leurs victimes.

Parmi les cinq espèces de Démons, celle-ci se rencontrait le plus fréquemment. Ils restaient suffisamment intelligents et dangereux pour inquiéter Bibi, surtout évoluant par deux avec des techniques de chasse éprouvées.

Il les jaugea rapidement du regard pendant que les monstres fléchissaient leurs membres, prêts à bondir, suintant l'impatience bestiale du chasseur si affamé qu'il en frôle l'hystérie. Les lèvres rétractées en un rictus avide, ils hérissèrent leurs crêtes dorsales d'épines noires, produisant un bruit de crécelle intimidant.

Bibi tendit brutalement son bras gauche et son bâton sauta directement dans sa main. Au même moment, un Démon bondit sur le côté, croyant esquiver une attaque, alors que l'autre sauta sur Bibi, déjà en position de défense.

Le Caï fut stoppé par une flèche qui se planta en dessous de sa clavicule. Il poussa un cri aigu alors que son corps était rejeté en arrière. Bibi sentit le vent siffler près de son oreille quand une autre flèche fusa jusqu'à l'œil du second Démon qui s'écroula net. Taro surgit et acheva le premier à coups de couteau acharnés. Bibi interrompit son geste.

– Tu es suffisamment efficace avec un arc Taro.

Une rage intense déformait le beau visage de son compagnon de voyage.

– Je les hais viscéralement ! rugit Taro en se dégageant de la poigne de Bibi.

Le jeune Pur ressentit toute la Force de son compagnon de voyage qui, sous le coup de la colère, ne la jugulait plus. Lui aussi cachait une partie de ses pouvoirs. Bibi lui prit le couteau des mains qu'il serrait si fort que ses jointures viraient au blanc.

Le farouche Guerrier le regarda en essayant de reprendre son souffle. Il ouvrit la bouche pour dire quelque chose mais finalement se tut.

– Ça va aller ? demanda Bibi.

– Mais oui ! cingla Taro avec agressivité.

Bibi observa les cadavres des Démons se décomposer à une vitesse surnaturelle en produisant une fumée noire teintée de violet. Il distingua pendant quelques secondes leurs organes, puis leurs os, tandis que leur sang rouge foncé coagulait sur le sol en de petits paquets répugnants. Puis les os se désagrégèrent et il ne resta plus d'eux qu'une poussière grise et poisseuse ainsi que des paquets de fumée dans les airs que le vent finirait par disperser. Bon débarras.

– Excuse-moi Bibi.

Celui-ci se tourna vers lui avec un sourire.

– De quoi ?

– De ma réaction.

– Mais ce n'est rien. Je comprends.

– Si, c'est quelque chose. C'est juste que…

Taro soupira en baissant la tête. Bibi s'approcha de lui et lui posa une main sur l'épaule, après une hésitation.

– Tu n'as pas à te justifier Taro. Allez, en route ! On devrait bientôt apercevoir Belleterre. Ça nous mettra du baume au cœur !

Le reste de la journée, Taro ne prononça pas une parole, ce qui permit à Bibi de réfléchir. Deux Caïs ? Étaient-ils apparus à cause de lui ? Parce qu'il avait dévoilé ses dons trois jours plus tôt ? Ce genre d'épisode, malheureusement familier, le faisait douter. Pourquoi les Démons s'obstinaient à pourchasser les Purs de la sorte ? S'agissait-il plutôt d'une coïncidence ?

Supposer qu'il s'agissait d'une coïncidence paraissait davantage plausible, voire rassurant. Accorder aux Démons la capacité de sentir les pouvoirs des humains revenait à les rapprocher des Mages qui possédaient eux aussi une perception des dons des autres. S'imaginer proche de ces monstres dégoûtait la plupart des gens.

Le soir venu, installés près d'un petit étang, sur un plateau piqué de saules pleureurs, Bibi sentit sa tension diminuer. Aucune menace n'était perceptible alentour et le sol spongieux les avertirait de la présence d'intrus.

Au bout du plateau, dès leur campement installé, il distingua dans la lumière du couchant la glorieuse Belleterre et ses murailles millénaires surmontées par de puissantes tourelles, encaissée contre un gigantesque éperon rocheux de la falaise où mourrait le Pré, cette immense prairie de l'ouest. La grande cascade déversait sa masse d'eau sans cesse renouvelée en une longue trainée chatoyante. La Capitale du Monde, un trésor des Anciens Temps, la ville la plus peuplée, la plus animée, la plus puissante au Monde. Un concentré de grandeur !

– Taro ! cria-t-il en agitant un bras. Belleterre ! On la voit !

Il lui répondit par un geste fatigué sans arrêter de brosser sa jument. Bibi en déduisit que son nouvel ami aspirait à une certaine solitude. Il bondit alors dans la pente légère, sentant une bonne humeur le gagner. Ils y étaient presque ! Il suivit le ruisseau d'eau claire et froide qui s'écoulait de l'étang, partit explorer un bois clairsemé en contrebas, ramassa des branches pour leur feu et quelques plantes aux propriétés intéressantes avant de retourner au campement.

Taro, assis à côté de son travois défait, jouait un air à la guitare, un bel instrument, apparemment caché dans ses bagages. Les notes tintaient dans les oreilles de Bibi qui les accueillait avec plaisir. De la musique ! Il avait oublié le bonheur qu'elle pouvait procurer ! Ramené à la réalité par le regard de son compagnon de route, vide et fixé sur le feu, il s'assit à ses côtés. Taro lui jeta un coup d'œil furtif en posant sa guitare et Bibi put apercevoir ses yeux rougis.

– Je crois que je te dois une explication.

– Non Taro, tu ne me dois rien, le rassura Bibi. Si m'expliquer te soulage, fais-le sans hésiter mais si tu te sens obligé, ne te force pas. À toi de voir quand et si tu as besoin de moi.

Taro le regarda avec un certain étonnement avant de se replonger dans le silence. Puis il se décida.

– J'appréhendais le moment où je te raconterai ce passage de ma vie. Je l'avais gardé pour ce soir en prévoyant d'éluder la vérité. De mentir par omission, soyons honnêtes. Sauf que ce matin, avec ces saloperies de Démons ! Je n'en avais pas vu depuis quelques mois et ça me ramène à de biens mauvais souvenirs.

Bibi, devant son émotion, lui offrit toute son attention.

– Ça s'est passé il y a trois mois. Quasiment jour pour jour. Renna, une de mes sœurs, son mari et ses deux enfants effectuaient une inspection de certaines de nos terres dans un village situé au nord de Carvacol. C'est alors qu'une horde de Caïs a surgi à l'aube, prenant d'assaut le village endormi. Riono et moi, qui les avions accompagnés, étions sortis du village nous entraîner et admirer la silhouette du vieux volcan au nord. Nous avons été alertés par des cris perçants, mais... trop tard. Les villageois survivants tentaient de se protéger et de riposter en se barricadant dans leurs maisons. Les Démons, si nombreux, réduisaient à néant les efforts des habitants.

Il s'interrompit un court instant dans son récit pendant que Bibi luttait contre une impression d'horreur grandissante.

– Ma sœur est défigurée, mon beau-frère estropié. Le corps de mon neveu était tellement abîmé qu'on a mis deux jours avant d'être sûrs que c'était lui. Il avait... s'étrangla Taro sur des sanglots, il n'avait que quatre ans. Ma nièce était cachée sous des cadavres. Depuis, elle est plongée dans le mutisme. Elle a tout juste six ans. Et mon maître, Riono, est mort, lui aussi.

Bibi, bouleversé, ne savait pas comment réagir. Comment de tels drames pouvaient-ils encore se produire ? Toutes ces familles, ces enfants… Et Taro.

– Le village était presque rasé, les rues pleines de cadavres, de corps de gens que je connaissais ! Pendant que je luttais, leurs yeux vitreux me fixaient. J'étais si lent, maladroit, trop horrifié par ce que je voyais. J'ai réussi à cacher ma sœur dans un vieux moulin, mais cela n'a pas suffi à l'épargner. Elle a été défigurée. Quant à mon beau-frère, je le revois se débattre contre le Démon qui lui dévorait le bras. Ils étaient trop nombreux. Même mon maître, un si grand Guerrier, n'a rien pu faire.

Bibi serra l'épaule de Taro avec émotion.

– Je ne sais pas pourquoi ces monstres sont venus s'attaquer à nous, reprit-il en levant son regard vers son nouvel ami. Tu comprends maintenant pourquoi la superstition selon laquelle les Purs attirent les Démons m'agace. Où étaient les Purs porte-malheur dans ce village ? Il n'y en avait aucun ! Face aux Démons, nous sommes tous égaux, tous victimes ! Mon maître riait toujours de ces idioties. Tu l'aurais vu se battre…

Taro ne réussit pas à aller au bout de sa phrase.

– Et toi ?

– Moi ?

– Tu t'en es sorti indemne ?

Il descendit son pantalon pour dévoiler un long bourrelet rouge sur sa cuisse. Puis, torse nu, il lui désigna une autre cicatrice sur son épaule, évoquant une étoile de mer que Bibi avait déjà remarquée.

– Empoisonné ?

Taro hocha la tête.

– Deux piqûres.

Les Démons, uniquement les Caïs, empoisonnaient parfois leurs proies pour les transformer en parodies d'êtres humains, à mi-chemin entre un homme et un Démon atteint d'une rage aveugle. Ils finissaient tous par mourir au bout de quelques semaines ou de quelques mois dans d'intolérables souffrances, quand ils n'étaient pas retrouvés et massacrés par une foule en colère.

Les Maîtres Mages avaient trouvé un remède depuis des millénaires. Tout le monde en connaissait la formule, mais rien n'empêchait la fièvre, les vomissements et les cauchemars pendant plus d'une semaine. Les empoisonnés y succombaient parfois, ce qui valait toujours mieux que de devenir un demi-Démon et d'écorcher vif la moitié de sa famille.

– J'ai quitté Carvacol pour la Rencontre il y a six jours. Il était prévu que je vienne en simple spectateur avec ma famille, mais vu les événements ils ont préféré ne pas m'accompagner. Le plus horrible dans cette histoire est que mon frère et mon père me tiennent pour responsable. À peine étais-je rétabli qu'ils m'accusaient de la mort de mon neveu et du reste. Mon frère se demandait à quoi pouvait bien servir un Guerrier chez les Chanteterre si celui-ci était incapable de protéger sa propre famille. Comme si je n'étais qu'un foutu clebard, un chien de garde! Nos disputes se sont transformées en terribles crises. Il a tout de suite mis le doigt sur le point le plus douloureux :ma culpabilité. La Rencontre est devenue mon échappatoire. Je chercherai du travail à Belleterre. Je ne retournerai pas à Carvacol, pas tout de suite. Nous nous sommes trop disputés pour…

Taro fit une pause en s'apercevant que son souffle s'emballait.

– Malgré leur rejet, reprit-il d'un ton triste et lent, j'ai quand même le sentiment de les avoir abandonnés.

Taro continuait à fixer le feu comme si ces scènes s'y rejouaient. Le claquement d'une brindille tel l'écho d'un cri d'agonie ; une flammèche vive, un corps se débattant dans la souffrance. Pendant ce temps, Bibi se demandait de quelle manière il pouvait lui apporter son aide.

– Riono et mon neveu sont morts. Je n'ai même pas pu assister à leurs funérailles à cause de ma fièvre. En partant, je les fuis eux aussi. Je fuis le deuil que leur absence m'impose. C'est également pour cette raison que je tenais à voyager avec toi, pour ne plus être seul et essayer de ne pas y penser.

– Ton frère semble être un parfait gros con, lâcha soudainement Bibi.

Taro éclata de rire avant de se retrouver secoué de sanglots qu'il étouffa en se frottant le visage.

– Ça m'a fait du bien de voyager, poursuivit-il. Je me sentais mieux. Plus je m'éloigne de Carvacol, plus je sens que l'étau se desserre. Sauf que ces pourritures de Caïs réapparaissent, comme s'ils me pourchassaient !

Taro continua à parler d'une voix tremblante.

– Toutes ces nuits de cauchemars, cette douleur, la peur de devenir Démon ! Ces images d'horreur et de chaos qui me sautaient aux yeux dès que je m'assoupissais, ces cadavres, les cris, ma sœur tâtonnant le sol à la recherche de son œil et de ses enfants et tout le reste…

Bibi le prit par les épaules et l'attira contre son torse. Il se balança d'avant en arrière, doucement, en chantonnant son air. Une mélodie qui l'accompagnait depuis tout petit, associée à un souvenir diffus mais poignant, qu'il lui sembla important de chanter à Taro.

Le geste de Bibi et son chant, clair et émouvant, eurent un tel impact sur celui-ci que ses barrages cédèrent. Il s'accrocha à lui sans plus aucune retenue et pleura, déversa larmes, chagrins et souvenirs pour la première fois depuis le drame.

Au bout de quelques minutes, il se calma, soulagé mais confus vis-à-vis de Bibi. Il s'écarta de son étreinte sans le regarder en face.

Bibi se sentait heureux d'avoir pu réconforter Taro, une satisfaction à laquelle s'ajouta le plaisir d'avoir été proche de quelqu'un.

– Je suis désolé Bibi.

– Non c'est moi. Je ne voulais pas te mettre mal à l'aise. Je ne savais pas comment réagir autrement.

Taro sourit en jouant avec une brindille enflammée. Puisque les mots semblaient futiles à cet instant, un silence complice s'installa entre eux. L'étang non loin s'anima du chant de quelques grenouilles. Une chouette leur répondit.

– On mange ?

– Je n'ai pas très faim, dit Taro.

Ils dînèrent donc frugalement avant qu'il ne reprenne sa guitare. Bibi traita sa récolte avant d'aller déranger les grenouilles pour se laver. Taro se coucha pour regarder les étoiles montantes et la lune, pleine d'un quartier. Bibi l'avait-il ensorcelé pour qu'il se laisse aller ainsi ? Qu'il avait été salvateur de lâcher enfin du lest ! Il allait apprendre à vivre avec ce tragique épisode et ses souvenirs.

– Taro, cria tout à coup la voix de Bibi. Viens voir. Vite !

Taro bondit vers le bout du plateau, un poignard à la main, là où la silhouette d'un Bibi torse nu s'agitait dans une étrange lueur, provenant de Belleterre, brillant dans le lointain.

– Les Fêtes de la Rencontre commencent. La Cérémonie d'ouverture Taro ! Tu te rends compte, la Cérémonie d'ouverture ! C'est incroyable !

Ils contemplèrent les effets magiques, sorts éclatants issus de l'imagination des Mages, qui bondissaient dans le ciel avec les feux d'artifice impressionnants des Ordinaires et des Guerriers, où chacun y allait de sa petite fusée ou de son sort. Le spectacle éclairait la nuit de folles lumières, de couleurs festives ! Taro se réchauffa avec un sourire lumineux qui dissipa sa tristesse. Bibi, lui, sautillait sur place comme un enfant.

– Regarde, regarde, plein de réponses ! dit-il en désignant des sorts et des éclats dispersés en une multitude de points plus ou moins éloignés autour de Belleterre.

– C'est grandiose, dit Taro. On dirait que ça se répand dans le Monde entier. De la plus grande ville, en passant par le plus petit village jusqu'aux campements dispersés, tout le monde va faire la fête ! La Magie de la Rencontre.

– Il faut qu'on participe aussi ! s'exclama Bibi. Il le faut !

– Tu pourrais ? Je n'ai pas pris de fusées d'artifice.

Bibi arrêta de s'agiter et eut l'air gêné.

– Pour être honnête, ce matin, les Démons sont peut-être venus parce qu'il y a trois jours, j'ai dévoilé mes pouvoirs de Pur. Alors il se pourrait qu'ils…

– Oublions les Démons, trancha Taro avec un geste de la main et un froncement de sourcils. C'est la fête ce soir et ces monstres ne nous empêcheront plus jamais de nous amuser quand nous en aurons envie !

La voix de Taro résonna en un furieux cri qui se répercuta alentour. Bibi le regarda intensément comme s'il venait de proférer une vérité qu'il cherchait depuis toujours.

– Tu as raison, fit-il avec un sourire heureux. Plus personne, plus jamais !

Il leva les bras au-dessus de sa tête et lui fit un clin d'œil.

– Attention les yeux.

Il se mit à émettre une lumière blanchâtre, pulsatile, avant de s'élever dans les airs. Par intermittence, il émettait des flashs de plus en plus scintillants et lâchait des pétarades jaunes qui explosaient au fur et à mesure de son ascension. Il s'immobilisa à presque dix mètres du sol. Ses traits jaunes orangés qui flottaient alentour revinrent vers lui à toute vitesse, réunis en un point brillant, ce qui le faisait ressembler à une étoile de laquelle jaillissaient de légères flammes. Il se déplia d'un coup en poussant une note joyeuse, magiquement amplifiée, déployant sa lumière en un dôme rayonnant de gerbes blanches avant de retomber au sol avec des bruits de bulles qui éclatent. Bibi atterrit, essoufflé et illuminé par la joie.

– Alors ça c'était de la Magie !

Bibi rit aux éclats et le poussa amicalement en dansant, pour l'encourager à le suivre.

– Regarde. Le Monde explose !

Les réponses se faisaient de plus en plus chatoyantes, musicales, impressionnantes. Même le spectacle de Belleterre devint plus beau et délirant, jusqu'à ce que toute la Capitale semble s'embraser d'éclats magiques et d'explosions de feux d'artifice, comme un immense volcan, rempli d'un trop plein de rires et de vie.

Bibi dansait n'importe comment et s'amusait comme un fou. Taro, en le voyant ainsi, ne put s'empêcher de le suivre, d'empoigner sa guitare pour lui faire chanter des airs vifs et joyeux. Ils se calmèrent bien plus tard, alors que la nuit reprenait son droit. Taro dit en s'asseyant :

– Les Démons se tiendront tranquilles après toute cette joie de vivre.

Bibi sourit et s'enfonça avec délice dans sa fourrure. Taro resta un moment à le regarder. Il souriait. Il souriait parce qu'il avait vu Bibi heureux. Pourquoi le considérait-il déjà comme un ami ?

Une conclusion s'imposait. À présent, cet homme n'était plus un simple compagnon de route, il était son ami. C'était Bibi, son Bibi, étrange et émouvant, qui paraissait si fragile une fois endormi.

Taro se réveilla à l'aube avec une impression désagréable. Il avait peu dormi, torturé par des rêves dérangeants, et tout ce bruit environnant, ces cris… Sa sœur ? La voix de Bibi peut-être… Bibi ?

Il se redressa violemment sur un coude et essaya d'y voir clair. Un tourbillon de poils, de museaux et de dents semblait virevolter alentour. Il aspira une bouffée d'air.

– Taro, attention !

Une lourde bête se jeta sur lui et lui laboura les épaules de ses griffes. Son haleine chaude le heurta et Taro croisa les pupilles menaçantes de son agresseur fou furieux. Les dents étincelantes du loup menaçaient de se planter dans la chair fragile de sa gorge. Taro eut le temps de blinder sa Résistance pour faire face à la morsure. Il s'en sortit égratigné et repoussa le fauve d'une bourrade. Une autre masse poilue le percuta de plein fouet dans un concert de hurlements et de grognements féroces. Taro se releva.

– Rivi ! hurlait Bibi. Taro ! Mais réveille-toi, réveille-toi !

Il eut l'impression de passer sous un jet d'eau froide, observa le tableau en quelques centièmes de secondes et se rua sur son épée. Une meute d'une douzaine de loups, anormalement énormes, le poil hirsute, tournait et bondissait sur Bibi qui repoussait leurs attaques avec habilité. Pourtant, les bêtes n'agissaient pas comme des animaux sauvages, qui auraient dû déguerpir face au bâton implacable du Pur. Certains se détournèrent de leur première cible comme des automates et se dirigèrent vers Taro en grondant. L'impétueux Guerrier sourit d'un air féroce avant de se jeter dans la mêlée, sa Force déchaînée, son épée tranchant les gorges et les flancs.

– Non ! Ne les tue pas !

– Quoi ? Mais tu es fou ! beugla Taro en frappant du pied un mâle énorme.

– Laisse-moi t'expliquer !

Une louve fine et vive profita de ce moment d'inattention pour planter ses crocs dans sa cuisse droite. Bibi lâcha un cri de douleur pendant que l'animal essayait d'affermir sa prise avec plus de violence. Trop tard, car le jeune combattant avait fait de sa peau une barrière infranchissable grâce à sa Résistance.

Taro n'eut même pas le temps de réagir et de l'aider que Bibi s'était transformé en un Pur terrifiant. Saisissant d'une main le cou de la louve qui s'acharnait sur cette cuisse offerte mais si dure, il poussa un cri d'effort et lui broya la nuque avec la seule Force de sa poigne.

Il jeta le cadavre au loin. Son bâton frappait à présent si fort que les os craquaient, la chair éclatait et le sang giclait. Les mains de Bibi s'illuminaient de temps à autre d'étincelles qui couraient le long de son arme favorite, pour lâcher des sorts à ses extrémités. Des éclairs embrasèrent un loup noir. Une boule de chaleur explosa contre trois de ses congénères, mais surtout de grosses bulles bleuâtres éclatèrent en de violentes ondes de choc, dispersant les bêtes, les laissant sonnées et vulnérables, dégageant suffisamment de place pour que son corps puissant et souple enchaîne de terribles coups sans le moindre temps d'arrêt.

Bibi semblait danser, voler, alors que ses muscles se tendaient et frappaient, sans pitié, brisant mâchoires, flancs et crânes. Leur dernier adversaire finit presque coupé en deux quand un coup de bâton enduit d'un sort brillant frappa son dos.

En moins d'une minute, Bibi se tenait très droit au milieu des restes de la meute, tendu, à peine essoufflé. Il se tourna de tous côtés, comme s'il cherchait quelque chose. Un lynx, juché au-dessus d'un cadavre de loup, se mit soudain à cracher et à faire le gros dos face au sommet d'une colline proche. Bibi regarda immédiatement dans cette direction. Taro aperçut quelques silhouettes et resserra sa main sur la poignée de son épée. Des brigands ! Sans doute avertis de leur présence par les effets magiques de Bibi la veille ! Alors que des étincelles de Magie claquaient dans ses cheveux, le Pur hurla au vent :

– Maudits salauds ! Êtes-vous tellement lâches que vous ne viendriez même pas vous battre en personne ? Approchez que je vous brise ! termina-t-il en bondissant de rage, son bâton brillant à la main.

Les silhouettes ne bougèrent pas, pensant passer inaperçues, avant que Bibi ne lance une de ses bulles magiques. Aussitôt le lynx bondit dans cette direction, accompagné de Bibi, ce qui suffit à faire fuir les brigands en une grande débandade. Taro, resté les bras ballants devant ce spectacle, lui cria :

– Laisse-les partir Bibi !

Celui-ci s'arrêta et respira profondément pour reprendre ses esprits.

– Tu es blessé! fit Taro en le rejoignant.

– Non, ça devrait aller, dit-il en se baissant pour s'examiner. Elle n'a pas eu le temps de faire trop de dégâts.

Taro le regardait avec effarement, avec un respect tout nouveau et une pointe de jalousie, tandis qu'il l'aidait à retourner au camp. Son petit Bibi, son ami voyageur si naïf se révélait être un Pur redoutable.

– Dis donc Bibi…

– Quoi ?

– Tu es un combattant superbe, grandiose ! s'exclama Taro.

Bibi rougit et se détourna, comme s'il en était honteux. Le jeune Guerrier s'arrêta de rire devant sa gêne et hurla soudain, en une explosion d'angoisse :

– Ma jument ? Blouma ? Où est-elle ?

– Sous un sort là-bas, dit Bibi en lui désignant le bout du plateau.

En effet, Taro put voir sa jument près de l'étang, nerveuse, piaffante, se cognant aux parois d'un dôme de lumière verdâtre. Bibi le fit disparaître en fermant son poing avec une crispation sur le visage et un murmure.

– Tu es impressionnant Bibi, dit-il en reportant son attention sur lui. Tu as même pensé à protéger Blouma ! Merci. Merci beaucoup !

– De rien, de rien. Dis, tu pourrais aller chercher mes affaires ? répondit Bibi en s'asseyant avec quelques précautions, sa jambe blessée tendue devant lui.

– Ah oui, tu es blessé, se rappela-t-il.

– Tu es désespérément lent le matin, soupira Bibi avec une grimace de douleur.

Taro rit avant de stopper net. Le lynx, adulte, très beau, le poil brillant et dense, l'œil vif, était assis devant le sac et le regardait avec attention. Taro avait complètement oublié cette étrange apparition, au milieu de tous ces loups.

– Bibi ? Il y a un lynx qui monte la garde devant ton sac.

Chapitre 2.

– C'est Rivi, mon vieux compagnon.
– Compagnon ? C'est un lynx.
– Tu comprendras.
– Attends. C'est lui ton vieux copain qui gambade ?
– Oui.
– Et moi qui croyais que tu parlais d'un ami imaginaire inventé pendant tes quatre ans de solitude ! Tu es complètement sain d'esprit alors ?
– Taro, j'ai beau jouer au dur, j'ai mal ! J'aimerais voir l'étendue des dégâts le plus vite possible, en espérant que cette blessure ne soit pas un frein pour la Rencontre. Tu pourrais te dépêcher un peu ? Allez Guerrier !
– Et… comment dois-je m'y prendre exactement ?
– Rivi ! Mets-y du tien et bouge de là !
Le lynx se leva, hésita et se rassit un peu plus loin. Il darda son pâle mais intense regard métallique sur Taro qui prenait le sac avec prudence. Le petit fauve l'accompagna jusqu'à Bibi et ne cessa de le scruter pendant qu'il l'aidait à panser sa blessure. Après examen, il s'avéra, au grand soulagement des deux voyageurs, que la louve avait échoué à faire de véritables dégâts.
– Je ne te fais pas mal ? lui demanda le jeune Guerrier en nouant la bande de tissu derrière sa cuisse.
– Non, non, ça va.
Taro faisait semblant de prendre ça à la légère et Bibi luttait pour ne rien montrer ni de sa douleur, ni de son trouble. C'était si étrange que quelqu'un s'occupe de lui avec gentillesse.

Son guérisseur improvisé se releva et Bibi s'empressa de l'imiter. Taro lui donna tout à coup une franche accolade qui le surprit. Rivi le lynx se releva, méfiant. Bibi chancela face à l'enthousiasme de son compagnon de voyage, avant d'arborer un grand sourire.

– Merci Bibi. De m'avoir écouté et épaulé hier, de m'avoir sauvé la vie ce matin et d'avoir protégé Blouma. Merci pour tout.

Bibi eut un rire incrédule en tapotant maladroitement l'épaule de Taro. Rivi grogna un peu en réponse et tira sur le cuir de ses bottes de voyage.

– Il ne va pas me dévorer quand même ?

– Non ne t'en fais pas. Sauf si je le lui demande, plaisanta Bibi avec un clin d'œil. Il faut nettoyer tes plaies aux épaules et au cou, poursuivit-il en désignant les blessures de son nouvel ami.

– Des égratignures, répondit celui-ci dans un sourire de rude Guerrier habitué aux combats.

– Quand même, si jamais ça s'infecte. Et il faut que tu sois en pleine forme pour la Rencontre.

– Eh bien pour toi en tout cas, ça tombe vraiment mal, dit Taro avec une expression redevenue grave.

– Non, ça devrait aller. Tu verras comme ce baume que je me suis appliqué est efficace.

Bibi soigna Taro et fut grandement impressionné par son physique musclé, sans pour autant paraître disharmonieux. Il aurait pu servir de modèle d'étude à des apprentis guérisseurs ou à des sculpteurs. Le jeune Guerrier était un homme magnifique.

– Quand je dis très efficace, je suis gentil, poursuivit Bibi. C'est un baume cicatrisant que mon maître m'a remis le jour de mes quinze ans, quand j'ai recueilli Rivi, expliqua-t-il en rangeant ses affaires.

– Ah, je pensais que c'était de ton invention, vu que tu passes ton temps à ramasser tout ce que tu trouves.

– Non, non, il m'a appris cette recette.

Taro se tut, pensif, avant de se diriger vers son travois pour y remettre son épée en râlant.

– Foutus brigands ! Le Monde ne sera donc jamais sûr ? J'en ai déjà croisé un paquet avec Riono, mais ils étaient beaucoup plus désorganisés. Alors que là, une meute de loups ! Comment est-ce possible d'ailleurs ?

Bibi, qui tirait un couteau de pierre de son sac, lui répondit laconiquement :

– L'exemple parfait de l'animal ensorcelé : taille, yeux, agressivité. Je trouve ça plutôt inquiétant. Il faut un grand pouvoir pour ensorceler des animaux. Du coup, ça m'étonne que les brigands se soient enfuis si vite.

– Il faut dire que tu étais très impressionnant, dit Taro.

Il alla rassurer Blouma qui s'était timidement rapprochée d'eux. De son côté, Bibi examina les cadavres. Avant qu'il ait pu faire quoi que ce soit, leur pelage hérissé et piquant s'évapora avec un chuintement pour révéler leur véritable apparence. Les loups concurrençaient férocement l'homme dans cette région du Monde et davantage encore dans les montagnes, mais ils ne méritaient pas d'être manipulés ainsi. Bibi se sentit honteux de s'être emporté de cette manière et d'avoir massacré d'aussi nobles animaux.

– La preuve est faite, dit Taro. Ils ont été démonisés.

– Tu ne crois pas qu'il faudrait en parler à des gens qui… Enfin tu vois ?

– En parler à la Milice tu veux dire ?

– Oui.

– On pourra toujours, une fois à Belleterre. Vu que toute attaque démoniaque doit être recensée, on le fera au moment de s'inscrire aux Épreuves.

– Ah oui ? Je ne savais pas, dit distraitement Bibi.

Il arracha les dents des loups morts, poissant ses mains de sang, mais il ne pouvait gaspiller de tels ingrédients, si précieux dans la formulation de certaines poudres magiques. Quant aux fourrures ! Seulement pour ça, Bibi manquait de temps, sans compter que sa dangereuse efficacité avait mis à mal toutes ces peaux.

– Au fait, pourquoi ne voulais-tu pas que je tue les loups ?

– Ils étaient ensorcelés, expliqua le jeune Pur. Ils n'y étaient pour rien tu comprends ? À leur place, tu aurais peut-être préféré qu'on trouve un moyen de te libérer du sortilège plutôt qu'on te tue. Malheureusement j'ai perdu mon sang-froid et comme d'habitude j'ai tout cassé. De toute façon, face à une telle meute, comment réussir à trouver un contre-sort assez rapidement sans se faire croquer ? La preuve ! dit-il en désignant sa jambe.

Bibi se releva sans grande difficulté et alla ranger les crocs dans ses affaires. Taro se détourna.

– Dis, il contient beaucoup de choses ton sac ? lança-t-il tout à coup.

Bibi rigola et dit :

– Tu as percé un de mes secrets.

– Ça reste bien pratique la Magie, hein ? lui dit-il avec un clin d'œil.

– Et comment !

Blouma la jument piaffa et hennit en secouant la crinière. Elle reculait devant Rivi le lynx qui s'approchait d'elle d'un air joyeux. Taro la rattrapa juste avant qu'elle ne s'emballe et tenta de la calmer avec moult caresses et mots doux. Bibi arrêta Rivi d'un geste.

– Il est temps de faire les présentations je crois, dit Bibi en s'agenouillant avec difficulté auprès de Rivi. Blouma la jument, je te présente Rivi le lynx.

Taro réussit au bout de longues minutes à la convaincre de le suivre, sans doute parce que Rivi et Bibi partageaient un semblant d'odeur. Rivi restait tranquille sans réussir à cacher une certaine impatience. Il observait la jument, ses oreilles dressées et son buste en avant. Après un long moment d'hésitation et de douces persuasions, Blouma tendit ses naseaux vers la truffe de Rivi, pointée en l'air, fébrile. Ils se sentirent le bout du nez pendant quelques secondes, puis Blouma s'écarta brusquement, comme épouvantée par ce qu'elle venait de faire. S'acoquiner avec un prédateur ? Quelle déchéance !

– Un grand pas accompli, dit Bibi. Maintenant, à toi Taro.

Celui-ci caressa à son tour Rivi d'une main prudente en le remerciant de l'avoir sauvé. Le lynx se laissa faire, et lui rendit un regard plein d'une attention glacée, suffisant pour le mettre mal à l'aise.

Le jeune Guerrier connaissait l'existence de ces animaux qui semblaient si intelligents, si proches des hommes dans leur comportement. Possédant un très haut potentiel magique, ils se raréfiaient et on les considérait comme des totems, voire des esprits protecteurs de certains humains. La légende populaire voulait que ces animaux fussent habités par des âmes autorisées à quitter l'éternité de paix offerte par l'Esprit des Ordres, pour apporter le bien dans le Monde.

Comment et pourquoi de tels liens s'unissaient entre des êtres si dissemblables, pourquoi certains humains et pas d'autres, où se dressait la limite entre ces animaux-totems et ceux considérés comme de simples compagnons, tout servait encore de débat à des hordes d'érudits indécis. Bibi allait faire sensation à la Rencontre.

Ils rassemblèrent leurs affaires rapidement, n'ayant que trop tardé. Taro chemina à côté de Blouma, encore très nerveuse, et la soulagea de son travois. Il le tirait comme une luge d'enfant et ne peinait nullement à maintenir un bon rythme.

Quant à Bibi, il se rassura bien vite sur sa capacité à marcher. Sa Résistance l'avait naturellement protégé de la première morsure, tout en rendant inefficaces les suivantes. Malgré la douleur, il s'en sortait bien.

Après une longue journée de marche, fatigante car ponctuée de montées et de descentes dans une zone de collines herbeuses, ils décidèrent de s'arrêter assez tôt dans une jolie vallée, garnie de rochers polis par le temps. Une rivière coulait non loin, le vent les laissait en paix, freiné par quelques arbres, une herbe tendre nourrirait Blouma, des oiseaux et des écureuils amuseraient Rivi. Parfait.

– On devrait continuer, insista Bibi. On perd du temps.

– Détends-toi, fit Taro en posant son travois à terre et en ôtant la selle et les sacoches de la jument. On arrivera à temps à Belleterre pour s'inscrire aux Épreuves et profiter des Expositions.

– Je me demande juste où je vais pouvoir trouver un logement, lui répéta pour la cinquantième fois le jeune Pur. Belleterre va être pleine à craquer ! Alors même si je ne suis pas difficile…

– Je te le répète encore et encore pour que les choses soient claires, tu séjourneras avec moi chez ma tante.

– Elle ne sera pas forcément d'accord. Son auberge doit être remplie avec la Rencontre !

– Ma tante Mouna a le cœur sur la main, sans compter que ma chambre y est réservée depuis des mois, et en plus c'est une chambre double.

– Double ?

– Riono devait venir avec moi.

– Oh… Excuse-moi.

– Ce n'est rien. Allez, détendons-nous maintenant.

Bibi s'amusa quelques instants avec Rivi et le jeune Guerrier observa leur complicité en brossant Blouma. Assister au jeu entre un homme et un fauve! Taro n'aurait jamais pensé voir ça un jour dans sa vie. Il existait des fauves plus impressionnants, mais tout de même. Cela étant, Taro se mit vite à considérer Rivi comme un gros chat qui possédait une intelligence bien à lui. Après tout, n'était-il pas en train de brosser une jument?

– Je vais faire boire Blouma, annonça Taro en grimpant la pente avec elle pour repérer la rivière.

– Je te rejoins, j'ai envie de me rafraîchir, lui lança Bibi aux prises avec son animal-totem qui le clouait à terre en frottant sa tête contre la sienne avec ferveur.

Rivi finit par se lasser et partit musarder, aussi Bibi se lança-t-il à la suite de Taro tout en ensorcelant quelques cailloux pour protéger leurs affaires. En allant vers la rivière, il repéra quatre silhouettes sur le sommet d'une hauteur voisine, près d'une mule surchargée de paquets, alors que Blouma caracolait dans l'eau. Voilà ce qui avait retardé Taro. Bibi sentit sa méfiance se réveiller mais se força à la laisser de côté, pour les rejoindre.

Il découvrit un homme trapu, épais, à la barbe broussailleuse, vêtu modestement, porteur de l'Emblème des Ordinaires qui discutait plein d'entrain avec Taro. Le jeune Guerrier l'écoutait poliment. Une femme discrète et pâle, aux yeux et aux cheveux clairs, se tenait légèrement en retrait, effacée, alors qu'elle semblait tout ouïe. Elle portait un bébé profondément endormi. Une petite fille d'une douzaine d'années était campée à côté d'eux.

La femme tourna son visage vers lui si rapidement que Bibi manqua de sursauter. Elle lui sourit pourtant aimablement et il réussit à lui répondre. La petite fille le regarda avec dédain, de haut en bas, puis reporta son attention sur Taro qui offrait un spectacle bien plus appétissant que ce nouveau voyageur pouilleux. Bibi était estomaqué d'être jugé ainsi par une gamine.

– Bonjour à vous, dit la femme en posant son poing contre son cœur puis en levant son index et son majeur jusqu'à son front pour ensuite désigner le ciel. Je suis Eleia Selbrise de l'Ordre des Ordinaires. Que l'amour du labeur vous sauve.

L'exemple type de la présentation dans les règles, avec le salut cœur-front-ciel, le nom, l'Ordre et la devise de l'Ordre. L'homme remarqua enfin Bibi et imita son épouse, tout en abrégeant les formules de politesse.

– Bonjour à toi jeune voyageur. Je suis Vigor Selbrise, des Ordinaires. Et voici Aïs ma fille. Notre bébé s'appelle Torin.

– Salut à vous Vigor, Eleia, Aïs et Torin Selbrise de l'Ordre des Ordinaires, répondit Bibi avec application en suivant le même protocole. Je suis Bibi.

Vigor fronça les sourcils pour le scruter des pieds à la tête de la même façon que sa fille. Ce jeune voyageur, au départ parfaitement poli, oubliait la moitié de sa présentation ! Comment pouvait-on ne pas avoir de nom de famille ? Était-ce un bâtard ? Il détestait les gens qui se moquaient des anciennes coutumes.

– Tu n'as pas de nom de famille peut-être ? Ni de formule d'Ordre ? le questionna-t-il brutalement.

Eleia le regardait fixement et eut un geste protecteur envers son enfant.

– Tu es donc… ?

Bibi reçut l'offense comme une gifle et fut bien tenté de la lui retourner, gagné par le mépris. Une violente envie lui vint de hurler avec panache qu'il était un Sombre venu répandre le chaos à la Rencontre, mais d'imaginer leurs têtes suffit à le faire sourire et à le calmer. Il ne devait ressentir aucune honte d'appartenir au Quatrième Ordre.

– Je suis un Pur, un Guerrier-Mage, lança-t-il en redressant ses épaules. Alors excusez nos ancêtres si la devise de mon Ordre s'est perdue dans des générations de guerres. Quant à mon nom de famille, vous n'avez pas besoin de le connaître.

– Un Pur ? interrogea Eleia avec un frisson de peur.

– Voilà une rencontre inattendue, fit Vigor en protégeant Aïs de son corps.

– Nous discutions de la grandeur de la Rencontre, expliqua Taro pour pallier la gêne installée. Elle risque d'être mémorable.

– Elles seront toutes mémorables ! s'enthousiasma Aïs en plaquant à nouveau son regard vers Taro.

– D'où venez-vous ? demanda Taro qui n'avait aucune envie de discuter avec cette gamine odieuse.

– De Pujol, une petite ville à une journée de marche d'ici, répondit Vigor.

Eleia poussa alors un cri d'effroi, imitée par sa fille. Encore sous tension depuis leur combat contre les loups, Bibi et Taro se retournèrent d'un bloc pour découvrir Rivi qui venait vers eux en trottant, un écureuil dans la gueule, avec ce semblant de sourire qui le caractérisait. Bibi l'arrêta d'un geste de la main. Rivi obéit et s'assit, interrogateur à sa façon, avec ses oreilles attentivement dressées.

Taro expliqua la situation à Eleia et tentait de calmer la famille Ordinaire, agressive et affolée. Le père sortit même son poignard pour le tendre face au lynx, dont l'humeur ne s'arrangea pas. Laissant tomber son écureuil, il se dressa sur ses pattes comme prêt à bondir, son poil partiellement hérissé d'exaspération.

Les Selbrise retournèrent aussitôt à leur propre convoi en les insultant. Bibi, Taro, Rivi et Blouma les regardèrent s'éloigner avec une franche colère pour l'un, du dégoût pour l'autre, un mépris glacé pour le troisième et une indifférence parfaite pour la dernière, trop heureuse de s'ébrouer dans une flaque de boue.

– À part avec toi, mes rencontres virent toujours à la catastrophe ! Qu'est-ce qui ne tourne pas rond chez moi ? se désespéra Bibi.

– Ce qui ne tourne pas rond, c'est que tu es trop exceptionnel pour être compris par tous ces cons, chantonna la voix sereine de Taro.

– Tu parles ! C'est juste que je suis un Pur pouilleux. Je ne sais même plus pourquoi je suis parti de ma vallée.

– Hé Bibi, ne dis pas ça ! Nous deux, on se serait ratés ! Même si les abrutis pullulent dans le Monde, il ne faut pas en oublier la foule de gens qui méritent d'être connus ! Tu verras quand on s'installera à Belleterre !

– Tu as sans doute raison, abdiqua Bibi en baissant la tête.

Taro, en le voyant si affligé par cette rencontre désastreuse, se jura de le protéger de cette déception. Il enrageait de voir Bibi si triste !

Il lui passa le bras autour des épaules et approcha sa tête de la sienne en un mouvement complice.

– Allons, ne te mets pas dans des états pareils. On ne les reverra jamais ceux-là, et puis on ne peut pas se faire des amis à tous les détours de rivière ! Ce n'était qu'une paire des pingres qui n'espéraient qu'une chose, une association financière avec les Chanteterre !

– Ah voilà, je le trouvais bien mielleux avec toi, le père de famille. Comment ont-ils su ?

– Quelquefois, Chanteterre est comme un mot magique. Ma famille est connue, surtout dans la Région Nord-Est. Ce genre de citoyens me met hors de moi ! Ils tirent de leurs nouveaux statuts et du mouvement encore plus de satisfaction et d'arrogance que les nobles déjà en place, tout ça parce qu'ils veulent s'approprier ce qui existe déjà ! Ça me révolte !

Bibi riait de son énervement. Il aimait bien quand Taro était pris d'un coup de sang, sans trop savoir pourquoi. Peut-être sa façon de défendre ses convictions le séduisait-il.

– Ta jambe, ça va ?

– Mieux.

– Alors ça te dirait qu'on s'entraîne un peu ?

– Pourquoi pas ?

Dès leur retour au campement, après quelques échauffements, ils combattirent l'un contre l'autre, épée et poignard émoussés pour le Guerrier, bâton et sort sous forme de bulle pour le Pur. Ils se jaugèrent en des combats prudents et reconnurent en chacun une manne de talent. Ils firent une pause pour ménager la jambe de Bibi et discutèrent de leurs techniques, de leurs expériences, puis de Rivi et de Blouma qui avaient fui le théâtre de leur affrontement.

– Pourquoi l'as-tu appelé Rivi ? demanda Taro en le cherchant des yeux.

– Je l'ai trouvé tout jeune dans les bois à côté du cadavre de sa mère alors je l'ai pris avec moi. Je ne pouvais pas le laisser mourir. Je pensais que mon maître s'opposerait à mon souhait, mais finalement il l'approuva et fut même content de moi ! Ce qui était tout bonnement incroyable. Je me suis donc occupé de ce bébé lynx et il a très vite réagi à mon prénom. Pour lui faciliter la tâche, je l'ai appelé Rivi.

Comme mon maître disait que nous étions des esprits jumeaux, je trouvais ça bien, des noms proches. J'avais quinze ans, termina-t-il comme pour se justifier.

– Je croyais que tu n'aimais pas ton prénom.

– Oui, parce que je doute que ce soit vraiment le mien. On m'appelle comme ça depuis toujours, mais Bibi ça sonne comme un surnom qu'on donne à un gosse non ? J'imagine que je ne saurai jamais la vérité et que je dois accepter ce nom-là. Alors, on s'y remet ?

– Quand tu veux ! répondit Taro qui concevait mal que Bibi puisse ignorer tant de choses sur ses origines.

Leur bataille s'enchaîna pendant une petite demi-heure avant qu'ils ne décident de s'arrêter, c'est-à-dire quand la blessure de Bibi se remit à saigner et à lui faire mal. Chacun se sentait frustré de ne pas pouvoir se battre avec la pleine possession de ses moyens et Bibi pestait intérieurement contre sa faiblesse.

– Alors, qu'en penses-tu ? Je suis prêt pour la Rencontre ? demanda Taro en essuyant la sueur de son torse avec une serviette.

– Oui, complètement, répondit Bibi en s'asseyant avec une grimace de douleur pour réajuster son pansement. Même si je ne t'ai pas vu à ton maximum, je te sens excellent combattant. Je dirais même que tu es de taille à affronter un Kebobs.

Taro ouvrit des yeux ronds à l'évocation du plus gros des Démons, de la taille colossale de ces étranges pachydermes à l'énorme gueule qui hantaient les rivières des Plaines du Sud. Ressemblant à un taureau affublé de cornes d'ivoire acérées, d'une longue queue massive, d'une peau rouge sous un duvet de poils épars, zébré dans le dos par des bandes écailleuses jaunâtres, rien ne pouvait stopper leur course. Leur front, leurs yeux, leurs épaules, cou et poitrail étaient protégés par une gangue chitineuse d'un brun-noir. En résumé, une espèce redoutée et franchement redoutable, faite pour charger, écraser et transpercer. Dévastateurs, mais fort heureusement à tendance solitaire, ils se raréfiaient avec le temps.

– Tu me surestimes, affirma Taro.

Bibi le regarda avec sérieux.

– Non, non. Quand on défend sa vie ou celle des autres, on en devient encore plus efficace. Enfin, c'est mon avis.

– J'espère que tu as raison, si je suis amené à en croiser un jour, plaisanta le jeune homme.

– Et moi donc, si jamais je suis avec toi à ce moment là. Ça me fera moins de travail !

En se détendant, ils se rendirent compte des dégâts causés alentour. Taro rangea ses armes et prit ses affaires pour aller se baigner, tandis que Bibi faisait le tour des arbres et des buissons blessés, des rochers éclatés et des trous dans le sol. Il s'assit en tailleur au milieu de l'encaissement et Taro lui dit, une serviette sous le bras :

– Je vais me laver.

Bibi acquiesça de la tête avant d'expirer avec force pour laisser sa Magie se libérer. Il ferma les yeux quand il sentit la présence apaisante de Rivi dans son dos.

Le jeune Pur, droit, émettait une lumière rythmée par les battements de son cœur. Il se balança très lentement de gauche à droite dans un mouvement fluide et apaisant. Des effluves de lumière grimpaient de tout son corps pour se regrouper dans ses mains avant de disparaître dans un scintillement. Il chantonna sa mélodie, douce, caressante et des volutes transparentes, comme des mouvements d'air, dans lesquels des nuances de vert et de bleu s'enroulaient, s'envolèrent de sa peau. Elles voletèrent paisiblement vers le moindre recoin de leur campement pour remplir tout l'espace de leur refuge, comme une nuée de papillons au vol lent. La voix de Bibi, aux intonations magiques, les accompagnait jusqu'aux branches cassées, aux troncs fissurés, aux feuilles arrachées, aux rochers en morceaux, à la terre retournée, où elles brillaient intensément avant de disparaître, en quelques secondes.

Bibi calma l'intensité de son balancement, baissa la voix et ouvrit les yeux pour se laisser tomber en arrière, le front en sueur. Rivi vint se frotter à lui et Blouma réapparut, attirée par sa Magie bénéfique. Les oiseaux, les grésillements d'insectes et les bruissements de mammifères se firent eux-aussi réentendre.

– Dire que je n'ai vu que la fin ! s'exclama Taro propre et rhabillé. Tu aurais pu me dire que ce serait si beau ! Je serais resté ! Qu'est-ce que c'était ?

– Un sort de soin, répondit simplement Bibi. En théorie, ils sont parmi les plus compliqués à effectuer.

– Pourquoi ?

– Parce qu'il faut à la fois réparer et créer. La destruction est toujours plus facile que la création. Tu as déjà construit un château de cartes ?

– Bien sûr.

– Alors tu sais de quoi je parle. Je me qualifierais de très mauvais pour ce genre de sort, parce que je ne comprends pas très bien comment ça fonctionne. Du coup ça me bloque. Il s'agit d'anciens rites magiques très secrets, qui font appel à l'essence de vie présente en tout objet ou en tout être.

– Mais tu viens de le réussir non ?

– En partie. Guérir les végétaux et la terre est plus aisé que soigner les êtres vivants comme toi ou Blouma par exemple. Dans ce cas, ce sont des principes organiques beaucoup trop complexes. Il me faudrait des connaissances irréprochables sur l'anatomie et sur le fonctionnement des organes pour qu'un sort de guérison soit efficace. Pour les plantes et les minéraux, on a affaire à des processus moins voyants, plus lents, plus primitifs mais plus magiques. Plus… c'est difficile à expliquer quand on ne comprend pas tout soi-même, disons : intuitif. Si je maîtrisais vraiment cette facette de mon pouvoir, la trace de notre passage aurait été invisible.

– Et des Mages le peuvent ?

– En théorie oui. Par exemple, les Maîtres qui ont inventé les Maîtres, des gens tout en haut de la liste. Il faut un potentiel magique exceptionnel et des connaissances encyclopédiques, comme je te le disais. À mon tour d'aller me laver, lâcha-t-il tout d'un coup.

– Bon bain, dit Taro un peu déçu qu'il n'aille pas jusqu'au bout de ses explications.

Au retour de sa baignade, Bibi constata avec plaisir que Taro avait cuisiné, même si le résultat s'avérait contrasté. Bibi rit de bon cœur et dégusta. La solitude n'existait plus à présent. Il y avait Taro. Ils se couchèrent rapidement et le Guerrier parla plusieurs fois à Bibi juste avant qu'il ne s'endorme. Celui-ci se réveilla suffisamment pour lui signifier de se taire. L'amitié avait ses limites ! Taro rigola en s'excusant et Bibi s'endormit avant même qu'il ait fini de parler. Rivi le lynx, lui, trouvant son ami bien insouciant, décida de faire le guet.

Ils repartirent juste avant l'aube. Bibi boitait mais souffrait beaucoup moins. Ils marchèrent toute la journée dans les collines qui semblaient glisser sur une pente douce vers la plaine où se nichait Belleterre. Les arbres se faisaient plus rares, l'herbe moins grasse mais plus haute, laissant la place à des graminées échappées des cultures de plus en plus proches. Le ciel bleu, traversé de loin en loin par de gros nuages, offrait ombre et lumière sur les vagues végétales, presque brillantes sous le vent tiède qui ne parvenait pas à rafraîchir l'atmosphère pesante.

Bibi ne cessait de mouliner des bras pour éloigner des escadrons de petits moucherons et autres bêtes à tonnerre, attirés par sa sueur. Blouma agitait de concert tête et queue avec frénésie. À bout de patience, il prit dans son sac ses poudres magiques. Il réunit sa petite troupe autour de lui, disposa quelques pincées d'une mixture orangée avec des points rouges et blancs dans sa main. Il souffla dessus tout en tournant sur lui-même, la poudre s'envola pour former un nuage autour de chacune de leurs silhouettes. Il joignit ses mains d'un geste brusque et un rai de lumière y scintilla un bref instant. Le nuage de poudre disparut instantanément, mais à chaque fois qu'un moucheron les approchait, il s'embrasait en une étincelle jaune, tout en révélant une aura rougeâtre autour d'eux.

– Quelle méthode de barbare, fit remarquer Taro l'expression taquine.

– J'ai oublié mes répulsifs chez moi.

– Tu as une poudre spéciale tue-mouche ? se moqua gentiment Taro.

– Quoi, c'est efficace non ? Et puis, si j'avais intensifié la libération de la Magie contenue dans la poudre, un cheval s'enflammerait à son contact.

Taro se tut, mouché. Puis il reprit.

– Dis-moi, ça veut dire quoi intensifier la libération de la Magie ?

– Encore un principe magique ancestral compliqué. L'astuce à connaître, c'est l'existence d'une étincelle magique dans la plupart des objets ou des êtres vivants. Un petit rien ou un gros quelque chose, à chacun son potentiel. Toi et moi, par exemple, ou même Rivi, nous avons un gros quelque chose. Blouma, par contre… Ceux doués de perception magique, Mages et Guerriers-Mages, arrivent à sentir ces étincelles, là encore chacun à sa façon. Par exemple, j'arrive à savoir d'emblée à quel Ordre appartient untel, une capacité relativement commune. Je peux aussi sentir la puissance de leurs capacités, aptitude beaucoup moins répandue mais très avantageuse dans un combat. Je n'arriverai pas à t'expliquer ce que ça fait vraiment. C'est un sens comme la vue ou l'ouïe, mais plus subtil. On pourrait dire que ça se résume, dans ma chair et mon esprit, à une perception de l'intensité des pouvoirs de celui qui se trouve face à moi. En maîtrisant la Magie, nous libérons nos propres étincelles, souvent en les modulant ou les amplifiant, ce qui crée des sorts, des enchantements. Notre Magie peut aussi interagir avec celle d'autres entités, qui elles aussi, échangent entre elles. Nous pouvons ainsi les mélanger les unes aux autres, pour obtenir de nouveaux effets, en fabriquant des potions, des poudres, des cataplasmes, des bouillons, etc. Tu comprends ?

– Oui. Comment libères-tu ces étincelles ?

– Il faut se servir de son don magique comme d'un catalyseur pour que l'autre étincelle se révèle. Donc tout dépend des étincelles mises en jeu, la tienne et celle que tu vises. Quelquefois tout est facile pour les libérer. À d'autres moments, la réaction s'emballe et le résultat devient catastrophique. Tu peux aussi avoir des failles, pas assez de Magie en toi pour libérer celle de ta cible, ou celle-ci s'avère trop faible et inutile. Il existe des astuces pour s'aider. Dire des incantations, fermer les yeux, faire des mouvements, utiliser des ingrédients... Tu vois, des choses comme ça, pour forcer la concentration. Pour les débutants, les incantations fonctionnent bien parce que certains mots possèdent eux-mêmes un côté magique. On se les transmet de maître à élève. Il n'y a que les grands Maîtres qui arrivent à faire de la Magie sans aucun mouvement, sans un bruit et sans aucun instrument.

– Les incantations sont spécifiques à chaque étincelle ?

– Non, pas vraiment. Il s'agit plutôt d'une affaire de concentration. Pour certaines en revanche, des phrases d'un langage qu'on n'utilise plus les font réagir, sans qu'on sache pour quelle raison. Comme je disais, l'hypothèse c'est que les mots eux-mêmes possèdent un pouvoir.

– Et pour les sorts qui font appel à ta propre Magie, il faut aussi des incantations ?

– À un âge tendre, si on naît avec un potentiel limité, ou encore si on utilise des sorts peu familiers. Dans ce cas, quelque chose d'intime entre en jeu, une part de nous que nous avons appris à connaître, comme on apprend à utiliser ses jambes pour marcher. Ce qui fait qu'on sait ce dont on a besoin. Regarde, quand j'utilise mes sorts « onde de choc », je ne fais rien d'autre que de les lancer avec mon bras. Pour mon sort de soin, j'ai chanté, ce qui se rapproche d'une incantation. Ça aurait pu être une chorégraphie, une récitation, des gestes ou des paroles bien précises. D'autres que moi auraient pu y parvenir d'une manière radicalement différente. Par contre, il existe de meilleures façons d'utiliser sa Magie. Chanter revient à se trahir, faire des gestes à se ralentir. Tout cela dépend finalement de ta façon d'appréhender ta Magie et celle autour. C'est pour ça qu'elle prend toutes les formes possibles et imaginables. Certaines techniques ne se transmettent pas car elles résultent d'un processus intuitif. Comparons cela à la maîtrise de la Force ou de la Résistance. Tu modules ce que tu possèdes face à ce qui t'entoure.

Bibi réfléchit un peu et continua.

– Disons que la Magie forme un énorme réseau de fils entremêlés et que chaque extrémité est accrochée à quelque chose de différent. Il faut tirer sur le bon fil pour obtenir ce que tu veux. Sauf que dans ce damné fouillis, tu y vas à l'aveuglette, à l'instinct. Ainsi la Magie prend tellement de formes qu'on peut aboutir aux mêmes résultats par des chemins bien différents. Au contraire, il se peut qu'on prenne un même chemin pour aboutir à quelque chose de nouveau par une simple subtilité. Tu veux bien ralentir Blouma s'il te plaît ?

Taro rigola et la fit partir au trot.

– Comme tu es drôle…

– Oh tu n'as pas d'humour, chantonna Taro en faisant un demi-tour avec sa jument. J'essayais juste d'échapper à ton cours de théologie magique.

– Comment ! Tu fuis l'intelligence personnifiée après l'avoir sollicitée ?

– Eh bien oui. Comprends-tu, quand on possède un esprit supérieur comme le mien, la conversation des petites gens laisse indifférent.

Bibi éclata de rire et lança :

– Alors en route votre magnificence ! Stoppons là les beaux discours et allons user de toutes nos facultés à la Rencontre ! En avant vers la victoire !

Leur voyage continua, dans la bonne humeur. Ils firent quelques rapides rencontres dans des bivouacs de plus en plus nombreux, et également près d'un tout petit village où ils s'offrirent du pain et du fromage. Bibi ne s'exprima que très peu, toujours sur ses gardes surtout depuis leur dernière rencontre, mais il rendait avec amabilité les différentes marques de politesse.

Rivi le lynx effrayait souvent, mais dès la situation expliquée, on accourait faire leur connaissance ou on les observait avec recul doublé d'un respect inspiré par la crainte. Bibi en vint même à protéger des insectes un groupe de chasseurs avec sa poudre contre une somme d'argent qu'il garda précieusement.

Le jeune Pur peinait parfois à croire que c'était lui, et bien lui, qui vivait ce voyage avec Rivi, Taro et Blouma à ses côtés. À chaque pas, son étau de solitude et de déchirement semblait se desserrer. Parfois, alors que la complicité entre Taro et lui s'affirmait par un éclat de rire, une confidence ou une taquinerie, il prenait conscience de son bonheur qui allait croissant, semblant dilater sa poitrine et enlever un poids de ses épaules. Il souriait sans cesse, goûtant avec joie à ce sentiment inconnu et se sentait pousser des ailes. Il aurait suivi Taro jusqu'au bout du Monde. Le jeune Guerrier, quant à lui, était ravi de constater l'épanouissement de Bibi.

Un soir, ils campèrent près d'un étang envahi de divers végétaux, un grand saule pleureur caressant les alentours et ses quelques voisins timidement plantés face au vent de la plaine. Les derniers soubresauts des Petites Sœurs s'élevaient modestement à quelques minutes de marche de leur campement. De là s'étendait une zone beaucoup plus plate qui menait jusqu'à Belleterre. De nombreux troupeaux la peuplaient. Plus on approchait de la Cité, plus les vaches et les moutons étaient remplacés par des vergers, des potagers, des champs de blé, d'orge et de mil.

Un groupe de marchands et leurs familles installèrent leur convoi un peu plus loin et Bibi goûta avec délice aux bruits d'un campement peuplé et actif.

Les moustiques vinrent se frotter à sa poudre protectrice et les étincelles jaunes flamboyaient dans la nuit. Rivi alla vadrouiller, les oreilles dressées et Blouma piaffait en direction des chevaux de leurs voisins. Taro ne proposa pas à Bibi d'aller camper avec eux, préférant profiter de leur dernière soirée de calme, douce et sauvage.

À Belleterre, tous les soirs, quiconque pouvait faire la fête qui plus est lors des Rencontres. Les arrivants du Monde entier y dépensaient, jour et nuit, leur argent et une énergie folle à concourir, à goûter à toutes sortes de plaisirs, à travailler dur, à dépasser leurs limites. Bref, à profiter de chaque instant de leur vie.

Tous en sortaient épuisés. Heureux ou malheureux, déçus ou plein d'espoir, mais épuisés. Taro avait hâte, tant et plus que cela lui en faisait presque mal. Le monde et les joies de la fête commençaient à lui manquer au fur et à mesure qu'il laissait ses deuils et ses drames familiaux derrière lui.

Bibi passa la soirée à observer l'imposante silhouette de Belleterre à l'horizon, reposant entre ses falaises et ses murailles, arrosée par sa cascade tumultueuse. Il brûlait d'impatience d'en connaître les détails, d'en voir les merveilles, de s'y tester, de s'y cogner à la vie. Après quatre ans d'attente, enfin !

L'orage éclata durant la nuit. Une poudre de Bibi, bleue et noire, lancée en l'air, fit office de parapluie magique. Un Rivi trempé et penaud vint s'y réfugier sous les rires de Bibi. Taro remercia celui-ci avec une immense chaleur et dansa avec sa guitare. Bibi rigolait à s'en tordre les côtes et Rivi finit par le pousser hors de la protection. Il rentra sous le sort, mouillé et aussi penaud que son ami le lynx quelques minutes auparavant, ce qui n'arrangea pas la bonne humeur contagieuse de Taro. Le bougre d'animal aux grandes oreilles semblait très content de lui.

Les marchands bravèrent la tempête pour leur demander de l'aide. Bibi leur donna le reste de la poudre et sortit pour l'activer. Un dôme les surplomba, visible par les gouttes qui ruisselaient dessus. Ils lui offrirent une somme d'argent qui le laissa abasourdi. La jeune fille du plus riche des marchands le raccompagna et lui offrit un couteau avant de s'enfuir en courant, le rouge aux joues.

– Tu as une touche mon gars, dit Taro en la regardant s'éloigner sous la lumière des éclairs. Ça donne envie de se tenir chaud pas vrai?

Bibi ne répondit pas et alla planter son bâton dans le sol détrempé à quelques mètres d'eux. Il y cala une pierre jaune et brillante.

– Un roc de foudre. Il nous en protégera, expliqua-t-il une fois ses vêtements mis à sécher près du feu et son corps sec enroulé dans sa fourrure.

– C'est vraiment pratique de voyager avec toi, dit Taro.

– Je sais, fit Bibi avec un sourire mutin.

– Joli couteau en acier en tout cas, reprit le jeune Guerrier avec un clin d'œil.

– Oui, rêvassa Bibi en admirant la lame. Mon premier vrai cadeau à moi. C'est quelque chose!

– En tout cas, elle était mignonnette comme tout cette jeune fille. Elle me fait penser à l'un de mes premiers amours.

– Ah oui? Une fille de Carvacol?

– Non, je l'avais connue en voyage avec mon maître. Elle habitait un petit village près des marécages à l'est.

– Oh, c'était une petite aventure alors.

– Oui. Je suis le spécialiste des petites aventures, dit Taro avec un rire grivois.

– Ça ne m'étonne même pas, répliqua Bibi avec un sourire taquin.

– Ah tiens donc!

– Avec ton physique et ta confiance en toi, peu de monde doit être capable de te résister. Surtout une jeune femme perdue dans un petit village près des marécages.

– Ton honnêteté me fera toujours rire Bibi! Tu dis ça presque sur un ton de reproche.

– Non, ce n'est pas contre toi, fit Bibi en haussant les épaules. J'ai juste souffert de la puissance de séduction de gens comme toi.

– Mais encore? insista Taro face au soudain silence du jeune Pur.

Bibi se contenta d'échanger avec lui un sourire et un regard chargés de tristesse que Taro avait appris à reconnaître, quand son nouvel ami évoquait le passé. Taro se tut un moment, le regarda avec une expression empreinte d'une sorte de nostalgie, avant de lancer d'une voix douce:

– Même si tu as eu une enfance difficile et solitaire, je n'arrive toujours pas à… Je ne sais pas comment tu as fait pour résister à la solitude Bibi. Pas seulement pour l'amitié, mais aussi pour l'amour et tout ce qui l'accompagne.

– Rien qu'une présence aurait suffi à me rendre heureux. Juste revoir… Une fois l'adolescence bien entamée, ça allait mieux pour moi socialement. Les enfants de Deucolline que je connaissais depuis toujours avaient grandi eux aussi et l'interdiction des parents valait moins. J'ai pu connaître quelque chose qui ressemblait à de l'amour, tout en goûtant à ce qui l'accompagne. Quand je me suis retrouvé seul, j'ai tellement lutté et souffert pour survivre que j'ai oublié tout ça. J'ai dû l'oublier, pour ne pas devenir fou. Le sexe et l'amour, j'ai l'impression qu'ils sont morts en moi.

– Allons bon, qu'est-ce que tu racontes ? Ces choses-là ne meurent jamais en personne ! Elles sont juste endormies en profondeur c'est tout. Léthargique. Ça reviendra, et alors tout ça se révélera à toi à nouveau. Un volcan qui se réveille ! Franchement mon Bibi, tu as l'air d'être le genre de personne faite pour l'amour, sous toutes ses formes.

Bibi eut un sourire embarrassé, avant de frémir à cause de l'humidité. Taro lui donna une bourrade amicale en riant avant de s'abandonner, comme son compagnon de voyage, à la contemplation des flammes. Perdus dans des nébuleuses plutôt tristes, puis enjouées, des pensées pleines des affres d'hier et de l'impatience comme de l'excitation que leur inspirait demain, ils se rapprochèrent du feu et de sa chaleur tandis que l'orage se déchaînait autour d'eux, se calant l'un contre l'autre, réchauffés par leur présence et leur simple complicité.

Le lendemain, au réveil, Bibi trouva Taro en train d'aider les marchands à désembourber une de leurs lourdes caravanes débordantes de denrées. Sa Force lui fut entièrement nécessaire mais il s'en chargea seul. Bibi se demanda s'il aurait été capable du même exploit tout en se rendant compte de l'ambiance d'entraide qui existait entre ces voyageurs, réunis là pour les mêmes raisons. Une grande chaleur humaine se dégageait de ces rassemblements et le jeune Pur trouvait cela fabuleux.

Ils cheminèrent toute la journée et la matinée du lendemain pour aborder les environs de Belleterre où des routes assez peu praticables, souvent en travaux, arrivaient jusqu'à la Capitale en un chaos de circulation. Sur une longue colline isolée, appelée le Dos d'Âne, ils admirèrent la Capitale, les cultures qui s'étendaient sur des centaines de mètres jusqu'au pied des murailles de la ville. La rivière, prolongement tranquille de la cascade, partait droit vers l'est dans la plaine, pour devenir le Fleuve Hydre, avant de se jeter dans la mer en passant par Viverive, encore plus loin à l'est. Dispersés autour de Belleterre, les trois villages d'agriculteurs, Pierrejoie, Chanteclair et Roquedru, bouillonnaient d'activité. La présence humaine se faisait de plus en plus forte, naviguant dans un mouvement ininterrompu entre les bivouacs, les trois villages et Belleterre.

Celle-ci évoquait une jungle. Une jungle de bâtiments, de la ruine au palais, où des ruelles de boue comme des avenues pavées creusaient des trouées, en un gigantesque entrelacs, piétiné par la foule si diversifiée, mouvante, vivante. Des milliers d'êtres humains ! Peut-être même des millions ! Bibi n'en savait rien. Il ne pouvait qu'observer la ville bouche bée.

Taro le sortit de sa béatitude en lui désignant la route principale qui entrait dans Belleterre, en contrebas. Bibi dirigea son attention vers le nombre grandissant de voyageurs à leurs côtés. Saluts aimables et badinages optimistes comme « qu'il fait beau aujourd'hui », « cette Rencontre s'annonce la plus inoubliable de toutes » fusaient de toutes parts, dans une bonne humeur générale. Bibi ne cherchait plus à freiner cette joie contagieuse qui habitait le cœur de ceux qui s'apprêtaient à participer au grand événement et au contraire, s'immergeait dedans. Blouma piaffait face aux autres chevaux, Rivi gambadait et s'amusait à effrayer les parents en jouant avec les enfants. Taro, lui, affichait un immense sourire et semblait heureux comme jamais.

Ils arrivèrent à la route, bordée de statues d'animaux majestueux ou de personnages légendaires – Barbarian Pursoleil, quelques Rois des Anciens Temps, feu le premier Empereur Merylith Ier, deux ou trois Chefs des Ordres – alternant avec des arbres millénaires.

Bibi s'arrêta net, frappé par la beauté de cette image : le vert des feuilles, les rayons de soleil qui perçaient les ramures, les couleurs des statues, le mouvement des passants et les odeurs que lui apportait le vent.

Et lui, Bibi Sans-nom-de-famille, l'humble Pur orphelin, après un voyage de dix-neuf jours bien remplis, boitillant, heureux, son lourd sac à l'épaule, son vieux bâton à la main, ses compagnons à ses côtés, sa solitude, ses blessures et ses angoisses laissées quelque part en chemin, ne pouvait que contempler avec admiration l'entrée béante des portes principales de la Capitale, qui semblait lui ouvrir grand les bras, comme une figure accueillante et protectrice.

Il leva la tête, pour tenter de voir le sommet du Palais Impérial, le plus grand bâtiment au Monde, immense et vertigineux, point culminant de la puissante Cité, symbolisé par l'Obélisque d'Argent de l'Histoire du Monde.

– Wouah… ! lança Bibi, époustouflé, en se laissant tomber en arrière.

Chapitre 3.

Assis sur le sol, la tête renversée en arrière, Bibi contemplait béatement les esquisses de la ville qui dépassaient des murailles, étonné par le bruit environnant et les odeurs citadines que lui apportait le vent. Heureux d'être enfin arrivé, Taro l'observait avec amusement. Ils échangèrent un regard et se mirent à rire avant d'être brutalement interrompus par une voix hautaine :

– Vous relèverez-vous un jour jeune imbécile ou dois-je vous y contraindre par la force ?

Monté sur un superbe étalon, un vieil homme se tenait derrière le Pur. D'un geste agacé, il passa sa main dans ses cheveux blancs avant de gratter sa courte barbe, également blanche. À son aplomb déjà considérable s'ajoutaient des vêtements luxueux et une foule de serviteurs, de chariots, de chevaux et de membres de sa famille qui le suivaient. Impressionné par cette apparition, Bibi se releva précipitamment, les lèvres closes.

– Bien, dit l'homme avec un profond mépris.

Bibi ne faisait déjà plus attention à lui, ébahi par la richesse et la beauté du convoi, qui, à ses yeux, aurait pu être celui de l'Empereur. L'une des filles, approximativement de leur âge, s'excusa discrètement. Taro lui fit un signe aimable de la tête et parvint à rester silencieux malgré la beauté de la jeune femme. Tout aussi discrètement, elle lui rendit un sourire avant de diriger sa monture et de disparaître entre les siens.

– Tu n'aurais pas dû t'effacer ainsi Bibi, dit Taro en les regardant s'éloigner.

– Pourquoi ?

– Il n'avait aucune raison de te parler comme ça, tout noble qu'il est, insista-t-il en se remettant en route.

– Ce n'est pas grave. Dans l'histoire, c'est lui le méchant. Et puis il est peut-être à cran à cause du voyage à cheval et de ses hémorroïdes !

Taro éclata de rire.

– Tu as raison, oublions-le et gagnons nos quartiers.

– Chez ta tante Mouna ?

– Oui. Tu verras, il n'existe pas de couple plus adorable ou accueillant que le sien. Nous serons comme des coqs en pâte.

Bientôt, trop concentrés à naviguer dans la foule compacte, ils ne purent poursuivre leur conversation. Rivi ne cessait de miauler plaintivement et Bibi s'accrochait à sa propre volonté pour ne pas céder à la panique. Taro dut descendre de Blouma, trop nerveuse elle aussi.

Bibi fut impressionné par les dimensions de l'entrée centrale qu'ils empruntèrent. Quatre autres portes plus modestes, préférées par les marchands pour faire entrer leurs produits dans la Capitale, permettaient également d'accéder à la ville. Les voyageurs se réservaient surtout l'usage du porche principal, ce qui expliquait l'exceptionnelle affluence en ces jours de Rencontre. Les panneaux de bois, hauts de cinq mètres, étaient renforcés par des plaques de métal et des clous gros comme des poings, plantés dans une épaisseur de mur d'au moins deux mètres. Des guérites, minuscules en proportion, se tenaient chacune d'un côté du passage. Des fonctionnaires, épaulés par des miliciens, prélevaient le péage en fonction de ce que les voyageurs transportaient. Bibi ne dut débourser qu'une piécette de cuivre tandis que Taro, avec Blouma et tout son travois qu'il lui fallut partiellement déballer pour prouver qu'il ne s'agissait pas de marchandises, paya deux pièces d'argent sans rechigner. Quand le fonctionnaire remarqua l'insigne de sa famille sur son épée, il réalisa à quel rang Taro pouvait prétendre et tenta de diminuer l'impôt. Taro vit rouge et son interlocuteur zélé pâlit face à sa colère pendant que des citoyens à côté d'eux l'applaudissaient. Le noble vertueux s'empressa de les saluer fièrement.

Après l'imposante muraille, une grande rue entourée de modestes bicoques et d'agréables commerces de quartier plongeait vers le cœur de Belleterre où s'encastraient des jardins et des terrasses. Au fur et à mesure qu'ils approchaient du centre de la ville, tout semblait de plus en plus imposant.

– Mais quel bazar ! s'exclama Bibi déboussolé. Garde un œil sur moi si tu veux bien. Si je te perds, je me perds.

– Ne t'inquiète pas, je te surveille. Nous visiterons la ville le plus vite possible, mais ce soir, nous allons faire la fête !

– Déjà ?

– Bon, bon, je ne vais pas te jeter à l'eau tout de suite.

– Je ne m'en fais pas pour ça, mais je préfèrerais surtout me reposer. Ma jambe a beau se remettre vite, je ne veux pas trop lui en demander. Il va aussi me falloir du temps pour m'adapter. Tu te rends quand même compte que je ne suis jamais sorti de mes montagnes ! fit Bibi en riant. Cela dit, rien ne t'empêche d'aller faire la fête si tu veux.

– À la réflexion, je crois que passer la soirée avec ma famille me fera le plus grand bien avant d'entamer les hostilités.

– Vive Belleterre ! Vive la Rencontre !

Des passants aussi chargés qu'eux les saluèrent et s'exclamèrent à leur tour, enthousiastes à l'idée de participer au grand événement. Le même schéma se répétait partout autour de leur petite troupe, les voyageurs se saluaient entre eux et les Belleterriens leur souhaitaient la bienvenue. Taro les mena dans des ruelles pavées plus larges où une foule à pied, à cheval ou en calèche se bousculait dans un semblant d'ordre. Toute la ville était parée d'habits de fête. Des décorations s'étalaient entre les hautes maisons, chaque fenêtre rivalisait de fleurs et de fanions, des projections magiques flottaient au-dessus des magasins Mages et des automates vantaient les grandes enseignes Ordinaires. Les interpellations des commerçants et la musique qui montait dans toutes les rues, créaient un tintamarre réjouissant.

La foule arborait toute une gamme de couleur de peau, du pâle au brun très foncé jusqu'au noir, en passant par le jaune. Chacun portait un habit unique en son genre, majoritairement en robe pour les dames et en tunique courte sur pantalon serré pour les hommes, des atours d'un luxe éhonté ou d'une pauvreté crasseuse… Des miliciens patrouillaient, engoncés dans des plastrons de cuir qui les faisaient ruisseler de sueur. Des gamins des rues zigzaguaient entre les jambes de la foule bigarrée et en profitaient pour chiper. Les nobles faisaient semblant de ne pas les voir, laissant leurs domestiques les chasser à coup de cravache comme des mouches. Les passants citoyens évitaient naturellement les mains tendues, le regard affamé des estropiés et esquivaient les marchands trop insistants pour mieux atteindre leur but.

Bibi était déconcerté par l'incroyable bruit de la foule autour de lui.

– C'est dur de circuler non ?

– Pas du tout ! Tu vois bien que tout le monde fait très attention !

Bibi s'apprêtait à répondre quand une passante imposante lui planta un de ses talons dans le pied.

– Les cavaliers et les conducteurs de carrosse sont les plus attentifs, reprit Taro, même si tout le monde est invité à suivre les règles. Certaines rues sont aménagées pour les piétons, d'autres uniquement réservées aux chevaux également autorisés à galoper dans celles utilisées par les coursiers ou les guérisseurs en cas d'urgence. Des panneaux avec des signes spécifiques indiquent toutes ces règles. Ça peut paraître complexe mais on s'y retrouve vite. Notre Empereur a été excellent sur ce point.

– Vraiment rien à voir avec Deucolline.

– Deucolline ?

– Le village où j'ai passé mon enfance. La champêtre et montagnarde Deucolline. Très célèbre pour son fromage de chèvre.

– Vraiment ?

– Vraiment.

– Je ne connais pas du tout.

– Pardon, j'aurais dû préciser, célèbre pour les amoureux transis et les passionnés de fromage de chèvre de montagne !

Ils arrivèrent à une place magnifique où trônait une statue de feu l'Empereur Merylith Ier. Un peu de mousse et d'usure lui donnait un côté plus humain. Taro maugréa en constatant l'état de la sculpture, tout comme celui des colonnes et des vieux peupliers tordus, sans compter les pavés usés par le passage du temps qui ternissaient la beauté du lieu. Il vouait à feu cet Empereur une véritable passion, arguant que cet homme légendaire, sans Force ni Magie, avait poussé l'Humanité à vaincre la tyrannie des Sombres et œuvré à la reconstruction du Monde. Taro était impressionné en imaginant comment, grâce à cet homme, l'humanité avait pu progresser si vite et renaître si glorieusement de ses cendres après tant d'horreurs et de souffrances. Et il suffisait de regarder autour de soi pour constater que son petit-fils, l'Empereur actuel, était assurément tout aussi compétent que son grand-père. Cette idée rassurait Taro. Bibi écoutait d'une oreille distraite son discours passionné, préférant porter son attention sur les enfants qui jouaient à chasse-démons sous l'œil attentif des mamans regroupées par affinités. Cette scène le rassurait.

– C'est par-là ! s'impatienta Taro en voyant Bibi distrait.

Ils se dirigèrent vers une rue moins fréquentée où volets, portes et boiseries des maisons étaient peints de couleurs vives tandis que du linge bariolé faisait le lien entre les habitations.

– Dans cette direction, on atteint le centre de la ville, expliqua Taro, et pas mal de monuments, même s'ils sont éparpillés dans tout Belleterre. La dernière fois, on s'y inscrivait pour les Épreuves.

– D'accord. Rue du jardin, lut Bibi à voix haute. Et le bonhomme dessiné à côté ça signifie que c'est une rue piétonne ?

– Bien raisonné ! Avec la place et les alentours, c'est un coin très agréable de Belleterre.

– Parce que lieu de débauche et d'oubli ? demanda Bibi avec un sourire moqueur.

Taro rit en lui donnant une petite tape derrière la tête.

– Tu insinues que ma tante tient un bordel ? Détrompe-toi ! C'est surtout un lieu accueillant et calme, idéal pour se reposer.

– On n'y mange pas à l'œil en tout cas, dit Bibi en parcourant la carte d'un restaurant.

– Hum… certes, certes. Ça devient à la mode alors…

– À ce propos, j'aurais sans doute du mal à payer ta famille tout de suite. Mais j'ai l'intention de travailler et…

– Bibi. Tu n'as pas encore compris que tu seras notre invité ?

– Ça me gêne. Il faudrait voir ça avec elle non ?

– Ne t'en fais pas, elle t'accueillera à bras ouverts. Elle est très généreuse. C'est d'ailleurs pour cette raison que mon père l'a placée là.

– Tu veux dire que ta tante est une citoyenne locataire ?

– Oui, dit Taro d'un air gêné.

– Je trouve ça bizarre. Ton père l'a achetée quand cette auberge ?

– C'est un héritage.

– Alors pourquoi n'a-t-elle pas pu en devenir propriétaire ? Entre Belleterre et Carvacol, ça fait une trotte. Quel intérêt pour ton père de la garder ? Pourquoi ne pas lui laisser ?

– Parce que c'est une femme et qu'une femme, même noble de naissance, ne peut pas être propriétaire. Son père ou son époux peuvent l'être, mais pas elle. Alors quand cette dernière épouse un citoyen sans fortune, comme Mouna l'a fait, je ne te dis pas le scandale.

– C'est incroyablement injuste et idiot !

– Je sais Bibi et je partage ton opinion. J'essaie depuis le début du mouvement citoyen de convaincre mon père de la lui laisser ou au moins de la lui revendre. À elle ou à son beau-frère, sauf qu'il a encore plus de mal à l'accepter.

– Pourquoi ?

– Mon père est très attaché aux traditions. Elles le rassurent et les suivre lui donne l'impression d'agir comme il le faut pour protéger sa famille.

– Une idée vaine et complètement dépassée ! Pas vrai ? demanda-t-il soudain, surpris par sa volonté si affirmée de vouloir aider cette dame à avoir des droits.

– Comme je te l'ai dit, nos opinions se rejoignent. Ce qui m'inquiète encore plus c'est mon imbécile de frère : excepté les vingt ans en moins, il est la copie conforme de mon père. Par contre, tu pourras rester discret sur ce sujet ?

– Bien sûr !

– Sujet tabou chez les Chanteterre, comme tout un tas d'autres. Tiens regarde ! On y est !

Taro lui désignait une vaste cour éclairée par le soleil où quelques clients discutaient, confortablement installés sur des bancs de pierre blanche et des balancelles défraîchies. L'accès s'y faisait par des arches aux délicates colonnes peintes d'un beige clair, veinées de zébrures grises et couvertes de grandes écharpes de lierre. Le rez-de-chaussée du bâtiment de gauche abritait une écurie dont les abords pavés étaient étonnamment propres. Des enfants riaient en se hissant sur la pointe des pieds pour observer les chevaux tranquilles au fond de leurs boxes vivement colorés.

– Wouah, ça a l'air vraiment chouette.

– C'est bien plus que ça. Viens !

Ils menèrent Blouma dans la cour. L'air fraîchit sous les arches, mais une fois dépassées, Bibi sentit à nouveau la caresse du soleil. La fontaine projetait des gouttelettes brillantes et chantantes. Dans le bassin, Bibi vit des poissons de bois sculptés avec le génie caractéristique des Ordinaires et animés par une Magie qui faiblissait et désorientait les faux poissons. Le spectacle était unique et drôle. Contrairement au bruit assourdissant et effrayant de la ville, les murmures des conversations donnaient une impression d'intimité agréable à Bibi. De délicieuses odeurs de cuisine s'échappaient des fenêtres de ce qui semblait être le hall d'entrée. Rivi, étonnamment, ne quittait plus Taro. Bibi arriva devant l'entrée, fébrile. Il empoigna son bâton, réajusta son sac sur son épaule et pénétra dans ce sanctuaire. À sa gauche, un homme bien habillé lui sourit et l'invita à s'asseoir sur l'un des hauts tabourets. Il déclina son offre avec amabilité, le temps de sortir de sa rêverie. Il parcourut le menu du jour, fort différent de ses repas à base de lièvre à la broche ou de cerf grillé. Cette fois il s'agissait de cuisine élaborée pour le plaisir et non plus de nourriture ingurgitée en se pinçant le nez pour survivre. Les derniers desserts chauffaient et embaumaient la pièce d'humanité. La musique du tintement des couverts et des pièces de monnaie flottait sur les craquements du grand escalier en bois situé plus loin sur la droite. Les clients avaient la mine réjouie par la bonne chère et les enfants couraient et criaient de joie.

Un vestiaire, des vêtements, des chaussures, des fauteuils… Bibi, qui ne connaissait que des endroits vétustes, découvrait l'auberge et son confort comme les merveilles d'un nouveau monde. Toujours aussi distrait, il se mit à la recherche de Rivi, craignant que celui-ci ne provoque une émeute. Une femme d'âge mûr, élégamment habillée, s'approcha de lui. Son aspect était engageant, son nez retroussé et ses cheveux auburn coupés court illuminaient son visage rond. Bibi remarqua même une fossette formée par une ancienne cicatrice sur son menton.

– Bonjour jeune homme. Puis-je vous aider ? demanda-t-elle d'une voix agréable.

– Bonjour madame, répondit Bibi avec hésitation. Oui je crois, je suis un ami de Taro et le temps que je rentre, je l'ai perdu de vue.

– Ah ! Vous êtes donc Bibi !

– Oui, c'est moi.

– Il m'a envoyé vous chercher. Il salue sa famille, je vais vous conduire à eux.

Avant qu'elle n'ait pu s'exécuter, Taro arriva avec son grand sourire et son assurance habituelle.

– Je vois que vous l'avez retrouvé sans difficulté Gora.

– J'allais te le ramener mon cher Taro.

– Hé je ne suis pas un enfant, protesta mollement Bibi.

Taro rigola et le prit par l'épaule pour le mener dans son sillage.

– Merci ! lança Bibi par-dessus son épaule.

– Je vous en prie jeune homme, répondit Gora sur un ton amusé.

– Elle a l'air très gentille.

– Elle l'est, comme tout le monde ici ! Ma tante abhorre la mauvaise compagnie.

– A… quoi ?

– Déteste, si tu préfères.

– Monseigneur Chanteterre, épargnez-moi la grâce de votre langage de noble et rapportez-moi instamment les faits et gestes de mon fidèle compagnon qui, bien qu'adorable, peut facilement porter à controverse en des lieux si civilisés.

– Ma foi cher ami, je l'ai laissé tout à son aise en pleine campagne de séduction auprès de mes cousins.

– Fort bien, fort bien. Bon, sans rire, ça se passe comment ?

– À merveille. Même si leur mère paraît tendue.

– Voilà une réaction saine et équilibrée.

Dans le salon, Mouna et quatre enfants étaient plongés dans une grande conversation autour de Rivi qui se délectait d'être ainsi contemplé. Mouna leva la tête vers eux : petite et plantureuse, dotée d'une très ample poitrine sur laquelle reposait une longue tresse de cheveux châtains, elle s'avança chaleureusement vers lui.

Ému, Bibi huma le parfum féminin mélangé aux senteurs de cuisine qui s'exhalait de ses vêtements et de sa peau claire. Elle était une mère, un de ces êtres aimants, généreux et inébranlables qui semblent garder un lien direct avec d'anciennes et mystérieuses puissances naturelles. Ses quatre enfants l'imitèrent. Les deux cadettes, des jumelles d'une dizaine d'années, avaient un visage rond couvert de multiples taches de sons et un sourire édenté. Elles lui ressemblaient beaucoup. Un garçon un peu plus âgé, déjà grand, brun et maigre, lui accorda un regard noir qui l'aurait effrayé si son adolescence ne transparaissait pas tant, dans ses traits encore hésitants sur la conduite à tenir. Enfin, d'une vingtaine d'années, l'aînée se tenait bien droite et dévorait Bibi du regard. Petite, les cheveux châtain clair coiffés comme sa mère, la ressemblance s'arrêtait là. Fine, élancée, apparemment sportive, ses yeux noisette trahissaient une force de caractère qui n'avait rien de doux ni de maternel mais plutôt d'énergique et de brûlant.

– Bonjour jeune homme. Vous devez être Bibi, le voyageur mystérieux dont mon neveu m'informe de la venue au dernier moment.

Elle posa un regard faussement fâché sur l'intéressé, mais la malice qui pétillait dans ses yeux verts la trahissait.

– Je suis désolé si je vous importune Madame, commença Bibi immédiatement interrompu par Taro.

– Ne dis pas de bêtises. Nous sommes très heureux de t'accueillir, sois-en sûr.

– Mais oui Bibi, ne fais pas attention à ma mère, dit l'aînée. Elle adore jouer aux maîtresses de maison. Comme Taro devait finalement venir seul, elle n'a pas donné son maximum, tu comprends ?

Celle-ci eut un rire bref et joyeux.

– Mais oui, ma fille n'a pas tort. Je suis ravie de retrouver mon Taro en si grande forme et en bonne compagnie ! Tu es le bienvenu !

– Je vous remercie infiniment Madame.

– Houlà, mon garçon, si tu ne veux pas qu'il y ait d'incident diplomatique, il va falloir laisser les « Madame » et les grandes phrases de politesse au placard. Appelle-moi Mouna et n'hésite pas à me rappeler à l'ordre si je parle trop.

– Bon… d'accord. Enchanté Mouna Drudeplui.

– Parfait ! Voici Lestine, ma grande fille. Ximo mon fils cadet et les deux petites dernières de la tribu, Ushu et Aïa.

– Bonjour à tous, dit Bibi. Et laquelle est Ushu et laquelle est Aïa ?

Ils éclatèrent de rire, Lestine vint lui faire la bise tandis que Ximo lui serra très fort la main. Bibi montra aux jumelles comment faire pour caresser Rivi. Les deux fillettes, émerveillées, buvaient ses paroles en caressant le fauve qui ferma les yeux de délice. Taro rassurait Mouna, Rivi était un animal-totem irréprochable.

– Comment va mon frère, Taro ? Ta mère, mes nièces ? Et toi ? Comment vas-tu ?

– Nous faisons de notre mieux étant donné les circonstances, dit Taro la mine grave.

– Nous en reparlerons ce soir, répondit Mouna d'un ton tendu. Nous serons plus au calme et je pourrai te porter une attention pleine et entière. Par l'Esprit des Ordres, Taro, que ton ami est maigre ! s'exclama alors la brave femme. Bibi, tant que tu seras chez moi, je veux te voir te remplumer ! J'y veillerai ! menaça-t-elle un index en avant. À ce propos je dois vous laisser, on m'attend en cuisine. Avec la Rencontre, on ne sait plus où donner de la tête ! À tout à l'heure !

– Je vais vous montrer votre chambre ! enchaîna Lestine.

– Moi je vais m'occuper de Blouma si tu le veux bien, surenchérit Ximo d'une voix profonde et grave, étonnante pour un garçon de son âge.

– Merci Ximo, répondit Taro en lui administrant une tape virile sur l'épaule.

– À tout à l'heure alors. Bibi, vraiment un plaisir de te connaître, lui dit Ximo au passage.

– Et c'est réciproque. Merci.

– Sympa ton bâton, termina-t-il d'un ton moqueur en lui lançant un regard qui le balaya de haut en bas.

Bibi se pencha vers lui et usa d'un tout simple effet magique pour que son bâton paraisse briller de l'intérieur avant de lui chuchoter :

– Bien plus qu'un simple bâton.

Ximo sortit, troublé. Bibi empoigna son sac et ordonna à Rivi de ne plus le lâcher d'une semelle. Puis il rattrapa Taro et Lestine.

– Alors cousine, commença Taro en posant son bras sur ses épaules pendant qu'ils se dirigeaient jusqu'au grand escalier. Quoi de neuf ?

– Depuis la dernière fois ? rit-elle. Énormément de choses !

Bibi écouta sans grande attention la nerveuse Lestine s'enflammer sur ses conquêtes amoureuses, ses difficultés à réussir les concours d'entrée dans une école spécialisée, ses progrès en escalade, en natation, à la course à pied et surtout en équitation avec l'aide de son frère, sur la nouvelle décoration de sa chambre et sur les premières folies de la Rencontre, de ses préparatifs à aujourd'hui. Un résumé de dix mois de vie débité en quelques minutes… Bibi était essouflé, mais aussi charmé par l'énergie joyeuse de Lestine qui bondissait dans les marches et s'exprimait avec de grands gestes.

Toutes les personnes présentes saluaient les nouveaux venus. Bibi faisait des efforts considérables pour rendre toutes ces politesses à temps, s'extirpant à grand peine de sa contemplation des lieux qui l'émerveillaient toujours autant.

– Tu parles toujours aussi vite Lestinette.

– Et toi tu donnes toujours des surnoms aussi nuls ! On y est, chambre 415 ! annonça-t-elle, arrivée au quatrième étage. Chers invités de la légendaire Auberge de Mouna, je vous prie d'entrer.

Après un tour de clé, elle s'avança pour ouvrir la fenêtre et remettre de l'eau dans un vase plein de fleurs du jour. Rivi fonça entre leurs jambes pour tester le moelleux du tapis. Bibi prit son temps. Il découvrit d'abord le grand lit prêt à l'accueillir. Toujours vautré sur le tapis, Rivi ne le quittait pas des yeux.

Bibi embrassa la pièce du regard et fit quelques pas. Une cheminée, surplombée par un miroir, portait un bougeoir sculpté en forme de feuilles et une vasque remplie de fleurs séchées et de bois de santal. Une bibliothèque modeste se cachait à côté. Pour ne rien salir, il prit la précaution d'ôter ses bottes de cuir usées pour goûter au moelleux du lit et des innombrables oreillers. Il se releva sans se rendre compte que Lestine assistait à son manège avec incrédulité. Il se dirigea vers la bibliothèque pour lire quelques titres avant d'en prendre un avec délicatesse. Il respira les pages en le feuilletant et le reposa tendrement à sa place.

Enfin, il aspira une grande bouffée d'air et affronta le miroir. Il n'avait pas vu son reflet depuis ses… quatorze ans ? Son maître et lui vivaient si pauvrement, s'absorbaient tant dans le travail et l'effort que les miroirs étaient le cadet de leurs soucis. Qui plus est, vu les nombreuses cicatrices qui marquaient le visage de son maître, il ne devait que peu apprécier son reflet.

Bibi avait changé et cela l'émut fortement. Où était passé le petit garçon aux grandes oreilles et à l'air constamment apeuré ? Où était passé l'adolescent à la voix éraillée, au cou maigre, au visage décoré d'égratignures, à l'œil poché et à l'air timoré ? D'où venait ce grand type aux cheveux longs, très noirs et ondulés, aux yeux sombres et perçants, aux épaules puissantes et à la mâchoire virile envahie d'une barbe rebelle ? Avait-il réellement survécu à quatre années sauvages à la merci des Démons et de la nature ? Avait-il réellement vaincu la solitude et ses affres ? Ou sa raison s'égarait-elle ? S'inventait-il une histoire pour échapper à son sort ? Et si en fait, empoisonné par un Caï, il cherchait à oublier son agonie en plongeant dans ce songe éveillé ? Cela lui ressemblerait bien. Il cligna des yeux, tenta de chasser ces images autour de lui. Cette douleur dans son ventre ? Le poison ? Le rêve qui s'en va ? Le froid du sol de pierre ?

Il se toucha timidement la joue. Non. Ce qu'il vivait était réel. Il se trouvait là, et bien là. Il réalisa qu'il était libre, enfin libéré de la tyrannie de son maître, du rejet des Deucollinois et de ses peurs d'enfant. Une tension dont il n'avait pas conscience s'échappa de ses épaules raidies, comme un soupir, une lente expiration de soulagement.

Le reflet de Taro apparu, inquiet. Lestine était ébahie et ne cherchait pas à s'en cacher. Bibi se frotta les yeux en se tournant vers eux avec une expression éclatante de joie.

– Tu as raison Taro. C'est plus que chouette ici. Je dirais même inespéré. Allez dis-moi, on voyage toujours et je dors encore c'est ça ?

– Je suis bien content que ça te plaise, répondit son ami en lui agrippant l'épaule.

Bibi eut envie de se laisser aller contre lui mais ne put que s'agripper à sa main avec émotion.

– Je prends le côté droit de l'armoire ! lança-t-il avec un soudain éclat de rire comme s'il venait de proférer quelque chose d'interdit.

– Ça me va !

– Euh, pardon, mais la salle de bains est là, ajouta Lestine en désignant la petite porte au fond de la pièce.

Bibi n'était pas au bout de ses surprises ! Il y avait un large baquet de céramique avec son arrivée d'eau dans le mur pour les bains, du carrelage, un banc percé qui se déversait dans un tout à l'égout, une vasque sous le miroir et une étroite armoire remplie à ras bord de serviettes et de savons.

Lestine l'avait d'abord pris pour un fou de faire le tour de la chambre ainsi. Sauf que, petit à petit, de le voir si ému, si soigneux avec toutes ces choses comme s'il manipulait des trésors, un doute avait émergé. Qui était donc ce séduisant étranger ?

– Où l'as-tu trouvé celui-là ? demanda-t-elle à voix basse à Taro pendant que Bibi faisait le tour de la salle de bains.

– Je l'ai rencontré en chemin.

– Et son problème ? C'est quoi ?

– Quel problème ?

– Ne joue pas au plus malin avec moi, tu sais déjà que tu vas perdre !

– Il a l'air d'avoir un passé très difficile. Compliqué…

– Ça expliquerait pourquoi il parcourt la chambre comme si c'était la Terre d'Accueil de l'Esprit des Ordres ? répliqua Lestine d'une voix grinçante d'ironie.

– Oui. Vraiment je crois que oui, dit Taro en essayant de se mettre à la place de Bibi.

– Voyez-vous ça !

– Lestine ça suffit ! répliqua Taro un peu sèchement, exaspéré par le ton de sa cousine.

– Oh non, ça ne suffit pas ! Quel genre de passé ? Qu'est-ce qui peut expliquer cette attitude ?

– À lui de choisir de te le raconter ou non.

Elle s'interrompit car Bibi revint dans la chambre, toujours aussi radieux. Lestine eut un léger choc au cœur car il était décidément très séduisant malgré ses vêtements rapiécés, sa chevelure improbable et sa barbe fournie. Elle décida de s'en aller avant de se troubler plus encore.

– Je mets la clé sur la cheminée, je vous laisse vous installer. On se voit plus tard.

– Merci Lestine. À tout à l'heure, lui dit son cousin.

– Oui, merci, dit Bibi timidement.

Elle parvint à sourire et sortit maladroitement de la pièce.

– Je lui ai fait peur non ?

– Rassure-toi, elle est plus intriguée qu'effrayée. Ma cousine n'a peur de rien ni de personne.

– Désolé. J'aurais dû être plus discret… mais cette chambre, c'est…

– Beaucoup ? suggéra Taro coupant court à l'émotion de Bibi.

– Oui, voilà. Ça résume bien.

– On s'installe ou on va faire le tour de la ville ?

– C'est-à-dire que…

– Message reçu ! s'exclama Taro avec bonne humeur. On se repose !

Bibi rit quand il fit voler ses chaussures à travers la pièce.

– J'ai oublié de demander à Lestine où se cache ce sacré Kael !

– Kael ? demanda Bibi en caressant Rivi.

– Mon cousin, l'aîné de la tribu. La fine fleur des Ordinaires, un inventeur incroyable ! Un véritable génie, il trouve une solution à tout ! Il est épatant, il suit deux ou trois formations en même temps et travaille sur quatre ou cinq projets à la fois. Quand je pense qu'il n'a que quatre ans de plus que moi.

– Il travaille comme inventeur ?

– Disons que ses petites inventions lui font de l'argent de poche. La Rencontre représente sa chance de se faire remarquer. Il expose je crois. On ira le voir.

– Ouais ! s'enthousiasma le jeune Pur.

Taro s'allongea sur son lit pendant que Bibi rangeait ses affaires. Ses pauvres vêtements occupèrent une étagère en haut de l'armoire, mais ses accessoires de voyage et de Magie vinrent vite envahir le reste du meuble. Taro plaisanta et lui dit :

– Montre-moi ton armoire et je te dirai qui tu es !

– Et qui suis-je ?

– Tu es… Bibi.

– Merci, ça m'aide à y voir plus clair.

– Il faudrait qu'on regarnisse ta garde-robe, tu ne crois pas ?

– Oh et comment !

Ceci dit, il repartit dans la salle de bains. Émerveillé, il sortit une douce serviette et passa sous le jet d'eau. Une fois de plus, la géniale intelligence des Ordinaires aidée par la Magie accomplissait des miracles. Sans doute la Force des Guerriers avait-elle été mise à contribution pour amener l'eau courante.

Entre-temps une femme de chambre vint s'occuper de leurs affaires sales. Taro entra dans la salle de bains pour récupérer les vêtements de voyage de Bibi qui salua la femme d'un geste de la main.

– Bibi, évite de saluer les dames quand tu es tout nu ! Tu les effraies !

Celui-ci s'en moquait bien et préféra profiter de chaque goutte d'eau et de ses ablutions. Rose et doux comme un nouveau-né, il enroula une serviette autour de ses hanches avant d'apercevoir à nouveau son reflet. Mouna avait raison. Il était plutôt maigre sous ses muscles. Il sentit qu'un rien aurait pu le faire basculer, comme une bonne grippe par exemple. Il se remémora le dernier hiver dans la vallée et se dit qu'il l'avait échappé belle.

Il se rasa, y gagna un air juvénile, frotta ses cheveux et ne sut pas quoi en faire. Il finit par les laisser libre. Il regagna la chambre à nouveau nu et choisit ses vêtements avec la même hésitation qu'il avait eue pour sa coiffure. Taro ne s'étonnait même plus de son manque de pudeur. Bibi avait plongé dans son lit. Le contact de la couette sous son corps, si douce et si moelleuse, l'émerveilla une fois de plus. Il émergea un peu plus tard, enfariné. Il s'assit dans le lit en gardant les yeux fermés et Rivi lui sauta dessus pour lui donner de formidables coups de tête et de museau débordants d'affection dans l'espoir de récolter une caresse.

– Tu es réveillé ou somnambule ?

Bibi ouvrit un œil et agita la main.

– Tu es réveillé ! Parfait ! On va pouvoir récupérer le reste de nos affaires.

– Le reste de tes affaires Taro, précisa Bibi.

– Tu as tout à fait raison ! Tu viens ?

– Ouais, j'arrive.

Ils rejoignirent Ximo qui indiqua à Taro le box de sa chère jument. Pendant que les deux cousins discutaient des occupations de l'auberge et de l'affluence à la Rencontre, Bibi rêvassa en comptant les hirondelles qui piaillaient avec frénésie. Taro commença à traîner son travois et Bibi l'aida, par sympathie, car le Guerrier débordant de Force n'en avait nul besoin. Ximo préféra flâner à l'écurie.

– Il apprécie plus les chevaux que les humains non ?

– L'âge ingrat de l'adolescence, résuma Taro. Cela étant, il est excellent cavalier. Il sort les montures des clients quand ceux-ci ne peuvent le faire et ça rassure ses parents de le voir s'intéresser à quelque chose.

– Rivi, arrête ça, gronda Bibi à son lynx qui ne cessait de sauter sur le travois et d'entraver leur progression.

– Laisse-le, s'il aime ça.

Rivi les regardait avec son air amusé.

– Ce qu'animal-totem veut, l'Esprit des Ordres le veut, abandonna Bibi devant l'exubérance de l'animal.

– J'utilise la même expression avec mes conquêtes, plaisanta Taro.

Rivi poursuivit son manège.

– Tu devrais l'inscrire à des Épreuves.

– Oui, j'y ai déjà pensé. Mais il faut que je lui en parle.

– Vraiment bizarre.

– De quoi ?

– Les animaux-totem.

Bibi haussa les épaules. Ils entrèrent dans le hall et des éclats de voix leur parvinrent. Ils abandonnèrent le travois près de la réception et trouvèrent Gora plongée dans une discussion animée avec une jeune femme. Celle-ci se campait droite, les poings sur les hanches, impressionnante malgré son âge proche du leur, sa taille moyenne et ses cheveux brun foncé coiffés en un chignon qui perdait de son sérieux. Ses yeux verts impressionnants comblaient cet à-priori et auraient cloué quiconque sur place. Ses traits fins et séduisants se fronçaient sous le mécontentement sans parvenir à altérer la perfection de sa peau cuivrée et de ses lèvres bien ourlées. Sa gorge fine et délicate se souleva avec émotion quand elle répliqua quelque chose d'un ton abrupt, soulignant l'arrondi de ses seins voluptueux, comme le reste de son corps, subtilement mis en valeur par sa robe d'une qualité rare.

– Non mais regarde-moi cette beauté ! souffla Taro à l'adresse de Bibi en l'arrêtant d'un geste.

– Non mais regarde-toi plutôt ! Tu baves un peu.

Le beau Guerrier lui donna un coup de coude avec un clin d'œil entendu. Gora se tourna vers eux, alertée par le soupir de Bibi. Taro reconnut la fille du riche vieillard qui avait verbalement molesté Bibi le matin même.

– Ah Taro ! Voudrais-tu aller chercher Mouna s'il te plaît ? Nous avons un petit problème.

– Quel genre de problème ? demanda-t-il avec une assurance virile.

– Je ne vois pas en quoi mon problème vous concernerait mon ami, claqua la voix de la visiteuse enveloppée dans une véritable cape de noblesse et d'autorité.

– Je vais prévenir Mouna, coupa Bibi face à l'ambiance tendue.

Ils avaient besoin d'un arbitre et il murmura à Rivi d'aller leur trouver ça. Il se releva et croisa le regard de l'inconnue pendant que Gora expliquait la situation à Taro.

– Mademoiselle aimerait avoir une chambre mais tout est complet. Je m'évertue à lui faire entendre raison, mais elle ne veut rien entendre.

– Et les chambres du dernier étage ? proposa Taro pour pencher en faveur de la nouvelle venue.

– Elles sont minuscules, inconfortables, brûlantes en cette saison et ne sont pas préparées ! Cela ne convient nullement au rang de Mademoiselle !

– En effet, voilà qui doit poser problème, affirma Taro en se tournant vers la fauteuse de troubles. Je t'ai reconnue. Nous nous sommes croisés ce matin, devant les portes de la ville, après que ton père ait été si odieux.

Bibi et la belle noble ne se lâchaient plus du regard. Bien que douée d'une perception magique moins efficace que celle de Bibi, elle parvenait tout de même à ressentir ses pouvoirs de Pur et lui, ses immenses capacités de Magicienne. Elle perçut dans ses yeux foncés l'enfant blessé trop tôt, dans son visage malgré tout juvénile, sa tristesse, sa solitude et sa fragilité qui cohabitaient avec son ardent désir de vivre, de goûter et d'aimer. Il devina en elle l'enfant choyée tombée de haut, l'implacable force de caractère, la passion, les regrets et par-dessus tout, la volonté de tout surmonter et de construire quelque chose de personnel et de beau. Ils détournèrent le regard, effrayés d'appréhender tant de choses chez l'autre et dans un tel sentiment de réciprocité.

– Mais oui, je te reconnais maintenant. Et toi aussi, dit-elle à Bibi. Tu es un… Pur, acheva-t-elle dans un murmure. J'ai raison ? C'est fascinant. Je suis désolée de l'attitude de mon père ce matin.

– L'importance en est moindre à présent, lança Taro d'un ton aux accents de noblesse, désireux d'attirer l'attention sur lui.

Rivi arriva alors en trottinant, suivi de Mouna et de Lestine. Il se frotta contre Bibi et s'assit entre Taro et lui, comme impatient de voir l'histoire se dénouer.

– Alors, qu'est-ce que j'ai manqué ? demanda Mouna avec un sourire avenant en s'essuyant les mains sur son tablier.

– Bonjour Madame, dit la nouvelle venue en effectuant un salut cœur-front-ciel rapide. Je regrette de faire tant de tapage, mais je souhaiterais vivement vous louer une chambre.

– Je lui ai déjà dit que tout ce que nous étions en mesure de lui offrir était déjà pris Mouna, intervint Gora.

Taro remarqua les deux gros sacs derrière la jeune dame quand Rivi alla les renifler.

– Vous aviez parlé d'autres chambres, lança-t-elle d'un ton suppliant à Taro.

– Nous ne pouvons décemment vous héberger là-haut !

– Je vais m'en occuper Gora, dit Mouna en ressentant la tension déjà accumulée. Si vous voulez Mademoiselle, je peux vous conseiller d'autres auberges, dit-elle en s'approchant gentiment tandis que Gora s'éloignait vers d'autres tâches.

– Je vous en prie madame, supplia la Magicienne en lui attrapant la main.

– Pourquoi tenez-vous tant à être logée dans mon établissement ? demanda Mouna surprise par son insistance.

– J'aime l'endroit. Le quartier. Je suis sous le charme.

Bibi accrut son attention devant sa nervosité et observa leur visiteuse dans son ensemble.

– Tant pis si les chambres sont austères, je veux juste un endroit où dormir. S'il vous plaît !

– On dirait que tu es pourchassée, intervint Taro en riant.

Elle lui lança un regard glaçant qui parut l'impressionner.

– Je ne suis pas malhonnête !

– Nous n'en doutons pas Mademoiselle, dit Mouna pensivement. Bien. Si vous y tenez tant, je vais vous montrer ce qu'il me reste. Puis vous ferez votre choix. N'ayez pas peur de me vexer en refusant car ce que je vais vous montrer est bien en deçà de ce à quoi vous devez être habituée. Cela vous convient-il ?

– Je vous le répète, j'aimerais juste disposer d'un endroit où dormir. Je n'ai pas d'argent sur moi pour l'instant mais j'ai d'autres moyens de vous payer, annonça-t-elle solennellement en ôtant la magnifique pince de son chignon.

Ce mouvement libéra la lourde masse ondulée de ses cheveux et la fragrance d'un parfum épicé. Taro ouvrit la bouche et la referma brutalement.

– Ma tendre enfant, reprit Mouna avec douceur, je vous le répète : je suis assurée de votre honnêteté. Nous nous arrangerons. Alors, rangez ce bijou, il doit valoir le prix de mon établissement tout entier ! ajouta-t-elle en riant.

– Merci de tout cœur Madame. Vous ne pouvez pas savoir à quel point je vous suis reconnaissante.

– Attendez de voir ! lança-t-elle avec un clin d'œil. Lestine, veux-tu bien aider Mademoiselle et lui montrer les chambres sous les combles ?

– Je m'appelle Luce, lança cette dernière en serrant chaleureusement la main de Mouna. Luce Sanrouge.

– Sanrouge ? réfléchit Taro à haute voix. Ça me rappelle… nous nous sommes déjà rencontrés ?

Personne ne lui prêta attention.

– Eh bien suis-moi Luce ! s'exclama Lestine d'un ton ravi.

– Je ne te lâcherai pas d'une semelle ! répliqua Luce avec une énergie égale.

Elle empoigna ses sacs, refusa l'aide que lui proposa Taro et suivit Lestine dans l'escalier. Avant de disparaître, elle lança un regard apeuré en direction de l'entrée. Bibi sentit qu'elle cachait le plus férocement possible ses pouvoirs.

– Tu fais confiance trop vite tante Moun', dit Taro. Cette fille, Luce, elle me paraît étrange.

– Tu qualifies toute fille qui n'accepte pas tes avances d'emblée comme une fille étrange. Ou une femme aimant les femmes. Nous avons affaire à une gamine terrorisée Taro. Tu l'aurais vu si tu avais cessé de la reluquer.

– Je n'ai pas fait ça !

– Allons, allons sois sérieux. Tu devrais plutôt t'inquiéter avec moi de savoir pourquoi cette petite paraît si effrayée, lui suggéra Mouna en se dirigeant vers la réception.

– Tu en penses quoi Bibi ?

– Comme Mouna, je trouve ça préoccupant.

– Non ! Je voulais dire, je la reluquais ? Enfin, ça se voyait ?

– En toute honnêteté, je dirais que tu n'as pas été très subtil. Le coup de la bouche ouverte quand elle a libéré ses cheveux, c'était tellement gros que j'ai cru que tu l'avais fait exprès.

Mouna pouffa et Taro fronça les sourcils :

– Bon, et pourquoi on devrait s'inquiéter ?

– Elle n'est peut-être pas pourchassée, mais cherchée. Enfin je n'en sais rien, mais je sens une présence magique d'une puissance inouïe se rapprocher.

– Qu'est-ce que ça signifie ? demanda Mouna.

– Que Bibi est un Pur ! lança fièrement Taro.

– Merci pour la discrétion ! Enfin, Taro !

– Et ? répliqua Mouna après une seconde de surprise.

– Que juste après l'arrivée d'une belle Magicienne, noble et effrayée, un Mage très puissant se dirige tout droit sur votre auberge, enchaîna Bibi, soulagé de voir la discussion ne pas s'appesantir sur son Ordre. Drôle de coïncidence, non ?

– Oui, dit Mouna après un silence. Je n'ai que très rarement de nobles si riches dans mon hôtel. Je me demande vraiment pourquoi cette Luce tient tellement à loger ici.

– Alors que fait-on ? demanda Taro.

– Rien. Justement. Mouna n'écrivez rien sur votre registre.

– Pourquoi est-ce qu'on la couvrirait ? lança Taro. Le super puissant en approche doit avoir une bonne raison de la pourchasser !

– Avant de condamner Luce, j'aimerais bien avoir les deux versions de l'histoire, avoua Bibi. Tu n'as pas tort, cela dit si c'est souvent légitime de pourchasser quelqu'un, le fuir l'est davantage. Dans le cas de cette demoiselle d'une vingtaine d'années poursuivie par un Mage aux grands pouvoirs, j'aurais plutôt tendance à pencher en sa faveur. Tu ne penses pas comme moi, ô grand défenseur des citoyennes en détresse, Taro Chanteterre ? chantonna Bibi avec un air taquin.

– Voilà effectivement une occasion pour toi de devenir son chevalier servant, surenchérit Mouna.

– Je n'entends plus rien de ce que vous me dites, répliqua Taro en levant les yeux au plafond et en croisant les mains derrière le dos feignant une posture innocente. Bon, d'accord, si tu y tiens, on va la couvrir.

– Merci Taro ! Je reste ici, dit Bibi avec sérieux.

Le silence s'installa entre lui et Mouna. Elle tripota son registre avec une certaine nervosité. Bibi discernait les pouvoirs du Mage dans la foule, sa puissance le faisant briller comme un phare. Il approchait rapidement, sans doute à cheval. Le Pur décida de cacher encore plus profondément ses propres dons : être un Guerrier-Mage faisait rarement l'unanimité. À ce propos… Il se tourna vers Mouna et aspira un peu d'air avant de se lancer :

– Mouna, comment dire ? Ça ne vous dérange pas d'héberger un Pur ?

Mouna releva la tête et éclata de rire.

– Mais non Bibi ! Bien sûr que non. Pourquoi serait-ce le cas ?

– Il paraît que nous portons malheur.

– Balivernes d'esprits étriqués ! Dérives de vos persécutions des Anciens Temps qui sont bien loin derrière nous, fort heureusement ! Et puis j'ai vu de tout dans mon travail, crois-moi, plaisanta-t-elle en lui posant une main affectueuse sur le bras. Alors un jeune Pur avec un animal-totem, ça ne fait qu'augmenter les enchères !

– Vous aviez l'air nerveuse ?

– Ce n'est pas de ta faute mais plutôt celle de ce Mage qui arrive. Je ne suis pas à l'aise avec les nobles.

Bibi était gêné par la remarque mais acquiesça. Il se baissa vers Rivi pour l'inviter à rejoindre Lestine et Luce afin de les empêcher de descendre trop tôt.

– Ai-je raison d'être effrayée ?

– Eh bien peut-être. Sa puissance Magique est extraordinaire. Je crois que je n'ai jamais senti de puissance équivalente ! Il est vrai que je ne suis pas beaucoup sorti de chez moi. Cependant même mon maître…

Des bruits et des éclats de voix montèrent de la cour et un vieil homme pénétra dans le hall en tenant Ximo par l'oreille. Taro les suivait, fou furieux, alors que Gora se faufilait vers les cuisines, le rouge aux joues et les yeux brillants. Bibi se senti très content de lui : s'il parvenait à mettre des bâtons dans les roues de cet individu empestant l'arrogance et le dédain, son humeur ne pourrait que mieux s'en porter. En voyant le fruit de sa chair ainsi humilié, la peur quitta Mouna pour laisser place à la colère :

– Monsieur ! Veuillez immédiatement lâcher l'oreille de mon garçon !

– Madame, votre fils est un maudit chenapan et j'en ai fait fouetter pour moins que cela.

– Vous n'êtes pas chez vous ici et c'est à moi qu'il revient la tâche de le punir, que vous soyez noble ou non. Alors lâchez-le !

Le vieux Mage les regarda tous d'un regard hautain puis son visage se fendit d'un sourire tellement faux qu'il souleva le cœur de Bibi.

– Vous avez raison chère Madame, dit-il en s'exécutant.

Après tout, ce bout de femme rondelette à la tête d'une auberge faisait peut-être partie de la petite noblesse. Aussitôt libéré, Ximo s'enfuit dans la cour, décoiffé et rouge de fureur.

– J'ai des enfants moi aussi et comme vous, je ne fais que me préoccuper de leur bien. À ce propos, auriez-vous ma fille comme cliente ? demanda-t-il en projetant une image magique de Luce.

Bibi frémit devant la perfection du sort. Les moindres détails apparaissaient.

– Superbe votre fille, dit Taro.

Au moins ne se forçait-il pas à mentir.

– Nous ne l'avons pas vue ici, annonça Mouna sans sourciller.

– En êtes-vous absolument certaine ? lança le Mage de sa voix profonde et déroutante.

Ses yeux d'un vert clair vrillaient ceux de Mouna.

– Vous me voyez catégorique, affirma celle-ci sans se démonter une seule seconde.

– Une telle beauté, ça ne s'oublie pas ! surenchérit Taro avec insolence.

Un rai de lumière dorée jaillit de l'index du Mage qui virevolta pour placer son sort sous la gorge de Taro, tel un couteau.

– Ne parle plus jamais de ma fille ainsi, misérable Guerrier.

– Pas si misérable que ça, vieil homme, lança Taro en blindant sa Résistance, ce qui entraîna un changement de teint caractéristique. Le rai magique recula, mais Bibi savait qu'il aurait suffi au grand Mage d'appuyer légèrement pour percer la défense de Taro et lui trancher la gorge.

– Calmez-vous Monsieur, intervint Bibi. Vous allez finir par blesser quelqu'un ou vous-même.

Il se tourna vers lui en réabsorbant son sort.

– Mais qui vois-je ? Le pouilleux ahuri qui s'obstine à me gâcher cette journée.

– Votre tête est donc tellement enflée qu'elle n'a pas pensé à me contourner sur une route pourtant si vaste ?

Il s'approcha de lui et Bibi ne bougea pas d'un sourcil.

– J'ai puni des gens pour moins que ça !

– On l'avait compris et ce n'est guère étonnant, répliqua-t-il en plantant ses yeux noirs dans ceux de son ennemi du jour.

Sans doute le puissant noble n'était-il pas habitué à recevoir le dédain d'un homme aussi jeune et dépenaillé, aussi le considéra-t-il avec une grande suspicion. Bibi, lui-même étonné par son assurance, dut lutter farouchement contre la perception magique de l'intrus pour garder son secret.

– Tu n'es pas un Ordinaire comme les autres.

– Que d'agitation pour savoir si votre fille est ici ! Vous ne faites que perdre votre temps, Monseigneur.

– Tu as raison misérable insecte ! Ma fille ne se serait jamais abaissée au point de loger dans un hôtel si pitoyable et si mal fréquenté !

– Vous n'avez rien trouvé de mieux comme insulte ? Vous êtes décevant !

– Veuillez sortir de ma « si pitoyable » auberge Monsieur, dit Mouna d'un ton sans appel. Et tâchez d'en oublier le chemin à l'avenir.

– Voilà qui ne sera pas bien difficile, lui assura le fauteur de troubles.

Avant de quitter les lieux, il échangea un regard noir avec Ximo. L'instant d'après, le grand Mage glissa dans du crottin de cheval placé innocemment sur son passage. Son onde de colère magique fut si violente que les verres du bar vibrèrent.

– Par l'Esprit des Ordres ! s'exclama Mouna.

– En plus d'être bleu, son sang est bouillant, dit Bibi en ramassant quelques papiers éparpillés dans le hall. On a dû inventer le mot désagréable rien que pour lui ! Sa puissance semble vraiment extraordinaire. À croire qu'il aurait pu tout détruire d'un battement de cils.

– Merci de rassurer ma tante, réussit à dire Taro entre deux éclats de rire.

– Oups…

– Ne t'en fais pas, dit Mouna en replaçant tranquillement les jeux de clés dans leur loge. Ça n'aurait pas été si facile. Mon neveu est un Guerrier, il a ramené un Pur et nos fondations, nos murs et nos charpentes, ont été consolidés par un Mage qui travaillait pour notre architecte.

– Ah oui je connais cette technique, s'enflamma Bibi. Si possible, j'aimerais beaucoup voir ça !

– Des fondations Bibi, rien de plus banal, lui assura Taro.

– Pour toi oui, lança la voix de Luce derrière lui. Tu es un Guerrier.

– Quelque chose à y redire peut-être ? demanda Taro d'un ton en apparence poli.

Luce parut blessée par l'attaque à peine déguisée.

– Bien sûr que non ! répliqua-t-elle d'un ton nerveux. Simplement tu ne peux pas ressentir la Magie comme Bibi, ce qui t'empêche de te rendre compte de ce que ces fondations dégagent.

– Je vois que tu as décidé de rester parmi nous, enchaîna Mouna avec tact.

– Oui, répondit Luce avec un immense sourire. J'ai croisé Gora qui s'occupe du ménage. Je crois qu'elle en fait une affaire personnelle.

– Ne t'en fais pas pour ça, dit Taro avec un ton faussement charmant. Ici tout le monde a tendance à être trop gentil.

– Tout le monde vraiment ? répliqua-t-elle sèchement.

Bibi pouffa de rire dans son coin. Le vrai coup de foudre entre ces deux-là ! Il en tira une étrange satisfaction, ne sachant s'il avait envie de garder l'amitié de Taro pour lui seul ou s'il désirait mieux connaître Luce sans que Taro n'intervienne.

– Bien. Luce mon enfant, maintenant que tu fais officiellement partie de la grande famille de mes clients, il va falloir que tu m'expliques pourquoi un homme se définissant comme ton père te cherche si férocement.

Luce s'extirpa de sa contemplation et regarda Mouna, vaguement rougissante, avant de baisser les yeux.

– Eh bien, en réalité…

– Qu'est-ce que tu dis là ? J'entends très mal, crut bon d'ajouter Taro.

– Oui, j'aimerais bien savoir qui était ce vieux con qui m'a humilié, dit Ximo en entrant dans le hall.

– Xi, surveille ton langage ! lança Mouna.

Luce soupira avec fatalisme.

– C'est un peu délicat…

– Ne me dis pas que sous cet homme se cache en réalité ton amant et qu'il fait croire à tout le monde qu'il est ton père pour te rechercher ! supposa méchamment Taro.

Luce ouvrit grand les yeux et la bouche, sur le point de l'occire verbalement.

– Tu mériterais une fessée mon garçon, gronda Mouna avec un œil menaçant. Un mot de plus et je te déculotte.

– Écoutez Mouna, j'apprécie vraiment ce que vous avez fait mais…

– Luce, il ne faut pas m'en vouloir de poser cette question. Je dois savoir à quoi m'en tenir envers ton père en te cachant ici.

– Si on allait en discuter ailleurs ? proposa Lestine. Sur la terrasse ce sera plus tranquille et plus agréable.

– Bonne idée oui, dit Mouna. Les jumelles, allez prévenir Gora que je la laisse s'occuper de la réception.

Mouna avait à peine fini sa phrase que les deux fillettes bondissaient à sa recherche. Bibi retint Rivi qui voulait les suivre, volonté prématurée vu l'expression d'épouvante que Mouna ne put contenir. Bibi, voyant que Lestine, Taro et Ximo suivaient le mouvement, décida de les accompagner, curieux de savoir ce que Luce avait à dire. Celle-ci traînait les pieds comme une condamnée mais gardait la tête haute. Taro la regardait à la fois avec gourmandise et suspicion.

Le toit central de l'auberge, tout comme ceux des ailes attenantes, avait été aménagé en terrasse. Bibi cligna des yeux à cause de l'intensité de la lumière. De nombreuses tables, placées à droite et ornées de grandes ombrelles, entouraient un bar monté à la va-vite. De l'autre côté, des chaises longues attiraient un bon nombre des clients des Drudeplui. Au fond de l'espace se dressait une estrade abritée par des draperies aussi colorées que les fleurs en pots disposées alentour. Les deux autres lieux de détente étaient accessibles par des escaliers de bois branlants.

– C'est vraiment incroyable ici ! s'exclama Bibi

Taro lui sourit et Lestine se détourna. Mouna continuait tranquillement son chemin vers une table isolée autour de laquelle ils prirent place. Elle leur proposa à boire et le temps qu'elle passe commande, les deux jumelles s'assirent sur le rebord de la terrasse, dos au vide, au grand dam de leur mère.

– Alors Luce, tu peux nous expliquer la situation ?

Celle-ci ramena ses mèches derrière ses oreilles et se mordilla brièvement les lèvres pour choisir avec soin les mots à prononcer.

– Tu dois me comprendre Luce, insista Mouna sur un ton doux et rassurant. Ce n'est pas contre toi, cependant ton père a été à la limite de la violence et a déclenché un acte magique qui nous a semblé impressionnant.

Taro allait ajouter quelque chose, mais Lestine lui envoya son pied dans le tibia.

– J'ai senti la colère de mon père, dit Luce. Et je le regrette. Vraiment.

Elle fit une pause et but un peu.

– Je suis son unique héritière officielle et je me suis enfuie, lâcha-t-elle dans un souffle.

Une fille qui fugue le giron familial attire une grande honte sur sa famille. Bibi le savait car il avait assisté à pareille situation à Deucolline lorsqu'il avait huit ans. La rebelle, qui avait fugué de chez son père pour rejoindre un amour de jeunesse, avait nourri les potins du village pendant de longs mois. Dans le cas de Luce, fille et héritière d'un noble apparemment riche et puissant, sa fuite devait causer un scandale d'un tout autre impact.

– Je suppose que tu avais une bonne raison, dit Mouna d'un ton plein de sympathie.

– Je vous en prie, ne me dénoncez pas, je ne peux plus supporter ma famille ! Je ne veux plus vivre avec ces gens sous prétexte que j'ai des liens de sang avec eux ! Je n'y peux rien, je ne veux plus qu'on m'associe à eux ! Je sais très bien que j'ai enfreint une loi, mais comment faire autrement ? Le seul autre moyen pour me libérer était le mariage forcé ! La belle affaire !

– D'où viens-tu pour ne pas savoir que cette loi a été annulée par l'Empereur sous l'influence de l'Impératrice, il y a six ans déjà ? lança Taro.

– Je viens de Viverive. La ville entre les deux bras du fleuve Hydre. Là-bas, cette loi s'applique toujours, dit-elle accablée. Le Gouverneur de la ville est un traditionnaliste pur et dur, en plus d'être un ami proche de mon père.

– Tant que tu es à Belleterre, tu ne risques rien. Je me trompe ? demanda Lestine.

– Je n'en suis pas sûre.

– Sois-le, assura Taro. Les lois d'une juridiction, d'un Gouverneur ou de l'Empereur, s'appliquent à toutes les personnes résidentes ou de passage. Tu as choisi le bon moment pour quitter ta famille. Pour ce qui est de retourner à Viverive par... Sanrouge ! Bon sang, ça me revient ! L'une des plus vieilles lignées de Mages au Monde ! Turbith Sanrouge ! Du noble de chez noble ! On pense qu'il est l'un, voire LE Mage le plus puissant de notre époque. Richissime, sans parler de son influence, sa réputation le précède ! Pas forcément en bien d'ailleurs. Absolument contre la réforme du statut de citoyen, bien entendu. Tu es son unique héritière officielle et tu oses lui fausser compagnie pour t'acoquiner avec des citoyens ? Pardonnez-moi l'expression, mais tu en as une sacrée paire, Luce Sanrouge.

Luce le remercia et s'enferma dans un silence gêné.

– Encore une question mon enfant, reprit Mouna. Pourquoi avoir choisi mon établissement ?

– J'aime l'endroit, sincèrement. Ça me change tellement de mon quotidien. Chez vous, tout paraît convivial et douillet. Pas guindé ni rigide comme le sont les endroits nobles. Sans vous offenser bien sûr. Votre auberge a l'avantage d'agir comme un répulsif contre les personnes que je ne veux plus voir. Je suis vraiment désolée du trouble que mon père vous a causé.

– N'en parlons plus, dit Mouna en tapotant gentiment la main de Luce. Ça m'étonnerait qu'il revienne et s'il le fait, tu as la loi derrière toi.

– Mon père se croit au-dessus des lois, mais merci beaucoup. Pour tout. Je tiens à vous assurer que s'il revient, je réglerai mes problèmes en personne. Aujourd'hui, je ne n'étais pas prête, avoua-t-elle d'un air penaud.

– Je comprends cela aussi. Allons, oublions tout ça ! Profitons de l'air de fête et de liberté que nous apporte la Rencontre ! Autrement dit, il est temps pour moi de me remettre au travail. Bibi, je suis sûre que tu accepteras de dîner avec nous ce soir !

– Eh bien je…

– Ça veut dire oui, tante Moun', intervint Taro.

Luce et Lestine se dirigèrent vers l'escalier dans l'intention de se changer pour mieux profiter du soleil. Ximo et Taro eurent une discussion passionnée autour des chevaux sans que ça ne les empêche d'admirer fréquemment les corps dévoilés des clientes. Rivi s'étala en pleine chaleur et n'attendit personne pour faire la sieste. Bibi, qui ne s'intéressait ni aux chevaux ni aux clientes, se leva et fit le tour de la terrasse. Il grimpa sur l'estrade, sans doute une scène, pour profiter de la vue. Face à lui, vers l'est, il voyait la cour par laquelle ils étaient arrivés, devinait une multitude de rues et de maisons basses, apercevait les murailles et la route qu'ils avaient empruntée et même le fleuve qui prenait naissance à la Cascade et filait vers la mer. D'ailleurs, à quoi pouvait-elle ressembler ? Une sensation lui vint, comme un vague souvenir, trop flou et trop désagréable pour qu'il le saisisse réellement. Aurait-il déjà vu la mer ? Ou son imaginaire prenait-il une fois de plus le dessus ? Bibi devinait aussi, vers les remparts, des quartiers entiers de taudis insalubres. Même dans la plus belle ville du Monde, injustice et pauvreté régnaient. Il se dit que sans Taro, il aurait probablement dû y loger. Une forme de culpabilité s'abattit sur lui à cette pensée. Il la chassa en sautant de l'estrade au moment où les filles revinrent habillées de robes moulantes, leurs flancs, leurs jambes, leurs bras et leur gorge dénudés. Bibi observa les ventres lisses, les fesses galbées, les jambes fines et fermes, les seins hauts et fiers et les bras fins et légers que la plupart des hommes présents lorgnaient. Certains d'entre eux étalaient également leurs atouts, loin d'en être dépourvus. Bibi eut soudain un pincement au cœur en repensant à son ancien amour puéril de Deucolline. Comme tout cela lui paraissait loin ! Il réalisa à quel point le bonheur d'être là l'avait envahi tout entier. Avec cette bouffée de gaieté monta l'exubérance de ses pouvoirs qu'il libéra violemment, comme un retour de flamme, juste pour le plaisir. Quand Luce lui fit un signe pour l'inviter à venir près d'elle, il retomba sur terre. Il n'aimait pas se faire remarquer.

– Oui Luce ?

– Tu es vraiment fort Bibi pour cacher tes pouvoirs. Rien ne te distingue d'un Ordinaire et je peux me vanter d'être assez douée avec ma perception magique.

– Non mais tu crois que tu peux te balader devant tout le monde dans cette tenue ? hurla Ximo à sa sœur qui partait chercher un chapeau.

Bibi eut un regard étonné pour le frère et la sœur qui se disputaient avec hargne en dévalant les escaliers.

– Tu sais, reprit-il en s'adressant à Luce, quand on est un Guerrier-Mage, je veux dire un Pur, il vaut mieux savoir se cacher. Toi aussi, tu fais ça très bien.

– Tu sais, quand on est la fille de mon père…

Ils éclatèrent de rire.

– Tu ne profites pas du soleil ? demanda-t-elle, assez aguicheuse.

– Tu vas me trouver bizarre…

– Pourquoi ? demanda-t-elle en créant, d'un léger mouvement de main, un sort ombrageux devant ses yeux.

– Je ne suis jamais resté allongé sans rien faire.

– Hmmm… soupira Luce d'aise en relevant un de ses genoux. C'est pourtant très agréable.

Taro arriva sur ces entrefaites et surenchérit :

– Allez mon Bibi, lâche du lest. Tu as le temps de t'octroyer des petits plaisirs de la vie maintenant.

Il enlevait ses vêtements avec nonchalance et Luce faisait mine de ne pas y prêter attention. Bibi, une fois de plus impressionné par ce corps parfait, finit par l'imiter.

– Quelle jolie vue ! lança Luce d'un ton léger.

Lestine portait un chapeau à large rebord et pestait contre son petit frère. Elle fit rapidement le tour des commandes pour pouvoir les rejoindre et discuter. Bibi préféra ouvrir grand ses oreilles sans trop s'exprimer, mais ne perdait aucune occasion de laisser éclater son rire.

Il vit Mouna, chargée de nappes, accompagner à l'estrade trois hommes qui avaient des outils autour de la taille. Ils prenaient des notes, des mesures et discutaient avec la maîtresse des lieux, l'air intéressé. Quand elle s'aperçut que Bibi les observait, elle lui fit un clin d'œil tout en posant un doigt sur sa bouche. Lestine décrivait discrètement les clients présents qui s'étonnaient tous de voir un lynx étalé en pleine chaleur.

– Regardez la dame qui arrive, dit Lestine en désignant une femme noire plantureuse à la coiffure abracadabrante. C'est une cantatrice. Elle espère élargir son public grâce à la Rencontre. J'espère qu'elle va chanter !

– Ça lui arrive de le faire juste comme ça ? demanda Luce.

– Elle fait des vocalises tout le temps. Et puis c'est souvent une technique de drague. Il paraît que c'est une sacrée coquine la cantatrice !

– Elle aurait tort de s'en priver, fit Luce. Tous ces hommes éperdus d'admiration !

Ils continuèrent à discuter sereinement jusqu'à la fin de l'après-midi. Une alchimie se créa au sein du groupe, l'étrangeté de Bibi ne perturbait plus Lestine. Taro et Luce s'amusaient beaucoup. Certains de leurs points communs, comme leur rang de naissance et leurs convictions politiques, leur permirent de s'apprécier, mais ne les empêchaient pas de se lancer une multitude de petites piques. Un combat d'esprit perpétuel venait de s'engager entre eux.

À l'heure du dîner, Luce s'installa à une table de la terrasse. Mouna ordonna à ses serveurs de la choyer et le fabuleux sourire de la Magicienne les convainquit de déployer des trésors de gentillesse et de prévenance.

Taro, Lestine et Bibi se rendirent dans les appartements de la famille pour aider en cuisine où ils trouvèrent Kael, l'aîné de la fratrie. Le trentenaire, brun, bien charpenté, avait commencé la préparation du repas. Bientôt, le mari de Mouna se présenta dans l'entrée. Dgel Drudeplui avait une carrure, une taille et un embonpoint d'ours, une barbe, des cheveux, des poils de bras et de torse dignes de l'animal en question. Il n'était pas toujours présent physiquement, mais à l'écoute et prêt à défendre sa progéniture avec toute la force phénoménale de son caractère. Sa voix tonitruante et son rire époustouflant résonnaient quand les jumelles sortirent de leur cachette pour se jeter sur lui. Le patriarche de la famille Drudeplui serra Taro contre lui dans une étreinte virile et chaude. Bibi eut droit à la même faveur et y réagit maladroitement sous les rires de l'assemblée. Mouna arriva peu après, accompagnée de Gora et de son amie Atalahia qui se joignirent à eux pour dîner. Les deux amoureuses formaient un couple charmant et Bibi se surprit à envier la simplicité de leur union. Il ne s'était jamais senti aussi bien de toute sa vie et aurait voulu que le temps s'arrête pour profiter au maximum de ce moment précieux de félicité.

Dgel, occupé à plein temps par la Rencontre, expliqua en quoi consistait son métier de fonctionnaire du Gouvernement détaché aux travaux publics et Kael lui révéla ses inventions. Même si Bibi ne comprenait pas tout, il se réjouissait de le voir aux Expositions. Lestine lui décrivit l'école où elle ambitionnait de s'inscrire pour suivre une formation qui lui permettrait de secourir les gens en danger dans la ville. Quant aux jumelles, elles se limitèrent au récit de leurs succès manifeste auprès des garçons à l'école et elles le firent si exquisément que Bibi eut envie de les croquer.

Il parla donc de tout et avec tout le monde en dégustant le succulent repas. Après quatre ans de cuissots de buffles sauvages et de racines bouillies, même le pain vrillait ses papilles.

Bibi, Gora et Atalahia s'éclipsèrent poliment après le dessert pour les laisser en famille. L'expression douloureuse qui se lisait sur le visage de Taro annonçait le sujet des prochaines minutes. Comme Bibi n'avait pas envie de dormir, il grimpa jusqu'à la terrasse où une légère brise le refroidit. Son corps tout entier se dilatait de joie ! Des échos de musiques et de rires lui parvenaient de partout, Belleterre était perpétuellement en fête. Alors pourquoi discernait-il soudain comme des sanglots étouffés ? Il plissa les yeux dans l'obscurité et aperçut Luce près de la fontaine, sa main caressait la surface de l'eau. De petites étincelles magiques voletaient autour d'elle et éclairaient son visage sillonné de larmes.

– Luce ?

– Quoi ? sanglota-t-elle en sursautant. Ah c'est toi Bibi…

– C'est moi. Tout va bien ?

– À ton avis ? lança-t-elle sur un ton agressif.

– À priori je dirais que tu n'as pas sorti le moral des grands jours, répliqua-t-il calmement en s'asseyant sur le bord de la fontaine.

– Excuse-moi, soupira-t-elle. Je ne te connais pas vraiment et je suis triste. Je ne devrais pas pourtant ! s'emporta-t-elle. J'ai quitté les gens que j'ai fini par haïr ! J'ai réalisé un rêve ! Je ne suis plus une noble mais une citoyenne installée dans un endroit convivial ! Je vais bientôt m'amuser comme une folle à la Rencontre ! Mais je pleure comme une fillette !

– Tu pleures parce que tu te sens affreusement seule ce soir, chuchota Bibi les yeux baissés vers l'eau. Tu as fugué mais à cause de ça, tu as l'impression d'être absolument seule au monde.

Luce garda le silence et essuya ses larmes, apaisée par les mots de Bibi.

– Tu dois avoir raison.

– Pourquoi as-tu quitté ta famille ?

Luce soupira un grand coup et sécha ses larmes.

– Mes sœurs sont des bécasses insignifiantes mariées à des petits coqs en habits de luxe qui se disputent déjà la succession de mon père et me détestent parce que j'ai été désignée comme unique héritière des Sanrouge. Aux yeux de la loi, j'hériterai d'absolument toutes les richesses. Libre à moi de les distribuer, alors tu imagines sans peine leur hypocrisie ! Ma belle-mère, de sept ans mon aînée, me voit comme une rivale acharnée. Elle me hait également parce que Barnaoul, son fils de huit ans, n'a toujours pas les faveurs de mon père. Pour lui, seuls les Mages nobles sont dignes d'accéder au pouvoir, d'être riches et responsables. Il est persuadé que nous ne sommes rien de moins que les êtres les plus puissants au Monde et qu'il est le premier d'entre eux. Je pense qu'il rêverait de devenir Empereur.

Luce secoua la tête, comme effrayée par ce qu'elle venait de dire.

– Excuse-moi Bibi. Je te dis là des choses extrêmement graves et je m'égare, emportée par ma rage. Il faut remonter cinq années en arrière pour bien comprendre la raison de ma fugue. J'avais seize ans à l'époque, je dois commencer par le début pour que tu comprennes. Comme l'a rapidement évoqué Taro cet après-midi, mon père est le grand Mage Turbith Sanrouge, surnommé Turbith le Grand, descendant direct de la lignée Royale de l'Ordre des Mages des Anciens Temps. Ses trois premières filles sont des Magiciennes talentueuses mais n'atteignent pas la puissance requise à l'héritage du Grand Sanrouge. Et comme ce ne sont que des filles, on leur demande simplement d'être imbues de leurs origines, belles, stupides, soumises à la volonté des hommes et de pondre des héritiers. Mon arrivée a changé la donne. Ma naissance a entraîné la mort en couches de ma mère. J'ai montré des dons bien plus importants que ceux de mes sœurs et mon père n'a eu qu'un regret : que je ne sois pas née garçon. Eh oui, la mort de son épouse lui importait finalement peu. Il a fait de moi son héritière sans pour autant me porter beaucoup d'affection. Comment aimer l'enfant qui représentait une déception dès sa naissance ? Il a commencé mon éducation puis m'a placée avec les meilleurs précepteurs Mages. Jusqu'à mes quinze ans, je méprisais tous les autres Ordres et me prenais pour l'un des êtres suprêmes de l'Humanité, mais je sentais bien que quelque chose clochait. Peut-être grâce à l'influence généreuse et aimante de ma nourrice. J'ai rencontré beaucoup de gens à cette époque et je suis finalement tombée amoureuse d'un Ordinaire. Un citoyen bien sûr, le fils d'un couple de marchands qui travaillait pour mon père. J'ai compris et découvert énormément de choses. Le scandale de notre relation a été terrible. Je suis devenue la traînée indigne des Sanrouge. Mon père a tout fait pour étouffer l'affaire, allant jusqu'à m'enfermer dans notre maison. Il n'a fait qu'intensifier mon éducation et mon entraînement. Après quelques jours de mutisme, j'ai compris qu'il me fournissait malgré lui les armes dont j'avais besoin pour me venger. En apparence, je jouais le rôle de la petite fille parfaite qui attendait sagement son futur héritage et son futur mari sauf qu'en réalité, je m'entraînais avec acharnement, la rage au ventre. J'ai préparé ma fuite cinq ans durant. Pile au moment où il s'y attendait le moins ! Alors qu'il espérait me voir tout rafler à la Rencontre, j'ai réussi à le défier. Je l'ai trahi, je me suis libérée et pourtant je pleure comme une enfant.

Bibi, ému par ces confidences et par les étranges points communs de leur destin – le rejet de la société et leur solitude d'enfant – caressa son épaule avec douceur.

– Tu n'as rien d'une enfant Luce, souffla-t-il avec un sourire. Je trouve qu'au contraire tu es une femme très courageuse. Et qu'avec toi, le mot noble prend tout son sens.

Elle sourit à son tour et ils restèrent dans le silence quelques instants.

– Allons-nous coucher, proposa Bibi. Tu es fatiguée par cette journée. Demain tout ira mieux.

Quelques minutes plus tard, ils avaient regagné leur lit. Luce finit par se détendre alors que Bibi ne se lassait pas du contact des draps propres sur sa peau, du moelleux du matelas sous son corps, de la douceur de l'oreiller sous sa joue. Il plongea vite dans un sommeil profond que même l'entrée de Taro ne put briser. Ce dernier, perturbé d'avoir expliqué à sa famille les derniers événements de Carvacol, trouva le sommeil bien long à se montrer.

Chapitre 4.

Le lendemain, Taro entraîna Bibi dans la ville pour une visite qui s'annonçait riche en découvertes. Taro commença par l'aider à se repérer grâce aux codes de bonne conduite. Il lui montra le Palais impérial et ses équivalents Mage et Guerrier situés aux trois sommets d'un triangle, de manière à délimiter la place la plus célèbre du Monde. Leurs pas les menèrent aux monuments historiques, aux temples de culte de l'Esprit des Ordres et aux Palais de quelques nobles réputés. Aux grands centres de la vie de Belleterre, ils trouvèrent les salles d'entraînement, les théâtres, les scènes de plein air et les marchés. Puis ils firent le tour des différentes boutiques spécialisées : armuriers, épiceries magiques, bibliothèques ou encore marchands de bric-à-brac. Bibi observait tout avec des yeux ronds de petit garçon. Grâce à lui Taro découvrait la Capitale sous un jour nouveau. Pour se déplacer, ils firent parfois appel à leurs aptitudes d'Endurance pour supporter la promenade menée tambour battant. Malgré son apparente envie d'être ailleurs, Rivi ne les quittait plus ; Bibi lui interdisait de se promener seul en dépit du fait qu'il n'était pas l'unique animal à déambuler dans les rues. Parmi eux, un ours énorme était mené par un petit bout de femme qui serrait d'une main ferme la chaîne accrochée à un anneau planté dans son museau.

Taro ne sélectionnait que le plus beau, le plus spectaculaire et le plus agréable de la Capitale. Quand ils passaient devant des endroits moins salubres, Bibi constatait néanmoins les travaux de rénovations et les nouvelles entreprises qui fleurissaient, libérées de l'emprise des nobles grâce au mouvement citoyen.

Ensuite, Taro l'emmena dans une banque et lui expliqua le principe de ces établissements. Une fois sa bourse remplie, il lui montra une lourde pièce d'or, dite Disque, qui était aussi grande que la paume d'une main et sur laquelle était gravé l'Emblème de l'Humanité. Il s'agissait d'une véritable fortune car un seul quart de pièce d'or pesant cent grammes équivalait à vingt-cinq pièces d'argent. Elles-mêmes, de la taille d'un gros orteil, pesaient dix grammes et rapportaient trente piécettes de cuivre. Celles-ci, grande comme l'ongle du pouce, fines et légères, appartenaient à une monnaie plus connue de Bibi.

Après cette dense matinée, ils se rendirent aux plages de la Grande Cascade surchargées de monde profitant de la chaleur du soleil et des gouttes de la majestueuse chute d'eau. Le lac était réservé à l'apport d'eau potable à la ville. Personne ne s'y baignait et des miliciens surveillaient les abords vingt-quatre heures sur vingt-quatre. Bibi eut toutes les peines du monde à retenir Rivi très désireux d'une baignade sans en comprendre l'interdiction.

En milieu d'après-midi, ils marchèrent jusqu'à une caserne de la Milice avec l'intention de faire recenser leurs mésaventures démoniaques. On ne leur prêta qu'une attention hautaine. Chaque milicien rivalisait d'antipathie. Bibi, déstabilisé par la façon dont ils furent traités, appréhendait l'inscription aux Épreuves. Toutefois il fut forcé de suivre Taro qui ne lui accorda aucun délai de réflexion et se dirigeait déjà vers le « Grand Escalier ». Ce dernier portait bien son nom. Seul accès gratuit jusqu'aux hauteurs des falaises qui surplombaient Belleterre, il débouchait sur le Pré, grande plaine verdoyante, qui s'étalait en pente douce sur des kilomètres jusqu'aux Lacs de la fertilité au nord et à l'immense et mystérieuse forêt de l'ouest, la Matriarche. Quatre cents quarante-sept marches plus tard, ils furent accueillis par deux statues de phénix. À droite, les gens montaient, à gauche, ils descendaient et au milieu, des miliciens, matraque à la main, veillaient au grain. Afin de faire une pause au cours de la montée ou d'admirer l'incroyable panorama, des aires de repos avaient été creusées dans la falaise ou construites de toutes pièces au moyen d'énormes planches et poutres de bois brut. Des ascenseurs magiques, sièges auréolés de la lumière d'un sort ascendant et pourvus des systèmes ingénieux des Ordinaires, pouvaient être utilisés moyennant finance. Faute de quoi, même les personnes âgées ou handicapées devaient tenter leur chance du côté d'installations précaires aux enchantements proches du charlatanisme. Étonnamment, ce commerce réduisait tout de même les accidents pendant la Rencontre car les exploitants de ces systèmes mettaient toutes les chances de leurs côtés pour appâter et gagner des sommes mirobolantes.

Des Guerriers proposaient également leurs services pour porter madame, les enfants ou les affaires jusqu'en haut de la falaise. Bibi observait avec tristesse ces pauvres hommes et femmes voûtés, aux articulations des genoux déformées, qui faisaient ce métier pour une misère, usant leur Force modeste et leur Endurance relative.

Les festivités continuaient. Une projection magique, flamboyante, annonçait un joyeux «Bienvenue à la Rencontre de l'an 95». La foule humaine envahissait tout l'espace et naviguait entre des stands de différentes tailles, des parcs, des enclos et des cages remplies d'animaux. Voyant que Bibi était attiré par le spectacle comme un papillon de nuit par la lumière, Taro le retint par le bras.

– Reviens là mon Bibi, les Expositions attendront, on doit d'abord s'inscrire. Et vu le chemin parcouru depuis ce matin, je crois que nous sommes trop à bout pour en profiter vraiment.

– Oui, ô voix de la sagesse !

Ils s'insérèrent dans la longue file d'attente. Une dizaine de petits bureaux formait un arc de cercle devant la Statue en fer forgé des Trois Ordres qui dominait les hauteurs de Belleterre. L'œuvre métallique avait été conçue avec l'association des trois qualités des Ordres : Génie, Force et Magie. Elle scintillait à des kilomètres à la ronde. La pyramide, entourée de fins cercles de métal qui s'entrecroisaient, portait fièrement la planche et le marteau, la fiole et la baguette magique, le bouclier et l'épée, symboles des Trois Ordres, preuve de la grandeur des Anciens Temps. Bibi détourna les yeux des Trois Blasons avec une certaine tristesse et se concentra sur la foule alentour. À chaque petit bureau, un Mage, un Guerrier et un Ordinaire, tous fonctionnaires de leur état, recueillaient les informations nécessaires à l'inscription. Derrière eux, des panneaux avec la liste des Épreuves avaient été installés. Bibi les parcourut des yeux.

Épreuves dangereuses : Majeurs uniquement (16ans minimum)
Grande Épreuve
Combat Magique
Combat Force
Combat Ordinaire
Combat d'Ordres
Labyrinthe sauvage
Survie
Combat à cheval

Épreuves sportives : version enfants et animaux ; sous-catégories : s'adresser aux fonctionnaires
Courses : pouvoirs exclus
Concours Magique (poudres, sorts, potions, objets enchantés)
Concours Force (Passe d'arme, poids, Endurance, Résistance)
Natation
Escalade
Tir à l'arc, à l'arbalète
Tir au javelot, à la lance
Concours de Chasse
Labyrinthe sauvage version enfants

Épreuves artistiques: sous-catégories : s'adresser aux fonctionnaires
Concours de musique
Concours de danse
Peinture
Sculpture
Poésie
Théâtre
Note : Concours Ordinaire représenté dans sa grande majorité lors des Expositions, ne pas accuser les fonctionnaires d'acte raciste. Merci de votre compréhension.

Après un moment d'attente, ce fut à leur tour de passer devant les fonctionnaires. Tous trois d'un âge avancé, encore souriants malgré la journée bien entamée, ils les accueillirent gentiment en les invitant à s'asseoir. Une femme se tenait parmi eux.

– Jeunes gens, nous vous écoutons, dit le Mage d'une voix avenante.

– Je commence, déclara Taro.

– Très bien. Nom et lieu de résidence, dont celui à Belleterre.

– Je m'appelle Taro Chanteterre. Je viens de Carvacol et je réside rue du jardin, à l'Auberge de Mouna.

– Votre âge ?

– Vingt-deux ans.

– Votre Ordre ? intervint l'Ordinaire qui, comme ses collègues, prenait les notes adéquates, afin d'obtenir l'inscription en trois exemplaires.

– Guerrier.

Le Mage confirma.

– Une formation, des diplômes ?

– Je suis sorti du système scolaire classique à douze ans pour suivre l'enseignement d'un maître, un Quêteur : Riono Tablerase, expliqua Taro l'expression fermée.

– Très bien. Élève d'un Quêteur, voilà qui est prestigieux et rare de nos jours. À quelles épreuves aimeriez-vous concourir ?

– La Grande Épreuve, le Combat Force, le Combat d'Ordres, le Labyrinthe Sauvage, la Survie, le Combat à cheval, le Concours de passe d'arme, la Course à cheval, l'Épreuve de tir à l'arc cibles fixes et mobiles, tir au javelot et tir à la lance avec cibles fixes et record de distance pour ces deux catégories, débita Taro sans jeter un seul coup d'œil à la liste.

Bibi nota sa fébrilité et son excitation teintée de fierté.

– Programme chargé, constata la Guerrière d'un ton amusé apparemment ravie de voir un jeune homme de son Ordre si ambitieux. Êtes-vous conscient des difficultés et des risques que vous encourrez ?

– Bien sûr !

– Êtes-vous clairement informé des règles et de la façon dont doivent se dérouler les Épreuves ?

– Oui, clairement.

– Jurez-vous sur l'honneur de vous inscrire de votre plein gré et d'assumer l'entière responsabilité de vos éventuels accidents ou blessures ?

– Je le jure.

– Bien, signez ici, dit l'Ordinaire, sur les trois feuillets s'il vous plaît. Merci. Nous vous rédigeons immédiatement votre confirmation d'inscription, à présenter aux jurys avant chaque Épreuve. Ne la perdez pas !

– Oh que non.

– Permettez-vous que nous vérifiions si votre Force est suffisante pour faire face à vos Épreuves ? demanda la Guerrière. Simple curiosité.

– Bien sûr, assura Taro en dévoilant plus amplement sa Force et en laissant le champ libre à la perception magique du fonctionnaire en face de lui.

Bibi observa, amusé, l'orgueil de Taro gonfler quand le Mage eut une moue éloquente devant la puissance de celui-ci. Il fanfaronna devant la Guerrière qui le félicita et lui souhaita bonne chance. Ils firent mine de les congédier puis Bibi intervint :

– Moi aussi je voudrais m'inscrire !

– Excusez-nous jeune homme ! dit aussitôt l'Ordinaire. Nous vous écoutons, allez-y.

– Je m'appelle Bibi, je viens de Deucolline et je loge aussi à l'Auberge de Mouna, rue du jardin.

– Pas de nom de famille ? demanda l'Ordinaire.

– Si j'en ai un, je ne le connais pas. Je suis orphelin.

– Très bien, affirma l'Ordinaire en notant les informations.

C'était une façon de voir les choses…

– Votre âge, votre Ordre ?

– J'ai vingt ans et je suis un Guerrier-Mage. Enfin, un Pur, se reprit-il après le coup de coude de Taro.

Les trois fonctionnaires levèrent la tête de leurs papiers avec des mines ébahies. Le Mage tendit la main vers Bibi. Celui-ci lâcha ce qu'il fallait pour confirmer son état et le Mage hocha de la tête à l'intention de ses collègues.

– Alors ça c'est incroyable, dit l'Ordinaire. Un vrai Pur. Je crois que vous êtes le seul Pur à être inscrit. Vous êtes le seul Pur à vous revendiquer comme tel depuis…

– Incroyable, répéta la Guerrière qui avait l'air effrayée.

– Et réjouissant pour le spectacle à venir ! s'enthousiasma le Mage.

Bibi eut un timide sourire.

– Dites-nous vite à quelles Épreuves vous voulez participer ?

Bibi prit une profonde inspiration.

– J'aimerais participer à la Grande Épreuve, au Combat Magique, au Combat Force, au Combat d'Ordres, au Labyrinthe Sauvage, à l'Épreuve de Survie, à la course d'obstacles, à la course de dix kilomètres à pied et aux Concours de poudres, de potions et de sorts.

– Eh bien ! Là encore programme chargé !

– Je le jure… pour la palabre officielle.

– Très bien. Par curiosité, pourrions-nous… ?

– Si ça ne vous dérange pas, je préfèrerais rester discret, avoua Bibi.

– C'est votre droit le plus strict. Eh bien jeune homme, voici votre reçu.

– Je ne le perdrai pas, répliqua Bibi avec un ton entendu.

Ils s'en allèrent, laissant la place à d'autres concurrents. Bibi ne se douta pas une seule seconde que l'information qu'un Pur participerait aux Épreuves faisait déjà le tour du Pré. Quelques minutes plus tard dans la descente de l'Escalier, Bibi s'inquiéta du silence de Taro qui paraissait tout à coup pensif.

– Taro ? Tout va bien ?

– Hein ? Oui, oui, excuse-moi, je pensais aux Épreuves. Allons retrouver Ran.

– Ran ton meilleur ami ? Je suis content de le rencontrer. Il ne loge pas chez Mouna ?

– Non, nous n'avons pas réussi à lui réserver une chambre à temps. Viens, il doit nous attendre.

– Où ça ?

– Dans un bar qu'on aime bien. Dépêche-toi !

– J'arrive, j'arrive…

– Allez, on fonce ! insista Taro.

Bibi tira la langue de lassitude, mais le suivit. Curieux à l'idée de boire un verre entre amis, ce qu'il n'avait jamais fait, il s'enthousiasmait surtout de rencontrer le meilleur ami de Taro.

Ils cheminèrent en ville durant quelques minutes, suffisamment pour perturber le sens de l'orientation de Bibi et arrivèrent sur une petite place dans le prolongement d'une avenue animée. De grands arbres étendaient leurs ombres sur les terrasses chargées de tables et de chaises, elles-mêmes surchargées de verres et envahies par des jeunes gens attifés à la dernière mode.

Taro désigna le dénommé Ran, déjà installé à une table de choix. Le jeune homme se leva et Bibi eut le temps d'observer son corps élancé, bien charpenté, aux membres longs et forts, hâlés par le soleil. Ils faisaient probablement la même taille. Son visage était fin, ses cheveux blonds et bouclés. Une petite cicatrice près de l'œil droit ne gâtait pas son charme.

Taro et Ran se jetèrent dans les bras l'un de l'autre dans une étreinte forte, pleine de chaleur. Taro présenta Bibi :

– Ran Chantebrise, voici Bibi ! Un nouvel ami déjà cher.

– Salut Ran, dit Bibi avec un petit geste timide.

– Enchanté Bibi ! Comment as-tu rencontré mon gros lapin dis-moi ? l'interrogea-t-il en tirant l'oreille de Taro.

– Sur la route pour Belleterre, expliqua Bibi.

– Ah, la Rencontre ! s'exclama Taro. Comme elle porte bien son nom ! Tu m'as manqué mon loup.

Ran et Taro discutèrent un bon moment, tandis que Bibi observait l'amitié forte et complice de ces deux jeunes hommes.

– Et toi Bibi ? C'est quoi ta vie ? demanda finalement Ran. Qu'est-ce qui a bien pu forger cette stupéfiante personnalité dont mon poussin en sucre me vante les mérites ?

– Ma vie ? Ah… Houla. Houlala.

Bibi évoqua rapidement son maître et sa tyrannie, survola son mal-être de vilain petit canard, résuma le rejet de la population de Deucolline et des superstitions, expliqua le plus simplement possible comment il s'était retrouvé dans cette vallée pendant quatre ans.

– Voilà. Les grandes étapes.

– Ah oui… Quand même !

– Tes remarques sont d'un intérêt crucial pour la conversation mon sucre d'orge, railla Taro en riant.

Il paya l'addition et ils partirent déambuler dans les rues, bavardant là où leurs idées les menaient.

– Au fait, où loges-tu ? demanda Taro.

– Solution de dernier recours : chez la mère d'une amie de ma mère. La petite vieille est adorable mais complètement toquée. Et je ne te raconte pas l'odeur à cause de tous les chats qui vivent avec elle.

– Pourquoi ne viendrais-tu pas à l'auberge de ma tante ?

– Je croyais que toutes les chambres étaient prises !

– Il leur en reste des petites sous les combles, ma tante les juge impropres à la location, mais elle vient d'en ouvrir une pour une fille, alors ça devrait pouvoir se faire pour toi.

– J'en serai ravi !

Ils passèrent récupérer les affaires de Ran. Bibi fut ému par la scène : la dame, fripée, voûtée, mais encore coquette, leur parla d'une voix vaguement éraillée et insista pour qu'ils emportent quelques gâteaux secs fabriqués maison.

Ceci fait, ils se rendirent à une écurie où Ran avait placé Tonnerre, son vieux cheval gris. Celui-ci se régala des gâteaux vraiment très secs de la vieille dame. Taro assura à Ran que son cousin Ximo apporterait les meilleurs soins à Tonnerre. Arrivés chez Mouna, Bibi laissa les deux amis tranquilles près de l'écurie et rentra dans le hall en espérant y retrouver Rivi. Il slaloma distraitement entre des enfants qui portaient une ribambelle de bagages en tournant autour d'un trentenaire qui s'impatientait devant l'accueil.

– Ah enfin du personnel ! Vous êtes le garçon d'écurie ? Pourriez-vous m'aider avec mes bagages ?

– Pas du tout. Pourquoi dites-vous ça ? À cause de mes vêtements ?

– Non de vos cheveux ! fit-il comme une évidence. Allons, aidez-moi et vous aurez un pourboire.

– Je veux bien vous aider mais je ne suis pas un membre du personnel. Regardez, ça par exemple c'est une sonnette, dit Bibi exaspéré en lui désignant l'objet métallique brillant.

– Merci, je ne suis pas stupide. Elle ne fonctionne pas.

– Ah…

Bibi laissa planer le mystère sur la signification de ce ah – ah vous n'êtes pas stupide ? ou ah elle ne fonctionne pas – et lança un petit sort dans les airs avant de souffler dessus, ce qui produisit un son clair dans l'auberge. Très vite, Gora apparut, intriguée.

– Oh Monsieur Konogan ! Monsieur Konogan Chanvrefête ! s'écria-t-elle devant le visiteur. Nous n'attendions plus que vous ! Comment allez-vous ? Voici votre clé. J'espère que vous avez fait bon voyage ! Voulez-vous que j'aille chercher la responsable de l'établissement ?

– Non, non, merci. Par contre, une aide pour mes bagages me soulagerait.

– Oui, bien évidemment ! Je vais vous chercher quelqu'un tout de suite.

Taro et Ran arrivèrent à ce moment et Taro intercepta Gora pour lui demander s'il pouvait prendre une clé des chambres sous les toits pour Ran. Celle-ci répliqua qu'il devait voir ça avec sa tante et s'éloigna prestement en désignant Konogan, le seul vrai client en attente. Luce et Lestine descendirent les escaliers pendant que Ran chuchotait quelque chose à l'oreille de Taro. Les deux jeunes femmes s'arrêtèrent net et Luce eut une expression ébahie. Lestine ressemblait à une enfant à qui on vient d'offrir la poupée de ses rêves. Elles se mirent à rire de concert. Bibi regarda dans la même direction qu'elles et croisa le regard du dénommé Konogan Chanvrefête.

Plein d'un charisme sensuel, le nouveau venu épiait Bibi en vérifiant que sa coiffure embellie par des soins magiques était toujours en place. Son sourire plein d'invite laissa le jeune Pur indifférent et sa façon d'attirer l'attention sur son élégance le remplit de méfiance. Néanmoins, il ne pouvait nier qu'il était très bel homme. Luce et Lestine, qui continuaient de pouffer comme deux gamines, semblaient tout à fait de cet avis.

– Si c'est toi qui m'aides à porter mes bagages, tu auras plus qu'un pourboire, lui dit-il en le pointant du doigt.

– J'imagine que vous êtes trop… généreux, répondit Bibi troublé.

– Bonjour Monsieur Konogan, je suis la fille de la responsable, Lestine Drudeplui, dit celle-ci en volant à la rescousse de son nouvel ami. Je vous souhaite la bienvenue à l'Auberge de Mouna pour un séjour inoubliable, chantonna-t-elle. Laissez-moi vous présenter quelques-uns de nos clients : voici Bibi, Taro Chanteterre mon cousin, Ran Chantebrise son meilleur ami et Luce Sanrouge.

– Enchanté jeunes gens. Sanrouge hein ?

Luce détourna le regard.

– Excusez-moi Monsieur Konogan, intervint Gora qui revenait d'un pas rapide. Personne n'est disponible pour porter vos bagages. Vous savez ce que c'est, avec la Rencontre…

– Bon, ce n'est pas grave. Je vais attendre que mon assistant arrive et me trouve quelques gars costauds.

– Nul besoin Monsieur, je peux vous rendre ce service ! s'exclama Luce. Envol ! lança-t-elle aux bagages imposants du nouveau venu.

– Merci beaucoup Mademoiselle Luce, vous arrangez tout le monde, dit Gora d'un ton aimable pour se rattraper de sa première attitude. Je vous laisse, je dois résoudre un problème urgent de literie. Taro, ta tante se trouve en cuisine.

– On y va alors. Viens Ran, dit Taro en le tirant par le bras.

– Je vais vous conduire à votre chambre Monsieur Konogan, dit Lestine en s'emparant de sa clé avec un sourire coquet.

– Et bien Mesdemoiselles, me voilà entre vos mains, dit-il en jetant un coup d'œil à Bibi, même si j'aurais préféré que quelqu'un d'autre s'occupe de moi. Tant pis pour toi, lui fit-il en passant près de Bibi.

Ce dernier les regarda monter les escaliers, éberlué par le rentre-dedans du nouveau venu tout en se demandant pourquoi il attirait autant l'attention. Taro le fit sursauter en lui tapant sur l'épaule tandis que Ran rigolait.

– Monsieur Bibi, ici la réalité qui vous parle.

– Tu m'as fait peur.

– Avec Ran, on va s'entraîner dans un centre à quelques pas d'ici. Tu veux venir ?

– Non. J'ai envie de ménager ma jambe. Ça tire encore un peu, répondit Bibi d'un ton presque convaincant.

– Flemmard ! s'exclama Taro en éclatant de rire. Je comprends ça.

– Je n'en reviens pas que Konogan ait choisi l'auberge de ta tante, dit Ran tandis qu'ils montaient ses affaires jusqu'à sa chambre.

– C'est étrange en effet. Mouna était ravie et très étonnée qu'il réserve une chambre ici. Preuve que l'établissement Drudeplui a bonne réputation !

– Je ne sais toujours pas quoi en penser, temporisa Ran. Ça a beau être un citoyen, je trouve qu'il commence de plus en plus à se prendre pour un noble. Il est pourtant évident qu'il ne peut pas y prétendre sinon je suis persuadé qu'il ne séjournerait pas ici.

– Tu es dur. Admirateur ou pas, il faudra qu'on lui demande son autographe, histoire de frimer un peu.

– Je ne comprends rien à ce que vous dites, intervint Bibi. Pourquoi est-ce que tout le monde porte autant d'attention à ce type ?

– Voyons, mais c'est Konogan, Bibi ! s'exclama Ran. Konogan Chanvrefête ! L'Étoile de la chanson ! Le chouchou musical de la cour !

– Il a commencé sa carrière avant que tu ne sois dans ta vallée, tu devrais le connaître, insista Taro.

– T'imagines qu'à Deucolline on s'intéresse aux chanteurs à la mode ?

– Ne te vexe pas !

– Mais je ne suis pas vexé ! répliqua Bibi en haussant le ton.

– En tout cas, il a l'air à la hauteur de sa réputation, reprit Taro. Tu as vu comment il dévorait du regard notre jeune Pur ? J'en serais presque jaloux, d'habitude c'est moi qu'on drague en premier !

– Non mais tu t'entends, espèce d'incorrigible beau gosse ? éclata de rire Ran.

– Méfie-toi mon Bibi, fit Taro avec un air de conspirateur comique. On dirait que tu es sa prochaine proie. Parce qu'en plus d'être un artiste de renom, c'est un coureur de pantalons de légende.

– Beurk, un vérolé. Je vais me réfugier sur la terrasse, plaisanta Bibi.

– D'accord, on se retrouve tout à l'heure.

Bibi retrouva enfin Rivi, étalé au soleil sous le regard inquiet, intrigué, parfois passionné des quelques clients présents. Il alla le chercher et le força à s'installer près de lui, dans un concert de grognements et d'injonctions houleuses.

Torse nu, Bibi s'allongea sur une chaise longue et goûta au plaisir de la paresse. Il était sur le point de s'endormir quand une chanson lancée au creux de son oreille le fit violemment sursauter.

– Luce ! Tu es dingue ! Tu veux me tuer ?

Lestine et Luce éclatèrent de rire.

– Désolée Bibi, tu viens de subir les conséquences de ma rencontre avec Konogan Chanvrefête. Ça nous a mis ses chansons en tête. Je l'ai entendu chanter au palais du Gouverneur il y a deux ou trois ans maintenant, à Viverive. J'avais adoré !

– Tu peux me fredonner quelques chansons ? Je ne connais rien de lui.

– Rien de rien ? Un être au monde ne connaît rien de moi ? Voilà qui me laisse plein d'incrédulité.

– Konogan ! s'exclamèrent les deux jeunes filles.

– Oh ! Re-salut, dit Bibi en se tournant vers lui.

Habillé pour un bain de soleil, le chanteur exhibait sans vergogne les atouts de son corps.

– Je ne vous dérange pas ?

– Mais pas du tout, affirma Lestine. Au contraire ça fait plaisir de discuter avec vous !

– Pitié, tutoyez-moi tous les trois. J'ai l'impression d'être un vieux monsieur. Quel âge me donnez-vous ? Non pas vous deux. Je suis sûr que vous le savez, dit-il à l'intention de Luce et de Lestine. Bibi, insista-t-il avec un certain mépris sur les syllabes, quel âge me donnes-tu ?

– Trente-deux, répondit celui-ci sans hésiter.

– Hmm, cruel. Tu me vieillis de cinq ans.

– Oups, désolé, ironisa Bibi.

– Et pourquoi donc mon cher ? Nous ne pouvons pas tous nous targuer d'être de bons juges en matière de nature humaine.

– Quel est le rapport entre l'âge et la nature humaine ? fit Bibi agacé par le ton du chanteur.

– Allez les filles, ne laissons pas Bibi dans l'attente, répliqua celui-ci sans daigner répondre. On lui chante quelque chose tous les trois ?

– On ne va pas chanter en même temps que vo… que toi ! protesta Luce.

– Pourquoi pas ?

– Je préférerais t'écouter tout seul, intervint Lestine avec sérieux. Comme un petit concert privé.

– J'aurais dû prendre ma guitare dans ce cas. Tant pis, je ferai sans. Écoutez ça, jeunesse.

Bibi comprit vite pourquoi il était considéré comme un grand chanteur. Les paroles racontaient une jolie histoire d'amour métaphorique et les fit pouffer de rire à plusieurs reprises. La voix grave de l'assez déplaisant citoyen possédait un timbre très particulier qui grimpait dans les aigus sans effort.

– Je ne connaissais pas cette chanson, dit Luce une fois que l'artiste eut terminé.

– Il s'agit d'une exclusivité que je ferai découvrir au Monde pendant les concerts que je donnerai ces prochains jours. Ton ignorance est donc tout à fait justifiée, chère Luce.

Bibi dénota le miel dans la voix du chanteur quand il s'adressait à l'Héritière Sanrouge. Semblant ne rien remarquer, les jeunes filles discutèrent avec leur idole, pleines d'entrain. Elles annoncèrent à Bibi qu'elles s'étaient inscrites aux Épreuves.

– Taro et moi l'avons fait également, continua le jeune Pur d'un ton tendu. J'ai rangé mon reçu dans ma chambre, mais j'aimerais mettre au point un sort qui le rétrécisse et le solidifie pour que je puisse l'accrocher à mon cou. Tu as déjà fait ça Luce ? Je ne sais pas comment m'y prendre.

– Ça me plairait de t'aider ! Un sort de rétrécissement devrait convenir, mais il faudra que je t'apprenne la parade…

Konogan se moqua ouvertement de sa candeur.

– Ah, les Mages, dès qu'ils se réunissent, il faut toujours qu'ils ne parlent que de Magie, Magie, Magie, dit-il pour ramener l'attention sur lui.

– Désolée, s'excusa Luce.

– Et Bibi n'est pas un Mage, mais un Pur, lança Lestine avec une fierté qui étonna Bibi.

Pourquoi fallait-il toujours que quelqu'un vende la mèche ?

– Vraiment ? s'étouffa presque Konogan. Voilà qui est tout à fait fascinant, souffla-t-il en scrutant Bibi avec plus d'attention encore.

– Taro a dit qu'avec Ran on ferait la fête ce soir, reprit Bibi pour échapper à son regard insistant. Vous venez ?

– Hélas, je dois répéter mes futurs concerts.

– Comme c'est dommage, répliqua Bibi d'un ton sec qui ne laissa planer aucun doute sur le fait que la proposition ne s'adressait pas à lui.

– Je fonce prévenir les copains-copines, dit Lestine en se levant aussitôt dans un tourbillon d'énergie. Ran est super sympa ! Je ne lui ai même pas dit bonjour ! C'est n'importe quoi, il se passe trop de choses ! Vive la Rencontre ! À tout à l'heure !

– Moi aussi je veux bien venir, fit Luce plus posément. J'ai envie de rencontrer des gens et de m'amuser comme une folle !

Un nouveau trentenaire déboula soudain sur la terrasse, agité et plein de tics nerveux, en regardant autour de lui avec frénésie. Habillé très élégamment, malheureusement tâché de sueur, il portait à la main une sacoche du plus beau cuir et un petit carnet. De celui-ci, couvert d'une écriture serrée et nerveuse, pendait une plume de paon miniaturisée par Magie qui devait valoir une fortune.

– Aïe, voici Fili, Fili Fauchebranche, dit Konogan, mon assistant. Homme à tout faire. Celui qui organise et qui panique en conséquence et mon amant occasionnel, quand les Purs se dérobent par exemple.

– Charmant, siffla Bibi en l'affrontant du regard.

– Beaucoup pour un seul homme, remarqua Luce avec effort pour relancer la conversation.

– C'est un de ses mérites, reprit Konogan sans se démonter. Je vous laisse, sinon il va me refaire une crise d'eczéma. Au fait Bibi, si tu changes d'avis, je loue la suite de l'auberge, porte 303, susurra Konogan en lui volant un léger baiser sur les lèvres, trop rapide pour que Bibi puisse y échapper.

Totalement pris au dépourvu, il fut tenté de lui faire un scandale mais il était déjà loin. Luce rigolait.

– Quel connard !

– Tu exagères, apaisa Luce d'un ton doux.

– Rien du tout, ce n'est qu'un parvenu de…

Rivi accapara alors l'attention du jeune Pur en lui sautant dessus et sa colère disparut au profit d'éclats de rire qui résonnèrent sur toute la terrasse.

Luce les regarda, amusée et éberluée. Décidément Bibi représentait un mystère plein et entier, ne serait-ce que par le fait qu'il appartenait au Quatrième Ordre et qu'il en était peut-être son ultime représentant.

Que ressentait-il, se sachant le dernier Guerrier-Mage vivant ? Que pouvait bien être sa vie ? Que faisait-il avant la Rencontre ? Où se cachait sa famille ? Ses amis ? Même l'origine de son prénom demeurait obscure. Comment faire pour obtenir des réponses sans paraître indiscrète ? Luce maîtrisa son impatience, car elle se doutait que le brusquer ne la servirait pas. Elle espérait néanmoins voir sa curiosité assouvie rapidement.

Mouna vint bientôt les trouver pour leur proposer de dîner avec eux sur la terrasse. Ils acceptèrent et insistèrent pour l'aider dans les préparatifs. Luce ordonna les chaises avec sa Magie et s'étonna de voir que Bibi n'usait d'aucun de ses pouvoirs pour mettre en place les tables. Ils en discutèrent et elle y vit une nouvelle forme de sagesse. Après quelques minutes de réflexion, elle l'imita, comme si elle venait de prendre une nouvelle résolution.

Ran et Taro puis Dgel, Kael, Ximo et les jumelles, pourtant introuvables depuis quelques heures, rentrèrent juste à temps pour prendre part au festin. Quelques clients proches se joignirent à eux mais Gora préféra rentrer chez elle pour aider Atalahia. Celle-ci était débordée par les commandes de tenues sur mesure à confectionner pour les nobles.

En fin de dîner, Mouna annonça qu'une grande partie de la terrasse serait aménagée en salle d'entraînement, selon les normes législatives prévues pour la Rencontre. Elle avoua qu'elle espérait attirer plus de clients à ses terrasses, mais elle aimait surtout l'idée que ses petits protégés puissent s'entraîner à leur guise sous sa surveillance. La nouvelle fut accueillie avec beaucoup d'entrain et d'impatience. Au moment du digestif, Bibi s'éclipsa une fois encore, épuisé par cette nouvelle charge sociale. Il se doucha, se lava les cheveux, décida de ne pas se raser, s'habilla du mieux qu'il put et attacha ses longs cheveux ondulés pour y renoncer tout aussitôt. Comment faire pour ne plus avoir l'air d'un homme sauvage ? Ne trouvant pas la réponse, il quitta la chambre et croisa Taro qui allait se préparer également. Bibi sortit faire un tour dans la rue pour habituer les voisins à la présence de Rivi, qui, en bon animal-totem, semblait à l'aise dans toutes les situations.

Quand il revint vers l'auberge, Lestine y accueillait ses amis. Sept filles et cinq garçons, dont trois couples et demi, le dernier couple n'étant pas encore tout à fait officiel et rendait cruciale la soirée à venir. La jeune et énergique Drudeplui présenta tout le monde, et Bibi discuta avec chacun d'eux, en essayant de mémoriser les visages et les prénoms. Lestine s'empressa d'annoncer qu'un Pur se trouvait parmi eux et la sympathie se changea en un étrange respect craintif. Bibi se contentait de sourire aux différentes marques d'attention. Puis ce fut au tour de cinq jeunes femmes à la mode d'arriver, leur beauté parfois gâchée par l'excès de maquillage ou leur maigreur. Les deux meilleurs amis du monde sortirent alors dans la cour, d'un air dégagé, faisant étalage de leur beauté et de leur assurance. Bibi, finaud, se douta que ces deux là avaient soigneusement préparé leur entrée. Les jeunes filles se dirigèrent aussitôt vers les deux Guerriers et les présentations entre les groupes s'avérèrent glaciales.

C'est alors que Luce arriva d'un pas très rapide, avec un léger essoufflement et un sourire d'excuse. Elle passa d'une personne à l'autre pour se présenter. Son sourire s'élargit un peu plus pour Ran car ils avaient bien sympathisé lors du dîner. Bibi sourit devant la jalousie manifeste que les dernières venues portaient à l'Héritière Sanrouge. Celle-ci était tout simplement magnifique. Elle avait une fois de plus parié sur une mise en valeur simple mais élégante. Ses yeux verts très légèrement maquillés subjuguaient. De ses cheveux attachés, seules deux mèches bouclées par Magie s'échappaient pour couvrir son cou. Par rapport à elle, les amies de Ran n'étaient que des bijoux de pacotille. Lestine, quant à elle, trop sincère, pulsionnelle et passionnée ne pouvait être appréciée par ces femmes dont chaque acte semblait le fruit d'une réflexion intense. Même leur excitation et leur exubérance paraissaient minutieusement étudiées, surtout quand elles clamaient haut et fort qu'elles étaient « trop des folles quoi ! »

La troupe s'engagea dans la rue des jardins. Bibi, resté en arrière, sentit quelqu'un lui tirer les cheveux. Il se retourna en pensant protester contre Luce :

– Tu es mieux les cheveux détachés, lui dit Taro en souriant.

– Il faudrait quand même que je trouve quelqu'un pour les arranger. Je fais peur aux enfants parfois.

– Allez, viens, tu es très bien comme ça ! s'exclama Taro en l'attrapant par les épaules et en le collant contre lui dans une étreinte amicale.

Bibi était heureux que Taro s'occupe de lui, car Ran l'avait pour l'instant accaparé, ce que le jeune Pur comprenait malgré tout très bien. Les deux compères rejoignirent le reste de la petite troupe et Taro s'employa à les faire rire pendant le trajet avec Lestine pour complice.

Ran les mena dans une rue très huppée où les tavernes et les établissements de fête s'alignaient. Devant chacune d'elles, quelques hommes au torse et aux bras puissants, souvent des Guerriers, décidaient qui pouvait entrer. Bibi ne parvint pas à saisir les critères de sélection, mais s'inquiéta encore plus de l'état de ses cheveux.

Ils s'arrêtèrent devant un large et haut bâtiment où les fenêtres étroites laissaient échapper des lumières pulsatiles et des vibrations étouffées. Des lettres flottaient au-dessus de l'entrée par projections de lumière : Éclat de Belleterre. Lestine et ses amis s'enthousiasmèrent car il s'agissait de l'un des endroits les plus prisés de la Capitale.

– Tu vas vraiment réussir à nous faire entrer là-dedans ? demanda Lestine à Ran. Nous tous ? Même si on est citoyen ?

– Et moi je suis quoi ? dit Ran en rigolant. Ne t'en fais pas. Ça fait longtemps que je suis en repérage.

Les cinq jeunes femmes clinquantes que la jeune Ordinaire surnomma « les porte-manteaux » firent des moues de mépris devant l'extase de Lestine. Tout cela ne représentait qu'une routine pour des filles aussi extravagantes et fortunées !

– Comment ça va mon Bibi ? demanda Luce tout excitée en s'accrochant à son bras.

– Super ! Si ce lieu de folie est célèbre, c'est qu'on doit bien s'y amuser ! Et puis regarde-moi ces projections magiques ! Je n'ai jamais réussi à faire des trucs pareils, ça doit être vraiment très difficile !

– Ils s'y mettent à plusieurs Bibi !

– Je me disais aussi. Il y a beaucoup de monde à l'intérieur, dit-il en laissant sa perception magique s'enclencher. Tu les sens Luce ?

Les cinq jeunes femmes arrêtèrent brusquement de se moquer de Bibi lorsqu'elles comprirent qu'il utilisait un de ses pouvoirs. Son statut mystérieux de Pur sauvage impressionnait tout le monde et le rendait étrangement attirant.

Ran alla saluer les gardiens avec qui il avait fait connaissance dans un centre d'entraînement. Ils les autorisèrent à entrer sous leur regard pétri d'importance, mais aussi sous celui plus écœuré de ceux qui attendaient leur tour. Ils pénétrèrent dans un grand hall où de petits groupes de personnes discutaient, souvent avec un verre ou différents types de cigares et de pipes à la main. Un jeune homme en maniait une de sorte à former des ronds de fumée verts et violets qui s'animèrent pour rejoindre le reste de la vapeur colorée qui alourdissait l'atmosphère.

Taro ouvrit les portes battantes, et la musique les accueillit en pulsant violemment, heurtant Bibi. L'immense salle était divisée en plusieurs étages par des escaliers qui partaient en tout sens, passant par des galeries et des plates-formes où des créatures dansantes exposaient la qualité de leur déhanché au reste de la foule. Les bars proposaient une grande diversité de boissons alcoolisées à des prix exorbitants. Au milieu de la salle, sur une haute estrade, un groupe de musique et un chanteur dépensaient une énergie folle à faire danser tous ces gens. Deux Mages, armés chacun de deux baguettes magiques, les entouraient d'un sort qui prenait la forme d'un dôme ondulant en fonction des vibrations de la musique. Le son en était décuplé et permettait de couvrir les brouhahas de la foule. Bibi sentait ses os vibrer, son cœur prêt à exploser et n'appréciait guère le bain de foule. Sans s'en rendre compte il se retrouva devant le bar accompagné d'un Taro attentif qui décida de lui payer un verre.

– Vous prendrez quoi ? demanda le serveur.

– Un truc super fort s'il vous plaît, dit Bibi qui avait besoin d'aide.

Il avala cul-sec son verre sous les yeux étonnés de Taro. Il fonça ensuite droit sur la piste de danse, suivi par le jeune Guerrier qui riait à pleine gorge. Ils y retrouvèrent Luce, Lestine et quelques autres. Bibi, déboussolé par cette incroyable agitation, attrapa le verre d'un jeune homme qui passait près de lui et le vida cul-sec à nouveau. Luce et Lestine sauvèrent Bibi en captant l'attention du volé. Les deux jeunes femmes s'amusèrent ensuite à le perdre de vue dans la foule.

La danse. Voilà bien l'une des seules choses que Bibi pouvait apprécier dans cet environnement agressif et bruyant. Danser, il aimait ça ! Quand Taro, inquiet, s'approcha pour lui dire quelque chose, Bibi lui cria à l'oreille :

– J'aime bien cette musique !

Il se mit à danser. Son corps n'avait plus besoin de son esprit car la musique s'en était emparée. Il dansait sans réfléchir, détaché du monde, perdu dans un état de pur ressenti. Autour de lui, certains se gorgeaient d'alcool ou de drogue pour se téléporter alors qu'il lui suffisait de danser pour s'oublier et être dans un état similaire. Il revint à la réalité une fois le charme rompu par des jeunes femmes qui se frottaient à lui pour caresser son corps enduit de sueur. Devant le désintérêt pour ses cavalières, un jeune homme tenta sa chance et essaya de lui enlever sa tunique. Bibi les repoussa de plus en plus fermement et chercha des yeux ses amis, mais il ne se heurta qu'à des visages inconnus. Il traversa la salle, pris d'une peur panique. La difficulté qu'il eut à s'extraire de la foule la fit augmenter alors que la musique hurlait dans ses tympans, martelait sa tête et son torse comme le bruit d'une vague monstrueuse qui le poursuivait, avide de l'engloutir et de le briser. Son souffle s'enflammait, il tremblait d'effroi, traversé par des frissons de Magie et de Force. Il sortit dans la rue, trébucha, puis s'écroula à genoux. Il vomit près d'une poubelle et sentit une main se poser sur son épaule. Il sursauta, se retourna précipitamment mais ne vit que des petits points blancs scintiller devant ses yeux. Il reprit connaissance quand il entendit Taro l'appeler.

– Hé Bibi ! Bibi ! Fais pas l'idiot ! Qu'est-ce qui te prend ? Oh !

– Ne le secoue pas comme ça, tempéra Luce d'une voix désagréable. Pousse-toi. Bibi, Bibi, regarde-moi ! Serre ma main Bibi, serre-la.

Bibi tenta de fixer son regard sur celui de Luce. Il affermit sa prise sur les doigts de la jeune femme, secoué par de violents tremblements, la cage thoracique agitée par d'impressionnants mouvements chaotiques.

– Bibi… ça va ? s'inquiéta Luce quand elle comprit qu'il reprenait ses esprits.

– Je… j'ai paniqué, répondit-il en se tortillant comme pour échapper à une douleur.

Bibi parvint à se lever au bout de quelques minutes. Luce proposa de le ramener mais Bibi refusa.

– Retourne t'amuser Luce. J'arriverai à rentrer tout seul.

– Mais oui, bien sûr ! Je rentre avec toi. Allons-y. À demain les garçons.

– À demain Luce, dit Ran visiblement déçu.

Taro s'approcha de Bibi et lui donna une franche accolade en lui tapotant l'épaule.

– J'espère que ça t'as quand même plu.

– Je me suis bien défoulé, c'est certain.
– Et quel succès avec les filles, mon ami !
– Toi-même beau gosse, plaisanta-t-il en retour avec un sourire las.
Il rentra d'un pas lent avec Luce à ses côtés qui ne cessait de parler à tout va. Elle le laissa sur le pas de sa porte et lui demanda :
– Tu ne vas pas rejoindre Konogan ? Chambre 303 ?
Elle éclata de rire devant la tête de Bibi et l'embrassa sur le front avant d'aller rejoindre la petite chambre mansardée qu'elle appréciait, malgré tout ce qu'on avait pu en dire. Une fois rafraîchie et changée, Luce se coucha avec délice en ouvrant la petite fenêtre à l'aide d'un sort qui acheva de la fatiguer. De son côté, Bibi dormait déjà profondément.

Chapitre5.

Ce matin là, Bibi bondit de son lit, tout à fait remis de sa soirée. Il se sentait prêt à recommencer pourvu qu'il y ait moins de monde et de bruit. Plein d'exubérance, il se tourna vers le lit de Taro et le tapis de Rivi et constata que l'un et l'autre avaient déjà déserté la chambre. Après s'être lavé de fond en comble, il dégringola les escaliers, fit demi-tour pour grimper sur la terrasse et manqua de percuter Konogan qui apprécia la rencontre. Il y vit Lestine aider sa mère à mettre en place les tables pour le déjeuner. Mouna, en maman rusée, lui posait de multiples questions, en apparence insignifiantes mais riches en informations, qui la rassuraient tout en respectant la vie privée de sa fille adorée. Rivi, étalé comme toujours au soleil, accueillit son ami en ronronnant avec force.

– Bonjour Bibi, saluèrent les deux générations de femmes avec de magnifiques sourires.

– Bonjour Mouna, bonjour Lestine ! leur répondit Bibi avec des bises sonores sur les joues.

– Ça a l'air d'être la grande forme Bibi ! s'enthousiasma Lestine, Tant mieux ! On s'est tous inquiété pour toi hier. Taro m'a dit que tu avais angoissé de façon extrême.

– Ce n'est rien de le dire. J'ai perdu l'habitude de la ville, des gens et du bruit, tu sais. En fait, je ne l'ai jamais eue. Depuis que je suis arrivé à Belleterre, je lutte contre tout ça, même si je n'en ai pris conscience qu'hier soir.

Lestine hocha la tête, espérant que Bibi continuerait à se confier.

– Et Taro, tu sais où il est ?

– Il m'a dit qu'il serait à la place des Trois fontaines avant midi, répondit Lestine légèrement déçue. Je ne sais pas s'il y est encore.

– Je vais voir ça. Je peux vous laisser Rivi ? Merci Lestine ! À tout à l'heure Mouna !

Le jeune Pur galopa en ville, toute liberté sa retrouvée. Il se rendait compte qu'il pouvait courir et sauter comme en pleine nature. Il suffisait de tenir compte des passants, mais de se moquer de leurs regards. Quand il aperçut Taro il ralentit sa course, pour s'arrêter tout à fait lorsqu'il le vit embrasser sans aucune retenue l'une des jeunes femmes présente la veille. Les hanches étroites, les bras en fil de fer, mais les seins proéminents gainés dans une robe luxueuse, elle se prêtait volontiers au jeu et pétrissait les épaules du jeune homme.

Bibi regardait ce spectacle d'un air ébahi. Puis, embarrassé d'observer une scène qui aurait dû être intime, il détourna le regard. Son cœur et son corps vibraient d'un appel à l'amour et au plaisir qui résonnait dans le vide. Il regarda une dernière fois Taro avec envie et jalousie.

Il déambulait, comme sonné par le choc de ses sentiments. Contrairement à ses convictions les plus profondes, il n'était pas insensible aux douceurs de l'amour. Et d'ailleurs, toutes ces personnes rencontrées il y a peu lui portaient sans doute un intérêt sincère, voire de l'affection. Dans son cœur Bibi avait construit un petit temple à leur gloire, là, au chaud, dont il était prêt à ouvrir les portes au cas où ils auraient besoin d'un refuge.

À son retour, seule restait Luce qui prenait un petit déjeuner tardif.

– Salut mon Bibi ! En voilà une tête ! Assieds-toi. Prends une pomme si tu veux. Ou du pain. Moi je n'ai plus faim. Les petits déjeuners de Mouna sont plantureux. Qu'est-ce qui t'arrive ? Pourquoi parais-tu si triste ? C'est à cause de la soirée d'hier ?

Bibi se confia à celle qui se proposait de le consoler. Simplement, avec de l'émotion dans la voix, il relata son enfance pleine du rejet des autres et de la dureté de son maître. L'un et l'autre l'avaient poussé à se réfugier dans les rêves, le rendant plus mystérieux et différent encore. Il lui confia le poids de la solitude et la dualité qu'elle engendrait : la soif de tisser des liens et la peur de souffrir à cause des sentiments.

– Tu me trouves stupide ? demanda-t-il alors à Luce après un moment de silence et de flottement.

Elle lui caressa la joue avec douceur.

– Évidemment que non mon Bibi. Ce que tu viens de me confier est au contraire très beau. C'est émouvant et triste, mais tes sentiments nous paraissent si purs. Désolée pour le jeu de mots. Je ne sais pas comment tu fais pour être si humain, si gentil alors que tout le monde n'a fait que te haïr et te repousser. Tu es un être lumineux Bibi. Je suis flattée que tu te sois livré à moi. Merci pour ta confiance, elle m'honore.

– Merci à toi Luce, dit Bibi d'un ton penaud. Je n'ai pas vraiment l'impression d'être lumineux, surtout à cet instant précis.

Luce l'embrassa sur le front, lui arrachant un sourire.

– Ne fais pas cette tête là ! Allons-nous changer les idées ! La Rencontre est faite pour ça, pas vrai ?

Ils parcoururent les magasins et se refirent une garde-robe. Le peu d'argent que Bibi possédait y passa. Luce partageait son goût de la simplicité mais de qualité. Elle l'entraîna ensuite chez un barbier-coiffeur. Après une barbe taillée net, sa véritable masse de crins se transforma en une épaisse chevelure enfin domptée.

– C'est parfait, félicita Luce.

– Je suis assez content du résultat, se ravit le coiffeur. Votre ami avait des cheveux dans un état lamentable ! Pourtant quelle superbe masse ! Il était temps qu'un professionnel intervienne. J'ai tout de suite vu que cette coupe lui irait. Son visage est dégagé et ses mèches ondulées lui donnent un air absolument chou ! Regardez-moi ces boucles !

– Oui, vraiment, ça l'embellit ! Parce qu'il faut avouer qu'avant…

– Vous vous rendez compte que j'entends tout ce que vous dites ? fit Bibi avec une moue faussement boudeuse.

Luce lui offrit la coupe et tout un tas de confiseries qu'ils se disputèrent gentiment. Soucieuse de faire oublier à Bibi ses tourments et par la même occasion les siens, elle se mit à jouer de ses habitudes de noble. Encouragée par ses rires, elle parodia leur accent tandis que le Pur lui répondait avec une rusticité exagérée empruntée aux Deucollinois. Au fil de leur conversation, les bons souvenirs finirent par prendre le pas. Puis ils se rassirent de nouveau sur un banc et s'amusèrent à critiquer en chœur les passants, avant de leur inventer des histoires, de plus en plus romancées. Sa nouvelle amie lui raconta ses expériences amoureuses, surtout celle de ce fameux voyou Ordinaire qui avait provoqué la fureur de son père. Avec le recul, Luce ne savait plus si elle l'avait aimé pour lui ou pour défier sa famille. Bibi resta parfaitement mystérieux quant à ses propres émois d'adolescent. Luce parvint seulement à lui faire avouer qu'il y avait bien eu quelqu'un.

Ils rentrèrent à l'auberge avec un bouquet de fleurs pour Mouna et quelques confiseries pour les jumelles. Dans les couloirs, à la recherche de la si généreuse femme, ils croisèrent la diva du deuxième étage. Bibi lui offrit une rose en échange d'une petite chanson qui lui mit du baume au cœur. Elle les embrassa en leur laissant des traces de rouge à lèvres et s'éloigna tout en grâce, apparemment ravie de rencontrer des jeunes gens sympathiques, toujours prêts à l'entendre chanter. Le soir, Taro et Ran n'étaient toujours pas rentrés. Bibi, déçu, avait envie de le voir, mais la Rencontre et ses merveilles les accaparaient. Taro en profitait avec son meilleur ami, ce qui était parfaitement légitime.

Comme les deux jeunes femmes s'apprêtaient pour sortir, Bibi leur souhaita bonne nuit, il avait eu son compte d'émotions pour la journée. Il partit avec Rivi à la recherche d'un endroit tranquille hors de la ville. Il espérait y retrouver un peu de solitude, de celle qui résout les tracas et apaise les esprits tourmentés. Bibi s'assit sur de vieilles ruines et Rivi n'y trouva rien à redire, car les vieilles pierres avaient gardé la chaleur de la journée. Ils contemplèrent le coucher du soleil qui embrasait la Capitale de pourpre et d'orange. La spectaculaire beauté du lieu le rasséréna. Quand les premières étoiles pointèrent le bout de leur nez scintillant, Bibi réfléchissait encore. Il joua avec Rivi et décida de rentrer lorsque la fatigue commença à alourdir ses pensées.

Dans l'entrée, il croisa Konogan qui taquinait et flirtait avec Fili, ce qui amusait beaucoup la galerie. Konogan cessa aussitôt son jeu pour complimenter Bibi sur sa nouvelle coiffure. Celui-ci le remercia assez froidement et s'élança dans les escaliers. En rentrant dans sa chambre, il surprit Taro. À moitié habillé, celui-ci se dépêcha de finir avec des gestes pressés et un sourire presque forcé.

– Oh Bibi ! Salut ! s'exclama-t-il. On ne s'est pas vu de la journée ! Comment ça va ? Salut Rivi !

– Ça va, ça va très bien !

– Moi aussi ! J'ai rendez-vous avec une fille ce soir ! Je bous ! Je me dépêche sinon elle va m'attendre ! Comment tu me trouves ? Bien ? Et toi tu fais quoi ce soir ?

– Tu es toujours bien. Je ne sais pas encore pour ce soir.

– Amuse-toi mon Bibi ! Profite ! On se voit demain !

Avant de disparaître, il fit dépasser sa tête dans l'encadrement de la porte pour lui faire remarquer :

– Au fait, super tes cheveux ! J'adore, tu es bien mieux comme ça !

– Merci.

Bibi soupira et s'allongea sur son lit. Puis il ouvrit la fenêtre et s'y cala, humant l'ambiance de fête de Belleterre. Il chantonna sa mélodie, puis des volutes transparentes, comme des mouvements d'air, aux nuances de vert et de bleu s'envolèrent de ses paumes, puis de tout son corps pour aller se disperser dans la chambre. Elles finirent par se répandre au-delà, par la fenêtre, sous la porte, pour emplir toute l'auberge de Mouna. Il entendit vaguement les cris de joie des jumelles et d'autres enfants qui couraient pour essayer d'attraper ces étranges papillons, et les rires surpris des adultes encore debout. Se laissant aller, il interrompit son chant et câlina Rivi. Taro avait eu raison le soir juste avant leur arrivée à Belleterre : il savait aimer. Bien sûr qu'il le savait. Luce, elle aussi, lui avait dit des mots très justes. Ces sentiments étaient beaux. Après tous ces coups, ces blessures et ce rejet, il n'était jamais devenu aigri ou rempli de haine, peut-être parce qu'il gardait toujours de l'espoir envers les autres. Sans doute pouvait-il être aimé lui aussi. Luce ne lui en avait-elle pas donné des preuves ? Taro l'avait fait. Même les Drudeplui. Il était aimé. Son maître l'avait-il aimé, à sa façon ? Quant à Deucolline… Peut-être y avait-t-il là-bas au moins une personne tenant à lui.

Cependant il n'était pas prêt à créer les mêmes liens que Taro avec cette jeune femme, ni ceux dont parlaient Lestine et Luce quand elles évoquaient l'idée du couple. La souffrance faisait partie de la vie mais pourquoi s'en attirer ? L'amour, celui des belles histoires, attendrait. D'ici là, il avait de quoi s'occuper.

Fort de cette résolution, il se sentit soudain en accord avec lui-même. Il dégusta ce concentré de bien-être et s'endormit le sourire aux lèvres, heureux de constater qu'en quittant sa vallée, il avait réussi à prendre l'une des décisions les plus importantes de sa vie.

Le 22 juillet de l'an 95, ils se baladèrent tous ensemble aux Expositions. Leur groupe se soudait malgré certaines tensions cristallisées par la conquête de Taro. La rivalité s'était installée dès le moment où le tout jeune couple s'empressa d'étaler son bonheur à grand renfort de bisous bruyants. Même Ran fronçait les sourcils. Ils profitèrent néanmoins de leur journée et admirèrent les Expositions. Les hauteurs de Belleterre étaient méconnaissables. D'une grande prairie en pente douce vers l'ouest, elles s'étaient transformées en une sorte de marché gargantuesque. La foule, compacte, colorée et bruyante contaminait de joie quiconque s'y faufilait. Une forêt de petits étals formaient des rues dans la première partie des Expositions. Des citoyens humbles y dévoilaient leurs talents et leurs produits, parfois sur un simple tréteau posé à côté des comptoirs de grands magasins. L'odeur enivrante des boissons épicées dominait les autres senteurs de cette profusion.

Des artisans invitaient les passants à essayer leurs inventions. Les premiers furent des marchands de jouets. L'Ordinaire créait des reproductions d'animaux en bois et en papier, des poupées et des peluches, animées par le Mage grâce à des sorts qu'il enseignait aux enfants ou aux parents. Les gamins voyaient leur nouveau jouet prendre vie, émerveillés.

Puis ils furent invités à tester un nouveau type de tire-bouchon, une arme qui contenait plusieurs lames, un mélange de poudres pour se maquiller en un tour de main, et bien d'autres choses encore.

Kael les accapara pendant une heure pour leur expliquer en détails le fonctionnement de son moulin à eau miniature – dérivé audacieux des moulins à vent déjà bien connus – ou encore de son mélange de poudre détonante sans Magie. Il s'enflamma sur plusieurs projets qu'il n'avait pas encore réalisés, mais qu'il développait patiemment, comme une arme de guerre évoquant une arbalète géante ou encore une charrette à deux roues qui permettait de se déplacer assis sans cheval. Il dut les laisser quand des fonctionnaires du Département des recherches se présentèrent à son stand.

Ils continuèrent l'exploration de ce monde passionnant. Des sculpteurs Ordinaires s'étaient associés à des Mages pour créer des effigies d'une grande beauté dans de la glace qui ne fondait pas malgré la chaleur. Les Mages y incluaient des étincelles colorées qui les faisaient briller de l'intérieur.

Plus loin, des forgerons Guerriers brandissaient avec art leurs marteaux. Après maints efforts et innombrables cliquetis de métal, ils créaient des armes et des objets fabuleux. Les filles durent insister pour détacher les garçons du stand et aller jusqu'aux couturières.

Les vêtements, sagement posés sur des mannequins de bois flottaient dans les airs, gonflés par Magie. Ici peut-être plus qu'ailleurs les nobles et les citoyens s'affrontaient. Les nobles exposaient des vêtements traditionnels, les meilleurs tissus taillés en coupes classiques, mais foisonnant de plumes, de perles, de fils colorés. Les créations Ordinaires, plus humbles, bousculaient les traditions. Plus de corset, plus de jupes serrées gênantes pour la marche, moins de lacets, moins d'épaisseur pour plus de simplicité et de pratique. La dentelle et les cols extravagants étaient remplacés par des tuniques longues et des hauts plus échancrés. Les vêtements des hommes et des femmes se voulaient révolutionnaires et le contraste saisissait.

Par mégarde, les filles repassèrent devant des étals d'armes et les garçons n'y tinrent plus. Ils essayèrent l'arbalète à réservoir de vingt-cinq flèches, le javelot qui, une fois lancé, s'ouvrait pour disperser des petits sacs bourrés de poudres explosives aux propriétés diverses ou encore le cache-poignard qui s'attachait dans le dos. Luce, bientôt rejointe par Bibi, était obnubilée par le stand des baguettes magiques. Ils passèrent de longues minutes à triturer les différents bois, sentant les essences grâce à leur perception magique, discutant provenance, propriétés et maniabilité avec les vendeurs.

Enfin, la deuxième partie des Expositions, à proximité des différents stades où les Épreuves devaient se dérouler, se consacrait à la mise en avant des progrès agricoles, scientifiques et militaires. Elle était plus sélective et les stands bien plus imposants. La haute silhouette de l'immense stade de la Grande Épreuve les paralysa. Le dôme magique, qui cachait à la vue de tous l'Épreuve de Survie, les remplit d'excitation. Ils préférèrent cependant l'espace agricole : des taureaux massifs, des génisses tout en grâce, des moutons aux toisons incomparables, des coqs bigarrés et des poules aux superbes atours. Rivi fit sensation, surtout quand il effectua par pure plaisanterie le parcours d'obstacles qu'effectuaient péniblement des chiens de garde idéalement dressés. Après cet épisode, moyennement bien accueilli des organisateurs – le public applaudissait des deux mains – ils prirent le large vers les expositions scientifiques. Ils n'y comprirent pas grand-chose mais Bibi, comme Luce, apprécia les expositions de fossiles, de champignons et de plantes, parfois perdues dans d'étranges appareils et de longues verreries bouillonnantes. Ils rejoignirent les autres à la partie militaire où Lestine s'ennuyait ferme. Les garçons, quant à eux, commentaient en quasi-professionnels les qualités des chevaux de guerre et la nouvelle formation surnommée «la tortue». Celle-ci permettait à peu de combattants de faire face à un grand nombre de Démons.

Ils finirent leur promenade et se séparèrent à nouveau. Bibi insista pour que Luce se promène hors de la ville avec lui et Rivi. Pour y arriver plus vite, ils empruntèrent une carriole rouge d'où ils purent admirer la Cité qui défilait sous leurs yeux. Une fois au calme, dans les champs, ils marchèrent d'un pas tranquille, tantôt en discutant en pleine confiance, tantôt en se plongeant dans leurs pensées, sans que le silence ne les gêne.

– Dis Bibi, comment as-tu fait pour t'en sortir? Je veux dire, tout seul, en pleine nature.

– Par nécessité. On se surprend quand il faut se battre pour survivre. Pour commencer, j'ai grandi à la campagne, je savais comment me débrouiller pour certaines choses: plumer les volailles et vider les lapins, distinguer les aliments comestibles. C'était dans mes cordes. Ensuite il a fallu briser certaines règles de mon éducation, comme utiliser la Force et la Magie pendant la chasse. C'était nécessaire pour ma survie et me poussait à m'interroger sur ma définition de l'essentiel. J'ai appris à ne compter que sur moi-même tout en respectant la vie qui m'entourait. Pour m'en sortir, je n'avais besoin que d'un abri, de quelques outils et de provisions.

– Oui, mais est-ce qu'il y avait des avantages à vivre seul?

Bibi hocha la tête devant son air préoccupé et ce que sous-entendait cette question. Il lui indiqua un rocher non loin et la fit grimper avant de sauter à ses côtés.

– Ferme les yeux, lui dit-il. Et ne pense plus. Écoute et respire.

Luce, intriguée, obéit. Au début, elle ne comprenait pas où il venait en venir. Puis, la brise vint leur caresser le visage. Elle entendit des gazouillis d'oiseaux, tout proches et sourit. Ensuite, ce fut le pas feutré de Rivi dans les hautes herbes. Elle sentit l'odeur des végétaux humides et la légère ambiance viciée de la ville.

– Tu sens ? Le vent sur ton visage. Comme une présence, un être vivant avec une personnalité propre, un être quelquefois doux, quelquefois violent. Et bavard. Tu entends le bruit des feuilles, effleurées ou fouettées, qu'il agite comme un chef d'orchestre ? Entre ces rafales, les oiseaux, les petits animaux, le grésillement des insectes. Le silence si particulier de la nature. Tu ne trouves pas ça profond et apaisant ?

Bibi prit une grande inspiration et poursuivit :

– J'étais libre, absolument indépendant. Sûr de moi. Je le pouvais. Je pouvais survivre. J'expérimentais, j'écoutais mon instinct. Et Rivi, mon vieux Rivi ! Toujours, il a toujours été auprès de moi. Nous sommes devenus le prolongement l'un de l'autre. Mais par-dessus tout, j'étais totalement libre. Après mon enfance, ça ne représentait rien de moins qu'une délivrance.

Luce ouvrit les yeux, émue, légèrement essoufflée. Bibi, assis, caressait un Rivi ravi des attentions de son ami.

– Donc oui, il y avait des avantages, dit Bibi avec un visage radieux. Et toi ? Comment était ton enfance ?

– Dorée, expliqua Luce après un temps de réflexion. Avec des barreaux dont je n'avais pas conscience. Nous vivions dans un luxe éhonté. On jetait la moitié de nos repas qu'on aurait été bien incapable d'ingurgiter en intégralité. Une foule de serviteurs exauçaient le moindre de mes désirs. Toutes les semaines un tailleur venait me présenter de nouveaux vêtements. J'avais des cours de chant, de danse, de harpe, de couture, d'histoire…, tout ce qu'une fille bien née doit savoir pour briller dans les bals somptueux que cher papa donnait. Mon père était très absent, il déléguait mon éducation aux professionnels. Je possédais des chiens de chasse, des chats, des chevaux, des volières. Les bijoux, n'en parlons pas! Une vraie petite peste princesse en résumé. Et comme mon talent magique s'affinait sans cesse, j'étais la reine de mon petit cocon de luxe. Heureusement, ma nourrice veillait. Elle me remettait à ma place sans hésiter et m'encourageait à être moi-même. Elle m'a pour ainsi dire élevée, mais quand ma belle-mère a insinué que ma nourrice avait une mauvaise influence, mon père l'a jetée à la rue. C'est alors que je me suis rebellée. Je devais avoir douze ans. Garçon manqué, je ne me suis pas arrangée. J'adorais la bagarre, sauter dans les flaques de boue, courir après les rats, grimper aux murs et aux arbres, jeter des cailloux aux pigeons. J'ai commencé à m'échapper et à traîner dans les rues pour retrouver ma nourrice. Puis j'ai fait d'autres rencontres. Et la suite, tu la connais. Quelques années de plus, un joli voyou, et hop! Une Luce amoureuse et ouvertement rebelle! Je me demande ce qu'il est devenu, mon voyou de petit copain. Il s'appelait Sacaro.

– Tu me raconteras d'autres épisodes de ta jeunesse? demanda Bibi.

– Bien sûr. Si tu veux.

– J'aime bien t'entendre parler de ton enfance, ça a l'air d'être comme dans un livre. L'histoire de Luce Sanrouge, par Luce Sanrouge! claironna-t-il.

Luce eut un grand éclat de rire qui fit s'envoler deux perdrix. Rivi s'amusa à les pourchasser sur quelques mètres, prolongeant leur bonne humeur. Puis ils repartirent sans plus échanger un mot, pensifs et en accord l'un avec l'autre.

La semaine suivante passa à toute vitesse. Ils se remirent très vite à un entraînement intensif grâce à la terrasse nouvellement aménagée de Mouna, sauf Bibi qui parcourait la ville pour trouver quelques menus travaux en échange de salaires qui le faisaient vivre.

La tension dans la Capitale devenait de plus en plus palpable, tout comme l'excitation qui montait à mesure que les Épreuves approchaient. Les concurrents angoissaient, les spectateurs s'impatientaient, les fêtes perdaient en retenue, Belleterre ne désemplissait pas et toute la tribu qui vivait heureuse sous les bons soins de Mouna et de Dgel profitait sans vergogne de cette période exceptionnelle.

Ils s'amusaient beaucoup, profitant de la présence de Konogan à l'auberge et de tout ce qu'il apportait dans son sillage, musique, ambiance, gens célèbres. Seul Bibi se plaignait du chanteur qui n'arrivait pas, malgré des efforts de charme et de séduction, à changer la mauvaise impression qu'il avait donnée au jeune Pur.

Son assistant, Fili, n'arrangeait pas les choses. Bibi se mit à le craindre comme un animal venimeux embusqué, surtout après une conversation houleuse volée dans un coin de l'auberge.

– Je te conseille fortement de ne pas trop t'approcher de Konogan, cher Pur, lui siffla Fili alors que Bibi le saluait.

– Quoi ? Mais je ne veux pas du tout…

– Tu n'es rien pour lui, qu'un trophée de plus à accrocher à sa collection de chasseur ! s'agita le jaloux sans l'écouter. Le Pur de la Rencontre de l'an 95 ! Alors que tu n'es qu'un sale petit bâtard !

– Hé ho ! Doucement Fili. Je ne fais rien pour encourager Konogan ! Je préférerais qu'il me laisse tranquille. Et je te rajoute dès à présent sur la liste officielle de ceux que j'aimerais éviter.

– Tu me dégoûtes, répliqua le trentenaire avec mépris. Ne même pas profiter de Konogan pour te hisser au-dessus de ta condition de pouilleux ! Remarque, ça m'arrange bien. Au moins je peux encore l'avoir pour moi quelques temps.

– Tais-toi. Tu ne te rends même pas compte à quel point tu peux être abject et à quel point ta vie me paraît triste et misérable. Tu n'es que l'esclave d'un homme malfaisant et tu te complais dans cette situation. Beurk. Bouge de mon chemin ou j'attire la malédiction des Purs sur toi !

Cela mit fin à la conversation et aux agressions de Fili. Pourtant, Bibi percevait bien ses petits regards perçants et acides, dès qu'ils se croisaient, lui faisant craindre une future tentative de mise à mort, l'hallali de la meute du chasseur. Bibi s'étonna également de la nouvelle façon dont ses pouvoirs lui attiraient des ennuis et se jura d'être vigilant durant les Épreuves, de tout tenter pour rester discret.

Le 29 juillet, la petite troupe décida de profiter des dernières heures des Expositions, même si un grand nombre d'exposants avaient déjà plié bagages. Bibi et Luce appréciaient de plus en plus Ran, alors que Taro s'éloignait d'eux à cause de sa conquête. La tonitruante et publique rupture qu'elle lui fit subir pour avoir assisté à un concert de Konogan sans elle n'arrangea rien, l'orgueilleux jeune homme se drapant dans une dignité mal placée. Ran finit par faire le lien entre eux quatre. Lestine, elle, était à l'aise avec tout le monde, guidée par sa franchise un peu abrupte et son énergie débordante.

Le 30 juillet, seuls les fonctionnaires du Gouvernement et quelques derniers exposants purent accéder à l'espace de la Rencontre. La journée fut consacrée au rangement et à l'aménagement. L'équipe de nuit relaya l'équipe de jour et libéra ainsi Dgel d'une de ses pires journées de travail de l'année. Lui d'habitude si énergique s'effondra à table, pour un dîner tardif.

– Dis, ça fait drôle de voir Dgel aussi calme, plaisanta Taro d'une voix lasse.

Les jeunes se révélaient aussi épuisés que leur aîné, après l'entraînement de la journée. Seul Bibi restait frais et dispos, ayant fait une grande promenade avec Rivi sur le Pré. Dgel ne tint pas une heure attablé face à une cuisine pourtant généreuse. Les jeunes l'imitèrent et se dispersèrent pour leurs activités respectives. Bibi discuta avec le patriarche de l'installation des infrastructures des Épreuves, déclinant l'invitation de Taro et de Ran qui proposaient d'aller s'amuser en ville.

Luce préféra se coucher tôt et Lestine aida sa mère à une broderie compliquée, ce qui apaisait ses nerfs. Ximo et Kael s'affrontèrent aux échecs et les jumelles jouaient dans un tel état d'excitation que même Rivi jugea plus sage d'aller se mettre à l'abri.

Quand Bibi gagna sa chambre, il se sentait tendu comme un arc. Les Épreuves commençaient dès le lendemain. La consécration glorieuse de toute une vie d'entraînement, selon l'avis de beaucoup de compétiteurs. L'occasion de dépasser ses limites, de se faire remarquer et de s'amuser, d'après Taro et Ran. La chance de montrer sa valeur d'après Luce et de s'ouvrir les portes de son école selon Lestine.

Quant à lui ? Que représentaient les Épreuves ? Pourquoi s'y être inscrit ? Les événements s'étaient enchaînés si vite, que Bibi n'y avait plus pensé. Pourquoi ?

Pour faire quelque chose de sa vie ? Bibi trouva cette pensée triste. Maintenant qu'il avait goûté à une vie normale – des amis, une presque famille, une maison, quelques petits emplois – Bibi se demandait pourquoi continuer ?

Assis devant la fenêtre ouverte de sa chambre, à réfléchir face à la nuit, comme il en prenait l'habitude, il en arriva à un certain nombre de conclusions bienheureuses. Il n'allait pas participer aux Épreuves pour remplir le vide de sa vie. Non. Sa vie était remplie et ça depuis toujours. Qui pouvait se vanter d'avoir survécu à quatre ans dans une vallée sauvage, à son maître ? D'appartenir au Quatrième Ordre ? Sans parler du reste…

Il allait participer aux Épreuves pour aller de l'avant, pour se prouver qu'il vivait, digne de respect et d'amour, avec le droit de goûter à la saveur du bonheur. Il le faisait pour se montrer qui il était, pour se construire sur d'autres bases que le mystère de ses origines, se bâtir un nom autre que celui de « Sans-famille ». Lui fallait-il une raison supplémentaire ? Comme la certitude que les Épreuves représentaient son chemin, son destin ? Peut-être pas. Il concentra son attention sur la lune, reflet de ses rêves et caressa Rivi d'une main distraite, en rythme avec les ronronnements de son indispensable compagnon.

Ran et Taro, accoudés à un bar, n'arrivaient ni à boire, ni à draguer, ni à se faire remarquer. Ils étaient juste assis là, se partageant un bol de noix, un verre entamé à la main, à faire des prévisions sur les Épreuves, à se faire peur, à se faire rire, à se rassurer. Demain, tout allait commencer. S'abattrait alors sur eux la pression de faire honneur à leurs maîtres, à leurs familles, ainsi que la lourde tâche de donner le meilleur d'eux-mêmes pour entrer dans l'histoire des grands Guerriers de ce Monde.

Luce, trempée de sueur dans un lit complètement défait, ne parvenait pas à s'endormir dans la touffeur de cette soirée et ne faisait que se retourner, se retourner encore, s'asseoir pour mieux se rallonger ou bourrer son oreiller de coups de poing. Non seulement les Épreuves allaient commencer demain, ce qui signifiait travail, angoisse, combat, compétition et excellence à viser, mais en plus elle connaissait les risques d'y croiser son père, une peur qui s'ajoutait à la pression des Épreuves.

Elle qui avait lutté pour le fuir en pensée durant ces derniers jours, se retrouva confrontée au fait que la fuite ne faisait que commencer.

Elle imagina son père attendant les Épreuves, aux aguets, sûr et certain que sa fille finirait par se dévoiler, pour s'emparer à nouveau d'elle.

Elle se leva, fit un brin de toilette, aéra son lit et s'assit sur une chaise de la chambre. Mentalement, elle échafauda clairement une foule de possibilités de rencontres. Puis, elle entreprit d'élaborer calmement toutes les façons de s'en sortir, libre, saine et sauve dans le pire des cas. Elle se recoucha et s'endormit sans s'en rendre compte, plongée dans ses pensées qui se rapprochaient de plus en plus du rêve que d'une éventuelle réalité.

Lestine, calmée par la broderie, plongea dans un sommeil réparateur sans le moindre souci.

Chapitre 6.

Le lendemain, le climat avait décidé de jouer un tour à Belleterre. Distribuant avec sagesse ombre, brèves averses et soleil pendant les Expositions, il se chargea d'un air lourd rempli de nuages menaçants, traversés par des éclairs.

À l'auberge, il fallait servir tous les petits déjeuners en même temps car les clients s'étaient levés tôt pour assister au discours de l'Empereur. Trépignements, rires et chansons volubiles emplissaient la salle du rez-de-chaussée.

Bibi, Luce et Ran prêtèrent main-forte à Mouna. Puis ils grimpèrent au lieu de la Rencontre en confiant la garde de l'auberge à Rivi, que Bibi compléta par un de ses cailloux ensorcelés au cas où son ami irait vagabonder. Il accrocha également à sa ceinture quelques sachets de poudre qui s'avéreraient utiles si les nuages et le vent passaient à l'attaque. Des rivières humaines coulaient des rues et formaient une marée assourdissante. Tous les miliciens étaient réunis pour prévenir les incidents.

La montée des escaliers fut pénible car les jumelles ne tenaient pas en place. Taro et Ran soulagèrent la petite troupe en les portant sur leurs épaules. Juchées bien haut, elles purent admirer les alentours et débiter un flot intarissable de paroles.

Au haut des marches, ils durent à nouveau piétiner pendant que la foule se répartissait jusqu'à l'Estrade Impériale. Tout autour, une forêt de petites scènes, de stades, de tables de travail et de comptoirs pullulaient dans les différentes ruelles.

Deux constructions se démarquaient par leur gigantisme et leur superbe : la Scène, avec ses gradins en amphithéâtre – elle s'apprêtait à accueillir concerts, représentations théâtrales et spectacles en tout genre – et le stade de la Grande Épreuve. Les nombreux labyrinthes en bois et ses haies verdoyantes attiraient également l'œil, sans parler de la cloche magique gardée opaque pour cacher l'espace sauvage de l'Épreuve de Survie.

Le groupe monta sur une arène pour admirer l'Estrade Impériale. Celle-ci avait été conçue en hauteur pour permettre à la Famille Impériale et aux privilégiés de la cour d'assister aux Épreuves mineures, simplement munis de petites jumelles de sorte à rester éloignés de la foule, de son odeur et de son agitation. Des gradins impériaux avaient tout de même été aménagés dans chaque stade, histoire de rappeler leur toute-puissance.

La foule ne bougeait plus que par lentes et subtiles vagues quand enfin résonna un chœur puissant derrière l'estrade, jaillissant de plus loin dans le Pré. Le chant Guerrier, roulant et grave, se fit plus fort et tous purent voir dans le bas de la pente douce, vers le nord, une phalange des Élites Guerrières.

Hommes et femmes alternaient leurs voix et marchaient de façon cérémoniale, avec de grands mouvements saccadés énergiques. Ils portaient une armure de parade constituée d'un plastron de cuir léger, de cuissardes et de jambières teintées de turquoise foncé, le tout ourlé d'or scintillant que l'on retrouvait sur les broches qui retenaient de courtes capes blanc ivoire et sur le Blason des Guerriers brodé sur le torse du plastron. Malgré cet apparat, ils ne portaient qu'un long poignard qui battait contre leur jambe droite et cliquetait au rythme de leurs pas.

Ils se disposèrent dans un ordre précis au bas des marches de l'estrade et repoussèrent la foule de quelques mètres. Soudain, des sons clairs d'instruments résonnèrent au loin dans la ville. Une lumière magique éclaira le Pré plongé dans l'obscurité de l'orage naissant. Les Élites Mages atterrirent dans l'espace protégé par les Guerriers et firent disparaître leurs instruments dans des volutes de fumées. Bibi plissa les yeux pour mieux voir leur uniforme.

D'un vert de jade, leur armure ressemblait fortement à celle des Guerriers. Elle était complétée par une longue cape noire sur laquelle on distinguait leur blason argenté situé au niveau des épaules. Ils se dispersèrent sur l'Estrade Impériale avant de se transformer en statue.

Luce et Bibi, comme bien d'autres, poussèrent des cris d'admiration. Aussitôt les Guerriers reprirent leur chant, accompagnés par la musique des Mages que l'on pouvait entendre sans que les statues ne bougent.

De nouvelles voix et de nouveaux instruments vinrent s'y greffer. Des bruits de sabots entourèrent la foule. De magnifiques destriers, montés par l'Élite Ordinaire, emplirent le Pré. Leur uniforme, sur le même modèle que ceux des Mages, brillait de blanc, d'argent et d'or. Leur cape, rehaussée de broderies éclatantes aux couleurs de la royauté, flamboyait de rouge. Les nobles, drapés dans leurs plus beaux habits, saluaient la foule en liesse. À peine installés sur l'estrade, les Guerriers sautèrent sur les chevaux et offrirent un superbe ballet équestre, arrachant de nouvelles exclamations au peuple. Bibi se rendit alors compte de l'incroyable bruit généré par ce rassemblement. Contrairement au contraste qui l'avait tant heurté à son arrivée à la Capitale, ce vacarme était agréable et lui donna l'impression de faire partie intégrante de l'Humanité.

Pour obtenir le silence, le Chef de l'Ordre des Mages lança une myriade d'étincelles pétaradantes dans le ciel et posa sa main sur la gorge de l'Empereur.

– Ai-je besoin de faire un long discours ? commença t-il alors que le tonnerre grondait. Les Expositions n'étaient-elles pas extraordinaires ? Magnifiques ? Époustouflantes ? Merci, merci à toutes celles et ceux qui ont contribué à cette grandeur. Merci, au nom de L'Empereur et au nom de l'Humanité toute entière ! À présent, que souhaiter de plus pour la suite ? Je déclare les Épreuves ouvertes ! Que les réjouissances se décuplent !

Tout le monde avait oublié le temps menaçant et la chaude pluie les prit par surprise. Les nuages noirs s'illuminèrent de puissants éclairs et offrirent un spectacle aussi majestueux que dangereux. Bibi regroupa les membres de sa famille de cœur auprès de lui et prit une grosse poignée d'une poudre bleue et noire pour créer son parapluie magique. À l'abri, mais malgré tout mouillés, Luce compléta le sort en les séchant par Magie.

– Bénédiction de l'Esprit des Ordres ! s'extasia Mouna

– Tante Moun' ! protesta Taro

– Rassure-toi, tout le monde sait qu'un Guerrier n'a pas besoin de Magie pour réchauffer les jeunes filles, le taquina Luce.

Les plus grands Mages du Monde les imitèrent avec différents sorts pour protéger la foule de la pluie. La fête était sauvée et l'Empereur se targuait de constater que la magie de la Rencontre prenait le dessus sur la nature. Il se promit de l'évoquer dans son prochain discours.

La fête dura tout le jour et une bonne partie de la nuit. La troupe eut bien du mal à se lever le lendemain pour prendre connaissance du programme des Épreuves, affiché sur chaque place de la ville. Les premiers jours s'annonçaient très chargés. Luce eut une bouffée de panique en voyant que Bibi et elle devaient être à la zone de combats magiques une heure plus tard. Les deux garçons partirent se recoucher et Lestine, déjà débordante d'énergie, galopa rejoindre des copines pour assister aux premières Épreuves alors que Bibi et Luce fonçaient jusqu'au Pré. Mouna eut à peine le temps de leur donner un petit déjeuner copieux à emporter qu'ils attaquèrent moins de trente minutes plus tard, à bout de souffle. Rivi leur faussa compagnie et préféra s'ébrouer dans les parties plus sauvages du Pré.

– J'espère que tous ces fainéants vont venir nous voir ! Et qu'ils vont s'échauffer ! Je sais bien que ce n'est que le début de la compétition, mais ça serait stupide de leur part de se faire éliminer si tôt !

– S'ils n'en ressentent pas le besoin après tout, grommela Bibi en essayant de maîtriser le tremblement de sa main qui peinait à conserver le croissant à peine entamé.

– Mange ! Exercer la Magie demande une grande consommation d'énergie, expliqua-t-elle doctement, la bouche bordée de chocolat en dévorant son troisième croissant.

– Luce, ton angoisse se manifeste par une boulimie et un débit de paroles digne des jumelles. Moi, je me renferme et j'arrête de m'alimenter. Alors je te propose de finir les croissants et de tenir la conversation.

– D'accord.

– Je veux juste que tu me promettes de ne rien dire à Mouna. Elle serait capable de venir me gaver comme une oie. Dès qu'elle me regarde, elle soupire malgré les dix kilos que j'ai pris depuis que je vis chez elle. Alors, promets.

– Promis, jura Luce en traçant une croix sur son cœur avec le plus grand sérieux.

Les croissants achevés, ils se dirigèrent vers la zone de combat magique où se succédaient des arènes modestes mais en règle pour une bagarre. Pour chaque arène, un jury avec une représentation des trois Ordres différents encadrait les combats. Luce et Bibi assistèrent au tirage au sort de leur adversaire, laissant une nouvelle fois le hasard décider pour eux. Ni l'un ni l'autre n'eurent le droit d'utiliser de poudres, de potions ou d'armes ensorcelées pour cette première épreuve.

Bibi porta son attention sur la foule de concurrents et de spectateurs qui se pressait déjà malgré l'heure matinale. D'autres Épreuves, notamment artistiques, avaient déjà débuté.

Quand Luce et Bibi gagnèrent leur arène, un numéro à la main, le cœur du jeune Pur battait énergiquement dans sa poitrine. Il regretta que Rivi soit parti et eut du mal à se détendre sans son bâton à triturer nerveusement de la main. Après l'avoir invité à grimper sur l'arène, le jury lui précisa qu'il serait sous surveillance magique constante afin de s'assurer qu'il n'utiliserait ni sa Force ni sa Résistance. Bibi acquiesça et essaya de ne pas penser au défi que cela représentait pour lui. Il serra la main de son concurrent, le numéro 58.

Quand le gong retentit, son adversaire se protégea immédiatement par un sort qui le teinta d'une aura rougeâtre. Sa réactivité délia l'esprit de Bibi, concentré sur son but : abattre le numéro 58. Il esquiva une boule qui fusa dans les airs. Avant qu'elle ne touche les murs magiques et transparents qui entouraient l'arène, son adversaire fit un mouvement de la main qui alerta suffisamment tôt Bibi pour qu'il échappe une fois de plus au sort brûlant. Les légers cris d'excitation des quelques spectateurs présents déconcentrèrent le numéro 58 et profitèrent à Bibi. Il aurait préféré un adversaire moins puissant pour démarrer la compétition, mais il n'avait pas le choix. Il musela fermement sa Résistance et sa Force et envoya un de ses sorts favoris : ses « bulles » translucides et bleuâtres, en apparence inoffensives, qui provoquaient de terribles ondes de choc.

Son adversaire déstabilisé, Bibi neutralisa le sort enflammé grâce à une « tempête » de neige. Légèrement essoufflé, dépité, le numéro

58 sortit l'artillerie lourde et généra trois boules de feu à partir de ses mains et de sa bouche. Bibi riposta en criant « brouillard » et en dessinant des cercles vers le sol avec ses mains. Une épaisse brume engloba la totalité de l'arène. Le 58 lança ses sorts au hasard mais avec violence. Il aspira le brouillard avec « l'éclaircie » créée en ondoyant ses mains au-dessus de la brume. Bibi n'avait pas attendu qu'il contre-attaque : avant que le 58 n'ait pu se retourner, il avait déjà annulé son sort de protection. Le 58 voulut l'atteindre, mais il dut lutter contre le vent qui sortait du corps du jeune Pur à chaque fois que celui-ci agitait frénétiquement les lèvres. Bibi le projeta dans les airs et l'immobilisa. Encore dans les airs, le 58 ferma les yeux et se redressa aux limites de l'arène. Le sort qui l'emprisonnait explosa. Il avait eu chaud. Il retomba sur ses pieds et cloua son regard dans celui de son adversaire.

Effaré, Bibi se gaina dans une gangue de glace et croisa ses bras afin de se protéger de la « langue de feu » qui fonçait sur lui. Sa Résistance insistait pour s'épanouir et le sauver car ce sort très dangereux pouvait percer ses défenses.

Les spectateurs s'agglutinèrent autour de leur arène où le combat s'avérait très intéressant à ce stade de la compétition.

Voyant que la Magie de Bibi ne céderait pas face à la sienne, le 58 abandonna sa stratégie de brute et se mit à courir en cercle autour de lui tout en lançant des flashs d'étincelles aveuglantes. Bibi réagit aussitôt en chuchotant « ténèbres », ses doigts posés sur ses tempes. Un voile noir apparut tel un masque devant ses yeux et le protégea des flashs. Il put distinguer et éviter deux nouvelles boules de feu. Mais lorsque les flashs cessèrent, Bibi ne put qu'entendre l'incantation « incendie » avant d'être enveloppé par un cercle de flammes. Ses cheveux commençaient à roussir quand, nimbé d'une aura blanc bleuté, il tourna sur lui-même et créa une pluie de flocons qui diminua la hauteur et l'intensité du brasier.

Son adversaire fonçait déjà sur lui, ses deux poings enflammés. Bibi jugula sa Force et réussit à concentrer son sort de protection dans sa main droite, bloquant le coup et le sort de son concurrent. L'onde de choc explosa en plein sur son sternum.

Envoyé quelques mètres en arrière, le numéro 58 mit du temps à reprendre sa respiration. Le public encourageait Bibi à en finir mais il attendit que son adversaire se relève. Énervé et paniqué, le 58 récidiva, les deux poings enflammés. Le Pur ne pouvait risquer de se battre au corps à corps sans laisser échapper un rien de sa Force, aussi il cria «bouclier» les bras levés en un élégant et rapide arc de cercle et se retrouva entouré d'une sphère transparente contre laquelle vinrent s'écraser les poings adverses.

Bibi écarta les bras violemment et son bouclier prit une nouvelle ampleur, repoussant le Mage obstiné vers le bord de l'arène. Le 58 réussit à bondir au-dessus du dôme mais Bibi avait suivi son mouvement de sorte à lui envoyer une nouvelle onde de choc avant qu'il ne touche le sol. Le jeune homme bascula lourdement en avant pour se relever aussitôt, hors d'haleine, interrompu par le gong de fin de match qui les surprit tous les deux.

Les spectateurs ne regrettaient pas de s'être levés si tôt pour assister au combat. Bibi, trop angoissé à l'idée de ne pas avoir gagné, ne se rendit pas compte que ses amis et leurs nouvelles connaissances l'acclamaient en créant un joyeux tumulte. Le silence fut rétabli quand le jury se tourna vers Bibi et son adversaire. Le Mage jetait d'incessants coups d'œil au Pur et au jury, impatient de connaître le verdict.

– En acte de pleine conscience et après délibération, le jury de l'arène 28 accorde la victoire au concurrent Bibi Sans-nom-de-famille, numéro 136 à cette arène.

Une partie de la foule explosa en applaudissements et en félicitations, cachant la déception d'autres spectateurs. Bibi relâcha aussitôt la tension, ses épaules tombèrent, sa tête partit en arrière et il lâcha un profond soupir de soulagement. L'émotion l'envahit pendant quelques secondes. Il avait gagné sa première Épreuve !

– Le concurrent Piétovar Chantedou, numéro 58 à cette arène, est éliminé de l'Épreuve des Combats Magiques en raison de son utilisation dangereuse et précoce, à un tel stade de la compétition, de sorts puissants tel que celui apparenté à la «langue-de-feu». Utilisation conduite par un manque de sang-froid et de maîtrise de soi. En ceci, son adversaire lui a été supérieur, sachant réagir avec ingéniosité. La victoire lui revient et la décision du jury est sans appel.

Bibi regarda Piétovar avec empathie. De quelques années son aîné, il aurait mérité d'aller bien plus loin dans la compétition.

– J'ai hâte de voir ta Force à l'œuvre mon jeune ami, glissa le Guerrier du jury en saluant Bibi.

– Merci !

– Magnifique contrôle de vous-même jeune homme, enchaîna l'Ordinaire qui les avait rejoints. D'après notre collègue Mage, à aucun moment votre Force n'a pointé le bout de son nez. À tel point qu'il a douté d'avoir un Pur sous les yeux. Vous semblez tout à fait brillant.

– Je m'efforce de l'être Monsieur, l'interrompit Bibi avant qu'il ne hurle à tout le monde qu'un Pur participait à la Rencontre.

– Vous avez été étonnant jeune Pur, chuchota le Mage. Étonnant.

– Je me suis hissé à la hauteur de mon adversaire, commenta Bibi.

– Merci pour le compliment, répondit Piétovar en lui serrant la main avec force, mais tu m'as quand même battu !

– C'est assez malheureux. Tu es trop habile pour t'arrêter si tôt dans la compétition.

– Ne t'en fais pas, je me présente à d'autres Épreuves. Si nous nous rencontrons à nouveau, je ne te laisserai pas m'échapper.

Bibi rigola, sa main toujours emprisonnée dans celle de son adversaire.

– Crois-moi, tu ne seras ni au bout de tes surprises, ni de tes efforts !

Piétovar rit à son tour. Ils laissèrent la place à deux autres concurrents, impatients de montrer à leur tour ce qu'ils valaient, galvanisés par le combat auquel ils venaient d'assister. Luce sauta au cou de Bibi et Lestine à ses épaules. Taro fut beaucoup plus réservé au contraire de Ran qui le félicita chaudement.

– Tu étais génial mon Bibi ! cria Luce encore toute excitée par son propre combat.

– Je parie que toi aussi !

– Oh, je n'en ai pas vraiment eu l'occasion. J'étais face à un gamin de seize ans ! Très sympa, mais trop jeune. Il fera mieux à la prochaine Rencontre.

Accompagnés par Piétovar et Nity, sa sœur cadette, ils coururent jusqu'aux arènes de Combat Force auxquels Taro, Ran et Bibi participaient.

Les nouveaux arrivants ne comprirent pas pourquoi Bibi se présentait aux Épreuves de Force et Luce et Lestine se firent un devoir d'acclamer Bibi le Pur, le futur grand champion du Monde!

Bibi se battit contre une jeune fille fougueuse mais trop inférieure à lui pour espérer gagner. Il lui laissa pourtant l'occasion de se dépasser et de tout donner, alors que Taro expédia son adversaire en moins de deux minutes. De son côté, Ran fit durer jusqu'à l'extrême limite de temps son combat pour admirer sa concurrente qui portait volontairement très peu de vêtements. Luce, pleine de sarcasmes, fit remarquer à Ran qu'il avait failli se laisser prendre.

– Il m'en faut bien plus pour me faire perdre la tête petite Lulu, répondit-il d'un ton qui la troubla.

En se dirigeant vers les combats des Ordinaires, qui se résumaient à d'impressionnants spectacles d'agilité, de rapidité et de technique, Bibi et Taro se disputèrent sur la façon de traiter les adversaires inférieurs. Ran finit par s'interposer avec humour et sauva ainsi l'unité du groupe, même si Taro et Bibi ne s'adressèrent plus la parole de la journée. Ils déjeunèrent en admirant les peintres penchés sur leur toile. Bibi ne comprenait pas comment les jurys réussissaient à départager les Épreuves artistiques. Ensuite ils achetèrent des friandises qu'ils dévorèrent en buvant les vers des poètes avant d'écouter les premières Épreuves musicales. La diversité des Épreuves de la Rencontre rendait les choix difficiles. Un peu plus tard, ils durent se séparer pour reprendre la compétition. Bibi se présenta à son Épreuve de Sorts et salua ses adversaires: un trentenaire sérieux, droit comme un I, deux jeunes hommes issus de la petite noblesse, une quarantenaire enjouée et enfin une petite demoiselle au charme discret et à la timidité évidente. En s'installant derrière un comptoir de bois, Bibi et la quarantenaire se distrayaient en écoutant le duel de coqs qu'offraient les deux jeunes nobles. Le jury les rejoignit, fit son petit laïus officiel et tira au sort le premier thème.

– Nous vous rappelons que seuls deux d'entre vous seront déclarés vainqueurs de cette épreuve et qu'ils devront concourir à nouveau dans trois jours. Vous n'aurez droit à aucune potion, objet, ingrédient ou poudre. Vous ne pouvez contester ni le thème, ni les décisions du jury.

– Le premier des quatre thèmes est le confort au quotidien, poursuivit joyeusement l'Ordinaire apparemment plus heureux d'être là que sa collègue Mage. Qui veut commencer ?

– Allons-y, enchaîna la quarantenaire avec le même enthousiasme.

– Qu'allez-vous nous proposer ma chère ?

– Un sort parfait pour la ménagère que je suis, chantonna-t-elle en saccageant sa magnifique coiffure avec le verre d'eau mis à disposition des concurrents. « Coiffure ! » lança-t-elle en pointant un doigt vers le haut de son front.

Ses cheveux reformèrent alors une élégante masse volumineuse, bouclée et brillante, le temps que des volutes brunes et rousses s'enroulent autour de ses mèches. Le jury parut apprécier.

– Laissez-moi deviner, demanda discrètement Bibi pendant que le trentenaire essayait de faire disparaître une tâche sur un tissu, vous utilisez ce sort tous les jours ?

– Ça m'arrive souvent, avoua-t-elle, je suis coquette et mes six enfants me laissent peu de temps pour me préparer le matin.

Le jury ne s'attarda pas en commentaires sur le sort raté du trentenaire. La tâche avait disparue, le tissu avec. L'un des jeunes nobles raccommoda le tissu troué, mais ne put obtenir les félicitations du jury car le tissu désormais rapiécé dégageait une odeur nauséabonde de moisi. Le second lança avec panache un sort qui rendit étincelantes les bottes de cuir du Guerrier.

Puis ce fut au tour de Bibi et de son expérience limitée du confort au quotidien. Il dut remonter loin dans ses souvenirs d'enfance, jusqu'à cet après-midi à Deucolline pendant lequel de jeunes enfants Mages faisaient flotter dans l'air de petits bateaux faits de feuilles et de coquilles de noix. Il avait voulu les impressionner à l'aide d'un sort pour gagner leur amitié.

Inspiré, il leva la paume vers le ciel et une boule transparente en jaillit telle une goutte d'eau, entraînant un bruit aqueux très agréable. Un tourbillon s'y immisça, l'éclata et propulsa ainsi une légère brume d'eau sur le jury et les rafraîchit. De son côté, la jeune fille renversa le contenu du coffret en bois ouvragé qui l'accompagnait et agita ses deux index comme un chef d'orchestre : les objets, les poudres, les fioles, les sachets, les cuillères, les couteaux et les bols s'envolèrent avec grâce jusqu'au coffret où ils s'y rangèrent sans entrechocs ni fausses notes. La précision du sort et la facilité avec laquelle il avait été lancé, força Bibi à reconsidérer l'opinion qu'il s'était faite de celle-ci.

– Bien, nous allons tirer au sort le thème suivant, dit la Magicienne, agacée par son collègue Guerrier qui bâillait discrètement.

– Je m'en occupe chère amie, dit l'Ordinaire toujours enjoué. Vous allez devoir nous impressionner avec la chasse et la pêche !

Le Guerrier alla chercher un mannequin-cerf de taille réelle et un bassin rempli de mannequins-poissons. L'un des nobles produisit d'un cri rauque un trait de lumière qui transperça la gorge du mannequin. Comme le cerf devait être animé, le jury lui reprocha son zèle et ne lui permit pas de refaire un essai. En conséquence, le jeune homme passa rapidement de la pédanterie au mutisme.

Le second noble, heureux de l'échec de son rival, voulut se démarquer en jetant un sort compliqué nommé « ankylose » sensé ralentir l'animal. Après délibération, il fut autorisé à l'exécuter sur le Guerrier, plus apte à résister à la Magie et que la perspective d'un peu d'action semblait réveiller. Cette impression passa vite, le cobaye leva son pouce avec une lenteur affligeante et un sourire qui mit tant de temps à s'épanouir qu'il s'apparentait plus à un rictus animal. Bibi, la quarantenaire et l'Ordinaire rirent en chœur devant l'expression exaspérée de la Mage.

Le trentenaire, anxieux, tenta sa chance avec un sort d'aveuglement sur le cerf animé. Il réagit parfaitement au sort : complètement paniqué par sa cécité, il renversa tout sur son passage. Bibi et les autres se cachèrent derrière leur pupitre en riant aux éclats, surtout quand le cerf poursuivit ses cabrioles jusqu'aux stands voisins.

Le Guerrier, toujours sous l'effet du sort, tenta d'aider ses collègues, ce qui le fit rire lui-même. Du moins, c'est ainsi que Bibi interpréta les sons étonnants qui sortirent comme de longs râles de sa bouche tordue.

Une fois l'ordre rétabli, la jeune demoiselle forma d'un doigt des petits cercles sur le sol qui brilla d'un éclat doré avant de disparaître remplacé par de l'herbe rase. Puis elle anima le mannequin avec brio et l'apprivoisa de manière à l'amener sur l'herbe. Enfin, sans un mot, elle remit tout en état.

Le jury cachait difficilement son ébahissement. Là où la Mage avait eu besoin d'une incantation appuyée par un mouvement de la main, la jeune concurrente n'avait eu qu'à pointer son index sur le mannequin pour le maîtriser. Bibi aurait bien aimé qu'elle dévoile toute sa puissance. Quand son tour vint, il n'avait que peu d'astuces à proposer puisqu' il n'utilisait que rarement ses dons pour la traque.

Il paralysa l'un des poissons et à sa grande surprise, son action se démultiplia en des dizaines de mini-sorts qui touchèrent les autres. Ainsi, au lieu de pêcher les poissons, il put les cueillir comme des fruits. La quarantenaire proposa un sort de confusion pour le mannequin-cerf. Le jury, peu désireux de renouveler l'expérience d'un mannequin fou, lui demanda de le pratiquer sur le Guerrier suite à quoi, titubant, il s'attaqua aux voisins qu'il prenait pour des Démons.

– Nous… nous allons passer au thème suivant, déclara l'Ordinaire troublé par les événements, ce sera le combat contre les Démons, ajouta-t-il en tendant le papier loin de ses yeux.

La quarantenaire perdit de sa bonne humeur tandis que les deux jeunes nobles jouaient les gros bras.

– Je suis sûre que ces petits noblions de pacotille n'ont jamais vu un Démon de leur vie, maugréa la quarantenaire à l'intention de Bibi. À moi, citoyenne, ce thème fait ressurgir de bien mauvais souvenirs. Je suis une mère de famille, j'ai choisi la vie citadine pour protéger mes enfants, je ne suis pas une combattante aguerrie.

– Vous trouverez bien quelque chose, tenta Bibi pour la rassurer.

Le Guerrier apporta six mannequins représentant des Caïs. L'un des nobles voulut se rattraper avec un sort compliqué qui nécessita des efforts considérables et une incantation interminable. Il finit par emprisonner l'un des faux Démons dans une dizaine d'anneaux lumineux qui entaillèrent le cuir de la poupée. Le Guerrier testa leur solidité et ne parvint à les briser qu'en laissant sa Force s'exprimer. Le jury trouva donc le sort efficace, mais mal maîtrisé. Le jeune homme ne se départit pas pour autant de sa superbe.

Le second n'utilisa aucune incantation, mais le sort fut si éprouvant qu'une fois le mannequin quasiment écartelé, plaqué au sol, il chancela et saigna du nez. Bibi trouva le sort inapproprié. Écarteler un

Démon ? Cela ressemblait plus à de la torture qu'à un acte défensif ! La quarantenaire bâcla un sort d'étranglement :

– Je suis là pour m'amuser bon sang ! s'exclama-t-elle quand la Magicienne lui laissa une deuxième chance. Et franchement, jeter un sort d'étranglement, même à un faux Démon, ça ne me réjouit absolument pas !

La jeune fille s'avança ensuite face à son prétendu adversaire et regarda les membres du jury, impatiente d'en finir. Elle cria un « incarcerem » en tendant ses mains jointes devant son visage. Une minuscule étincelle jaillit de ses paumes et fonça sur le cœur de la poupée en formant des spirales. Le mannequin s'embrasa, avec une telle intensité qu'ils reculèrent tous. Quand les flammes retombèrent, il ne restait plus qu'un tas de cendre.

Le trentenaire échoua une fois de plus et confiant, Bibi put clôturer le thème. Sa « bulle » onde de choc projeta le mannequin des mètres plus loin, complètement désarticulé.

– Il nous reste encore dix minutes à consacrer au dernier thème que nous tirons au sort tout de suite… effets visuels ! s'exclama l'Ordinaire à nouveau réjoui.

La jeune demoiselle proposa un magnifique spectacle en faisant chanter et valser les décorations de son coffret. Elle semblait enfin prendre un peu de plaisir. Les deux jeunes nobles tentèrent de faire naître des volutes artistiques dans les airs. Plus audacieux, le trentenaire essaya de faire danser l'étole de la Magicienne du jury et se prit un soufflet :

– Hors sujet ! cingla-t-elle en remettant son voile correctement sur ses épaules.

La quarantenaire sortit de ses affaires une petite fiole remplie d'un gaz coloré qui se répandit dans les airs en une sorte de petite nuage sur lequel apparurent ses six enfants qui se mirent à chanter. Le jury eut du mal à interrompre cette projection magique d'une grande habilité.

– C'était magnifique, la complimenta Bibi. Elle chante quand votre tribu ?

Puis il acheva de faire pencher le jury en sa faveur en réitérant le feu d'artifice qu'il avait réservé à Taro pendant leur voyage. Il profita de la délibération du jury pour féliciter la jeune demoiselle qui avait piqué sa curiosité.

– Vraiment, tu as été très forte, lui assura-t-il une fois qu'il eut capté son regard.

– J'ai fait de mon mieux, répondit-elle humblement en détournant les yeux.

– Qu'est-ce que ça doit être quand vous dépassez vos limites, fit remarquer la quarantenaire.

La jeune fille baissa les yeux avec un sourire hésitant.

– Et comment t'appelles-tu? demanda Bibi.

– Astrancia Finonde. Et toi?

– Moi c'est Bibi! s'exclama-t-il ravi de constater que son interlocutrice luttait contre sa timidité. Mais je ne connais pas mon nom de famille.

– Vraiment? Eh bien, euh, enchantée, murmura-t-elle comme surprise de son audace.

– Moi aussi, Astrancia Finonde! Tu participes à d'autres Épreuves?

– Oui...

– Lesquelles? Si je peux, je viendrai t'encourager!

– Je ne sais pas si je dois te le dire.

– Pourquoi? s'étonna Bibi.

– Mon cher Bibi, vous voilà bien indiscret avec notre nouvelle amie, intervint la quarantenaire.

– Oups! Excuse-moi, je ne voulais pas t'embarrasser.

– Non, ce n'est rien, dit Astrancia qui paraissait déchirée entre le soulagement et l'envie d'en dire plus. En fait c'est mon père qui ne veut pas que j'en parle, il dit que ça risque d'attirer l'attention et que ça pourrait nous causer des ennuis.

Bibi allait répondre quand la Mage du jury prit la parole. Le guerrier fit un clin d'œil au jeune Pur. Le trentenaire se raidit, certainement conscient de son élimination.

– Après délibération, le jury numéro 14 de cette première session du Concours de Sorts déclare vainqueurs Astrancia Finonde numéro 28 et Bibi Tout-court numéro 26!

La quarantenaire les applaudit de bon cœur avec le jury. Le trentenaire les accompagna avec un demi-sourire et les deux jeunes Mages toisèrent Bibi avec dégoût. Il leur sourit avec désinvolture avant de saluer la quarantenaire qu'il aurait aimé voir continuer dans la compétition.

– Pensez-vous mon ami ! Je n'aurais jamais eu le temps ! Mon mari va participer à l'Épreuve de Chasse et mes petits sont intenables à mesure que les Épreuves dangereuses commencent. Ils ont hâte de voir les futurs champions et d'ailleurs je vais vous surveiller d'un œil Astrancia et toi. Vous me semblez prometteurs. Il va y avoir du spectacle !

Bibi repartit avec Astrancia et discuta un peu technique avec elle. Lorsqu'elle distingua son père dans la foule, elle quitta Bibi avec un sourire qui perdait de sa réserve.

De son côté Bibi aperçut Luce et Piétovar qui se tenaient le ventre, pris d'une crise de fou rire. Eux aussi s'étaient amusés et ils se racontaient leurs péripéties du jour entre deux éclats de rire. Quand Luce voulut retrouver Lestine, Piétovar, sa sœur et son petit ami, Bibi décida de se rendre à l'Épreuve de Passes d'Armes à laquelle concouraient Taro et Ran.

– L'Épreuve de Passes d'Armes ! s'écria Luce en se tapant le front. Je l'avais oubliée ! Je fonce retrouver Lestine et on te rejoint. Cette Épreuve, c'est un rassemblement de beaux virils à ne manquer sous aucun prétexte. À tout de suite !

Bibi partit seul, mais guilleret vers les arènes. Il chantonnait sa mélodie en espérant que Rivi l'entende et le rejoigne. Il salua Ran et observa Taro, torse nu, comme le faisait toute une bande de filles et de garçons. Il lui fit signe, mais n'eut droit qu'à un pauvre sourire fugace. Il aperçut alors Konogan, sans doute venu pêcher son prochain amant. Même si son attitude commençait à amadouer le jeune Pur, il restait toujours très mal à l'aise en sa présence.

Cette série d'Épreuves terminée, rejoint par les autres, Bibi alla féliciter les deux Guerriers. Un peu plus tard, leur groupe en croisa un autre, composé de jeunes nobles bruyants. Le meneur, un jeune homme superbe vêtu à la dernière mode, bouscula consciemment Bibi.

– Sympa ton sac ! Le mouvement citoyen est à ce point pitoyable pour que tu n'aies pas assez d'argent pour t'en payer un neuf ? critiqua le jeune arrogant d'un ton mordant qui fit glousser ses amis.

Bibi ne dit rien, simplement parce qu'il ne savait pas quoi répondre. Il regarda avec incompréhension le jeune homme et ses amis qui partaient déjà accabler d'autres citoyens. Les tensions politiques s'exacerbaient sous la jalousie de la compétition. Certaines rumeurs laissaient même entendre que des nobles hostiles au mouvement soudoyaient certains en pots de vins pour que les citoyens échouent.

Après ce léger incident, Bibi et les Mages de leur bande passèrent leur Épreuve de Potions qu'ils remportèrent tous. Luce présenta une potion expérimentale de soin : une solution aqueuse pleine de différents sucres, d'éléments minéraux et de lumière qui accroissaient la résistance des plantes, accéléraient leur pousse et augmentaient leur taille. Luce avoua à Bibi que si elle maîtrisait mieux ses sorts de soins, cette potion pouvait sans doute la rendre riche et célèbre.

– Alors pourquoi ne la soumets-tu pas à quelqu'un de plus expérimenté ?

– Parce que c'est mon projet et que je compte bien l'effectuer correctement un jour, argumenta Luce avec fierté. Bon d'accord, c'est égoïste parce que si elle peut fonctionner comme je l'espère, cela rendrait de sacrés services, mais c'est mon projet !

– Je comprends très bien, lui assura Bibi néanmoins un peu effrayé par les possibilités que pourrait offrir la potion. Et puis, tu es déjà riche et célèbre de toute façon, conclut-il.

Piétovar misa aussi sur les soins en présentant un baume spécialement élaboré contre les brûlures. La douleur s'estompait rapidement et la guérison ne laissait aucune cicatrice.

– Ça lui va bien un baume pareil, commenta Bibi qui se souvenait de ses sorts de feu.

Quant à Bibi, il présenta sa potion appât qui lui avait déjà sauvé la vie pendant les périodes de disette. Elle attira des souris, des chiens domestiques et un grand nombre d'oiseaux qui animèrent fortement la fin de l'Épreuve, surtout quand Rivi surgit de nulle part pour jouer avec tout ce petit monde.

– Ne vous inquiétez pas, c'est Rivi, mon animal-totem, s'empressa d'expliquer Bibi, il est agité parce que la potion désoriente les carnivores, avoua-t-il au jury en désignant les chiens qui se couraient après ou tentaient d'attraper leur propre queue. Ça peut rendre la chasse un peu dangereuse mais quand on est prévenu on peut prendre ses dispositions. Rivi, arrête ça tout de suite !

La victoire lui revint, le jury était trop abasourdi de voir un véritable animal-totem pour critiquer sa potion.

Ils enchaînèrent avec leur première session au Concours de Poudres. Bibi aperçut le jeune noble arrogant, croisé quelques minutes plus tôt, dans le groupe de Luce. Il espérait qu'elle le batte ! Malheureusement, elle perdit son épreuve face à Astrancia qui se chargea de la chute de l'antipathique jeune homme. Piétovar gagna aisément et Bibi batailla ferme mais l'efficacité incontestée de sa « poudre tue-insectes » lui assura la victoire.

– Je suis écœurée d'avoir perdu, râla Luce devant une légère collation avant le début de la Grande Épreuve. Je me suis promis d'aller le plus loin possible dans toutes les compétitions !

– Tu as fait de ton mieux non ? lui demanda Ran qui les avait rejoints avec Taro. Et puis, ce n'est pas l'Épreuve la plus importante pour toi, si ?

– Non, pas vraiment, mais j'avais tellement de poudres à présenter !

– Apparemment pas assez bonnes pour te faire gagner, critiqua Taro.

– Il faut dire qu'Astrancia est incroyable, s'empressa d'ajouter Bibi pour éviter que Luce ne se fâche. Elle fait tout sans aucun effort. Elle est vraiment impressionnante. On ne pèse pas lourd à côté d'elle.

– Oui mais c'est injuste, s'enflamma Luce trop excitée pour maîtriser ses émotions. Il devrait y avoir des catégories de niveau dès le départ pour qu'on puisse montrer ce qu'on vaut !

– Imagine le chaos. Des pré-épreuves pour déterminer dans quelle catégorie tu devrais être.

Irréalisable ! lança Taro en buvant tranquillement une grande lampée d'eau.

– Vois le bon côté des choses ma Lulu ! enchaîna Bibi. Le noblion de ton groupe a perdu !

– Qui ça ? demanda Luce en détournant son regard courroucé du visage impassible de Taro.

Bibi leur résuma son anecdote en leur désignant l'intéressé et sa petite cour bruyante qui s'ébattait à une cinquantaine de mètres d'eux.

– C'est Targo ! s'exclama Piétovar. Targo Ferdeciel ! Le fils unique de Gustus Ferdeciel, le directeur du Département des armes magiques ! Je vous laisse imaginer la suite.

– Famille riche, influente, puissante, fils pourri gâté, résuma Ran.

– Mais oui ! se rappela Luce. Je savais bien que je le connaissais ! Mon père connaît le sien ! Quand j'étais petite, on allait parfois chez eux en passant par Belleterre. Ça fait bien une douzaine d'années que je ne l'ai pas vu. Il a bien vieilli, pas vrai Lestine ?

– Carrément beau gosse. Visage viril, charpente solide, ventre plat, fesses rebondies. Tout ce qu'il faut !

– Les filles, un peu de tenue par pitié, râla Taro.

Bibi observa à son tour ses mâchoires carrées, ses yeux bleus, ses lèvres épaisses et sensuelles, ses dents blanches, ses cheveux blonds et raides avec une mèche à la dernière mode.

– En tout cas, il n'a vraiment pas l'air content, s'enthousiasma Bibi.

– Tu ne manges pas Bibi ? demanda Ran intéressé.

– Non. Je n'y arrive pas. Vas-y, finis-le.

– Pitié Ran, un peu de dignité, lança Luce quand ce dernier s'empara de la pâtisserie.

Tout le monde éclata de rire, tandis que Luce et Taro échangeaient toujours un regard plein d'animosité.

– Eh Taro, ça va ? Tu n'as pas l'air bien, lui demanda innocemment Bibi lorsque les autres se dirigeaient vers le tirage au sort.

– C'est l'angoisse des Épreuves, concéda celui-ci après un regard agacé pour rappeler à Bibi qu'ils étaient censés se bouder. La Grande Épreuve nous attend.

Bibi ne trouva rien à répliquer.

– Vous imaginez si on se retrouve à combattre les uns contre les autres ? Franchement, ça serait tout bonnement horrible, s'enflamma Luce à nouveau volubile.

– Regarde le nombre de concurrents, rationnalisa Ran en désignant la foule qui se pressait. Les lois des statistiques sont avec nous.

– Ce qui m'inquièterait le plus à votre place, ce serait de me retrouver face à un Favori, grogna Taro.

Pour cette fois, Bibi lui donna raison, surtout quand il en vit quelques-uns acclamés par les spectateurs déjà installés dans les immenses gradins. De loin, les gradins étaient semblables à d'énormes coquilles d'œufs et délimitaient un large espace où se trouvaient un tas de petites arènes. Au fur et à mesure de la compétition, ces arènes fusionnaient pour ne plus en former qu'une seule : LA Grande Arène de la Grande Épreuve, la plus spectaculaire de toutes. Le règlement beaucoup moins strict la rendait bien plus dangereuse et haletante que les autres. Par des hasards de circonstance, un concurrent pouvait se trouver face à mille fois plus fort que lui sans être épargné.

Et surtout, cette Grande Épreuve désignait les quatre Champions qui entreraient en lice pour devenir Champion de ces ultimes combats. Ce titre captivait un grand nombre de spécialistes de l'art de combattre, ne serait-ce que pour la Coupe, la faramineuse récompense à la clé et plus particulièrement pour la notoriété. Il suffisait de voir à quel point le tenant du titre croulait sous les sollicitations.

Les arbitres invitèrent les concurrents à se placer sur une ligne pour saluer le public. Tout Belleterre et plus encore semblait assister à cette Épreuve. Les cris de joie vrombissaient aux oreilles de Bibi. Il se sentit insignifiant et pourtant vivant et unique.

Les premiers combats commencèrent. Les arbitres tirèrent au sort pour déterminer si mains nues, armes, poudres, potions seraient tolérées et le gong retentit.

Des projections magiques extraordinaires reflétaient ce que voyaient les Mages placés à des endroits stratégiques pour permettre aux spectateurs de distinguer plus de détails. Taro et Piétovar durent se présenter à leurs arènes respectives et revinrent rapidement, l'un et l'autre soulagés d'avoir gagné. Puis ce fut au tour de Luce, de Ran, d'Astrancia et enfin de Bibi de se qualifier.

La Grande Épreuve se termina bien après que de multiples lampes magiques et braseros furent allumés pour éclairer le gigantesque stade ; les combats de cette Épreuve ne s'arrêtaient que par une victoire. Les concurrents à bout de force pouvaient abandonner, mais étant donné la réprobation et le déshonneur engendrés pour la personne et son ordre, ce cas de figure était rare.

De retour à l'auberge, dans la douce température de ces beaux jours d'été, Luce et Lestine ne cessaient de papillonner. Mouna et Dgel eurent droit aux récits de toute leur tribu.

– Allez donc vous coucher, finit par capituler Dgel. Ce n'était que votre premier jour. Demain vous réserve bien d'autres surprises.

Juste avant de s'endormir, calée contre l'épaule de Djel, caressant distraitement sa poitrine d'ours, Mouna lui fit part de ses impressions :

– Si les jours suivants ressemblent à celui-ci, nous n'avons pas fini de parler de cette Rencontre !

– Je pense que les jours suivants seront encore plus denses et mouvementés ma chère et tendre.

– Que l'Esprit des Ordres nous protège !

Il se tourna vers elle et elle en profita pour se lover un peu plus contre lui, confiante.

Chapitre 7.

Tout Belleterre tremblait sous l'effet de l'excitation des concurrents et des spectateurs impatients de reprendre les Épreuves là où elles s'étaient terminées. Taro affichait une belle humeur et se rapprocha même de sa troupe sans cesser pour autant d'asticoter Luce, jusqu'à ce qu'il fut de nouveau occupé par les futures conquêtes à qui il avait donné rendez-vous. Lestine fut elle aussi rejointe par des amis et Bibi, comme Luce, était content de retrouver quelques visages rencontrés les jours précédents.

Ils allèrent retrouver Piétovar à l'Épreuve de Combats d'Ordres où ils aperçurent Astrancia et, hélas, Targo Ferdeciel et sa bande. Ils gagnèrent tous cette Épreuve, excepté Bibi qui ne put qu'affronter les membres du jury qui contestèrent la participation d'un Guerrier-Mage.

Bibi, Luce, Lestine, Piétovar et Rivi, enfin décidé à les suivre, partirent vadrouiller aux abords de l'Épreuve de Chant. Bibi croisa la quarantenaire avec laquelle il avait sympathisée la veille. Elle insista pour que ses enfants les enchantent avec des notes pures et cristallines sur un fond d'air flûté.

– J'en ai des frissons partout ! s'exclama Lestine en se frottant les bras.

Plus loin, dans la catégorie adulte, Bibi aperçut Konogan et son talent habituel. Ce fut ensuite l'heure pour Bibi et Rivi de concourir à l'Épreuve des Courses d'Obstacles.

Le parcours, plus en retrait, leur permit de goûter avec délice à la diminution du niveau sonore. Une fois identifiés, Bibi montra à Rivi les deux parcours en lui expliquant que chacun courrait de son côté. Le lynx le regarda avec un air d'ennui profond. Il prit plus de plaisir à se laisser caresser par les plus jeunes et à chasser les malveillants d'un simple regard.

En pleine course Bibi fut rejoint par Rivi :

– Mais qu'est-ce que tu fais là toi ?

– Éliminé ! cria une voix au loin.

– Tout ça pour te faire remarquer ! râla Bibi.

Pour toute réponse, le lynx facétieux slaloma entre ses jambes, le fit trébucher et lui sauta sur le dos. Ils passèrent le quart d'heure suivant à jouer comme ils le faisaient auparavant dans leur vallée. Ils abandonnèrent l'épreuve sous les regards effarés des autres concurrents et rejoignirent leurs camarades. Plus tard, alors qu'ils étaient tous en chemin vers les épreuves de danse, ils croisèrent la bande provocatrice de Targo Ferdeciel avec qui Ran s'accrocha quand le jeune noble railla Luce sur sa fugue. La guerre entre les clans était officiellement déclarée.

Ils passèrent ensuite l'après-midi à encourager Lestine, Ximo et Bibi pendant l'épreuve de course à pied. Lestine concourait pour le quarante-cinq kilomètres, épreuve beaucoup plus ambitieuse que celle de son petit frère et du jeune Pur qui se contentaient du dix kilomètres. Bibi s'ennuyait à force de tourner en rond, il abandonna également cette épreuve pour se mêler aux conversations enfiévrées de ses amis. Ensemble, ils encouragèrent Ximo et Lestine, tirèrent des plans sur la comète pour la prochaine Épreuve et jasèrent fort longuement au sujet de Targo. Lestine fit une magnifique performance et finit dans les cinquante premières de la catégorie femme. Après s'être copieusement hydratée entre deux halètements désespérés, elle gronda vertement Bibi d'avoir abandonné l'Épreuve :

– À quoi ça sert que tu te sois inscrit à tant d'Épreuves si c'est pour toutes les abandonner ?

– Je voulais essayer plein de trucs, mais je préfère abandonner les Épreuves ennuyeuses.

– Aies au moins pitié de ceux qui ne peuvent pas se permettre d'abandonner leurs Épreuves pour cause d'ennui !

Bibi s'agenouilla près d'elle :

– Quand je vois dans quel état tu es, j'éprouve beaucoup de pitié, rassure-toi ! Encore un peu d'eau ?

Tout le monde éclata de rire et Bibi l'aida à se relever.

– Félicitations chère Lestine, se reprit le jeune Pur en l'embrassant sur la joue.

– Merci Bibi, fit la jeune femme avec un sourire lumineux.

– Bon, ce n'est pas tout, mais il est temps que j'aille…m'ennuyer à mon Épreuve de Course à Cheval, railla Taro en prenant son ton de noble si déplaisant.

Sa mauvaise humeur calma les esprits jusqu'au moment où il fut en selle. Ils se déchaînèrent pour l'encourager en espérant que cela le dériderait.

Leur tribu comptait à présent une vingtaine de jeunes gens, tout Ordre confondu et leurs talents se remarquaient. À chaque Rencontre, des chasseurs d'un type particulier sillonnaient le Pré, aux aguets des meilleurs atouts de chacun. Il arrivait souvent qu'une impression favorable donnée par l'un d'entre eux soit la clé pour obtenir un emploi, une mission ou ouvrir les portes d'écoles renommées. Cette année-là, preuve de la force du mouvement citoyen, les jeunes nobles étaient délaissés. Bibi comprit pourquoi Lestine avait donné tant d'elle-même lors de la course à pied. Elle avait intérêt à prouver qu'elle possédait une capacité physique à toute épreuve si elle souhaitait intégrer la meilleure école de secouristes au Monde.

Plus difficilement que prévu, Taro et Blouma passèrent les préliminaires. Luce croisa le regard d'un de ses beaux-frères venu concourir, prit peur et s'éloigna. Bibi avait vu la scène et l'accompagna, au cas où. Ils déambulèrent sans but avant d'arriver aux Combats d'Ordres. Ils espéraient y voir Astrancia en action, mais ne la découvrirent que sur le chemin du retour, accompagnée par son père.

– Salut Astrancia ! lança Bibi. Bonjour Monsieur, enchaîna-t-il aussitôt face au regard sévère du père. Je m'appelle Bibi, j'ai rencontré votre fille pendant une Épreuve et voici Luce Sanrouge.

Le père d'Astrancia leva les sourcils bien hauts en entendant le nom de Luce.

– Que la Magie vous serve et protège votre route, énonça cette dernière avec son plus beau sourire.

– Jeunes gens bonjour, salua-t-il froidement tout en fixant l'héritière de Turbith le Grand.

Le charme de Luce ne suffisait apparemment pas à effacer la grandeur de son nom de famille et les menaces qui y étaient associées.

– Bonjour Bibi, dit Astrancia en piquant un fard.

– Tu as combattu aux Inter-Ordres ?

– Oui.

– Et tu as gagné ?

– Oui.

– C'est super ça ! Tu participes au Labyrinthe ce soir ?

– Monsieur, il est hors de question que ma fille participe à une Épreuve aussi inutile que dangereuse ! intervint le père en plaçant un bras protecteur autour de ses épaules pour mettre fin à cet échange.

– Oh ! Oui je comprends. Enfin de toute façon… à demain Astrancia ! Bonne soirée. Et au plaisir Monsieur.

– Au revoir, consentit à répondre Luce du bout des lèvres.

– J'ai l'impression que tu as une touche, minauda Luce.

– Tu crois ?

– La pauvre chérie. Je doute que la personne qu'il te faut lui ressemble.

– Pourquoi dis-tu ça ? demanda Bibi surpris.

– Comme ça, pour rien, fit Luce avec un faux air d'innocence sur le visage.

– Quelle genre de personne me faudrait-il selon toi ? Je parie que tu es loin du compte ! la provoqua Bibi avec un clin d'œil.

– Parce que tu sais ce que tu veux peut-être ? répliqua la facétieuse Magicienne.

– En tout cas, son père paraissait suffoqué par ton charme. La ruse du sourire de princesse sensée dissiper l'effet Sanrouge a parfaitement réussi. Vraiment bien joué ! Tu as donné le change.

– Mon ami, si vous continuez à remettre en question le fait que je suis la sensualité incarnée, je me verrai dans l'obligation d'user de tous les moyens que les Sanrouge possèdent pour vous pourrir la vie jusqu'à la huitième génération.

– Ça ne vaudra pas la malédiction des Purs que je te jetterai pour me venger.

– Raison de plus pour t'éliminer avant, vilain Guerrier-Mage.

Bibi explosa d'un rire tonitruant et Luce l'entraîna au plus près des arènes en passant son bras sous le sien.

– Regarde, c'est Targo qui se bat là-bas.

– Et si on allait repérer les mouvements de l'adversaire ?

– C'est une bonne idée. Je suis curieux de voir de quoi il est capable.

– J'en profiterai pour l'imaginer sans vêtements.

– Allons Luce ! Faire ça à un ennemi juré !

– Tu as raison. Tant pis. Je ne pourrais qu'imaginer toutes les tortures que je lui ferai subir si jamais nous arrivons à l'emprisonner.

– Encore mieux, fit Bibi en éclatant de rire. Dans ce cas, il faudrait peut-être se contenter de l'imaginer nu, tu ne crois pas ?

– Te voilà redevenu raisonnable ! Tu vois quand tu veux. Non, le vrai but c'est de mettre en pratique de sages adages. N'oublions pas ce que Mouna nous a dit hier soir en nous resservant une troisième part du dessert : il ne faut jamais bouder les petits plaisirs de la vie !

Bibi continua à alimenter l'humour de Luce alors qu'ils s'attardaient dans la foule en observant le jeune Mage batailler ferme contre un Guerrier plus âgé que lui.

– Le Guerrier va perdre. Piétovar avait raison, ce foutu Targo est très fort.

Il finit effectivement par gagner quelques minutes avant le gong, après avoir provoqué les acclamations de spectateurs avides de sang. Il leva les mains pour les saluer et lança une volute magique dans les airs qui prit une forme de griffon. L'exclamation méprisante de Luce lui attira les regards menaçants de la part des admirateurs Mages. Bibi ne s'en aperçut pas et laissa sa colère s'exprimer :

– Foutu noblion arrogant ! Il ferait mieux d'avoir un signe de respect envers son adversaire plutôt qu'une ultime manifestation de son narcissisme !

– Il a eu de la chance. Si le combat avait été interrompu par le gong, je suis sûre que le jury l'aurait disqualifié à cause de ses sorts dangereux, dit Luce en désignant son adversaire qui n'arrivait pas à arrêter ses saignements de nez.

– Allons-nous en Luce. S'ils continuent à l'acclamer, il va souiller son pantalon de plaisir et je ne veux pas voir ça.

– Tu as raison. Je préfère voir de beaux hommes ailleurs. Des Guerriers remplis du sens de l'honneur par exemple.

Cette dernière remarque leur valut presque de se faire lapider sur place, mais la brusque lumière blanche qui explosa dans le bâton de Bibi leur permit de partir sans heurts.

Après s'être rempli les yeux à outrance à l'Épreuve de Lever de poids, Luce voulut rejoindre les autres au Labyrinthe. Ne trouvant personne, ils assistèrent à l'Épreuve du Labyrinthe pour enfants où Rivi créa la sensation. Lorsqu'ils arrivèrent, Taro avait perdu son Épreuve mais paraissait d'excellente humeur.

– J'ai trouvé un surnom pour Taro, souffla Luce à l'oreille de Bibi. Le yo-yo. C'est fou ! On détourne les yeux cinq minutes et il a changé d'humeur. Je ne sais pas comment tu as fait pour supporter ça pendant votre voyage !

– Il est comme ça depuis le début des Épreuves. Ou peut-être un peu plus tôt. Je ne sais pas pourquoi.

– Je tâcherai de demander à Ran.

Il était temps pour eux de reprendre les efforts. Ils s'échauffèrent parmi les autres concurrents où chacun se jaugeait du coin de l'œil. Les coups bas et les alliances éphémères étaient inéluctables. Après avoir tiré leur numéro, Luce et Ran se rendirent compte qu'ils faisaient partie du même groupe. L'Épreuve du Labyrinthe ne désignant qu'un vainqueur par groupe de trente, ils ne pouvaient gagner à deux. Luce en eut les larmes aux yeux. Les groupes se succédèrent tard dans la nuit dans les quatre labyrinthes de deux hectares chacun. Lorsque Bibi plongea dans l'entrée magique, elle se referma aussitôt sur lui, le mit à l'abri de la lumière et des cris de la foule. Perdu en quelques minutes, il n'avait pas la moindre idée sur la façon de remporter cette Épreuve. L'atmosphère pesant sur ses nerfs, il se servit de sa perception magique pour repérer ses adversaires et rester dans la course. C'est par hasard qu'il trouva son premier indice et s'éclipsa sans tarder, à l'approche d'un Favori. Mieux valait ne pas se quereller. Il parcourut le Labyrinthe et se heurta à une Guerrière qui voulut lui dérober le bout de parchemin qu'il serrait fermement dans sa main. Très adroit, il sut se défendre et parvint même à lui voler son propre indice. Il trouva ensuite un concurrent inanimé avec deux autres indices sur lui. Une aubaine ! Sauf qu'il s'agissait d'un coup monté ! Piégé, il eut grand mal à les tenir à distance.

Ses adversaires semés, Bibi alla se perdre le plus profondément possible dans le Labyrinthe. C'est ainsi qu'il tomba sur le dernier indice. Il les relut tous avec attention et les mémorisa au cas où on les lui déroberait avant qu'il ne trouve la sortie.

Pris en chasse, il sema délibérément les indices pour occuper ses poursuivants et sortir indemne du Labyrinthe, l'énigme résolue. Il retrouva Piétovar, également gagnant et Taro, dépité de s'être fait battre par Targo Ferdeciel. Ran sortit vainqueur, mais sa joie semblait cacher une profonde déception. Luce le suivit de quelques minutes et fit tout ce qu'elle put pour rester enjouée et souriante malgré ses yeux remplis de larmes.

Le chemin du retour fut assez maussade. Même Lestine avait perdu sa verve et son énergie. Ils allèrent se coucher, des sourires las sur le visage, pressés de se réfugier dans leur lit pour ressasser leur journée à l'abri des regards.

Le lendemain fut nettement plus joyeux. Même si tenir le rythme physiquement et nerveusement constituait une véritable épreuve, la troupe résistait et continuait, poussée par la ferveur de gagner et la joie de participer à la Rencontre. La performance d'un pianiste et d'une violoncelliste enchanta la Rencontre toute la journée. L'écart entre les combattants ne cessait de se resserrer mais Taro, Ran, Luce et Bibi figuraient toujours parmi les plus puissants combattants de leur troupe.

La précision de Taro à l'Épreuve du Tir de javelot et de lance fut complimentée tout comme la concentration de Ran au Tir à l'arc. Luce mena un combat épique et spectaculaire qu'elle remporta avec adresse. Piétovar, exalté par la compétition, avoua enfin à quel point il était déçu de ne pouvoir montrer tous ses talents parce que Bibi l'avait éliminé lors du premier combat magique.

À la fin de la journée ils se dirigèrent très motivés vers les quatre gigantesques gradins qui enserraient l'arène de la Grande Épreuve. Taro remporta son combat contre un autre Guerrier de son âge, techniquement aussi talentueux. Après de longues minutes de souffrance à combattre avec des poignards émoussés, Ran battit un Favori Ordinaire. L'Ordinaire l'avait tant et si bien lardé de coups que sa Résistance avait failli. Ran descendit de l'arène couvert de coupures, de plaies, d'estafilades et d'ecchymoses, mais peu lui importait puisqu'il avait gagné. Qui plus est, ayant battu un Favori, il en devint un et put découvrir la célébrité : un arbitre l'accueillit au bas de l'arène pour le féliciter et s'empressa de lui poser un tas de questions pendant qu'un Mage retranscrivait leur échange grâce à un sort de projection magique pour ne rien perdre de ce moment visiblement très important.

Le combat fut aussi violent pour Luce mais plus expéditif. Son adversaire commit l'erreur de lui dire qu'il connaissait son père. Il anima sa fureur et dut la subir. Il ressortit du combat humilié. Luce salua la foule avec un immense sourire, narguant avec insolence son père et sa famille qui devaient s'y trouver. Les commentaires allèrent bon train. La nouvelle de la fugue d'une héritière pour rejoindre le mouvement citoyen s'était déjà ébruitée, malgré les efforts de sa famille pour éviter le déshonneur.

Piétovar lutta contre une comparse de Targo et leur duel fut impressionnant. Le jeune Mage, soucieux de rattraper son échec au combat magique, batailla avec fureur pour l'emporter. Toutefois, il avoua qu'il ne pensait pas réussir à passer le cap suivant. Quant à Bibi, il combattit une fois encore un Mage et réussit à se faire passer pour un Guerrier. Il craignait toujours de dévoiler l'ensemble de ses dons. Quand il entendit des rumeurs acides sur le Pur qui concourrait à la Rencontre, qu'il lut dans un journal quotidien consacré aux Épreuves un article intitulé «POURQUOI LE PUR SE CACHE-T-IL ?» et qu'il vit les sollicitations que devait subir Ran désormais Favori, il se dit qu'il prenait la bonne décision. Cependant, il avait conscience qu'il ne pouvait que retarder l'échéance.

Ils poursuivirent ce rythme épuisant, démarrant les Épreuves le matin, profitant des Épreuves artistiques pendant la pause déjeuner pour souffler. La fatigue et les bleus s'accumulaient. Les tensions entre Bibi et Taro s'intensifièrent jusqu'à devenir insupportables. Bibi perdit son Épreuve de Labyrinthe sauvage, répondant mal à l'énigme. Taro le harcela de reproches. Ils regardèrent, dans un silence gêné, Ran et Piétovar remporter à nouveau cette Épreuve.

Le soir du 4 août, on salua le départ des inscrits à l'Épreuve de Chasse qui durait trois jours. Libres de leur destination, les concurrents recevaient des points attribués en fonction de la nature de leurs proies et des techniques de chasse utilisées. Certains aventuriers galopèrent aussitôt jusqu'à la Matriarche dans l'espoir de ramener une des créatures légendaires qui y vivaient. Ce fut l'occasion de donner une fête à laquelle Lestine et ses amis participèrent avec un grand entrain. Les autres préférèrent aller panser leurs plaies et se coucher.

Le jour suivant, Piétovar présenta une potion qu'il maîtrisait mal et perdit la compétition de même qu'une partie de ses sourcils et de ses cheveux. Taro mania son épée avec la facilité d'un enfant qui joue avec son hochet et se classa parmi les premiers à son Épreuve de Passe d'armes, faisant ainsi honneur à son défunt maître Riono Tablerase. Cette victoire éclatante lui rendit le sourire.

Pendant que Luce vagabondait avec Ran et Lestine près des Épreuves artistiques, elle tomba éperdument amoureuse d'un jeune Favori de l'Épreuve de Chant. Lestine s'accorda sur la même note qu'elle pour crier leur approbation face au beau garçon qu'on finissait par ne plus entendre sous les sollicitations de la gente féminine au pied de la scène.

Le 6 août, ils gagnèrent tous leurs Épreuves, hormis Ximo, battu à la course à cheval et plus renfrogné qu'à son habitude.

Targo Ferdeciel et ses sept sbires gravèrent leur propre légende en remportant quelques records. Bien que leur spécialité consistait à se faire remarquer, ils étaient tous des concurrents sérieux et doués, surtout pour leur âge.

Le soir venu, ils participèrent à la première Épreuve de Survie tant attendue car l'une des plus dangereuses de la Rencontre. Un espace gardé secret avait été spécialement aménagé façon nature sauvage jalonnée de plantes et d'animaux ensorcelés. Il fallait sortir des deux heures de l'Épreuve sans se faire capturer par les chasseurs, ni blesser par les animaux ou paralyser par un concurrent. À cette Épreuve plus qu'à une autre, la traîtrise dictait les mœurs. Taro, Ran, Piétovar et Luce mirent au point une stratégie commune tandis que Bibi refusait de s'allier à eux.

– Ne le prenez pas mal, mais j'aimerais voir si mes dernières années m'ont appris quelque chose.

C'était le cas, car lui seul tint les deux heures sans réelle difficulté. Taro et Piétovar réussirent à se maintenir en lice grâce à Ran qui se sacrifia pour leur faire gagner du temps et aider Luce piégée par une Élite. Bibi masqua son contentement devant la déception de Luce et l'expression blessée de Ran quand Taro fanfaronna devant eux.

Après cette longue et dure Épreuve, ce fut le retour de la chasse. Cette année là, pour la première fois on ne proclama pas un roi mais une reine des chasseurs, citoyenne de surcroit. Une belle victoire pour elle et pour le mouvement citoyen.

Les jours suivants, la pression s'accentua considérablement. Le jeune Ferdeciel et sa bande ne cessaient de leur chercher des noises. Des observateurs médiocres commencèrent à leur proposer des marchés minables pour les évincer de la course.

Taro et Piétovar ne tinrent que quelques minutes à la nouvelle cession de l'Épreuve de Survie alors que Bibi semblait éviter machinalement tous les pièges. Lorsqu'il découvrit que de véritables Caïs avaient été lâchés dans l'aire de l'épreuve, il se laissa guider par sa colère et se fit un devoir de les tuer un à un.

Le 10 août, Bibi retrouva Barbu Ier que Taro accompagnait lorsque Bibi l'avait rencontré. Il comprit qu'il n'y avait point de hasard heureux : son fils, Modo Poderoque, était l'ami le plus fidèle de Targo.

À part ces incidents isolés, la journée fut satisfaisante. Ran finit dans les vingt premiers archers du Monde. Taro se classa dans les trente premiers tireurs de javelot et dans les vingt premiers tireurs de lance.

Lestine fut proclamée vingt-troisième meilleure grimpeuse du Monde. Ce titre, sa course et son très bon classement à la natation lui ouvrirent les portes de son école. Son explosion de joie à l'annonce de la nouvelle fit trembler la ville sur ses fondations.

La finale du Labyrinthe ne réussit ni à Piétovar ni à Ran, mais ils se consolèrent car ils considéraient plus cette Épreuve comme un jeu. Bibi perdit son Épreuve de Potions contre Astrancia puis son Épreuve de Sorts face à une comparse de Targo qui le poursuivit de son rire moqueur.

Ils se remettaient plus difficilement des Épreuves de Combat. Piétovar abandonna tous ses concours hormis la Grande Épreuve.

Le 11 août, la plupart des Épreuves artistiques et sportives s'achevèrent, ramenant un calme appréciable avant les ultimes et palpitantes compétitions.

Arrivés à la dernière étape de la Survie, ils n'étaient plus que vingt. Bibi ressentait les effets de la fatigue. Le nombre de Démons et de chasseurs avait encore augmenté. Pris au piège par trois Élites bien déterminées à éliminer ce jeune homme qui ne cessait de leur échapper depuis le début, il perdit. À la sortie de l'arène, il fut frappé par l'ampleur des acclamations. Les immenses gradins l'ovationnèrent pendant un long moment. Bibi observa cet incroyable spectacle, intrigué d'être la cause d'un tel émoi et y fut très sensible. Même le gigantesque Guerrier vainqueur de l'Épreuve ne reçut pas tant de salutations. Le 12 août, les derniers Combats d'Ordres et de Course à cheval eurent lieu. Les observateurs grouillaient comme des fourmis autour d'un pot de confiture renversé au pied des arènes. Taro et Ran passèrent un cap supplémentaire aux Combats d'Ordres, ce qui leur assurait d'être dans les trente premiers. La Grande Épreuve se déroula tout l'après-midi car les combattants mettaient de plus en plus de temps à se départager. Piétovar perdit face à un Favori et les sbires de Targo furent, pour la plupart, éliminés eux aussi. À la fin de la journée, seuls Taro, Ran, Luce, Bibi, Astrancia, Targo et Modo restaient en lice.

Le 13 août, Luce finit dans les dix premières mondiales au concours de potions. Bibi fut proclamé vingt-deuxième meilleur poudreur. Astrancia termina quatorzième au Concours de Poudres et gagna le Concours de Potions.

Elle paraissait ne pas y croire quand le jury lui apporta une fiole en or massif pour symboliser sa victoire. L'intérêt qu'on lui portait connut un regain spectaculaire quand un arbitre lui demanda son âge. Championne de potions à 17 ans ! Le nom d'Astrancia Finonde devenait une légende.

La violoncelliste et le pianiste qui s'étaient démarqués du lot finirent premier ex æquo sur un duo pendant lequel le temps semblait suspendu. Ragaillardi par ce moment de félicité, le petit groupe caracola vers la Grande Arène où certains prirent le chemin des gradins et d'autres celui des aires de combat. Ran et Luce s'aperçurent qu'ils allaient à nouveau concourir l'un contre l'autre. Luce éclata en sanglots et Ran avait les yeux perdus dans le vide. Personne n'échangea plus une parole avant les confrontations. En prime, Taro était de nouveau d'une humeur massacrante qui s'exacerba quand il sut qu'il affronterait un Mage Favori. Il le domina et le fait d'être devenu un Favori lui rendit son état d'esprit d'avant la Rencontre.

Astrancia, gagna haut la main. Bibi brûlait de discuter avec elle sur son manque manifeste de confiance et son absence quasi totale de mouvements. Elle se tenait droite comme un I, gauche et raide. Son exceptionnelle technique et sa puissance magique lui permettaient de toujours s'en sortir. Quelle extraordinaire combattante elle ferait si quelqu'un lui apprenait à progresser encore !

Bibi et Taro regardaient Ran et Luce qui se dirigeaient vers leur arène.

– C'est vraiment trop moche, commenta Bibi.

– Fallait bien que ça finisse par arriver.

– Ouais, soupira Bibi. Quand je pense que demain il ne restera qu'une arène.

– Est-ce que tu pourrais, s'il te plaît, éviter une fois pour toute de me rappeler des choses si désagréables ? trancha Taro d'un ton sec.

– Avec un ton pareil tu pouvais t'épargner le « s'il te plaît », gronda Bibi en retour.

Taro préféra ne rien répondre et se concentra sur Luce et Ran. Au gong, l'héritière Sanrouge se mit aussitôt en position de combat, tandis que Ran restait statique. Devant son inaction, la jeune Magicienne hésita avant de lancer un sort bien timide. Ran l'esquiva au dernier moment et la fixa. Devant l'étrangeté de leur combat, les projections magiques s'attardaient de plus en plus et attiraient cependant toute l'attention du stade.

Ran souffla soudainement comme s'il avait pris une décision et courut vers Luce. Celle-ci sursauta et lui envoya un sort plus puissant qui ne fit pourtant que ricocher contre la Résistance de Ran. Luce semblait en proie à un véritable déchirement. C'est alors que Ran l'attrapa dans ses bras et l'embrassa avec fougue. Luce se débattit de son étreinte, les yeux grands ouverts et Ran finit par la lâcher.

Puis ce fut au tour de Luce de se jeter sur lui pour lui rendre son baiser avec passion.

Les projections magiques ne montraient plus que leurs regards plongés l'un dans l'autre et leurs deux visages unis par leurs lèvres. Ran éloigna Luce et lui sourit avant de reculer jusqu'à sauter de l'arène et ainsi s'éliminer. Un abandon pur et simple à la Grande Épreuve, un véritable déshonneur pour lui, pour sa famille et pour son Ordre, tout cela pour l'amour d'une femme ! Luce porta les mains à sa bouche pour cacher sa joie tandis que le jury l'annonçait gagnante. Elle s'en moquait bien, l'acte de Ran valait toutes les déclarations !

Dans son gradin officiel Turbith Sanrouge, entouré de nobles secrètement ravis de voir un nom si puissant que le sien perdre de son éclat, écumait littéralement de rage et quitta sa place dans un claquement de cape, une expression dangereuse sur le visage.

Astrancia, rouge comme une pivoine, gloussait d'un air charmant tandis que Taro et Bibi n'en pouvaient plus de rire. Le jury vint chercher Bibi qui en avait oublié son combat. L'Ordinaire de son jury le laissa face à son adversaire, un jeune homme qui vivait dans l'ombre du groupe de Targo, sans doute désireux d'y avoir ses entrées.

– Tu pleures de rire alors que ton ami a fait la chose la plus stupide de sa vie ? Sache que tu vas bientôt pouvoir pleurer de douleur. J'espère que ta mère sera là pour te regarder couiner devant moi, lui chuchota-t-il à l'oreille.

Bibi perdit toute envie de rire. Sa mère… Depuis quand n'y avait-il pas songé ? Cette pensée le mit mal à l'aise. Pourquoi fallait-il que ce soit ce misérable qui la lui mette en tête ? Non, sa mère n'était pas là. Sa mère ne serait jamais là. Le jury leur remit un bâton en guise d'arme. Bibi le serra beaucoup plus fort qu'il ne l'aurait fallu.

Le gong retentit et Bibi se jeta en avant. Le Mage s'envola et atterrit à l'autre bout de l'arène en riant.

– Gros lourdaud de Guerrier !

Son adversaire fit vibrer le bout du bois et Bibi sentit les pouvoirs se décupler. Il murmurait tout bas et son bâton se mit à enfler tandis qu'il reculait et parlait de plus en plus fort. Son arme prit la forme d'un être humain grotesque, haut de deux mètres, muni de deux jambes et de quatre bras grossiers. La foule acclama cette stupéfiante métamorphose. Bibi fit quelques pas sur le côté pour essayer de se rapprocher de son concurrent mais la créature suivait ses moindres mouvements. Le Mage eut un petit mouvement de la main avec une expression crispée et le renversa avec la charge dévastatrice du monstre de bois.

Bibi se remit sur ses pieds, esquiva une nouvelle charge et frappa avec son bâton, mais le pantin n'eut pas l'ombre d'une réaction. Bibi commençait à penser qu'il serait peut-être temps de jouer son va-tout quand un souffle chaud lui barra la joue et la lui engourdit. Un sort de paralysie. Surpris, il eut le temps de voir que son adversaire se relevait et souriait d'un air féroce.

Le pantin de bois profita de son hésitation pour lui éclater la lèvre et le renverser. Un nouveau souffle chaud atteignit Bibi au niveau des côtes et il sentit son sang couler. Sort coupant. Il se releva et une nouvelle magie le projeta brutalement dans les airs. Il atterrit quelques mètres plus loin en heurtant violemment le sol. Bibi n'eut que le temps de constater que les bords de l'arène s'étaient bien trop rapprochés de lui avant de voir la créature se ruer dans sa direction.

Bibi réagit dans les quelques secondes de répit qu'il eut. Légèrement accroupi, il susurra quelques mots et des étincelles vinrent s'enrouler autour de son bâton qui se transforma en lance pointue, tendue vers son assaillant qui arrivait trop vite pour pouvoir l'éviter. Le monstre s'empala sur la pointe et Bibi résista de toutes ses forces pour stopper sa poussée. Il murmura à son bâton un « allumette » et l'extrémité fichée dans le monstre s'embrasa soudainement.

Son maître se précipita et lança un sort d'eau mais avant qu'il ait pu l'atteindre, Bibi cria un « incendie » sonore en levant les mains avec effort tandis que de gigantesques flammes embrasaient la créature bientôt réduite à un tas de cendres. Le Mage blond le regardait avec surprise et crainte. Il recula un peu avant de balbutier :

– Un Sombre… C'est un Sombre ! Un Sombre !

La foule laissa échapper des cris de terreur et des hoquets de stupeur. Les projections magiques reflétaient le visage de Bibi. Il entendit des cris venant des concurrents et vit ses amis l'acclamer et faire de grands saluts.

– Je suis un Pur ! lui cria Bibi. Alors arrête de couiner. Si tu as peur de moi, tu peux toujours déclarer forfait.

– Il a triché ! se mit-il à hurler pour toute réponse. Tricherie ! Il s'est inscrit en temps que Guerrier ! Il n'a pas le droit d'utiliser ses pouvoirs magiques ! Tricherie !

Un temps mort fut demandé sous les huées des gradins. Pendant que deux membres de leur jury tentaient de calmer le Mage, l'Ordinaire s'adressa aux projections magiques d'une voix forte :

– Le concurrent Bibi l'orphelin, numéro 56 de cette épreuve, est bien inscrit sous l'appellation de Pur. Il n'y a aucune tricherie, car aucun règlement n'interdit à un concurrent de cacher en partie ou en totalité ses pouvoirs. Le combat reprendra au coup de gong.

Les applaudissements furent très nourris. Bibi se demandait si c'était parce que le combat reprenait ou parce que l'identité du Pur caché dans la compétition était enfin révélée.

– Sale petit bâtard ! Je croyais que ta race avait disparue !

– Elle reste éloignée des porcs de ton espèce.

– Ça ne change rien de toute façon. Je vais t'écraser !

Bibi haussa les épaules avec une moue. Le gong retentit et le Mage se jeta un sort de protection qui l'auréola de vert et un autre qui augmenta sa force physique. Puis il se rua sur Bibi en volant, le poing en avant. Bibi l'évita d'un mouvement souple et le frappa du coude au niveau de ses reins, si fort que son sort de protection vola en éclats. Le Mage se releva péniblement avec une expression de haine sur le visage et tenta de se battre de ses poings nus. Bibi bloqua ses attaques facilement et lui cassa le nez d'un coup de tête. Le Mage tomba en arrière en tenant son nez ensanglanté. Bibi le releva en le tirant par son vêtement et lui envoya son sort préféré, une belle « bulle », qui explosa contre son sternum et le poussa hors des limites de l'arène où les soigneurs l'attendaient déjà. Le gong retentit. Le public l'adorait plus que jamais.

Debout, sautant, saluant, ils scandaient à pleins poumons « Pur, Pur, Pur ». Bibi faisait honneur à ses ancêtres.

Bibi eut du mal à se souvenir de ce qui se passa ensuite. Il rejoignit Luce, Ran, Taro et Astrancia tandis que tout le monde sur le chemin le félicitait. Ran et Luce l'amenèrent jusque dans les bras de Piétovar, de Lestine, Kael, Ximo, des jumelles et de tous leurs amis. Entouré par ce monde joyeux, il fut entraîné vers l'un des bars les plus en vue de la ville, avec l'impression d'être le Champion du Monde.

Il ne reprit contact avec la réalité que quelques verres plus tard, quand une claque trop violente pour être amicale lui fut administrée sur l'épaule. Taro, l'haleine très chargée et les yeux dans le vague, lui serra le cou :

– Alors Monsieur le Champion ? Alors Monsieur le Pur ? Tu profites de ta gloire ? Ah il est loin le temps de la solitude et du petit Bibi provincial pataud comme il faut !

– Ne me serre pas comme ça, Taro, tu me fais mal.

– Je te fais mal ? Mais je croyais que tu étais l'invincible Bibi, le plus puissant Pur que le Monde ait jamais porté. C'est ce que tout le monde dit en tout cas. Je pensais que tu pourrais supporter la petite poigne d'un modeste Guerrier.

– Mais tu as picolé ou quoi ? C'est quoi ce charabia ?

– Mon chabia… chara… charabia ?

– Tu es complètement saoul !

– Ta gueule ! Tu t'es bien foutu de moi avec ta tronche de chaton dépressif hein ? Je t'ai tout apporté Bibi ! Je t'ai sorti de ta solitude, je t'ai trouvé un logement, je t'ai présenté à ma famille, à mes amis et dès que j'ai le dos tourné, tu me voles tout !

– Tu délires !

– Ah oui, je délire ? Viens dehors, on s'entend pas ici ! J'ai des trucs à régler !

Taro attrapa Bibi par le bras avec toute sa Force et le jeta de son tabouret. Bibi, trop déboussolé pour songer à se débattre, se retrouva dans la rue, coincé contre un mur.

– Tu t'es vraiment bien foutu de moi ! T'as bien caché ton jeu hein ? À faire ton petit modeste, ton petit précieux là, avec ses hésitations, ses doutes et ses peurs ! Même Ran s'est éloigné de moi ! Même Ran te parle plus qu'à moi ! Et ma garce d'ex, qu'est-ce qu'elle répétait sans cesse ? Bibi il fait craquer Konogan. Bibi il fait éclater Luce de rire. Bibi il est quand même drôlement gentil. Bibi il a vraiment l'allure d'un Pur. Bibi, Bibi, Bibi ! Et à l'auberge c'est l'extase, il n'y en a que pour toi ! Qu'il est gentil, qu'il est mignon, qu'il est serviable, qu'il est adorable ! Et tes exploits ! Et ta foutue fausse modestie ! « Oh non, je me débrouille c'est tout ». « Oh non, c'est mon maître qui me l'a appris ». Mais t'es qu'un petit bâtard d'hypocrite !

– Tu crèves de jalousie, constata Bibi dégoûté.

– Oui bordel, rugit celui-ci en le plaquant violemment contre le mur. J'en crève ! Je veux être le plus puissant ! Je veux que le public m'acclame ! Je veux me tailler une place parmi les meilleurs de ce Monde ! Je veux devenir un Élite ! J'ai travaillé toute ma vie, j'ai travaillé trop dur, beaucoup trop dur et tu viens tout gâcher ! Quand on est ensemble, on ne voit que toi ! Que toi, toi tout le temps ! Cette complicité avec Luce et Lestine me fait gerber ! Et Ran qui parle de toi comme de son nouveau meilleur ami ! Alors oui, ça me tue !

Bibi luttait farouchement pour ne pas laisser sa colère s'exprimer, la vilaine colère qui s'était accumulée contre lui depuis son changement d'attitude et qui le rongeait. Un autre sentiment, encore plus désagréable, naissait : la déception. La déception de voir Taro si odieux, lui pour qui il aurait déplacé des montagnes, lui qu'il aurait suivi au bout du Monde ou au-delà et protégé d'armées entières de Démons. Autour d'eux un attroupement se formait, il vit Piétovar faire demi-tour vers le bar. Bibi espéra qu'il allait chercher du renfort.

– Taro, tu es saoul et tu te donnes en spectacle, articula-t-il posément. On va rentrer à l'auberge maintenant d'accord ?

Taro le repoussa encore plus violemment.

– Me donner en spectacle ? lança-t-il d'un ton menaçant. Et t'apprécies pas ? Pourtant ça te fera encore plus de publicité ! C'est bien pour ton image, non ? Pour l'image du grand Bibi le Pur ! À moins que tu aies peur que ça lui fasse du tort. Tu as raison, un Favori élu par la foule se doit de faire bonne presse !

– Taro, arrête maintenant ! On s'expliquera demain matin, quand tu te seras reposé. Et que tu seras sobre.

Taro l'agrippa par ses vêtements et le plaqua une nouvelle fois contre le mur. Le jeune Pur repoussa alors Taro avec hargne. Malgré sa titubation, il réussit à se maintenir debout et à se ruer sur Bibi. Ran surgit et s'interposa entre eux avant que la bagarre ne dégénère.

– Taro ! Mais tu fais quoi là ?

– Lâche-moi toi ! Tu viens encore le défendre ?

– Taro calme-toi, surenchérit Lestine. Qu'est-ce qui te prend ?

– C'est quoi le problème ici ? demanda une voix pâteuse d'homme ivre. Salut Bibi !

Konogan n'avait pas renoncé à sa chasse du meilleur trophée de la Rencontre, surtout après une telle victoire et il arrivait au pire des moments, comme toujours.

– Ah ça fait plaisir de te voir. Tu es toujours aussi timide pas vrai ? J'aime bien ça. Tu devrais laisser ton beau Guerrier colérique et venir à l'auberge avec moi pour…

– Konogan ça suffit ! rugit Bibi. De un, ce n'est vraiment pas le moment et toi aussi tu te donnes en spectacle. Et de deux, je n'ai absolument pas l'intention de coucher avec toi, tout glorieux chanteur que tu es ! Alors fous-moi la paix une bonne fois pour toute !

– Non mais pour qui tu te prends, on croit rêver ! lâcha Fili avec un éclat de rire mauvais. Toi, Bibi le bâtard, venu de nulle part, tu refuses les avances du grand Konogan Chanvrefête ? Tu ne manques vraiment pas de culot ! Pourtant c'est ton truc non ? Te servir d'hommes plus fortunés que toi pour te mener aux sommets que tu n'aurais jamais atteints seul !

– C'est quoi ces insinuations dégueulasses ?

– Eh bien, il me semble que Taro…

– Je me suis occupé de toi non ? rugit celui-ci en lui coupant la parole. Je t'ai aidé à te sortir de ta solitude, je t'ai trouvé un logement, une famille, des amis. Je devrais dire, mon logement, ma famille, mes amis !

Bibi comprit la vengeance mise au point par Fili.

– Tu es écœurant, souffla le jeune Pur sans savoir auquel des deux il s'adressait.

– Et toi tellement pitoyable. Ta pauvreté, ton innocence, c'était affligeant !

– Ah voilà, je n'étais que la bonne action du gentil noblion qui soutient le mouvement citoyen pour embêter son papa qui ne l'aime pas.

– Ferme-la sale petit bâtard d'orphelin ! hurla Taro. Tu n'as aucune leçon à donner ! Avec ton prénom débile venu d'on ne sait où ! Comme toi ! Finalement il te va bien. Débile et venu d'on ne sait où. La crème de la crème des paumés ! Rappelle-moi comment tu fais pour vivre avec ça ?

Des applaudissements retentirent et Targo Ferdeciel, accompagné de sa cour habituelle, apparut entre les passants qui attendaient fébrilement que la situation dégénère. Bibi leva les yeux au ciel et voulut s'enfuir vers les étoiles, des larmes plein les yeux. Il n'était personne. Rien qu'un inconnu qui ne connaissait lui-même rien à son histoire.

– En voilà un spectacle grandiose. Vous n'êtes pas partis pour devenir des Champions de la Rencontre, mais du mélodrame. Vous auriez mieux fait de vous inscrire à l'Épreuve théâtrale, railla Targo.

– Dégage Targo, on n'a vraiment pas besoin de voir ta sale tronche ici, s'énerva Luce.

– Hou, Mademoiselle fille de Turbith le Grand ne devrait pas tenir un tel langage. Où a-t-elle appris cela ? Avec les petits voyous qu'elle s'est mise à fréquenter ? Fais attention de ne pas oublier ton rang, fille Sanrouge.

– Tu sais où tu peux te le carrer mon rang ?

– Ah mais il vaudrait mieux dire ça à notre cher Bibi, à Taro et à notre grande Étoile de la chanson puisqu'apparemment ils s'intervertissent !

Ses amis explosèrent d'un rire gras. Bibi s'en aperçut à peine car il luttait contre une douleur lancinante qui partait de sa poitrine et s'auréolait jusqu'à ses épaules. Il souffrait soudain comme jamais, mis à nu, blessé, devant une foule d'inconnus.

– Allons Bibi, ne fais pas ton timide. Laisse donc ton fiancé célèbre t'embrasser devant tout le monde. Cela nous montrera à quel point tu es prêt à tout pour devenir un incontournable de la Rencontre. Remarque je te comprends. Comme le disait Taro, quand on est un sale petit bâtard comme toi, on doit avoir envie à tout prix de se sortir de la fange dans laquelle on pourrit.

– J'aimerais vous affirmer que la réputation de Bibi est tout à fait comme lui, absolument pure. Ce garçon finit par m'ennuyer, fit Konogan en titubant. Venez les amis, allons ailleurs. C'est nauséabond ici.

– Ne laisse pas passer ta chance Bibi le bâtard ! Rattrape-le, s'égosilla Targo Ferdeciel en riant.

– Laisse-moi tranquille, articula Bibi avec peine. Je n'ai rien demandé à personne.

– Oh, tu as envie de pleurer petit Pur ? Tu es vraiment un déchet. Tu accumules toutes les tares. Guerrier-Mage à l'origine plus que douteuse, des pouvoirs ridicules pour ta race, une tronche si affreuse qu'on dirait que tu sors d'une caverne, le don de te faire humilier et déshonorer par tes propres amis devant une foule avide. Tu n'as donc aucun cran ? Venge-toi des affronts de Taro, sale pouilleux ! Tu es le dernier représentant du Quatrième Ordre, défends son honneur ! cracha le jeune Mage devant le désintérêt de Bibi qui paraissait perdu dans sa bulle. Tu es affligeant et tu touches le fond.

– C'est toi qui touche le fond pauvre gland ! gronda Lestine en se plantant devant lui.

– Écarte-toi misérable citoyenne, je n'ai pas envie d'être sali par quelqu'un de ta race !

Bibi se jeta sur lui et le saisit violemment à la gorge. Targo eut un sursaut de stupeur en voyant le jeune Pur sortir avec une si grande vivacité de son mutisme. Il fut brutalement tiré en arrière par Taro qui lui mit un coup de poing en plein visage.

– Saloperie de Pur ! Enfant maudit ! rugit Taro.

La foule accumulée dans la petite rue commençait à s'agiter. Les amis de Bibi essayaient de faire revenir Taro à la raison tandis que Targo et ses sbires critiquaient tout le monde, excitant leurs partisans, provoquant les citoyens. Un trentenaire aux cheveux ras, charismatique, tentait de ramener un peu d'ordre.

Le claquement sec d'une étincelle blanche de Magie calma quelques personnes qui faisaient cercle autour d'eux. Effrayés par ce qu'ils virent, ils reculèrent, laissant apparaître le dernier représentant du Quatrième Ordre, les poings en bloc, les yeux fermés, les muscles crispés sous l'effet de sa Force et de sa Résistance qui ne cessaient d'enfler. À peine Taro eut-il touché Bibi qu'il fut projeté en arrière.

– Et toi ta gueule, cria-t-il en se tournant vers Targo la main tendue et crispée.

Celui-ci s'interrompit brutalement dans sa diatribe, ce qui acheva d'imposer le silence à la foule ébahie.

– Ne parle plus jamais ! Jamais ! hurla-t-il d'une voix à faire frémir les Démons.

Targo porta les mains à son cou, avant de devenir rouge brique, sans réussir ni à briser la Magie du Pur, ni à retrouver son souffle.

– Bibi, non ! Qu'est-ce que tu fais ? cria Luce en courant vers lui.

Avant qu'elle n'ait pu l'atteindre, les pouvoirs de Bibi explosèrent en un flash blanc et ils furent tous projetés à terre. Le temps qu'ils se relèvent, Bibi avait disparu.

– Mais qu'est-ce que c'est que ce monstre ? lança Targo aux passants en toussant copieusement. Vous avez vu ce qu'il m'a fait ? Il a essayé de me tuer, répétait-il d'une voix rauque en haranguant la foule.

– Targo ça suffit, tu as suffisamment semé la zizanie comme ça ! s'exclama Lestine.

– Silence sale citoyenne Ordinaire ! Tu ne devrais même pas me parler.

Lestine le gifla si violemment que Targo tituba en arrière de surprise, une main sur sa joue plus rouge qu'un coquelicot.

– Voilà ce que te répond le mouvement citoyen connard de noble ! s'emporta la jeune femme hors d'elle.

– Bon, les gars ça suffit maintenant ! cria le patron du bar d'une voix de stentor. Vous allez vous amuser ailleurs ou j'appelle la Milice.

– Voilà qui ne devrait pas plaire à ton papounet adoré Targo, lança Luce d'un ton railleur.

– On s'en va, ordonna celui-ci à ses amis. Mais vous ne payez rien pour attendre. On se croisera sur l'arène.

– Ouf, souffla Ran une fois le calme revenu et les gens dispersés. Alors là, c'est la crise. J'ai cru que Bibi allait tuer Targo. Ça nous aurait bien arrangé.

– Ne plaisante pas avec ça, dit Lestine effrayée par la réaction de Bibi.

– Où est Taro ? demanda Luce avec colère. J'ai deux ou trois trucs à lui dire.

Piétovar le désigna au coin de la rue, penché au-dessus du caniveau où il vomissait copieusement. Luce fonça vers lui et le tira par les cheveux.

– Luce, ma puce, évitons d'autres effusions de sang s'il te plaît, modéra Ran en lui faisant lâcher Taro avec douceur.

– Elle a du cran hein ta nana ? Dommage que ça soit qu'une foutue…

Taro n'eut pas le temps de finir car Luce lui jeta un sort qui le força à vomir. Ce qui eut pour avantage de le dégriser un peu.

– Je veux savoir ce qui t'a pris d'attaquer Bibi comme ça en pleine rue ? De l'empêcher de coller une raclée à Targo qui l'avait bien mérité d'ailleurs ! Et de l'insulter de la sorte ! Tu as été monstrueux ! Ce n'est pas contraire à ton code du parfait petit Guerrier ça ? Être fidèle à ses compagnons d'armes ? Défendre leur honneur ?

– Fous-moi la paix, j'ai rien à te dire.

– Taro, explique-nous ce qu'il se passe bon sang, on est tes amis non ? lui dit Ran en s'agenouillant face à lui.

– Ceux de Bibi surtout oui.

– Quoi ?

– Apparemment Taro a fait une énorme crise de jalousie, intervint alors Piétovar. C'est de là qu'a commencé leur dispute. Je n'ai pas tout entendu, mais sous prétexte qu'il lui aurait tout volé, la gloire, votre amitié et l'amour de sa famille. Je n'ai pas tout compris.

– C'est du délire ! lança Ran.

– Plus personne ne me parle, tout le monde m'évite ! rugit Taro avant de hoqueter à nouveau.

– Évidemment crétin ! Tu t'imagines qu'avec tes sautes d'humeur on recherche ta compagnie ? cria Lestine aussi énervée que lorsqu'elle avait giflé Targo. Ouais cousin, depuis le début de la Rencontre, tu nous insupportes ! Tu te rends compte de ce que tu nous as fait vivre ? C'est sensé être la fête pendant la Rencontre ! Avec toi on avait plutôt l'impression d'aller à l'abattoir ! Et tu ne peux même pas t'imaginer combien j'en ai marre d'entendre ma mère me demander cinquante fois par jour si tu vas bien ! Je sais que tu sors d'une période traumatisante, mais je pensais que tu voulais sortir de ton trou, pas creuser pour t'y enterrer davantage !

Taro ne répondit rien mais rumina ces paroles en évitant de les regarder, les yeux mouillés.

– Bon allez, on a tous eu notre dose je crois. Rentrons nous coucher. Ça nous fera du bien, tempéra Ran.

– Laissez-moi tranquille.

– Taro, ne fais pas l'idiot, pas avec moi. Allez viens, dit-il en l'aidant à se lever. Tu es un gros imbécile mais je t'aime quand même mon nounours.

Ran soutenait Taro qui avait décidément trop bu.

– Il n'y a que toi pour détruire ma première nuit d'amour avec la fille la plus extraordinaire que j'ai jamais rencontrée. Je rigole Taro, dit Ran devant le mutisme de son ami. Bon laisse tomber. Une douche et au lit.

– Je ne peux pas rentrer, Bibi et moi on partage la même chambre.

– Je ne veux pas te vexer mon lapinou en sucre mais après ce que tu lui as dit, je crois que Bibi aura envie de dormir n'importe où ailleurs que dans ta chambre ce soir. À moins qu'il ne veuille t'étouffer dans ton sommeil.

Ran aida Taro à se déshabiller, à entrer dans la douche, à sortir de la douche, à vomir une dernière fois et le mit au lit. Luce et Lestine étaient parties dans leur chambre sans les saluer. Ran hésita et toqua à la chambre de Luce. Il entrouvrit la porte et passa la tête par l'entrebâillement. Luce se coiffait face à un petit miroir, assise. Elle posa sa brosse et le contempla durement.

– Si tu comptes coucher avec moi ce soir tu t'es trompé de porte.

Ran éclata de rire.

– Je ne cherche qu'un peu de compagnie, fit-il d'un air mutin.

– Alors, je crois que je peux te laisser entrer, annonça-t-elle. Après tout, ce n'est pas de ta faute si Taro est un imbécile.

Ran ferma la porte et la désigna.

– Oh regarde, la porte est fermée, ça veut dire qu'il n'y a plus que toi et moi. Plus de Taro, plus de Bibi, plus de Rencontre, plus de nobles, de citoyens, de copines. Juste toi et moi.

– Alors laissons-la bien fermée, cette porte. On peut même la verrouiller.

Ran s'approcha et l'embrassa doucement. Puis il s'empara de la brosse et coiffa ses cheveux en les humant de temps en temps. Encore légèrement humides de l'eau de la douche, ils glissaient entre ses doigts. Luce, très agréablement surprise par la douceur de Ran, se détendit. Il l'embrassa dans le creux du cou ce qui déclencha chez Luce un frisson délicieux.

– Il faudra quand même que tu m'expliques certaines choses demain, dit Luce pour maîtriser son trouble.

– D'accord, assura Ran. Mais demain.

– Oui, demain. Tu peux te retourner maintenant ?

– Bien sûr, mais… pourquoi ?

– Je dois passer une chemise de nuit. Tu peux me chauffer le lit en attendant, dit-elle. Mais ne regarde pas.

– Très bien ma dame.

Ran se dévêtit rapidement glissa en sous-vêtements sous les draps frais et lutta pour garder les yeux fermés. Le bruit des vêtements abandonnés qui tombaient au sol le fit frémir. Il sentit Luce se glisser sous les couvertures et se rapprocher de lui. Il ouvrit grand les yeux et la regarda. Légèrement hésitante, Luce lui souriait :

– Je n'ai jamais eu de chemise de nuit, murmura-t-elle.

Ran éclata de rire.

– Je vais donc devoir passer une nuit de pure torture.

– C'est exactement ça.

– Cruelle. Et si fascinante !

D'un petit sort, Luce éteignit les chandelles et se blottit dans le cou de Ran.

– Merci pour cet après-midi. C'était définitivement l'Épreuve la plus agréable que j'ai jamais passée, dit-elle en riant.

– Jamais je ne pourrais me battre contre toi. J'ai fait le bon choix. La gloire ou le déshonneur, je m'en fous. Je préférais perdre cette Épreuve aujourd'hui et te gagner toi.

– Bonne réponse, lui susurra Luce à l'oreille en précisant ses caresses.

Chapitre 8.

Les jumelles couraient dans la rue principale d'un village animé, Rivi à leurs côtés. Le ciel vira au noir et des Démons jaillirent. Les deux petites étaient paralysées par la peur tandis que le lynx tournait autour d'elles pour les protéger des monstres. C'est alors qu'il se mit sur ses deux pattes, se métamorphosa en homme et balaya un à un les Démons. La lumière revint avec le rire des jumelles. Son éclat tintait comme une cloche. L'homme qui venait de les sauver, c'était Bibi mais avec des yeux différents, ceux de Riono. Ils fixaient Taro.

Taro émergea douloureusement de ce sommeil agité. Il entendit les jumelles galoper à travers la cloison, et fut immédiatement rassuré. Ce n'était qu'un cauchemar. La bouche pâteuse, les lèvres sèches, il poussa un soupir en constatant que le lit voisin était vide. Après une longue douche, il se dirigea vers la terrasse. Avant qu'il n'ait pu l'atteindre, Mouna l'intercepta.

– Réunion familiale. Petit déjeuner dans nos appartements.

Taro la suivit et s'installa, la mine fermée. Ran lui sourit et chose plus surprenante, Luce aussi. Mouna posa un bol de café fumant devant le nez de Taro et Ushu fit glisser une tartine beurrée vers lui, avec son sourire édenté. Dgel le toisait et eut un petit coup de tête que Mouna traduisit :

– Tu n'as rien à nous dire ?

– Je suppose que vous savez déjà tout, râla-t-il. Pas besoin d'en faire un fromage.

– Qu'est-ce qui t'a pris Taro ? le réprimanda Dgel. Je ne te reconnais pas !

– Tes parents ne t'ont pas éduqué ainsi, poursuivit Mouna le front plissé.

– Ils ne m'ont pas éduqué du tout mes parents !

– Ah non Taro, tu exagères ! Je connais mon frère, c'est vrai qu'il n'est pas un père exemplaire. Mais tu ne peux pas dire ça de ta mère.

– Mouna s'il te plaît… Combien de fois m'as-tu vu avec ma mère ? Dix fois ? Tu ne crois pas qu'elle se montrait sous son meilleur jour pour te plaire ? Vous savez tous que je n'étais pas désiré et, comble du déshonneur, j'ai eu le malheur de naître Guerrier. Alors ne venez pas me parler de mon éducation !

– Et Riono Tablerase ? tança Dgel ce qui jeta un froid sur la table. Ton maître ! Qu'aurait-il dit ? Ne t'a-t-il pas enseigné les valeurs de l'amitié et de la tolérance ? Comment aurait-il réagi ?

Taro plongea le nez derrière l'écran de vapeur de son bol.

– Il m'aurait donné la leçon de ma vie, dit-il d'une voix rauque. Faire ça à un compagnon d'armes c'est…

– Contraire au code d'honneur des Guerriers, chuchota Ran.

– Qu'est-ce que vous voulez que je vous dise ? Que j'ai complètement craqué ? Que je ne supporte pas que mon petit Bibi fragile soit finalement plus puissant et plus séduisant que moi ?

– S'il t'énerve tant, pourquoi lui avoir donné ton amitié ? demanda Mouna.

– Je ne sais pas ! Je l'aime beaucoup ! Il m'émeut, il est drôle, il m'a aidé, on a partagé des moments incroyables mais…

– Pour ta défense, c'est vrai que ce n'est pas facile tous les jours d'être à côté de Bibi, dit Luce. Il est différent, raconte sa vie au compte-goutte. Il se protège je crois, mais il nous aime de toutes ses forces. Il est le dernier Pur connu et digne de sa réputation. Ça peut arriver de ne pas se sentir à la hauteur. À sa hauteur.

– Ah tu vois ? Tu es d'accord.

– Sauf que je m'accepte suffisamment pour ne pas le jalouser, tout comme je le respecte suffisamment pour l'accepter tel qu'il est. Oui, la compétition est rude à la Rencontre, Taro. Ran m'a dit que tu voulais devenir un Élite pour respecter le vœu de ton maître, mais ce n'est pas une raison pour t'en prendre à Bibi. Au contraire tu aurais dû te surpasser pour montrer que tu existes.

– Que crois-tu ? Je me tue à le faire ! Je ne suis pas un génie moi, d'accord ? J'ai dû énormément travailler, pour en arriver là. Désolé si je ne supporte pas de voir Bibi glander les derniers jours avant la Rencontre et malgré tout exploser les records.

– Bibi n'explose pas plus de records que toi Taro, fit remarquer Ran.

– Mon neveu, dit Mouna en lui prenant le visage entre les mains, tu es brillant, exceptionnellement brillant ! Tu as perdu ton maître dans des circonstances épouvantables, mais arrête de vouloir lui prouver quelque chose. Je t'assure que là où il est, il est très fier de toi. Tu es allé au-delà de ses espérances.

– Tu l'ignores.

– Taro, tu es un Favori. Un Favori de la Grande Épreuve à 22 ans !

– Je sais, je sais, dit-il en se frottant le visage de ses mains. J'ai l'impression que ce n'est pas assez. Si j'étais plus fort, si j'étais aussi fort que Bibi, alors peut-être que j'aurais pu le sauver, lui et bien d'autres vies.

Mouna le prit dans ses bras et lui caressa les cheveux.

– Taro, il faut que tu arrêtes de culpabiliser et que tu tournes la page. Tu dois vivre pour toi maintenant ! D'accord ?

– D'accord, d'accord, mais s'il te plaît lâche-moi, je ne tiens pas à pleurer devant tout le monde.

La remarque les fit rire et détendit un peu l'atmosphère. Luce s'excusa même de son attitude.

– Si j'avais su tout ça, je n'aurais peut-être pas été aussi agressive. Je veux dire…

Taro l'arrêta d'un geste.

– J'ai compris Luce. Je te remercie.

– Moi je ne retirerai rien de ce que j'ai dit, aboya Lestine en lui balançant une boule de mie de pain. Tu étais vraiment chiant ces derniers jours !

Taro sourit. Lestine lui fit un gros bisou et les jumelles grimpèrent sur ses genoux.

– Qu'est-ce que tu vas faire quand tu reverras Bibi ? demanda Aïa.

– M'excuser et lui expliquer, je suppose.

– Tu as intérêt ! Sinon je te botte les fesses jusqu'à ce que tu le fasses, dit Lestine.

– Et moi je te harcèlerai de propos féministes jusqu'à ce que tu craques, surenchérit Luce.

– Bon ça va les filles, ce n'est pas comme si c'était complètement vos oignons.

– Laissez-le un peu respirer, intervint Kael caché derrière son journal.

– Non, conclut Lestine.

Plus tard, en chemin vers les arènes, ils cherchèrent Bibi dans la foule mais personne ne l'aperçut. Même si Luce savait que Bibi était mieux placé que quiconque pour s'occuper de lui-même, elle ne pouvait s'empêcher d'être préoccupée. Les finales des combats Ordinaire, Magique et Force se succédèrent toute la matinée. Ils finirent par apercevoir Bibi combattre et se rassurèrent. Aucun d'entre eux ne parvint à l'approcher, lorsque Taro faillit l'atteindre, Rivi se mit en travers de son chemin.

– Tu es dur avec moi! s'exclama Taro après le lynx qui s'en allait avec dédain.

Malgré ce trouble, Taro, Ran, Luce et Astrancia se classèrent dans les vingt premiers à leurs Épreuves respectives. Bibi se fit battre au Combat Force par le colosse au sourire sympathique gagnant de l'épreuve de Survie et se classa malgré tout dans les quinze premiers. Il se rattrapa avec le Combat Magique où il finit onzième, loin devant Targo Ferdeciel qui enflait de rage.

Le midi, on assista à la finale de l'épreuve de chant et par la même occasion à la défaite de Konogan face au coup de foudre musical de Luce. La gueule d'ange du jeune chanteur fit hurler la gente féminine. Luce et Lestine ne furent pas en reste. Konogan, quant à lui, accepta son premier échec avec philosophie pour éviter de se faire supplanter à la cour par ce jeune concurrent.

Les cordes vocales hors service, les deux jeunes femmes coururent pour rattraper Taro, Ran et la majorité de la foule qui se dirigeait vers l'arène de la Grande Épreuve. Deux séries de combats allaient s'y succéder dans l'après-midi. L'excitation était aussi contagieuse que la grippe: les paris, les pétards, les effets magiques, les rires, les bousculades et les chants fusaient de toutes parts. Mouna, Dgel, Gora et sa compagne Atalahia avaient fait le déplacement et riaient de concert avec les jeunes. Les nobles de la loge impériale étaient dans le même état d'euphorie que le commun des mortels.

Bibi arriva au dernier moment et s'installa le plus loin possible de Taro. Lorsque son tour vint, il gagna contre un jeune Guerrier qui lui ressemblait en tout point. Ils s'entendirent si bien qu'ils planifièrent une revanche en dehors de la Rencontre. Luce eut de la chance car elle se trouva face à un combattant rescapé des premiers tours et put remporter la victoire sans fournir beaucoup d'énergie, comme Astrancia. Targo fut brillant et se gargarisa de sa réussite. Au moment où Bibi arriva sur l'arène avec une Magicienne, les exclamations montèrent d'un cran.

– Combattre un Pur, voilà quelque chose qui manquait à ma carrière, dit-elle en lui serrant la main.

– Je suis honoré de vous offrir cette chance, répondit Bibi en souriant poliment.

Le combat fut grandiose. La Magicienne était une Favorite et elle déploya des ressources étonnantes. Bibi dévoila progressivement l'étendue de ses capacités et la domina. Il regagna les gradins en évitant soigneusement de regarder Taro. Celui-ci fut bouleversé en voyant que Bibi portait un masque de profonde tristesse. Comment avait-il pu le blesser si profondément ? Il faillit se lever pour lui parler mais croisa le regard perfide de Targo qui le provoqua par un geste grossier. Luce intervint à temps pour le retenir.

– Je me bats contre lui à la deuxième série. Je me charge de le remettre à sa place, lui assura-t-elle.

– Parfait, dit Taro en reportant son regard sur l'arène. Parfait, répéta-t-il en souriant d'un air féroce.

– Ce sera un combat légendaire, souffla Astrancia les yeux fixés avec admiration sur Luce. La fille Sanrouge qui a choisi de devenir citoyenne se bat contre le fils Ferdeciel avec la volonté de venger son ami Pur ! C'est une pression incroyable !

Luce lui sourit, complice et sereine. Pendant la demi-heure de pause, les derniers concurrents se préparèrent, les jurys déclamèrent le classement des perdants salués un à un par le public et les marchands de gourmandises firent leurs chiffres. Très vite, on appela Luce et Targo. La majorité du public connaissait la rivalité entre les deux célèbres nobles : le jeune noble puissant et arrogant qui ne lâcherait jamais le pouvoir que lui léguerait son père, et la toute aussi jeune rebelle fugueuse qui défiait l'une des plus puissantes famille au Monde, la sienne. Un combat légendaire pour lequel on ne comptait plus les paris, des paris presque politiques. Dans la loge impériale, deux pères échangèrent un regard chargé de sous-entendus.

Luce et Targo daignèrent se serrer la main, tous deux plus glacials qu'une tempête de neige et prirent leur distance. Au gong, ils se lancèrent un charme de protection qui les auréola de rouge. Targo produit ensuite un sort qu'elle n'identifia pas, mais qu'elle parvint à neutraliser, éblouissant tout le monde, elle la première.

Quand elle rouvrit les yeux, elle vit que Targo évoluait avec difficulté à quelques mètres au-dessus d'elle. Il envoya un coup dans le vide d'où jaillit un poing fermé qui grossissait à toute vitesse et s'abattit inévitablement sur elle. À son contact, Luce s'évapora. Son rire éclatant retentit derrière Targo qui se retourna d'un bloc et la vit, intacte, les poings sur les hanches. Un léger pop retentit, Luce se dédoubla et se multiplia jusqu'à remplir l'espace autour de Targo.

Les dizaines de Luce s'arrêtèrent brutalement de rire et se mirent à courir en tous sens. Targo, désorienté, lançait des sorts au hasard, le front luisant de sueur. À chaque fois qu'une de ses attaques atteignait Luce, une autre apparaissait. Le public ovationna ce tour impressionnant.

Elles se ruèrent sur Targo. Alors qu'il levait la main pour se protéger, il sentit qu'on l'agrippait par le poignet. Il se retourna et vit la véritable Luce faire une brève apparition, le temps de le frapper au sternum de toute la détente de sa cuisse. Targo se releva avec peine, une expression de haine sur le visage, décidé à lui rendre la pareille. Une aura dorée l'enveloppa et forma un dôme frémissant contre lequel explosèrent toutes les Luce. La puissance du choc envoya la véritable Luce au sol. Les citoyens se rongeaient les sangs pour Luce et les nobles hostiles au mouvement fixaient Targo avec une terrible tension. Luce se releva, groggy. Elle parvint à regarder Targo qui préparait un sortilège une fois de plus trop puissant : sa concentration, son incantation bruyante et la crispation de ses mains ne pouvaient tromper Luce. Elle lui jeta le premier sort qui lui vint à l'esprit. Targo, trop concentré sur sa propre incantation pour l'esquiver, se mit à vomir. Luce adressa un petit signe à Taro qui plaisantait avec Astrancia. Il lui rendit avec un air entendu.

Pendant que Targo peinait à se débarrasser de ce symptôme humiliant, Luce eut le temps de renouveler sa protection magique.

– Pas trop mal pour une fillette. Mais cette fois, ça suffit ! JE suis le plus fort ! Le plus fort de tous ! hurla Targo bien décidé à se venger.

Luce fut surprise par un bloc de pierre qui, arraché à l'arène par l'explosion, fonçait vers elle. Elle l'évita mais d'autres débris s'envolaient dans les airs. Luce les esquiva tant bien que mal à l'aide de fins traits de lumière dorés qu'elle projetait pour réduire les pierres en gravats.

Elle réussit à en retourner quelques-uns contre Targo. Malheureusement son triomphe se solda par un moment d'inattention pendant lequel des blocs de pierre heurtèrent violemment sa hanche et son poignet.

Gênés dans leurs mouvements, ils réduisirent l'allure le temps d'élaborer une nouvelle stratégie. Targo opta pour la force brute et arrosa Luce de petites boules brillantes qui détonnèrent comme une bombe. Le sort « bouclier » enferma Luce dans un dôme bleuâtre qui vibrait au contact des explosions. L'arène ne cessait de se creuser de petits cratères et de se couvrir de gravats.

Quand Targo comprit que la Magie de Luce résisterait, il attira les débris de pierre vers lui comme des clous vers un aimant. Luce finit par comprendre où Targo voulait en venir et se tenait prête à riposter. Il construisait un gigantesque golem à partir de la pierre qui jonchait le sol dévasté de l'arène. Luce exulta, elle connaissait les moindres étapes de cette stratégie adverse.

D'un bond, elle s'éloigna jusqu'au bout de l'arène et regarda le monstre s'avancer d'un pas lourd et branlant. Il tapa le sol pour s'engraisser de nouveaux gravats. Targo semblait éprouvé, mais tenait bon sous les applaudissements du public. Luce, elle aussi impressionnée par la taille du monstre, agit vite. Elle cria un « tempête » qui vibra dans le vacarme et tendit les mains. Un vent puissant s'échappa de son corps. Les bourrasques enchantées bloquèrent le golem sur place. Luce s'envola et le vent tourbillonnait si fort qu'il fit vibrer les murs magiques qui sécurisaient l'arène. Targo, paniqué devant l'incapacité de son monstre à réagir, déversa une avalanche de sorts sur Luce, tous déviés par la seule puissance de sa Magie exacerbée à son maximum. Elle leva les bras et des éclairs jaunes claquèrent entre ses mains. Des étincelles s'échappèrent de ses cheveux électrisés. Un éclair fusa d'entre ses mains et frappa le monstre. En trois claquements de tonnerre, il perdit un bras, puis une jambe avant d'être touché au torse et d'éclater en mille morceaux.

Les débris furent emportés par le vent et empêchèrent Targo de réagir. Luce se nimbait tout entière d'éclairs aveuglants qui glissaient frénétiquement sur sa peau. Ses pouvoirs s'amplifiaient, la faisant briller de l'intérieur au point de changer la couleur de sa peau. Elle en devint terrifiante. Targo refusait de s'avouer vaincu, mais un éclair violent le frappa en pleine poitrine et le propulsa loin de l'arène. Il ne pouvait plus cacher son échec.

Des guérisseurs se précipitèrent sur lui tandis que Luce reprenait son apparence ordinaire, épuisée mais radieuse. L'Empereur frappa de rage l'accoudoir de son trône. À ses côtés, le visage de l'Impératrice ne pouvait dissimuler, malgré son devoir d'épouse, un sourire d'admiration. La foule hurlait sa joie et scandait le surnom de sa nouvelle Favorite, «Luce la Tempête». Le jury la raccompagna jusqu'à sa place en lui assénant de multiples compliments :

– Étonnante, Mademoiselle ! Stupéfiante même ! Voilà bien la fille de son père, dit la Mage sans une once de méchanceté.

Luce porta son regard en direction de la loge impériale. Son père serrait la main du père de Targo avec un sourire de suffisance. Luce ne les voyait pas très bien, mais devina sans peine la remarque de Gustus Ferdeciel, brisant l'arrogance de son propre père, le terrible Turbith Sanrouge. Tout comme elle imagina la rage qui l'habita soudain. Le Chef de l'Ordre des Mages, malgré les compliments faits par son homologue Guerrier sur les prouesses de cette jeune femme de son Ordre, semblait mâcher du gravier.

– Vous n'étiez pas loin de dépasser vos limites tout de même, la moralisa le Guerrier. Allez-y moins fort la prochaine fois. Prudence.

– Allons mon ami, le réprimanda l'Ordinaire, pourquoi faire taire un si grand talent ? Vous irez loin Mademoiselle, très loin soyez-en sûre, fit-il d'un ton entendu.

Luce les remercia et s'assit entre Taro et Astrancia qui l'enlacèrent sans retenue. D'autres compétiteurs lui tapèrent amicalement sur l'épaule ou levèrent leurs pouces sans cesser de l'applaudir. Seuls quelques-uns la toisèrent avec mépris.

Un sentiment de plénitude l'envahit. Targo était largement vaincu dans les règles de l'art, sa fugue empêchait son père de profiter de l'orgueil qu'il aurait pu tirer de son exploit et renforçait le mouvement citoyen. Bibi était vengé et par-dessus tout, elle avait fait ses preuves. Les paroles de l'Ordinaire résonnèrent dans sa tête.

Ce fut soudain les bras puissants de Bibi qui l'attirèrent avec une douceur surprenante. Elle se laissa aller contre lui, lâchant enfin un soupir de bien-être et de volupté. Bibi l'embrassa sur le front comme il avait pris l'habitude de le faire.

– Luce, tu as été grandiose ! Je te remercie de m'avoir donné une magnifique revanche.

– Tout le plaisir était pour moi mon Bibi, dit-elle en riant.

Elle regarda machinalement Taro et le vit raide comme un piquet, il semblait chercher les mots justes. Mais ils furent tous les deux appelés à combattre, ensemble.

– À mon tour, dit Bibi en se dirigeant vers l'arène sans laisser à Taro le temps de se remettre de sa surprise.

– Bibi attends ! s'exclama Taro en s'élançant à sa suite. Bibi, je suis désolé.

– Bah voyons, comme si ça pouvait suffire. Tu es désolé et on oublie tout ? Moi aussi je suis désolé Taro, pour tout ce que tu vas subir dans quelques instants.

– Bibi laisse-moi au moins t'expliquer !

– On va s'expliquer crois-moi. Tu me dis plus fort et plus intéressant que toi c'est bien ça ? Viens me prouver, te prouver, nous prouver que c'est faux. Quant au dégoût que mes origines t'inspirent…

Le jeune Pur ne parvint pas à finir, étranglé par sa colère. Au pied de l'arène à présent, Bibi s'arrêta et le regarda.

– Quand je pense que tu me défendais en me disant que les gens jaloux de moi étaient pitoyables.

– Très bien. Allons régler ça ! obtempéra Taro.

Il grimpa les marches en faisant rouler les muscles de ses épaules pour s'échauffer. Ils se placèrent à un mètre l'un de l'autre. L'Empereur signifia d'un geste au jury que les deux concurrents se battraient à mains nues. À la main tendue de Taro, Bibi préféra cracher à ses pieds. Dans le stade, tout le monde se tenait coi. Les spectateurs avaient compris qu'un règlement de compte était imminent.

Le gong retentit. Bibi réagit avec quelques centièmes de seconde d'avance sur Taro et écrasa violemment son poing contre la mâchoire du Guerrier. Sans lui laisser de répit, il le frappa au ventre, chassant l'air de son estomac. Taro posa un genou à terre en se tenant l'abdomen pendant que Bibi l'attrapa par les cheveux. Le tranchant de la main de Taro vola jusqu'à la pointe du tibia de Bibi qui le lâcha sous l'effet de la douleur. Taro se remit debout et se rua sur son adversaire.

Leur combat fut long, intense et sanglant. Chacun y allait de sa botte secrète, d'un sursaut brusque, d'un regain de Résistance. La foule en délire ne se rendait plus compte du temps qui passait. Lorsque les experts et les observateurs décelèrent les premiers signes de fatigue de Taro, Bibi le poussait dans ses derniers retranchements sans entamer ses propres forces. Ce n'était plus une question de technique ou d'ingéniosité, mais d'endurance et Bibi, plus habitué à maintenir le rythme, l'emportait largement sur Taro. Alors que celui-ci était sur les rotules, Bibi paraissait aussi frais qu'au début du combat car animé par une colère excessive. Le Guerrier fut soudainement propulsé par une onde de choc et atterrit lourdement sur le dos, le souffle coupé. Bibi l'immobilisa par le poignet.

– Dis-le Taro !

– Quoi ?

– Admets que je t'ai battu. Abandonne !

– Abandonner à la Grande Épreuve ? Jamais !

Bibi intensifia sa pression sur le poignet avec tant de rage qu'il le broya. Le craquement fit grimacer le jury.

– Abandonne je te dis.

– Ou quoi ? répondit Taro en haletant sous l'effet de la douleur. Ou tu vas me briser la main aussi ?

Bibi serra encore plus fort et Taro hurla en tentant de desserrer l'étreinte de métal des doigts du Pur avec sa main libre, alors que l'autre pendait, inerte.

– Arrête Bibi ! Arrête ça !

– Seulement si tu abandonnes, répliqua celui-ci avec un calme qui effraya Taro.

Il luttait pour retenir ses larmes.

– Tu ne peux pas me demander de faire ça ! Tu ne sais pas ce que ça représente pour moi !

– Je te fais mal à la hauteur de ce que tu m'as infligé. Tu m'as humilié, injurié, frappé, tu m'as trahi. Je ne te pardonnerai pas de m'avoir craché ta haine au visage. Je ne te pardonnerai pas de m'avoir tant donné pour tout me reprendre !

– Arrête ! Lâche-moi !

Le jeune Pur n'écouta rien et serra encore, tandis que Taro ne put retenir un flot de larmes de douleur.

– C'est de la torture, dit-il d'une voix hachée.

– Et comment est-ce que tu qualifierais une vie passée à être haï parce que des gens comme toi décrètent que les orphelins ne méritent que le mépris ? Vous ne faites que propager la douleur et la haine ! Alors à ton tour d'y goûter Taro Chanteterre ! Qu'en penses-tu salopard de noble ? Comment trouves-tu la haine ? Et la douleur, la ressens-tu aussi vivement ? Qui a le pouvoir d'influer sur la vie de l'autre à présent ? Maintenant dis-le ! Abandonne et devient un sale paria ! Dis-le !

Le public commençait à se sentir mal à l'aise. Le fier Guerrier finit par baisser la tête face au regard inflexible de Bibi.

– J'abandonne, lâcha-t-il dans un murmure plein de sanglots retenus.

Bibi libéra son poignet et se retourna sans lui accorder un regard. Le gong l'annonça vainqueur, mais les acclamations eurent du mal à s'enflammer. Bibi ne les attendait pas. Il n'était plus qu'un brasier de rage. Taro réussit à se mettre debout et à conserver un minimum de dignité pour rejoindre les guérisseurs.

Belleterre commenta ce combat jusque tard dans la nuit. Au grand soulagement de l'Empereur, les conversations portaient essentiellement sur Bibi qui apparaissait comme un Pur de légende. Toutefois il perdit les faveurs d'une partie du public, choquée par sa férocité. On évoqua même son appartenance aux « Sombres ». Mouna et Gora firent la chasse aux résumés des Épreuves et aux journaux afin que Taro ne tombe pas dessus. Celui-ci était de toute façon trop peiné pour s'y intéresser. Après le combat, il rentra immédiatement chez sa tante, s'enferma dans sa chambre et ne redescendit que tard dans la nuit pour manger un morceau.

Il trouva sa famille, Luce et Ran, ainsi que quelques clients de l'auberge avec qui ils avaient sympathisés en train de faire bruyamment la fête au rez-de-chaussée. Vexé il fit demi-tour. Djel le rattrapa :

– On tenait à fêter la fantastique victoire de Luce. On n'a pas osé venir te déranger.

– C'était préférable en effet !

Dgel le retint :

– Bon, gamin, il va peut-être falloir te calmer non ? Ce qui s'est passé aujourd'hui ne t'a pas suffit ? Tu veux aussi te brouiller avec Ran et Luce ? On récolte toujours ce que l'on sème non ?

– Il a blessé mon honneur ! Il m'a humilié en me forçant à abandonner ! Il m'a torturé ! C'est contre toutes les règles !

– Il n'a enfreint aucun règlement de la Grande Épreuve. Et il t'a sacrément bien rendu la monnaie de ta pièce.

– Quoi ? Il a…

– Écoute-moi maintenant ! tonna son oncle. On ne va pas tergiverser pendant des heures ! Tu as fait une connerie et tu en as subi les conséquences. Alors arrête de geindre comme un gosse gâté ! Maintenant, tu as le choix entre retourner bouder dans ta chambre ou venir te détendre et t'amuser avec les gens qui t'aiment !

Taro réfléchit quelques secondes avant d'accepter le verre que Dgel lui tendait. Il le récompensa d'un sourire. Les gens qui l'aiment… L'expression l'avait frappé au cœur. Était-ce donc cela qu'il cherchait si désespérément ? Au point d'en jalouser Bibi ? De l'amour ? Il était comme le jeune Pur orphelin, avide d'amour et d'amitié, de reconnaissance ? Il réussit tant bien que mal à s'amuser avec les autres, même si les événements de la journée le plongeaient dans une honte cuisante.

De son côté le jeune Pur courait vers la sortie de Belleterre, fou de rage. Il stoppa en pleine campagne près d'un groupe d'arbres. Une nausée lui comprima le ventre. Il abominait la haine qu'on lui jetait sans cesse à la figure. Un tourbillon de douleur l'emporta et le fit tomber à genoux dans l'herbe. Il s'y agrippa, en arracha des poignées alors que ses mains s'enfonçaient dans le sol. Il s'écroula en sanglots. Bibi pleurait le manque d'amour. Devait-il déjà y renoncer ? Une chape de solitude se posa sur ses épaules et l'étouffa. Rivi, qui avait assisté à la scène, ne tint plus devant la détresse de son ami. Il s'approcha de ses pas feutrés et se coucha près de lui. Il frotta sa tête contre la sienne jusqu'à ce que Bibi finisse par le caresser. Ils restèrent ainsi en attendant que les étoiles percent le noir du ciel nocturne.

Le lendemain matin à Belleterre, le grand jour était arrivé ! Les derniers combats de la Grande Épreuve, le couronnement du Champion du Monde et la mémorable Fête de Clôture assuraient une journée inoubliable ! L'apogée d'un événement fantasmé cinq ans durant ! Lestine et les jumelles se réveillèrent les premières, trop excitées pour dormir. Elles couraient dans les couloirs en chantant de joyeux hymnes. Leur énergie tira toute l'auberge de son lit et la réunit pour un petit déjeuner festif. Ils se félicitèrent d'être partis tôt vu l'encombrement de l'Escalier. Des miliciens, déjà au bord de la crise de nerfs, veillaient à ce qu'il n'y ait pas d'incidents. Luce laissa ses amis devant le Stade pour emprunter l'entrée des combattants. Elle dut nager dans la foule et fut contente que le Guerrier vainqueur de la Survie l'aide à se dépêtrer des gens agglutinés. Le Favori la félicita pour son éclatante victoire. Luce le remercia, tout en lui avouant qu'elle ne se sentait plus assez forte pour continuer la compétition. Elle regarda de toutes parts pour voir si Bibi était là, repéra Astrancia et s'installa près d'elle. La jeune fille semblait terrorisée.

– Si mon père ne m'avait pas forcée, j'aurais abandonné depuis longtemps !

– Ne dis pas ça Astrancia ! Tu es très douée !

– Pour faire de la Magie, oui, avoua-t-elle en rougissant, mais pour me battre non. Je suis un vrai poteau. Je ne sais pas bouger, je ne sais même pas taper ! Toi par exemple, quand tu as envoyé ce coup de pied à Targo, c'était…

– Absolument phénoménal, dit une voix enrouée derrière eux.

– Bibi ! s'exclama Luce en lui sautant dessus.

– Bonjour Bibi, fit plus timidement Astrancia.

– Bonjour les filles.

Il fut assis d'office entre elles.

– Comment ça va ? demanda Luce.

– Pas au mieux.

– Mais pas au pire ?

– Non ça va. Vous ne m'en voulez pas ?

– De quoi ? demanda Astrancia.

– De ce que j'ai fait à Taro. Plutôt horrible non ?

– C'était une sacrée revanche ! s'enflamma Luce. Il a beau avoir des circonstances atténuantes…

– Des circonstances atténuantes ?

– Tu verras ça avec lui ! Astrancia à toi de dire quelque chose !

– Quoi ? Mais…

La jeune fille regarda Bibi bouche bée avant de prendre une soudaine assurance.

– Taro n'a eu que ce qu'il méritait, débita-t-elle d'une traite.

– Vraiment ?

– D'après les rumeurs et ce que tu as dis, je veux dire… s'embrouilla Astrancia, rouge comme une pivoine. Une fracture au poignet, ce n'est pas grand-chose pour un Guerrier par rapport à ce qu'il t'a fait. Il t'a trahi par des actes, blessé ton âme par des mots. En comparaison, une chair ébranlée ce n'est rien.

Bibi demeura silencieux quelques instants.

– Quelle histoire ! soupira Bibi.

– C'est le moins qu'on puisse dire. Tu vas lui parler ? demanda Luce.

– Je crois que j'ai besoin de temps encore.

– Tu dors où ?

– Ici et là, répondit Bibi évasivement. Et toi, avec Ran ? Comment ça se passe ?

– Le bonheur, rugit Luce avec un immense sourire et une étincelle dans les yeux.

– Et les autres ? Comment ça va ?

– Ils vont tous très bien ! C'est la fête aujourd'hui ! Tu leur manques beaucoup et ils sont inquiets pour toi.

Ils discutèrent tranquillement, Luce essayant désespérément de dérider Bibi, jusqu'au début des combats qui absorbèrent vite leur attention.

– Qu'est-ce qu'on fait là franchement ? demanda Luce.

Apparemment, beaucoup partageaient son avis. Elle partit combattre et tout le monde constata qu'elle n'avait pas retrouvé ses forces. Ses sortilèges manquaient de précision et de puissance, comme ses mouvements, plus lents et moins souples. Elle persévéra mais fut éliminée.

Astrancia la suivit de près et créa la surprise en abandonnant avant le coup de gong. Bibi songea qu'il s'agissait d'une sage décision. Il ne pouvait imaginer la douce jeune femme se prendre un coup sans frissonner d'horreur. Le nombre d'abandons atteignait un véritable record en cette Rencontre de l'an 95. Bibi attendit encore deux combats avant de se lever péniblement. Il constata avec effroi que le grand Guerrier Favori se levait à son tour. Il gardait encore en mémoire son dernier combat avec lui.

Bibi ne se rendait plus compte des modulations des acclamations de la foule, mais le colosse semblait y être très réceptif. Bibi se sentit squelettique à côté de lui qui, malgré ses muscles hypertrophiés, gardait un côté séduisant. Ils se serrèrent la main avant de démarrer un nouveau combat sans armes.

– Je ne me suis encore jamais présenté. Je m'appelle Couma Fortemaison.

– Moi c'est Bibi.

– Ça je le sais. Tout le monde te connait.

Bibi sourit, gêné.

– C'est toujours un plaisir de t'affronter. Tu sais créer la surprise.

Bibi ne savait comment prendre ces compliments, car la froideur de Couma était inhabituelle.

– La dernière fois que tu as combattu, tu nous as montré à quel point tu pouvais être dur. Obliger un Guerrier à abandonner est une action téméraire.

– Nous y voilà, fit Bibi, je me demandais ce que cachait votre discours.

– Voyons ce que tu es capable de faire contre moi.

Le gong annonça le début du combat et Couma actionna sa formidable masse avec une vélocité étonnante pour sa corpulence. Heureusement Bibi se tenait sur ses gardes. Il l'esquiva et lui envoya une bulle qui explosa en un bruit mat sur son dos. Couma vacilla en avant mais ne ralentit même pas quand il fit demi-tour.

Bibi créa entre eux un mur transparent contre lequel Couma buta lourdement. Il fit quelques pas en arrière pour retrouver son équilibre avant d'abattre le mur. Les coups volaient. Bibi récolta plus de bosses et de bleus qu'il en distribua. Aussi, quand il sentit sa Résistance faillir, il se dit qu'un peu de Magie serait la bienvenue. S'inspirant de Luce, il créa de multiples images évanescentes de ses membres qui ne laissèrent aucun répit à Couma. Le grand Guerrier ne put bloquer ses attaques et perdit le nord quand sa vision fut brouillée par la fumée des illusions qui disparaissaient. Bibi put placer un coup de pied particulièrement puissant qui ouvrit la lèvre de son adversaire et le fit tomber à genoux.

Bibi n'eut pas le temps d'en faire davantage car un crochet de Couma le propulsa dans les airs. Le souffle coupé, Bibi se dépêcha de se relever mais ne fut pas assez prompt pour éviter le coup d'épaule équivalent à la ruade d'un étalon de guerre. Bibi vola à nouveau. Couma recommença à courir.

Une onde de choc beaucoup plus intense le renvoya d'où il venait. Bibi eut le temps de reprendre ses appuis et le harcela de sorts explosifs. Le grand Guerrier ne vacilla même pas et s'éloigna du bord.

Bibi, extrêmement déçu d'avoir raté cette occasion, ne perdit pas plus de temps et courut à sa rencontre, laissant des «bulles» inertes sur son passage. Le choc fit résonner les os de Bibi. Couma fut lui aussi déstabilisé et le Pur en profita pour enclencher l'action de ses «bulles». Dès qu'il devait esquiver ou reculer, une de ses ondes de choc laissées en arrière venait heurter Couma. Le combat semblait tourner à l'avantage de Bibi jusqu'à ce qu'un coup de poing lui écrase le nez. La tête rejetée en arrière, Bibi cria de surprise et de douleur. Un coup de genou au ventre le fit se plier en deux en étouffant son cri et Couma en profita pour le soulever au-dessus de sa tête et le jeter au sol si violemment qu'une côte de Bibi fit elle aussi entendre un craquement sonore. Les minutes qui suivirent furent parmi les plus éprouvantes de sa vie. Ce qu'il avait fait subir à Taro lui était rendu au centuple. Bibi se battit jusqu'à l'épuisement en faisant fi de ses douleurs. Son nez maculait sa tunique de sang. Couma distribuait ses coups avec mesure. Malgré sa vaillance, le jeune Pur finit sur les genoux. Que n'aurait-il pas donné à cet instant pour que Couma cesse son supplice et le pousse hors de l'arène ? Couma s'appliquait pour venger Taro mais ce conflit ne regardait que lui et Taro. C'est cette prise de conscience qui ranima Bibi :

– Et moi ? hurla-t-il à Couma. Qui châtiera publiquement Taro pour ce qu'il m'a fait ?

– Tu t'en es déjà occupé non ? répondit Couma très calme en s'approchant de lui.

– Moi ! Et moi seul ! Je n'ai pas eu besoin d'un inconnu pour ça ! Qui es-tu, d'ailleurs, pour te mêler de ça ?

– Je suis un Guerrier. Je lave l'affront fait à un de mes compagnons, à mon Ordre.

– Et moi ? Quel Pur viendra m'aider ? Qui viendra m'aider ? Je suis le seul de mon Ordre ! Je suis le dernier ! hurla le jeune Pur avec une détresse poignante dans la voix.

Il remarqua les regards furtifs que Couma portait aux gradins. Espérait-il vraiment qu'un Pur se montre ? Bibi n'en savait rien et s'en moquait. Il ne voyait là qu'un moment d'inattention qui allait lui coûter cher.

Le jeune Pur avait le visage déformé par son nez cassé, ses larmes, ses bosses et sa rage. Des étincelles claquaient dans ses cheveux poisseux de poussière et de sang. Il hurla de colère en frappant le sol. Une violente explosion eut lieu sous les pieds de Couma qui voltigea dans les airs, surpris. Il n'eut pas le temps de se relever que Bibi avait bondi sur lui et arrosait son visage de coups. Couma en prit pour son compte avant de réagir. Il bloqua les bras de Bibi et lui fracassa le nez d'un coup de tête. Bibi roula à terre en se tenant le visage et tenta de se relever, toussant et s'étouffant, sa colère envolée sous l'effet de la douleur. Couma le cloua à genoux, lui tordit le bras et l'attrapa par les cheveux. Il lui murmura :

– Tu t'es très bien battu. Excellemment même. Mais j'ai beau tout essayer, je ne vois pas ce que je voulais voir. Daucus avait raison. Repose-toi maintenant.

Bibi vit le poing arriver et ne rouvrit les yeux que quelques heures plus tard, allongé sur un lit de l'infirmerie du stade. Il aperçut des visages penchés sur lui. Des guérisseurs aux expressions inquiètes lui parlaient et une gueule velue et familière frotta son museau contre le sien.

– Eh bien jeune homme, articula posément une guérisseuse pour être sûre de se faire comprendre. On commençait à s'inquiéter. Vous êtes restés inconscient plusieurs heures.

– Vraiment? dit Bibi d'une voix faible.

– Ça nous aura permis de soigner toutes vos blessures, relativisa-t-elle. Votre côte fêlée nous a donné du fil à retordre mais nous sommes les meilleurs, conclut-elle avec un clin d'œil. Pour votre nez, soyez rassuré, il est comme neuf.

Bibi, se remémorant petit à petit les événements, chercha une douleur quelconque. À part une très grande lassitude et des courbatures, il se sentait bien. Étonnamment bien. Il arrêta de caresser Rivi un instant et tâta son nez.

– Incroyable, dit-il toujours de cette voix cassée. Comment avez-vous fait?

– Secret professionnel mon jeune ami, lui répondit la guérisseuse.

– Je vous en remercie.

– C'est notre métier, intervint son confrère. Tu méritais bien d'être debout pour la fête de clôture. Tu as peut-être atteint l'honneur d'un Guerrier mais tu as admirablement défendu le tien.

– Merci Monsieur, répondit Bibi avec un air grave.

– Et dis à ton lynx de descendre du lit! Ce n'est pas hygiénique!

Bibi passa encore une heure à l'infirmerie, aux bons soins de ses deux guérisseurs et de leurs assistants. Puis, on l'autorisa à assister à la finale de la Grande Épreuve accompagné par un assistant. Il l'aida à marcher, mais Bibi refusa rapidement son soutien. Il se sentait vraiment bien. Physiquement en tout cas. Moralement, il avait l'impression d'être vidé de toute émotion et incapable d'un raisonnement quelconque. Rivi ne le quittait des yeux que pour foudroyer du regard quiconque s'approchait trop près sans son assentiment.

Installé au milieu des jurys qui ne cessaient de le féliciter, il assista au plus impressionnant combat qu'il lui fut permis de voir.

Couma se battait contre un Mage d'une cinquantaine d'années réputé pour être l'un des plus grands explorateurs de ce Monde. Il aurait contourné la Matriarche pour remonter vers l'ouest où il y aurait découvert des traces d'activité humaine. Il avait décrit la grande faille au nord-ouest, surnommée la Bouche du Monde, abîme courant au nord de la chaîne de montagnes et de la Matriarche. Il aurait parcouru la gigantesque et légendaire forêt qui s'étalait à l'ouest du Monde et qui plongeait dans les plaines du Sud. Il aurait même exploré l'Ile Dent-de-Requin, une île inhospitalière à l'est du Delta que la croyance populaire prenait pour le lieu de naissance des Démons aquatiques.

Bibi regardait le combat avec admiration. Ils étaient époustouflants et le jeune Pur eut presque honte d'avoir songé un bref instant pouvoir l'emporter face à Couma. La foule hurlait son délire et ne cessait d'acclamer les coups de maîtres avant de retenir fébrilement son souffle. Après cet affrontement qui fit trembler le stade pendant plus de deux heures, Couma Fortemaison fut déclaré vainqueur et le titre du Champion du Monde lui revint. Il brandit son énorme coupe en or puis l'Empereur le remplaça sous les feux de la rampe. Brillant orateur, il déroba tous les cœurs de son auditoire. Tout le monde était fier d'avoir participé de loin ou de près à cette magnifique Rencontre et le souverain du Monde était particulièrement heureux de déclarer la Fête de la Clôture ouverte. Aussitôt, les effets magiques et les pétards claquèrent. La musique et les chants retentirent de partout. La foule dans les gradins se mêla à celle agglutinée aux alentours du Stade. Des miliciens veillaient tout de même à ce que tout citoyen présent dans le Pré redescende vers la ville où devaient continuer les festivités.

Bibi échappa à toute surveillance. Son assistant guérisseur l'avait délaissé, tout comme les jurys, impatients eux-aussi de s'amuser. Les gradins s'étaient vidés progressivement et le silence finalement s'imposait. L'obscurité aussi. Bibi regardait les étoiles en caressant Rivi d'une main et cela lui suffisait. Pour l'instant.

Qu'allait-il faire de sa vie ? Renoncer à ses amis ? Retourner dans sa vallée ? Et Deucolline ? Y avait-il une place pour lui là-bas ? Comment pouvait-il seulement se poser la question ? Bien sûr que non, il n'y en avait pas.

Et Taro ? Pourrait-il lui pardonner ? La Rencontre avait-elle été une parenthèse à sa solitude ou le début d'une nouvelle vie ?

Son maître lui avait dit de se tenir à l'écart. Il aurait peut-être mieux fait de l'écouter… Bibi revoyait le visage de son maître agonisant mais exempt de peur. Il le regardait même avec une étrange ferveur comme s'il voulait dire quelque chose qu'il ne pouvait exprimer plus tôt. Mais quoi ?

Au fond peut-être espérait-il le faire réagir pour l'inciter à quitter sa vallée. Mais pourquoi avait-il été abandonné ? Pourquoi avait-il été élevé à Deucolline par un homme sans lien de parenté avec lui. Pourquoi toutes ces questions ressurgissaient-elles depuis que l'ami de Targo lui avait parlé de sa mère ?

Bibi se concentra et tenta de remonter le plus loin possible dans ses souvenirs. Cet exercice calma sa respiration et l'apaisa sans qu'aucune image de ses parents ne ressurgisse. Il se leva. Il ne savait pas ce qu'il allait faire des prochains jours. Pour l'heure, il savait juste qu'il allait rejoindre les gens qui comptaient pour lui avant d'être incapable d'évoquer une simple image d'eux et de les perdre comme il avait perdu son passé. Rivi le laissa devant les Escaliers, peu désireux de subir un bain de foule. Arrivé en bas, Bibi plongea dans la foule et dans la fête. La chaleur humaine dépassait ce qu'avait pu engendrer le début de la Rencontre. Tout le monde chantait, dansait, criait, s'embrassait, s'interpellait, se chamaillait, un verre à la main, un morceau de nourriture dans l'autre. Il parcourut les rues et profita de sa prompte guérison. Bibi s'imprégna de cette chaleur humaine qui le poussait à retrouver ses amis. Il déboucha soudain sur une grande place où trônait une gigantesque fontaine. Par un miracle qu'il ne put expliquer, il reconnut Luce, Ran, Taro, Lestine, Pitéovar, Kael, et plusieurs de leurs amis en train de danser dans le plus haut bassin du jet d'eau.

Soudain, un frisson glissa le long de son échine. Un pressentiment le poussa à se tourner vers le Grand Escalier. Il se paralysa d'horreur. Certains cris se dissociaient des échos de joie et de fête. Une masse noire, rouge, jaune, grouillante et rugissante se déversait sur les marches, droit sur la ville. Des flammes léchaient les bâtiments, formant des halos oranges au loin, tandis qu'une vague d'humains paniqués refluait vers les Palais.

Les secondes s'étirèrent en heures sous l'horreur du spectacle. Des hurlements d'agonie et de souffrance jaillissaient à l'opposé des cris de joie des innocents encore à l'abri. Des retardataires se faisaient happer par les Démons, d'autres mouraient, écrasés par la foule terrifiée.

Une résistance apparaissait déjà : Miliciens, Guerriers, Mages et Ordinaires s'organisaient pour protéger leurs pairs. Sur la place, Taro avait réagi en un tour de main, porté par sa haine viscérale des Démons. Du haut de la fontaine, Luce lui désignait les volontaires qui possédaient les plus puissants pouvoirs. Taro les orienta vers les trois rues d'où sortaient les premiers Démons. Les autres furent chargés d'endiguer les effets de foule et de faciliter leur fuite vers les Palais. Bibi ne pouvait détacher son regard du chaos jusqu'à ce qu'un Démon volant, un Popouaï, le percute de plein fouet et le projette vers un auvent de paille protégeant la terrasse d'un restaurant. Il plongea aussitôt vers lui, sa face de Caï tordue dans un rictus gourmand. Bibi l'empoigna et le choc les fit rouler sur l'auvent, dans un déluge de débris de paille. Le jeune Pur lui cassa une de ses ailes membraneuses de chauve-souris, revêtue d'un poil noir. Le monstre poussa un cri si aigu qu'il en était à peine supportable. Pour échapper à ce son, Bibi serra sa gorge. Le Démon se débattit sans que Bibi ne lâche prise, protégé des griffes par sa Résistance. Enfin, il s'affaissa et ses yeux jaunes roulèrent dans leurs orbites. Bibi le lâcha avec dégoût quand sa putréfaction accélérée commença et transforma le monstre en un paquet gluant de chair et d'os. Bibi plissa le nez et fuit la fumée violette foncée qui s'était dégagée du cadavre. La place était à présent prise d'assaut par des Caïs, des Popouaïs et des Raïs : chiens-Démons plus haut que la hanche, efflanqués, au pelage roussâtre zébré de noir et de jaune, aux grandes oreilles pointues, à la gueule allongée garnie de crocs durs comme l'acier. Luce avec l'aide de Lestine se chargeait d'évacuer Piétovar blessé. Taro et Ran, côte à côte, se battaient sauvagement, épaulés par des inconnus. Taro n'avait pas encore retrouvé toutes les facultés de sa main mais Ran protégeait ce côté affaibli. La place commençait à se vider et des miliciens, des Gardes Impériaux et des Élites finirent par affluer. Taro leur passa l'organisation et le commandement. Couma Fortemaison les rejoignit et entraîna Ran et Taro pour mieux les équiper. Les arbalètes des Ordinaires, capables de décocher des salves de carreaux à une vitesse foudroyante, faisaient des ravages parmi les Démons.

La situation se dégrada quand deux Kebobs, ces énormes Démons aux cornes acérées et à l'énorme masse, chargèrent de front en mugissant, droit vers les défenseurs qui luttaient tant bien que mal contre des Démons plus humbles. Bibi et plusieurs Mages parvinrent à ralentir leur progression en les engluant dans des sortilèges variés.

Quand des Popouaïs envoyèrent des blocs de pierre sur les combattants, Bibi profita de sa position élevée pour utiliser ses ondes de choc. Les grandes ailes souvent brisées, ils s'écrasaient à terre. De lourds nuages de fumée violette et putride commençaient à stagner au-dessus de la ville.

Bibi voulait rejoindre ses compagnons pour les aider à se débarrasser du dernier Kebobs quand une silhouette drapée dans de longs vêtements s'éleva avec lenteur d'une rue proche. L'apparition éclata d'un rire hystérique et Bibi sentit les immenses pouvoirs qui en émanaient. Avant d'avoir pu cligner des yeux pour se remettre de sa surprise, la nouvelle menace de la soirée effectua un ample mouvement de bras en envoyant une kyrielle d'étincelles qui se rejoignirent en une sorte de petit soleil qui explosa contre un immeuble proche. Les Mages les plus proches voulurent riposter mais l'étranger disparut. Bibi, caché sur un toit, tentait de calmer son souffle en jugulant le plus profondément ses pouvoirs. Paniqué, il se demanda combien de fois il avait rêvé de rencontrer un Guerrier-Mage ? Pas de cette façon là en tout cas.

Le Sombre apparaissait de temps en temps au-dessus de la ville et pulvérisait quelques bâtiments au hasard, sans que quiconque ne parvienne à l'arrêter. Un véritable messager de l'apocalypse. Heureusement, il se rapprochait de l'Escalier et du Pré où il restait peu de personnes.

De tout cela, Bibi n'en avait cure. La respiration précipitée, il se concentra jusqu'à ce que son bâton arrive jusqu'à lui par les airs et qu'il puisse s'en emparer ; une option magique qu'il avait intégrée après s'être retrouvé dans une position délicate loin de sa caverne. Son bâton dans les mains, Bibi s'aperçut qu'aucune forme de réflexion n'avait germé dans son esprit. Il fallait juste qu'il suive son instinct. Il le fallait.

De toit en toit, de porche en porche, il s'avança vers la zone de la ville envahie par les Démons. Souple comme un chat, mais à l'endurance limitée, Bibi profitait de l'obscurité pour faire de courtes pauses, le temps de surprendre des Popouaïs ou de retrouver un simili d'assurance. Insensible aux incessants grognements des Démons, Bibi continuait sa progression vers les marches. Le mystérieux personnage y était planté, semblant encourager les vagues de Démons à se déverser sur la ville. Des sorts, des flèches et même des lances tentaient de l'atteindre. Bibi se résolut à escalader la falaise quand le Sombre disparut dans l'obscurité du Pré. Effrayé de perdre sa cible de vue, son bâton attaché dans le dos avec le reste de sa tunique, Bibi grimpa à s'en faire saigner les mains et les pieds, l'esprit vide et pourtant résolu.

Il finit par arriver sur le lieu de la Rencontre. Il constata que le nombre de Démons diminuait rapidement. Un soupir de soulagement lui échappa. Il attendit un instant pour reprendre son souffle, ou ses esprits, il ne savait plus. Que faisait-il là ? Il était toujours temps pour lui de faire demi-tour. Un long détour lui permit d'approcher le Sombre qui observait la ville perché sur l'à-pic de la falaise, là où se trouvait la Statue des Ordres.

Bibi restait discret pour ne pas l'alerter de sa présence. Il ne perdit pas une miette de ses moindres faits et gestes, sans toutefois réussir à distinguer son visage. Le Sombre sortit de sa tunique une petite fiole qui contenait un étrange liquide vaporeux et scintillant. Il fit sauter le bouchon de liège avec un léger pop et attrapa dans sa main libre le gaz qui s'en échappait. Il joignit les mains et un sort blanc naquit entre ses paumes à partir du contenu de la fiole. Des images semblèrent y défiler en accéléré et Bibi entendit un vague murmure. Le Sombre l'envoya droit sur la Statue et Bibi se protégea le visage, craignant une explosion qui ne vint pas. La magie voletait au-dessus de la Statue, comme un petit nuage éclairé de l'intérieur.

Son cœur faisait un tel vacarme que Bibi se demandait comment le Sombre pouvait ne pas l'entendre. Il observa le Guerrier-Mage noir avec une concentration si intense que ses yeux fatigués brûlaient. Dans sa tête tourbillonnait une haine féroce, ancrée par l'horreur d'avoir assisté à un tel massacre, l'envie de venger toutes les souffrances et par-dessus tout par une brûlante curiosité, une soif de savoir qui il était.

Le Sombre émit un sifflement et Bibi distingua des Démons se précipiter vers la bataille. Le Sombre, après un dernier regard sur la ville à feu et à sang, amorça son demi-tour. Sans plus réfléchir, Bibi sortit de sa cachette et se planta face à lui. Dissimulés par une capuche, les traits du Sombre restèrent cachés à ses yeux, comme sous l'effet d'une Magie quelconque. Il jaugea Bibi de son étrange regard pendant ce qu'il lui sembla une éternité.

– Qui es-tu ? lui demanda finalement l'homme avec une voix grave, mais étonnamment sereine.

Bibi sentait la sueur couler abondamment. La gorge serrée, il se lança :

– Dites-moi votre nom, je vous dirai le mien.

Le Sombre éclata d'un rire plus nerveux.

– Pourquoi m'as-tu suivi jusqu'ici ?

– Je ne suis pas tout à fait sûr.

– Tiens donc ?

Bibi se mordit la langue. Il se sentait stupide. Qu'espérait-il au fond ?

– Je crois que je suis venu chercher des réponses.

– Des réponses ?

– Oui.

Le regard étrangement inhumain du Sombre se vrilla dans celui de Bibi qui en frissonna. Avec ses traits noyés d'ombre, Bibi ne parvenait pas à deviner la moindre des intentions de son adversaire. Le Sombre lança un sifflement différent du précédent. Bibi distingua des ombres qui accouraient vers lui et l'encerclèrent. Il s'empara de son bâton et déchira le tissu qui le maintenait, le laissant torse nu, frissonnant de peur et de froid, la peau humide d'une sueur gelée. Trois Caïs bondirent sur lui et Bibi récolta quelques griffures cuisantes avant d'être entouré de fumée.

– Tu n'es pas un Ordinaire, susurra le Sombre quand Bibi achevait le dernier monstre.

Avant qu'il ait pu se redresser, Bibi subit la plus violente perception magique de sa vie. Il eut l'impression que des crocs lacéraient son esprit. Il tituba mais l'impression douloureuse se retira aussitôt de son corps.

– Un Pur ! rugit le Sombre d'un ton étrange rempli de surprise.

Un coup du Guerrier-Mage noir l'envoya dans les airs sans qu'il n'ait eu le temps de comprendre quoi que ce soit. Il atterrit lourdement sur le dos, le souffle coupé. Déjà le Sombre l'immobilisait au sol.

– Mais pas un Pur très en forme, railla-t-il avec un rire joueur.

– Ça se voit que vous n'avez pas assisté aux Épreuves, balbutia Bibi. Y'en a qui galère dans la vie.

Cette remarque lui valut un coup de poing qui explosa son arcade sourcilière.

– Tu ne sais rien de la dureté de la vie !

– Que savez-vous de ma vie ?

– Pour l'instant rien, mais bientôt je connaîtrais tous les détails qui m'intéressent. De quel havre es-tu ? As-tu de l'influence au Conseil ? Que fais-tu à la Capitale ?

– Vous vous souvenez quand je vous disais que je voulais des réponses ? Eh bien vous venez de poser exactement les bonnes questions.

Un autre coup lui explosa la lèvre.

– Ne te moque pas de moi, gamin. Réponds-moi !

– Comment voulez-vous que je réponde à des questions dont j'ignore tout ?

Bibi tenta de se débattre mais la Force du Sombre le maintenait vissé au sol. Quand il se sentit faiblir, le Sombre le laissa reprendre de l'air et se releva.

– Espèce de malade, souffla-t-il, les mains plaquées sur sa gorge.

Un coup de pied l'atteignit aux côtes et ne l'aida pas à reprendre sa respiration. Son nouvel adversaire le tira par les cheveux pour le relever et lui dit à l'oreille :

– Ne te permets pas de m'insulter. Seules les informations que tu possèdes te gardent en vie. Reprenons.

– Je ne peux rien vous dire, martela Bibi. J'espérais que vous en auriez une idée.

– Qu'est-ce que tu racontes ? gronda le Sombre en tirant ses cheveux plus fort.

– Je suis orphelin, bordel ! J'ai grandi dans un village perdu que vous ne pouvez même pas situer sur une carte.

Le Sombre envoya de nouveau Bibi rouler au sol. Celui-ci s'empressa de reprendre son bâton et tenta d'atteindre son ennemi. Il l'esquiva et leur combat ne dura que quelques secondes avant que Bibi se retrouve à nouveau propulsé dans les airs. Il augmenta le plus possible sa Résistance. Le Sombre l'attrapa par la gorge et plaqua le métal froid d'une masse de plusieurs kilos contre sa joue.

– Quel est le nom de ce village ? Et le tien ?

– Vous ne devriez pas cogner si fort, j'ai du mal à me concentrer.

La pression sur sa gorge allant croissante, Bibi se décida à lâcher son nom, si ridicule soit-il, avec une légère panique dans la voix.

– Bibi ! Je m'appelle Bibi.

– Bibi…

– Et vous ? C'est quoi votre nom, votre… havre, votre…

Le Sombre appuya si fort sur sa trachée que sa phrase se termina en un couinement de souris. Ses yeux si particuliers se plissèrent. Il le remit sur ses pieds avant de le relâcher.

– Silence, dit-il d'un ton glacial. Je veux le nom de ton village. Réponds !

– Je croyais que je devais me taire.

– Ne joue pas au plus malin !

– Je suis le plus malin.

Ce dernier commentaire lui valut un coup de masse sur l'épaule qui le fit tomber à genoux. Soudain, des cris et des cliquetis d'armes parvinrent aux oreilles de Bibi qui reprit conscience. La bataille faisait rage dans l'Escalier. Le jeune Pur fut eut un léger regain d'espoir tandis que le Sombre se raidit.

– Finissons-en ! dit-il d'un ton pressant. Dis-moi ce que je veux savoir.

– Pour que vous puissiez aller y massacrer des gens ? Pour qu'ils vous disent comment j'y suis arrivé ?

– Tiens ! En voilà une idée intéressante.

Bibi luttait pour ne pas perdre pied.

– Tu ne le sais pas non plus n'est-ce pas ? Tu ne sais rien, chuchota le Sombre en proie à une intense réflexion. Il faut que je discerne mieux ton visage.

Il fit naître une flamme dans le creux de sa main et la dirigea vers les traits de Bibi. Il tenta de reculer en sentant la chaleur du sort. Il plissa les yeux, ébloui et sentit avec horreur l'odeur de cochon grillé que dégagèrent quelques-uns de ses cheveux. Il put enfin apercevoir le visage de son tortionnaire et fut frappé par son âge mûr.

– Tu es bien Bibi, murmura le Sombre toujours plus pensif. Tu es celui que nous attendions. Celui qui aidera notre cause si Bupropion et son père ont raison. Je devrais t'emmener. Ce n'était pas prévu, mais après tout.

– Qu'est-ce qui vous racontez ? C'est qui Bupropion ?

Le Sombre sembla sortir d'une torpeur et ses yeux se firent plus menaçants que jamais quand le sort s'éteignit. Bibi se débattit soudainement et réussit ainsi à échapper à la poigne de son ennemi mortel. Une onde de choc le fit reculer et basculer. Bibi profita que son attaque ait fait mouche pour s'éloigner à reculons en hurlant à l'aide à pleins poumons.

Celui-ci se jeta sur lui pour le faire taire, mais Bibi se défendit beaucoup plus efficacement et le Guerrier-Mage finit par interrompre ses assauts, tenant sa joue ensanglantée.

– Le Pur se réveille on dirait, dit-il d'un ton presque amusé. Tu voulais des réponses à tes questions non ? Tu pourrais les avoir, ajouta-t-il d'un ton calculateur et pressé par l'urgence. Il te suffirait de me suivre.

– De vous suivre ? Où ?

– Ne pose pas tant de questions. Et cherche les réponses.

La voix du Sombre devenait dangereusement enjôleuse.

– La seule chose que tu dois te demander en ce moment précis, c'est si tu as envie de connaître la vérité ?

L'esprit de Bibi s'apaisait et sa vigilance s'endormait. Ses jambes flageolaient et il se sentait de plus en plus détendu.

– Je sais que tu veux la connaître. C'est la seule chose qui te tienne réellement à cœur. Tu es un orphelin. Tu as besoin de connaître tes origines.

Bibi devait dégager son esprit du sort hypnotique du Sombre. Il le fallait. Il ferma les yeux et se concentra. Son maître lui avait appris la parade dès son jeune âge. Il se boucha les oreilles et se concentra sur sa mélodie, la première chose qui lui vint à l'esprit. Il chanta dans sa tête puis à voix haute, et soudainement, un visage de femme, flou, apparut dans les méandres de ses souvenirs. Et un rire de petite fille. Il chanta plus fort, attirant sans le savoir des renforts inespérés. La femme avait des cheveux brun roux. Et des yeux noisette avec quelque chose en plus, des éclats d'or.

Bibi ouvrit les yeux, le souffle coupé. Sa mère ? Il tremblait d'émoi et fit face à l'implacable regard du Sombre, immobile comme une statue, attentif comme un loup guettant un agneau. Les bruits de bataille se rapprochaient et quelques Démons fuyaient vers le Pré.

– Tu es bien Bibi. Le doute n'est plus permis. Me suivras-tu ?

– Jamais ! hurla Bibi. Plutôt crever !

Bibi hurla et son bâton sauta jusque dans sa main pour s'illuminer comme un phare.

– Et c'est toi qui va mourir ! Écoute ceux qui viennent te tailler en pièces !

Bibi courut à sa rencontre et le choc entre son bâton et le marteau ennemi les fit vaciller l'un et l'autre. Bibi ne faisait pas le poids mais parvint à sauver sa vie et à faire perdre de précieuses secondes au Sombre. Des cris distincts se firent entendre. Bibi redoubla d'efforts. En vain. Un coup de masse sur la main lui fit lâcher son bâton. Sans sa Résistance, ses doigts auraient été broyés. Bibi esquiva le prochain coup en se jetant à terre. Une habile roulade plus tard, il se relevait, son bâton à la main. La masse le cueillit en pleine mâchoire, l'envoyant au sol, une cuisante douleur irradiant son visage et son cou. Étourdi par la douleur, par les points lumineux devant ses yeux, Bibi recracha une de ses molaires, la bouche ensanglantée. Le Sombre écrasa son poignet avec son pied et Bibi lâcha son bâton dans un cri. Il lui arracha et le brisa en trois morceaux, les craquements sinistres du bois s'accompagnant de quelques étincelles blanches.

– Non ! hurla Bibi en se jetant sur lui.

Un coup de pied au sternum chassa l'air de ses poumons.

– Cela te fera peut-être comprendre la leçon !

Le Guerrier-Mage noir fit dédaigneusement tomber les débris de son bâton sur Bibi qui s'en empara, complètement paniqué. Comme quelques silhouettes se distinguaient au loin, les Démons prirent la fuite. Alors, l'ennemi de Belleterre s'esquiva dans l'obscurité, en poussant quelques sifflements qui arrêtèrent certains Démons et les firent retourner se battre, couvrant sa retraite.

Bibi tenait les restes de son bâton en luttant contre ses larmes. Il l'avait trouvé lorsqu'il avait huit ans, l'avait amélioré d'année en année. Il représentait le travail de toute sa vie. Avec un cri de colère, il concentra toutes ses forces dans un sort paralysant qui jaillit vers les silhouettes qui se perdaient dans l'ombre. D'autres rayons magiques suivirent le sien alors que son environnement s'entourait de cavalcades, de femmes et d'hommes armés, puant le sang et la sueur. Une main puissante s'appuya sur son épaule.

– Tu en as assez fait Bibi.

Bibi reconnut Couma sans comprendre ce qu'il faisait là, une énorme hache de guerre à la main.

– Il est parti par-là, bredouilla Bibi en se mettant debout et en luttant contre son vertige. Il faut le poursuivre !

Un Mage apparut aux côtés de Couma, il regarda Bibi avec une immense bonté. Le jeune Pur perçut en lui d'incroyables pouvoirs que la bataille avait dû exacerber.

– Calme-toi Bibi. Nous ne le laisserons pas s'en tirer comme cela, dit-il d'une voix grave et puissante. Repose-toi.

Ceci dit, il se mit à courir derrière les autres et Couma lui emboîta le pas. D'autres personnes arrivèrent, allumant des torches, faisant de la lumière, apportant bruit, vie et sécurité alentour. Bibi se laissa glisser au sol et serra les débris de son bâton contre lui. Les yeux cachés dans ses genoux, il se mit à trembler et à pleurer sans pouvoir s'arrêter, alors que son corps rejetait en bloc les événements des derniers jours et des derniers instants : sa rencontre avec un véritable Sombre comme premier voile levé sur ses origines si mystérieuses.

Chapitre 9.

Autour de Bibi, l'agitation s'intensifiait. Dans des cliquetis d'armes, des Guerriers, des Mages et des Ordinaires se lançaient à la poursuite du Sombre et des derniers Démons, suivis avec un temps de retard par quelques cavaliers. Les premiers enquêteurs cherchaient à comprendre l'enchaînement des événements car il paraissait incroyable qu'autant de Démons aient pu s'approcher en toute sérénité de la Capitale. Les guérisseurs et les secouristes se divisaient entre les quartiers endommagés et les différents palais pendant que les rescapés s'empressaient d'éteindre le feu.

Luce et Piétovar rebroussèrent chemin. Par chance, ils rencontrèrent Taro et Ran qui les aidèrent à atteindre des guérisseurs. Luce, blottie contre Ran, leur proposa de rentrer à l'auberge. Taro acquiesça, espérant y trouver toute sa famille saine et sauve. Le chaos dans les rues était à peine concevable. Ils l'avaient échappé belle, mais leurs angoisses se portaient à présent sur leurs proches. Où étaient les Drudeplui ? Comment allaient-ils ? Et Bibi… Où était-il passé ?

Le jeune Pur séchait ses larmes. Il ramassa la dent qu'il avait perdu dans la bagarre contre le Sombre et la garda dans son poing qui contenait déjà les restes de son bâton. Quelques étincelles disparates de Magie s'en échappaient encore. Il fit quelques pas hasardeux, handicapé par la douleur, mentalement et physiquement épuisé. La cage thoracique encore vibrante de peur, il ne pouvait nier qu'au-delà du fait qu'il avait failli se faire tuer, ses origines s'étaient davantage dévoilées en ce court instant que dans les vingt premières années de sa vie. Il avait désormais la certitude que les Purs existaient encore, quelque part dans des havres semblait-il. Le Quatrième Ordre n'allait peut-être pas s'éteindre avec lui. Cependant, il n'arrivait pas à interpréter les fragments de son histoire ni cette manière qu'avait eu le Sombre de le considérer comme une sorte de prophète, comme celui que les Sombres attendaient… Les Sombres ! Il y en avait donc plusieurs ! Il ne connaissait que le prénom de l'un d'entre eux : Bupropion. Son esprit fut de nouveau distrait par le souvenir qui avait jailli du tréfonds de sa mémoire lorsqu' il avait chanté sa mélodie. Que penser de l'image de cette femme aux cheveux brun roux et aux yeux noisette pailletés d'or ? Était-ce sa mère ou une image fabriquée de toutes pièces par son esprit ? Désormais, il voulait retrouver ses amis, Luce, Ran, les Drudeplui et Taro, qu'il avait plus que jamais envie de voir. Une angoisse mordante l'assaillit : peut-être leur était-il arrivé malheur ?

Soudain, Rivi surgit de la cohue environnante et se jeta sur lui, apparemment en proie aux mêmes inquiétudes. Il frotta frénétiquement sa tête contre la sienne, avec des ronronnements désespérés. Bibi le caressa et l'apaisa de tendres paroles. Préoccupé par ses retrouvailles, il ne vit pas tout de suite revenir vers lui Couma et son ami mystérieux, ce Mage si puissant qui avait parlé à Bibi quelques minutes auparavant.

Bibi observa le nouveau venu à la lumière des torches. Le crâne garni de cheveux coupés ras, bien bâti, l'homme au charisme calme et assuré dégageait une aura magique qui emplit Bibi de respect.

– Je te salue Bibi, commença le Mage. Je m'appelle Daucus Magemonde, Maître et Élite de l'Empereur, directeur de l'École Impériale.

Couma ne le laissa pas se remettre de sa surprise et lui tendit également sa main.

– Salut, dit Bibi d'une voix hésitante.

– Un animal-totem à ce que je vois, observa Daucus.

– Oui. C'est Rivi.

– Fascinant.

Daucus s'agenouilla pour le saluer humblement et Rivi accepta sa caresse. Couma se tint à l'écart, apparemment impressionné.

– Voudrais-tu bien nous accompagner ? Tu pourrais faire examiner tes blessures et nous raconter ce qui s'est passé.

– Bien sûr, acquiesça Bibi qui appréciait le bienfait de quelques soins supplémentaires.

Entre les mains d'un guérisseur, à l'écart des autres blessés, il raconta son aventure à Daucus qui, le menton dans la main et les yeux rivés sur le visage du jeune Pur, but ses paroles.

– Eh bien Bibi, ça c'était une aventure, siffla Couma, admiratif.

– Je n'ai jamais frôlé la mort d'aussi près, consentit à répondre Bibi, même pas avec vous. Je n'aurais pas dû prendre tous ces risques, admit-t-il comme pour lui-même.

– Tes motivations sont tout à fait légitimes, dit Daucus d'un ton absent.

Il semblait réfléchir à toute allure. Puis il se calma, regarda Bibi dans les yeux et lui sourit.

– Bien ! Il est temps pour toi de retrouver les tiens ! Tu dois être inquiet à leur sujet. Nous allons t'accompagner.

– Vraiment ?

– Vraiment, oui.

– Excusez-moi mais, vous n'avez pas mieux à faire ? demanda Bibi, hésitant, par crainte d'être blessant.

Daucus éclata de rire après avoir échangé un regard avec Couma.

– Rassure-toi Bibi, pour l'instant j'estime bon de te raccompagner, toi et Rivi, fit le Mage en lui posant une main sur l'épaule. Tu loges bien à l'auberge de Mouna, rue du jardin ?

– C'est bien ça. Comment le savez-vous ?

– J'ai jeté un coup d'œil à ton formulaire d'inscription aux Épreuves, fit Daucus d'un ton léger et badin. Je suis sûr que la famille Drudeplui et la jeune Héritière Sanrouge seront ravies de te voir en parfaite santé.

– Et ça sera réciproque, dit Bibi sur un ton angoissé.

– Je n'en doute pas. Je te suis extrêmement reconnaissant de m'avoir raconté la façon dont tu as vécu ces tristes événements.

– Même si je ne vous connais pas, vous inspirez confiance.

– Merci, c'est très sympathique de ta part. Je ne vais pas te cacher que nous t'accompagnons aussi pour assurer ta sécurité.

– Ma sécurité ?

– Qui sait si d'autres Sombres ne se cachent pas parmi nous ? Sans compter que tu détiens des informations de première importance pour le Gouvernement et les Élites. Il ne faudrait pas que cela t'attire des ennuis.

– Quel genre d'ennuis ?

– Beaucoup de gens seraient prêts à tuer pour avoir ces informations et ainsi s'approcher de l'Empereur. Étonnamment, bien peu de personnes auraient pourtant osé faire ce que tu as fait pour les obtenir. Le Monde est étrange.

– Approcher l'Empereur ?

– Je viendrai te chercher demain matin, nous irons le voir ensemble. Tu n'as à t'inquiéter de rien.

– Pourtant il y a de quoi.

– Ne t'en fais pas Bibi, lui dit Couma. Ça passera vite et sans douleur. La cour et sa Majesté feront attention à toi cinq minutes et ce sera fini.

– Vite et sans douleur. C'est drôle d'entendre ça de votre bouche.

Le rire de Daucus s'évanouit quand ils croisèrent les blessés et les cadavres dans les Escaliers. Ils gardèrent un long silence tandis que Bibi leur indiquait le chemin. Il était difficile de croire que toute la Cité se résumait à un gigantesque bal quelques heures plus tôt. La beauté et la réussite de la Rencontre semblaient déjà un lointain souvenir. Daucus finit par reprendre la parole et Bibi lui en fut très reconnaissant.

– Je profite de t'avoir sous la main pour t'annoncer que, en tant que directeur de l'École Impériale, j'ai la joie de te proposer une inscription dans mon établissement.

– L'École Impériale ? demanda Bibi. D'accord, mais que représente au juste cet endroit ?

La remarque leur fit hausser les sourcils de surprise.

– Tu ne connais pas l'École Impériale ? rétorqua Daucus très étonné. Voilà qui calme les orgueilleux que nous sommes, ajouta-t-il en échangeant un regard complice avec Couma. Il s'agit de l'école la plus prestigieuse du Monde Bibi. On y forme les Élites.

– Les Élites ?

– Notion que tu ne possèdes pas non plus, apparemment.

– Je sais juste qu'en devenir un, c'est le rêve de mon copain Taro, c'est tout.

– Les Élites forment un groupe très ancien d'hommes et de femmes qui veillent à ce que justice et paix règnent sur le Monde. Nous pouvons exercer un grand nombre de métiers pour lesquels nous commençons à nous spécialiser dès la deuxième année d'études. Comme tu le vois je suis professeur et Couma sportif professionnel. La formation dure au minimum trois ans. La sélection d'entrée est très sévère. Cependant, cette année, nos observateurs se sont basés uniquement sur les Épreuves de la Rencontre pour sélectionner les élèves.

– C'est une mesure que Daucus a eu beaucoup de mal à faire passer, expliqua Couma, mais cela a permis d'élargir notre panel d'étudiants. Le nombre de nobles admis a considérablement diminué.

– Un changement bienheureux, ajouta Daucus.

– Vous êtes en faveur du mouvement citoyen, comprit Bibi.

– Ma famille n'y est pas étrangère en effet, malgré notre rang de noblesse. Peut-être parce nous n'avons pas oublié d'où nous venons. Comme le rôle des nobles à l'origine, l'esprit des Élites se perd, soupira Daucus. J'essaie d'y remédier.

– J'ai du mal à vous suivre, avoua Bibi.

– C'est bien normal, dit le Mage. Tu es épuisé. Nous en reparlerons demain. Je te remettrai des lettres à toi et à tes amis.

– Mes amis ?

– Luce Sanrouge, Ran Chantebrise et Taro Chanteterre, si je me souviens bien.

– Ils peuvent s'inscrire ?

– Oui.

– Taro va exploser de bonheur !

– Mais laissons cela pour le moment, apaisa Daucus. Nous sommes presque arrivés et je dois encore te dire quelque chose pour te préparer à ta journée de demain. Ensuite, tu pourras te reposer.

– Je vous écoute.

– Tu es très intrigant Bibi. À la limite du suspect.

– Suspect ? demanda Bibi avec une once de colère dans la voix.

– N'importe qui aurait sauté de joie en apprenant son admission à l'École Impériale. Toi, tu ne sais même pas ce que c'est.

– Et ça fait de…

– Laisse-moi finir, le coupa Daucus. D'autres étranges questions ne sont pas élucidées. Pourquoi as-tu suivi le Sombre là-haut ? Pourquoi avoir caché tes dons de Guerrier-Mage pendant une grande partie des

Épreuves ? Ta vengeance envers Taro, ton impressionnante colère le jour de votre dispute…

– Comment le savez vous ? interrompit Bibi.

– Je célébrais les victoires de quelques amis dans le bar où vous avez atterri.

– Je n'ai qu'une chose à vous répondre monsieur Magemonde, mêlez-vous de vos affaires. Je trouverai mon chemin moi-même maintenant, merci.

Couma le rattrapa par le bras en souriant. Rivi s'interposa entre eux et le contraint à le lâcher.

– Attends une seconde et écoute, réussit à dire le colosse.

– Je ne t'accuse de rien Bibi, enchaîna le Mage. Je te prépare à d'éventuelles suspicions que tu risques de soulever demain. Le simple fait d'être un Pur peut t'attirer des ennuis et tu es le premier à le savoir. Pour beaucoup, tu portes malheur, tu es maudit et pour ces raisons tu pourrais être accusé d'avoir attiré les Démons sur Belleterre. Tu es le premier homme à te révéler comme Pur depuis très longtemps. Aujourd'hui, tu es le Quatrième Ordre ! L'amalgame risque d'être rapidement fait entre Pur et Sombre avec la coïncidence entre ta participation à la Rencontre et l'attaque de ce soir. Est-ce que tu comprends tout ce que cela implique ?

Bibi sonda leurs deux visages. Ils semblaient sincèrement concernés par son sort. Il repensa au rejet de Deucolline, aux tentatives de séduction intéressées de Konogan, à la jalousie de Taro et aux gradins scandant le mot « Pur ».

– Je crois que je comprends, oui, dit-il avec un nœud d'angoisse dans la gorge.

– Couma et moi t'aiderons du mieux que nous le pourrons demain.

– Chouette.

Daucus eut un petit sourire, comme si cela l'amusait que Bibi se moque de lui.

– Nous ferons plus ample connaissance demain et… à la rentrée je l'espère. À demain.

– À demain Monsieur.

– Salut Bibi, lança Couma. Comme toujours, c'était un plaisir.

– Oh oui alors, comme toujours, railla Bibi.

– Autant être franc Bibi, reprit Couma alors que Daucus s'éloignait, la façon dont notre combat s'est déroulé avait été planifiée autant que faire se peut. Daucus et moi voulions que tu puisses avoir une chance de rentrer à l'École Impériale et il fallait montrer aux observateurs récalcitrants que tu étais un dur à cuire.

– Vous avez élaboré une stratégie alors ?

– Exactement. Je devais te provoquer pour que tu nous montres ce que tu as vraiment dans le ventre. Je pensais que tu irais encore plus loin. Mais une fois de plus, Daucus avait raison.

Couma réfléchit quelques secondes avant de se pencher en avant et de parler d'une voix plus basse.

– Nous sommes des Élites, c'est presque une seconde nature de chercher la vérité. J'imaginais que tu n'étais pas forcément le seul Pur présent à la Rencontre. J'étais ravi d'orienter tes propos pendant notre combat. Tu t'en souviens ? Quand tu as hurlé qu'aucun Pur ne pourrait te venir en aide comme je le faisais soi-disant pour défendre l'honneur de Taro. Nous espérions qu'un Pur se lève et se dévoile.

– Vous voulez savoir s'il existe encore des Purs ?

Couma haussa les épaules avec un demi-sourire.

– Ça serait une information intéressante à détenir tu ne trouves pas ?

Bibi ne put qu'acquiescer, bouche bée.

– Nous avons eu de la chance que le hasard nous permette de nous rencontrer. Sinon, je ne suis pas certain que tu aurais été sélectionné.

– Oh oui alors, quelle chance, dit Bibi en riant de bon cœur cette fois. Stratégie avouée, stratégie à moitié pardonnée.

– C'est toujours ça de pris, lui répondit-il avec un clin d'œil. Allez, va profiter de la chance de pouvoir te reposer. Crois-moi, pour certains, la nuit va être très longue.

– Bon courage et merci pour tout. À vous et à Maître Daucus.

– Je transmettrai. À demain.

Bibi regarda le duo s'évanouir dans l'obscurité en se demandant s'il avait rêvé. Le miaulement de Rivi le sortit de sa torpeur. Ils entrèrent dans l'auberge des Drudeplui par une fenêtre ouverte. Le calme était inquiétant. Bibi alla droit à la cuisine, suivi pas à pas par Rivi mais personne ne s'y trouvait.

Mouna et sa petite troupe, tournant en rond près des palais, avaient décidé de rentrer à l'auberge, lassés de chercher leurs proches. Non loin de chez eux, ils entendirent une conversation animée. Lestine se porta en avant, les larmes aux yeux. Elle avait reconnu la voix de son cousin qui crachait sa haine des Démons, tout autant qu'il se délestait de son angoisse. Ils tombèrent dans les bras l'un de l'autre. Les retrouvailles, si inattendues, n'en furent que meilleures. Avant qu'ils n'entrent tous, Taro et Ran proposèrent de fouiller l'auberge pour éliminer tout risque démoniaque. Ran partit à l'étage et Taro s'occupa du rez-de-chaussée. Ce fut lui qui trouva Bibi et Rivi, attablés respectivement devant des tomates, du fromage, du pain, de l'eau claire et des chutes de viande. Taro s'élança sans réfléchir et serra Bibi contre son cœur. Face aux événements, leur dispute ne comptait plus. Rassurés, ils s'étaient réconciliés au premier regard. L'émotion marquée sur son visage, Taro tint son ami retrouvé à bout de bras et s'excusa :

– Je suis si soulagé Bibi. On ne savait pas où tu étais. J'ai eu peur que tu…

– Ne m'en parle pas ! J'ai l'impression de respirer à nouveau ! dit Bibi en riant nerveusement.

– Je suis désolé, enchaîna Taro d'un ton pressant comme s'il voulait vider son sac avant qu'il ne soit trop tard. Sincèrement désolé. Je ne sais pas ce qui m'a pris. Enfin si, je sais. J'étais jaloux. Maladivement. Ça m'est égal que tu sois orphelin, que tu viennes de nulle part et que tu sois un Pur. Bon sang, ce talent, cette force ! Tout le monde t'aime ! Tu es un Pur et ça fascine tous ceux que tu croises ! Te rends-tu compte de l'effet que tu produis sans effort ? Alors que moi j'en fais tellement pour être le meilleur, pour intéresser les filles, pour que ma famille m'aime et m'accepte !

– Je suis désolé aussi Taro.

– J'ai énormément travaillé pour en arriver là, continua-t-il comme si Bibi n'avait rien dit. Mes dons de Guerrier se sont révélés tardivement. J'ai travaillé d'arrache-pied dans l'espoir de devenir un Élite pour exaucer le rêve de mon Maître. Et si j'avais été aussi fort que toi, j'aurais peut-être pu le sauver, lui et mon neveu.

Taro se perdit dans ses souvenirs, assailli par la ressemblance entre cette soirée et l'attaque que sa famille et lui avait subie.

– Taro… tu m'écoutes ? demanda Bibi en le secouant légèrement pour le tirer de sa triste rêverie.

– Oui.

– Moi aussi dans mon enfance j'ai travaillé comme un fou. Tu es l'un des Guerriers les plus puissants que j'ai rencontrés et tu n'as rien à m'envier. Tu as fait tout ce que tu as pu pour Riono et Laubin. Parfois ça ne suffit pas. J'aurais affronté toute cette armée de Démons pour te sauver si j'avais pu. Ran, Luce, Lestine et tous les Drudeplui m'auraient suivi ! Tu es Taro, notre Taro ! Tu devrais le comprendre et t'accepter au lieu de te comparer aux autres.

Taro garda le silence et s'assit à la table. Il se coupa un bout de fromage et Bibi l'imita. Rivi posa sa tête sur son genou et Taro en fut le premier surpris.

– Je suis désolé de tout ce que je t'ai fait subir. Tu m'avais si profondément blessé. Quand je deviens ivre de colère je suis implacable, je perds la raison.

– C'est le moins que l'on puisse dire, consentit Taro dans un éclat de rire. Je l'avais amplement mérité tu sais.

– Pas à ce point. Te battre aurait suffi.

– Non. Je n'en suis pas persuadé. Mon oncle a raison. Je dois assumer les conséquences de mes actes.

Ils se regardèrent encore un moment, profitant de cette soudaine complicité qui se passait de mots.

– Comment va-t-on faire maintenant tous les deux ? On oublie tout ? proposa Taro.

– Mieux. On en parle tranquillement et on se pardonne. Je ne veux pas perdre ton amitié Taro, fit Bibi d'un ton poignant.

– Moi non plus. Compagnons d'armes ? fit-il après un moment de silence et un grand sourire.

– Pour la vie mon ami. Pour la vie, assura Bibi en le saluant cérémonieusement.

Taro lui donna une accolade, que Bibi lui rendit avec joie avant de la subir, laissant échapper un léger cri de douleur.

– Houlà, mais qu'est-ce qui se passe ? demanda Taro. Pas remis de ton combat avec Couma ? dit-il en lui attrapant le menton pour mieux orienter son visage meurtri vers la lumière.

– Je vais t'expliquer, répondit Bibi en se dégageant doucement avec une grimace de douleur. Mais d'abord, dis-moi où sont tous les autres. Comment vont-ils ?

– Au mieux ! s'exclama-t-il. Viens, allons les chercher !

– Oh attends ! J'ai une excellente nouvelle pour toi : tu peux t'inscrire à l'École Impériale si tu veux.

– Quoi ?

– Promis, ce n'est pas une blague. Je tiens ça du directeur Daucus Magemonde. En personne !

Le cri de joie de Taro explosa dans toute la rue. Un Ran armé jusqu'aux dents et tout le reste des occupants de l'auberge surgirent, affolés, pensant que Taro venait de trouver un Démon. Ils virent Taro surexcité qui dansait sur la table de la cuisine, les larmes aux yeux à force de rire.

Luce et Lestine se jetèrent sur Bibi avant d'être chassées par Mouna qui l'enlaça pour la première fois.

– Nous sommes tous sains et saufs. C'est un miracle ! Loué soit l'Esprit des Ordres !

Bibi profita de cette accolade, la plus proche qu'il pouvait espérer d'une mère. Les jumelles couchées, Bibi leur raconta les derniers événements.

– C'est dingue, conclut Ximo. Tu as combattu un Sombre et tu vas rencontrer l'Empereur !

– Je sais bien que c'est la période de la Rencontre, mais je me serais bien passé de ces deux rencontres-là, plaisanta Bibi en frottant l'ecchymose qui lui mangeait la joue.

– Incroyable. Les Sombres te connaissent, ponctua Luce plongée dans ses pensées. Et le Quatrième Ordre n'est pas totalement dissolu.

– Et ce Daucus, à quelle heure vient-il te chercher ? demanda Mouna.

– Il m'a dit demain matin. Je ne sais pas exactement.

– Bon, alors je t'accorde quatre heures de sommeil. Après, ménage corporel de fond en comble. Et tu me feras le plaisir de te raser ! Ou au moins de tailler ce qui te sert de barbe ! Allons ! En route ! Direction vos lits et plus vite que ça.

Bibi s'endormit avant même que sa tête ne touche l'oreiller.

Cinq minutes plus tard tout au plus, c'est du moins l'impression qu'il eut, Mouna le réveilla. Luce choisissait déjà les vêtements que Bibi allait porter, n'hésitant pas à fouiller dans les affaires de Taro et ayant apporté quelques habits de Ran, plus à sa taille. Trente minutes plus tard, coiffé, habillé, nourri et hydraté, Bibi luttait contre le sommeil dans un fauteuil du hall de l'auberge en attendant que Daucus arrive. Rivi attendait avec lui, bien décidé à l'accompagner.

Lorsque le grand Mage arriva, Luce, Lestine, Taro et Ran descendaient les escaliers, tandis que Mouna le salua avec les honneurs et lui proposa un rafraîchissement ou un petit déjeuner.

– Je vous remercie de votre si aimable accueil chère Madame, mais je n'ai guère le temps de faire honneur à votre table. À mon grand regret soyez en sûr, on m'a dit beaucoup de bien de votre établissement. Jeunes gens, voici ce que vous devez attendre impatiemment, fit-il à Taro, Ran et Luce en leur tendant des enveloppes épaisses. Et voici pour toi Bibi, ajouta-t-il.

– Merci Maître, répondirent les quatre futurs Élites dans un bel ensemble.

– Allons-y jeune Pur !

– Je vous suis, dit ce dernier en se levant.

Il confia sa lettre à Taro avec un soupir résigné et Rivi suivit les deux hommes à l'extérieur alors qu'ils échangeaient des saluts avec la maisonnée de Mouna. Bibi avait du mal à garder les yeux ouverts. Dans la rue, Daucus entama la conversation.

– As-tu bien dormi ?

– Le peu que j'ai dormi, oui.

– C'est toujours cela de pris. Pourtant tu as une mine épouvantable, plaisanta Daucus.

Bibi s'amusait de la bonne humeur du directeur. Peut-être aurait-il dû la trouver inappropriée, mais elle allégeait la situation et atténuait la dureté de l'ambiance qui planait sur la cité meurtrie.

– Prêt pour ta matinée ? reprit Daucus d'un ton joyeux.

– Pas tout à fait. Je vais vraiment être auditionné par l'Empereur ?

– Tu vas l'être, mais cette partie sera plus pour la vitrine que pour l'enquête. À la cour, il faut paraître. Sans compter que tu n'es qu'un simple citoyen. Nous allons d'abord rencontrer d'éminents membres du bureau des investigations qui recueilleront ton témoignage. Puis sa Majesté et sa cour nous recevront.

Ils cheminèrent en silence dans la ville et débouchèrent rapidement sur la Place Impériale. L'Emblème de l'Humanité, entièrement fait de mosaïque, était représenté au sol. Le triangle dont chaque sommet portait le Blason des Trois Ordres, avec en son milieu la carte du Monde, était entouré du cercle symbole de la bénédiction de l'Esprit des Ordres : une épée et un bouclier turquoise, or et blanc ivoire pour les Guerriers ; une fiole et une baguette magique jade, argent et noir pour les Mages et enfin une planche et un marteau argent, blanc, or et rouge pour les Ordinaires. Le cercle délimitant l'Emblème possédait toutes ces couleurs qui s'entrelaçaient en un motif compliqué. Au centre se dressait une statue de bronze de plusieurs mètres de haut, représentant l'Empereur actuel, Euridipe III, regardant vers le ciel et l'Esprit des Ordres du haut de son énorme socle de marbre ouvragé.

Le Palais des Ordinaires était devenu le Palais Impérial dès le début de la dynastie de Merylith Ier, le grand-père de l'Empereur actuel. Au cours des Anciens Temps, les Empereurs des différents Ordres s'étaient succédé et le titre du Palais Impérial avait honoré plusieurs fois chacun des illustres bâtiments. Preuve du génie architectural des bâtisseurs Ordinaires, la tour en pierre blanche, peuplée de hautes fenêtres ornementées de statues, s'élevait bien plus haut que les deux tours voisines. L'Obélisque d'Argent, également appelé Flèche de l'Histoire, trônait sur le toit du Palais, lançant des éclairs scintillants sous les rayons du soleil.

Quatre portes gigantesques en bois gravé étaient situées sur chaque côté de la tour. Le Blason des Ordinaires était sculpté dans la pierre au-dessus de chaque porte, encadrée par des statues grandeur nature des grands personnages de l'Histoire ou de puissants animaux tel un cerf, une meute de loups, un prédateur du sud ou même d'étranges monstres marins dont on voyait les nageoires caudales jaillir à l'horizon de la mer à l'est. Autant de signes témoignant de la grandeur impériale.

Des miliciens en armes patrouillaient dans un fracas de pas et de métal, des fonctionnaires cavalaient entre les monuments, des messagers partaient en mission ou en revenaient, des nobles et des représentants des Gouverneurs pénétraient dans le Palais et des Élites s'affairaient, la mine renfermée sur les secrets qu'ils détenaient. Beaucoup de civils rentraient chez eux constater les dégâts et pleurer la mort de leurs proches. Les guérisseurs et leurs assistants faisaient fi de leur propre fatigue pour soigner les derniers blessés. Le Monde semblait avoir basculé en quelques heures seulement.

Daucus était reconnu par de nombreux membres du Gouvernement avec qui il échangea quelques mots. Bien souvent, les regards convergeaient discrètement vers Bibi et Rivi achevait de les mettre mal à l'aise par un regard de prédateur affamé. Mais Bibi rêvassait, absorbé par la contemplation du lieu. Quand il commença à trouver l'attente pesante, Couma arriva, toujours en armure, avec son énorme hache dans le dos. Il salua Bibi d'une poignée de main et Daucus d'une légère accolade de compagnon d'armes.

– Alors, quelles sont les nouvelles ? demanda le Mage.

– Les derniers Démons ont fini par être coincés entre la Matriarche et les Élites. Et tu connais l'aversion des monstres pour la Forêt. Nous sommes débarrassés d'eux.

– Et le Sombre ?

– Pas ici et pas maintenant mon ami, chuchota Couma à l'intention de Daucus.

– Alors allons-y, conclut Daucus avec un regard entendu.

Les deux Élites encadrèrent Bibi et Rivi pour passer la porte, avant de fendre la foule vers le cœur du palais. Des échos de voix résonnaient dans le rez-de-chaussée. Les citoyens sans domicile et les blessés se reposaient sur des matelas posés à même le sol. Les premiers étages, réservés aux logements des délégations subalternes d'autres villes et des serviteurs, avaient été aménagés en dortoir et en hôpital. L'activité y bourdonnait.

Daucus, Couma, Bibi et Rivi se dirigèrent au centre de la gigantesque salle, vers les ascenseurs magiques. Daucus expliqua à Bibi qu'à partir du cinquième étage le Palais contenait les différents bureaux et départements du Gouvernement : le bureau des investigations – là où ils étaient attendus – le bureau de l'économie et de l'agriculture, le bureau de l'éducation, le bureau des affaires intérieures, le département de recherche, le département des armes conventionnelles. Puis, les hauteurs de la Maison Impériale réunissaient les appartements de certaines familles dont quelques-unes proches, par le sang, de la Famille Impériale. Il y avait également des salles de bals, de danse, de musique, de réception, des bibliothèques et des théâtres. Enfin, dans les ultimes étages, les appartements impériaux affichaient leur splendeur. Ce qui concernait la cuisine et les autres serviles, mais indispensables activités, se trouvait au sous-sol d'où la présence de tous ces ascenseurs. Le petit groupe emprunta une cage magique réservée aux personnes d'un certain rang. Quelques minutes plus tard, une avenante jeune femme les amena au bureau des investigations en traversant une succession de couloirs dans lesquels fourmillaient des gens pressés et à la mine grave.

– Bonjour Maître Trigly, salua Daucus d'un ton aimable en effectuant le salut officiel cœur-front-ciel.

Couma et Bibi l'imitèrent.

– Bonjour mes chers amis, répondit un homme d'une cinquantaine d'années. Ou devrais-je dire Maître Daucus et Champion du Monde.

Couma eut un sourire un brin enfantin. Le dénommé Trigly se leva de derrière son magnifique bureau couvert de paperasses. Grisonnant, ventripotent, barbu, jovial et bien habillé, le directeur du bureau parlait avec enthousiasme. Bibi s'attendait à voir quelqu'un de plus strict que cet homme au faciès de nounours. Le bonhomme s'avança vers Bibi comme s'il retrouvait son neveu préféré perdu de vue depuis longtemps :

– Voici notre jeune Pur aux exploits légendaires. Je suis ravi de vous rencontrer jeune homme. Votre présence à la Rencontre ne m'avait guère échappé. J'espère que notre cher Daucus vous a proposé une place dans sa prestigieuse École.

– Il l'a fait Maître, répondit Bibi. C'est un très grand honneur pour moi d'avoir attiré des attentions telle que la sienne ou la vôtre.

– Et vous êtes venu avec votre animal-totem !

– Disons plutôt que c'est lui qui est venu avec moi. Après l'incident d'hier, il va falloir un certain laps de temps avant qu'il ne me laisse mon autonomie.

Rivi redressa fièrement la tête.

– Bien. Mon jeune ami, si nous passions au vif du sujet ? Nous avons énormément de travail.

– Allons-y, affirma Bibi qui ne rêvait que d'une chose : retourner se coucher.

– Suivez-moi dans ce cas.

Trigly les amena dans une salle de conférence attenante à son bureau où il invita ses hôtes à prendre place. La jeune femme fit entrer un Mage et une Guerrière. Elle prit note des rafraîchissements souhaités et sortit d'un pas discret mais énergique.

– Bibi, voici mes deux adjoints : Monsieur Beli Vertemarée et Maître Intia Bellefleur.

Ils se saluèrent officiellement et la Guerrière, plus vieux jeu que les autres, récita la devise de son Ordre. La jeune femme revint distribuer les boissons et prit place à la table en faisant apparaître une plume, un encrier et un parchemin. Beli, prépara une projection magique qui enregistrerait leur audition.

– Bien, nous sommes ici réunis pour entendre votre témoignage sur l'attaque démoniaque de Belleterre du 15 août de l'an 95 de la Troisième Ère du Temps. Afin d'être assurés de la véracité de vos propos, Beli va vous faire boire une potion de vérité.

Rivi, tout animal-totem qu'il était, réagit aussitôt en sautant sur la table le poil hérissé, très sensible aux Magies potentiellement menaçantes pour son ami. Bibi le fit descendre en le rassurant, sous les regards effarés de l'assemblée.

– Personne ne m'a prévenu de cette mesure de sécurité, intervint Daucus d'un ton parfaitement serein.

– Elle émane de notre glorieuse Majesté, expliqua Trigly avec une certaine gêne. Je connais votre opinion à ce sujet, mais il est difficile de refuser…

– Quoi que ce soit à l'Empereur oui, enchaîna Daucus. Si vous connaissez mon opinion, vous ne vous offusquerez pas si j'examine ce sérum.

Beli s'empourpra.

– Vous mettez en doute mes compétences Monsieur ? Je ne suis peut-être pas Maître…

– Vous ne l'êtes pas et encore moins un Élite chargé de la protection d'un témoin clé dans une affaire touchant directement à mes compétences. Et comme je suis un spécialiste des Sombres, vous savez bien que je suis paranoïaque. Alors s'il vous plaît, votre potion Monsieur Beli Vertemarée.

Daucus tendit la main et Trigly intervint :

– Nous comprenons Daucus, nous comprenons. Beli, je vous en prie.

Celui-ci tendit avec réticence un flacon à Daucus qui ne daigna pas avancer davantage la main pour l'attraper. Un petit sort fit voler la potion jusqu'à lui. Beli acheva de s'offusquer et se renfonça dans son siège. Daucus Magemonde pouvait se montrer tout à fait impressionnant en certaines circonstances.

Le silence se fit autour de la table tandis que Daucus ouvrait la petite bouteille. Le grand Mage en mit sur son doigt avant de la goûter du bout de la langue.

– Comment fait-on une telle potion ? demanda Bibi.

Daucus leva le nez de la petite fiole et lui sourit.

– Accepte de devenir un Élite et tu l'apprendras. Quelle dose aviez-vous prévue Beli ? interrogea Daucus.

– Trois cuillerées, répliqua ce dernier avec un ton boudeur en posant une petite cuillère en argent sur la table.

– Disons plutôt une.

Personne n'osa le contredire, cependant même la Guerrière jusque là très calme, sembla agacée.

– Bois Bibi.

– Bien, dit-il avec une légère réticence. Je ne vais pas dévoiler ma vie privée ?

– Tant que les questions resteront ciblées sur l'enquête, non.

– Bon, bon.

Bibi avala et se sentit rapidement gagné par une impression d'ébriété.

– Comment vous sentez-vous jeune homme ? demanda Intia en se penchant en avant.

– Comme si j'avais bu un petit coup de trop.

Intia lui concéda un sourire et Beli hocha la tête à l'intention de Trigly.

– Alors commençons, fit ce dernier. Quel âge avez-vous ?

– Vingt ans. Je crois.

– Votre date et lieu de naissance ?

– Aucune idée.

Tout le monde tiqua. La date d'anniversaire passait parfois aux oubliettes, surtout chez les gens très humbles, mais pour le lieu, c'était beaucoup plus rare.

– Eh bien soit. Votre profession ?

– Je n'en ai pas.

– Des études ou des diplômes ?

– Non plus. Je ne suis jamais allé à l'école.

Une fois de plus, le comité d'investigation eut l'air très étonné. Couma et Daucus partageaient leur surprise.

– À notre époque est-ce encore possible ? s'interrogea Intia.

– C'est invraisemblable, fit Beli. Le programme d'éducation que l'Empereur a mis en…

– Poursuivons je vous prie, le coupa Couma, et concentrons-nous sur ce qui nous intéresse.

– Vous avez raison Champion. Lieu de résidence ?

– L'auberge de Mouna, rue du jardin, à Belleterre.

– Depuis longtemps ?

– Quelques jours avant le début de la Rencontre.

– Et avant ?

Bibi eut un léger rire.

– Je ne suis pas sûr qu'on puisse parler d'un chez-soi. Disons un trou perdu près d'un village de montagne. Deucolline, ça vous parle ?

– Pas du tout, avoua Trigly les traits marqués par la surprise et la gêne, mais nous ferons avec.

– Vous êtes certains que le sérum fait effet ? demanda le directeur en se penchant vers Daucus.

Beli se vexa à nouveau et préféra insister lourdement pour que Bibi en prenne à nouveau et que la faute en revienne à Daucus qui avait décidé de baisser la dose et non pas à lui qui avait préparé la potion. Devant ses gesticulations, Bibi flancha et avala deux cuillerées supplémentaires juste pour que Beli se taise. Daucus sembla s'en amuser, mais en réalité son regard était de fer. Bibi répéta sa réponse avec agressivité et une véritable sensation d'ébriété.

– Très bien, très bien. Continuons, poursuivit Trigly en se raclant la gorge. Noms et professions des parents ?

– Toujours aucune idée.

– Vraiment ? demanda Beli.

– Je vais devoir reprendre combien de cuillerées de cette foutue potion pour qu'on me prenne enfin au sérieux sur des questions auxquelles je préfèrerais avoir des réponses claires et précises ? cracha Bibi en se penchant agressivement en avant.

Cette dernière remarque posa un froid dans la salle et la jeune femme s'arrêta même d'écrire.

– La potion et la dose étant largement adaptées à vos exigences, j'aimerais en effet qu'à l'avenir les réponses de Bibi ne soient plus mises en doute.

– Merci Maître, acquiesça Bibi en se redressant avec un léger vertige.

– Faites-lui en reprendre, intervint Couma. J'aimerais bien le voir danser sur la table.

Seul Bibi s'amusa de cette plaisanterie.

– Reprenons alors, recommença Trigly. Votre Ordre ? continua-t-il troublé.

– J'ai vraiment besoin de répondre à cette question ? Un truc de votre protocole j'imagine. C'est idiot ! J'appartiens à l'Ordre des Guerriers-Mages.

– Vous qualifierez-vous de Pur ou… de Sombre ? demanda Trigly sans lever les yeux des feuilles qu'il avait sous le nez.

– Vous n'osez quand même pas ! s'indigna Couma.

– Je me qualifie de Pur, articula Bibi. Votre potion est une vilaine chose. C'est très étrange cette façon qu'a mon esprit de m'échapper. Daucus vous aviez raison d'être contre, je…

– Restons concentrés je vous prie, tança Trigly alors que l'expression de Daucus virait à l'orage.

– J'aimerais vous y voir !

– Venons-en aux questions concernant la nuit précédente. Qu'avez-vous fait après la Finale ?

– Je suis resté dans le stade le temps qu'il se vide. Je voulais être tranquille pour réfléchir. Et puis lorsque je me suis senti mieux, j'ai décidé de retourner en ville pour faire la fête avec mes amis. J'ai vadrouillé sans trop chercher mon chemin. J'ai rencontré des tas de gens sympas ! Ils voulaient tous me parler, m'offrir des verres, m'embrasser...

– Les faits Bibi, les faits, rappela Daucus.

– Quand je pense qu'ils sont peut-être morts maintenant, murmura Bibi les yeux dans le vague, soudain affligé par cette idée.

– Bibi ? Les faits utiles à l'enquête, lui souffla doucement Daucus après quelques secondes respectueuses de silence.

– Oui, dit Bibi en se redressant avec un vertige d'ivresse. J'ai rencontré des amis dans une grande fontaine pas loin.

Bibi continua sur le même rythme jusqu'à l'arrivée du Sombre.

– Et à ce moment là, qu'avez-vous fait ?

– J'ai traversé la ville jusqu'au Pré. Pour le suivre. Je sais, ce n'est pas vraiment compréhensible. Je ne comprends pas non plus pourquoi je l'ai fait. Je crois que j'y suis allé parce qu'un Guerrier-Mage noir c'est mieux que pas de Guerrier-Mage du tout. Je suis orphelin vous comprenez, je me croyais le dernier représentant du Quatrième Ordre, alors cette apparition constituait pour moi un... proche, ou une révélation sur mes origines.

– Comment avez-vous fait pour arriver jusque là-haut ? demanda Intia.

– Par les toits. Puis j'ai escaladé la falaise.

Il montra les pansements de ses mains.

– Impressionnant, souffla-t-elle. Et les Démons ? Comment avez-vous fait pour leur échapper ?

– Un peu de furtivité ou un peu de violence, selon les situations.

– Sur le Pré, que s'est-il passé ? reprit Trigly.

– J'ai contourné le reste des Démons en faisant un grand détour par les stades et tout ça. Puis je me suis caché et j'ai regardé le Sombre lancer un sort bizarre sur la Statue des Ordres. C'était quoi d'ailleurs ? On aurait dit un bébé nuage parlant.

Daucus vrilla Trigly de son regard d'acier.

– Tiens, un nouvel élément qui m'est inconnu.

– Poursuivez Bibi, affirma Trigly d'un ton cette fois dur et coupant.

Daucus recula dans son fauteuil et un courant d'air froid fit frissonner Bibi. Il n'aurait décidément pas aimé être à la place du comité d'investigation.

– J'ai eu une conversation plutôt musclée avec le Sombre.

– Relatez-la.

– Quand il a compris que j'étais un Guerrier-Mage, il en a tout de suite déduit que j'étais un Pur. Après il a voulu savoir mon nom et…

Bibi voulut s'empêcher de divulguer des informations sur les Purs mais il ne put s'arrêter de parler.

– … dans quel havre je vivais, mes liens de parenté, si j'avais de l'influence au conseil.

Cette potion l'effrayait. Sa langue bougeait toute seule.

– Je n'ai pas pu répondre parce que je n'avais aucune idée de ce dont il parlait, alors il m'a frappé. J'ai fini par lui dire mon nom et il a insisté pour connaître le nom de mon village d'origine, Deucolline. Ensuite il m'a regardé à la lumière d'une flamme et il m'a comme reconnu, aussi bizarre que cela puisse paraître. Il a dit que j'étais celui qu'ils attendaient. Comme si j'étais un prophète ou un truc comme ça. Il a parlé d'un autre Sombre, Bupropion. Puis il a voulu m'emmener avec lui mais comme je refusais, il a essayé de m'hypnotiser. Pour échapper à son sort, j'ai chanté une chanson que je connais depuis toujours. Et c'est comme si ça confirmait mon identité. C'était bizarre ça aussi. Sinon c'est à peu près tout. Il m'a mis une raclée et tout le monde est arrivé.

Le silence qui suivit sa déclaration fut troublé par le grattement frénétique de la plume contre le parchemin. Une légère suspicion se lisait sur les traits des investigateurs, alors que Couma et Daucus échangèrent un regard lourd de sens. Puis les trois enquêteurs lui posèrent des questions plus précises auxquelles Bibi répondit, contraint par la potion. Au bout de vingt minutes éprouvantes, tant pour lui que pour la jeune femme qui devait gratter frénétiquement sur ses parchemins, Trigly annonça qu'il devait lui poser quelques questions avant qu'il ne rencontre l'Empereur.

– Comment qualifieriez-vous sa Majesté ?

Bibi pouffa de rire.

– Bah, comme l'Empereur quoi !

– Que pensez-vous de sa politique ?

– Rien, parce que je ne la connais pas.

– Tenterez-vous quelques actions violentes sur la personne Impériale, sa famille ou quiconque sera présent à votre prochaine audition ?

Bibi éclata franchement de rire cette fois.

– Bien sûr que non. C'est encore une question stupide du protocole ?

– Qu'il faut néanmoins poser, claqua Trigly d'un ton sec.

Toute son amabilité semblait avoir disparue. Au moins ne ponctuait-il plus ses phrases de sempiternels « mes chers amis ». Daucus semblait intrigué par cette nouvelle série de questions protocolaires mais n'en pipa mot.

– Vous allez maintenant être reçu par l'Empereur et sa cour. Ma secrétaire vous conduira jusqu'à sa salle de réception.

– Il serait peut-être judicieux d'attendre que les effets de la potion se dissipent, intervint Intia.

– Inutile, dit Daucus. Approche Bibi, je vais t'ôter les effets du sérum. Tu risques de ressentir des frissons et peut-être une légère nausée.

Dégrisé, Bibi put découvrir avec émerveillement le luxe du chemin qu'il empruntait à la suite de Couma et Daucus. Des meubles de bois précieux de la Matriarche, des horloges à la précision inégalée et à la beauté légendaire des Ordinaires des Anciens Temps, des miroirs, des tableaux et des tapis de laine de moutons des alpages de la Chaîne Demi-Lune, filés d'or et d'argent ! Même la livrée des serviteurs lui parut stupéfiante.

Dans la légendaire salle de réception, la Salle d'Or, de subtils motifs des parquets tirés de chênes de la Matriarche rendaient le sol, poli à la meilleure cire d'abeille, étincelant. Les lustres et les statues étaient d'or. Des chandelles brûlaient malgré la lueur vive du soleil qui pénétrait la pièce par les immenses fenêtres rondes. La cour était assemblée autour d'une estrade de trois paliers sur laquelle reposait le trône de l'Empereur. Doré, rouge et argenté, il dominait les fauteuils qu'occupaient les Chefs des Mages et des Guerriers. Le grand Chancelier se campait sur le plus bas des paliers et tenait le Sceptre Impérial, prêt à le tendre au Souverain pour des questions protocolaires ou à taper sur le sol pour ramener le silence. L'un des fonctionnaires gardait un impressionnant livre de notes posé sur un pupitre et disposait de plusieurs plumes à portée de main. Le Premier des Prêtres de l'Esprit des Ordres rôdait également autour du trône. Bibi le reconnut à sa toge bleue nuit piquetée de points brillants. Elle évoquait le ciel étoilé. Son bâton, alourdi de multiples bijoux devait peser une tonne. La Famille Impériale était disséminée parmi les ministres de son Cénacle, les courtisans et les nobles. Assis ou debout, formant de petits groupes qui ne perdaient jamais l'Empereur de vue, tous se turent à son entrée. La jeune femme se faufila jusqu'au fonctionnaire qui tenait le grand livre, lui remit ses notes puis les laissa, aussi discrète qu'une souris. Daucus s'avança et Couma poussa Bibi pour s'assurer qu'il les suive. Rivi lui emboîta le pas, d'un air si digne que son identité d'animal-totem n'échappa à personne.

Euripide III les regarda entrer avec un masque de froideur. De physionomie somme toute assez banale, le grand homme d'une soixantaine d'années gardait néanmoins l'œil vif, cerclé de pattes d'oie. Les cheveux gris très courts, trapu, engoncé dans un léger embonpoint et tout habillé d'or et des plus précieux tissus blanc et rouge, il semblait fixer un point légèrement au-dessus d'eux.

Dans la foule des courtisans, Bibi aperçut le redoutable Turbith Sanrouge et Targo Ferdeciel vraisemblablement à côté de son père, Gustus Ferdeciel. Son ancien concurrent lui fit un signe de la main chargé d'une dangereuse ironie. Il vit également Barbu Ier, de son vrai nom Talo Poderoque. Son fils, Modo, se pencha vers son père pour lui glisser une remarque acerbe sur le jeune Pur. Barbu Ier semblait personnellement blessé par l'entrée d'un pouilleux dans la Salle d'Or. Bibi crut identifier l'Impératrice, assise avec grâce et dignité sur un superbe fauteuil, enveloppée dans une robe chatoyante assortie à la tenue de son mari. Ses traits fins et réguliers, ses yeux d'un noir profond, ses cheveux bruns et ondulés et sa peau mate la rendaient bien plus belle à regarder que son époux, fut-il l'Empereur du Monde.

Bibi étudia ensuite le Chef des Mages, Nampo Brûlepo, qui se tendit précipitamment vers son Souverain pour lui murmurer quelque chose à l'oreille. L'homme lui déplut immédiatement : grand, maigre, affublé d'un teint verdâtre, luisant de sueur, il ressemblait à un serpent. Sa façon de désigner Rivi l'emplit d'une étrange crainte. Son homologue Guerrier, Oxétron Roquedelune, porta son regard sur les arrivants, sans bouger d'un iota de son siège. Noir, massif, avec un embonpoint conséquent, la tête enrobée d'une tignasse hirsute et d'une épaisse barbe blanche, il dégageait une impression de majesté et évoqua à Bibi l'image d'un vieux prédateur du sud rendu placide par la force de l'âge, bien qu'encore pourvu de toutes les redoutables armes de sa jeunesse. Quelqu'un à ne pas taquiner de trop près.

Arrivés devant l'estrade, Daucus et Couma posèrent un genou à terre pour s'incliner respectueusement devant l'Empereur. Bibi les imita, se rappelant avec une seconde de retard les vieilles leçons de courtoisie dispensées par son défunt maître. Les chuchotements déplaisants qui en résultèrent achevèrent de le mettre mal à l'aise. Puis il se rappela qu'il avait la chance de n'avoir que faire de l'opinion des nobles pour mener son existence et il se détendit.

Quand l'Empereur les autorisa à se relever, ils s'exécutèrent, tandis que le fonctionnaire qui croulait sous le livre se chargeait de décliner leur identité.

– Votre Majesté, Membres de la Famille Impériale, Chefs des Ordres et tous les présents, laissez-moi vous introduire : Maître Daucus Magemonde, Élite de sa Majesté et Directeur de l'École Impériale, Couma Fortemaison, Élite de sa Majesté et Champion du Monde en titre et pour finir Bibi l'orphelin, le jeune Pur qui a été en contact avec le Sombre hier soir lors des tragiques événements que nous connaissons tous.

– Mon cher Couma, débuta l'Empereur de sa voix grave et basse. Voici une nouvelle occasion qui se présente à moi pour vous féliciter de votre brillante victoire.

Des applaudissements résonnèrent dans la grande salle de réception et firent sursauter Bibi. Il en oublia presque d'applaudir lui-même. Ici, loin de la plèbe, les nobles applaudissaient, alors qu'en bas, on se battait pour identifier les corps des défunts.

– Merci infiniment Majesté. Et merci à vous tous, dit Couma un immense sourire aux lèvres en s'inclinant poliment.

Cependant, comment en vouloir à Couma de profiter de son éclatante victoire sportive, la plus importante de sa carrière, peut-être même de sa vie, qui datait de la veille seulement ?

– Et vous Daucus ? Comment vous portez-vous ? Bien semble-t-il, l'Esprit des Ordres en soit loué, pour un Élite qui a passé la nuit dehors à pourchasser ce maudit Sombre.

Était-ce une critique ? Bibi en doutait, et ne put que constater le calme et serein sourire que Daucus arbora en retour.

– Je me porte très bien Votre Majesté, je vous remercie. L'heureux fait que j'ai été proclamé Maître avant la Rencontre m'a soulagé d'une éventuelle participation à la Grande Épreuve, ce qui m'a permis d'être en possession de toutes mes capacités pour faire face, à mon humble niveau, à l'attaque d'hier soir.

Bibi remarqua la soudaine tension du Chef des Mages qui ne cessait de se tortiller dans son fauteuil. Avait-on empêché Daucus de concourir par une nomination trop précoce ? Le titre de Maître ne se décernait pourtant pas à la légère. Cela dit, les magouilles et les manipulations pullulaient à la cour, surtout en ces temps de troubles politiques. Les quelques minutes suivantes, des discours sur les pertes humaines et matérielles furent déclamés comme si l'Empereur et sa cour s'entraînaient à prendre la parole devant une foule éplorée. Rien n'était laissé au hasard. Bibi avait l'impression d'être un esprit invisible tant il se sentait éloigné de toutes ces personnes qui ne lui prêtaient pas l'ombre d'une attention. Excepté Targo qui le fixait.

– Puisque cette discussion déchaîne les passions, déclara finalement l'Empereur, écoutons donc le récit de notre jeune héros du jour.

Bibi se redressa, surpris. Une vague angoisse l'envahit mais le sourire de Daucus suffit à l'apaiser. Il se sentait de toute façon trop épuisé pour gâcher ses forces dans un sentiment aussi fatiguant que la peur.

– Maître Magemonde, Champion du Monde, venez donc vous asseoir à nos côtés, intervint Turbith en faisant apparaître deux sièges par Magie entre les courtisans des premiers rangs.

– Merci Maître Sanrouge, répondit Daucus après un léger moment de flottement.

Une fois Daucus et Couma installés, Bibi s'apprêtait à prendre la parole quand le père de Targo, à l'instigation de son fils, déclara :

– Rappelez-nous votre identité.

Bibi poussa un léger soupir d'exaspération qui provoqua des petits rires et des plaintes fielleuses. Le jeune Pur s'exécuta avec une expression hostile au visage. Puis il se concentra pour parler poliment et réussit à produire un bon récit. Seul hic à l'étiquette, il la raconta en regardant l'Empereur et les nobles droit dans les yeux, alors que, tout Pur qu'il était, il ne restait qu'un humble citoyen.

Un silence suivit ses déclarations. Bibi parcourut la cour du regard et croisa celui de Daucus. Il lui sourit avec ce qui ressemblait à de la fierté.

– Premier Secrétaire ? s'enquit Euripide III.

– Oui, votre Altesse ? répondit l'homme qui les avait introduits.

– Ses dires correspondent-ils à ceux retranscrits par Maître Trigly ?

– Sous l'effet d'un sérum de vérité, ponctua Daucus calmement.

L'Empereur en fut apparemment suffisamment agacé pour se tourner à demi vers Daucus.

– Oui, votre Altesse. Les récits correspondent.

Des murmures d'approbation et d'admiration se faisaient entendre dans les rangs des courtisans. Bibi fut soulagé de ne voir que quelques visages fermés, toujours les mêmes d'ailleurs, et de constater qu'il semblait s'être attiré du respect.

– Je tiens à vous féliciter jeune homme, reprit le souverain, pour votre sang-froid, votre témérité et votre force. Et votre capacité à nous être revenu entier, acheva-t-il avec un demi-sourire – premier signe sympathique que Bibi put lire sur son visage. C'est tout naturellement que je vous incite à regagner le rang prestigieux de mes Élites. Je pense également que vos nobles actes vous donnent le droit d'accéder à une Requête Impériale. Demandez mon cher Pur, vous serez exaucé, ajouta-t-il.

Bibi eut un léger vertige. Une Requête Impériale ? Il pouvait demander absolument tout ce qu'il désirait ! Rente à vie, terres, armes magiques, privilèges, noblesse, formations prestigieuses, luxe, voyage autour du Monde, épouser les princesses Impériales, obtenir la couronne ! N'importe qui aurait massacré sa propre mère pour être à sa place. Effrayé par les possibilités qui s'offraient à lui, il regarda Daucus, pourtant conscient que celui-ci ne pouvait rien pour lui. La cour n'était plus que bavardages et spéculations en tous genres. Le Chef des Mages chuchotait fébrilement à l'oreille de l'Empereur. Il pouvait tout demander : une loi pour exterminer tous les anti-Purs, assurer la victoire complète du mouvement citoyen, une statue en mémoire des

Guerriers-Mages, leur réhabilitation dans l'Emblème de l'Humanité. Mais il ne put qu'articuler un vieux rêve :

– J'aimerais contempler l'Obélisque d'Argent et voir le Monde qui s'étend à ses pieds.

– Que de sagesse déjà, dans un si jeune esprit ! s'exclama l'Impératrice après un léger moment de silence. Peut-être serait-il bon de nous y rendre tous ensemble pour y méditer sur les erreurs du passé.

Un fugace sentiment de tension balaya la pièce.

– Vous avez parfaitement raison ma chère femme. C'est vous qui incarnez la sagesse du Monde, susurra son impérial époux en se levant.

L'Empereur leva la main et l'Impératrice y déposa délicatement la sienne. Les deux époux se dirigèrent vers les portes et les courtisans s'empressèrent de les suivre. Bibi se retrouva au milieu de la foule. Quelqu'un le saisit par le coude et le força presque violemment à se retourner. Targo lui faisait face.

– Je te déteste.

– Bonjour Targo.

Rivi cracha, le poil à demi-hérissé.

– Tu grimpes les échelons trop vite, tu deviens quelqu'un de trop important. Un héros qui a droit à une Requête Impériale ! Quelle mascarade ! Tu ne restes qu'un petit bâtard de citoyen ! Pour tout ça et pour bien d'autres choses, je te hais.

– Je suis justement surpris que tu oses me toucher. Je ne suis qu'un citoyen, crasseux qui plus est.

Targo eut un drôle de geste, comme s'il mimait un crachat.

– Mais je tenais à te dire que ce que tu as fait hier soir est impressionnant et inspire le respect. Je le reconnais. Bien plus que tes minables essais lors des Épreuves.

Bibi tomba des nues.

– Sauf que j'ai bien l'intention de ne pas te laisser aller plus loin. Tu ne me feras plus concurrence ! Tu ne prendras pas ma place ! Je suis l'Élite !

– Ta place ?

– Des années ! Des années que j'essaie de me faire remarquer par l'Empereur ! Alors même si ce que tu as fait m'a impressionné, je te déteste !

– D'accord. Maintenant tu sais ce qu'il te reste à faire pour qu'on te remarque : aller affronter une marée de Démons et un Sombre. Ça te changera de tes habituelles manigances.

Targo lui jeta un regard noir et Bibi crut qu'il allait se prendre un sort en pleine tête. Au lieu de ça, il lui lança :

– À bientôt à l'École Impériale… compagnon !

Il se détourna de lui. Daucus arriva à ses côtés et se tint silencieux.

– Targo aussi va à l'École Impériale ?

– Et son meilleur ami, Modo Poderoque, oui. Ils y ont tout à fait leur place.

– Et Talo Poderoque, c'est un Élite aussi ? Et Turbith Sanrouge ?

– Non, non. Ils possèdent leur propre réseau de manigances et de buts secrets. Les Élites sont moralement trop bons pour eux.

– Et leurs fils y vont ?

Daucus haussa les épaules avec l'air de celui qui ne peut pas en dire plus.

– Quoi qu'il en soit, ces quelques secondes étaient tout à fait fascinantes. Targo a donc un autre but dans la vie que d'être une immense pourriture ? Ou alors les deux choses sont étroitement imbriquées ? pensa à haute voix Bibi.

Daucus posa son bras sur l'épaule de Bibi. Il lui parla de l'École Impériale tandis qu'ils montaient aux étages supérieurs par les ascenseurs magiques. Bibi commençait à être très honoré par la proposition. Ils atteignirent le dernier niveau du Palais. Une gigantesque verrière traversée par de grosses poutres métalliques faisait office de plafond, transformant ainsi l'étage entier en une immense serre avec son air tropical. Touffue et dense, la végétation donnait aux visiteurs l'impression de plonger dans une forêt sauvage. De nombreuses espèces y cohabitaient dont de très rares, venant du sud et des Grandes Plaines. Des aventuriers les avaient ramenées de leurs voyages. Bibi dut se retenir pour ne pas aller s'y intéresser de plus près.

Des papillons, des abeilles et une foule d'autres insectes butineurs y vivaient comme en pleine nature. Bibi aperçut même d'étranges oiseaux minuscules, vivement colorés, battant des ailes à une vitesse hallucinante. Daucus lui expliqua qu'il s'agissait de colibris, des oiseaux inexistants dans leur Monde, mais paraîtrait-il abondants dans de lointaines forêts du sud. Le Vice-Champion du Monde, l'aventurier célèbre qui avait affronté Couma, avait ramené quelques œufs et les avait offerts à la Famille Impériale. Les princesses en raffolaient et veillaient sur leur élevage délicat avec l'énergie et la rage de cerbères. Ébloui par toutes ces merveilles, Bibi sursauta quand il aperçut l'Obélisque de l'Histoire à travers les vitres du plafond. Juste en dessous, un scintillement attira son œil. Bouche bée, il s'approcha d'une vasque de trois mètres de diamètre remplie d'une eau verte, de nénuphars en fleurs et de plantes aquatiques. Au milieu de la vasque, un objet légendaire hypnotisa Bibi : le cadeau du premier et du plus puissant des Guerriers-Mages fait à l'Humanité lors de la fusion du Quatrième Ordre à l'avènement de la Deuxième Ère du Temps : la Fontaine de Barbarian Pursoleil. Elle était là, sous ses yeux. La Fontaine reproduisait à échelle réduite l'Obéliste d'Argent. Haute de seulement trente centimètres, cette miniature était sculptée dans un marbre bleu nuit veiné de turquoise. De minuscules diamants scintillants y étaient incrustés. De l'eau transparente et aussi brillante que les diamants s'écoulait par la pointe de l'obélisque en une délicate gerbe, formant une petite cascade où un fin nuage de gouttelettes embrumait l'air. Bibi s'agenouilla timidement et effleura l'eau de sa main.

Le jeune Pur, tremblant, laissa sa main se faufiler jusqu'à un nénuphar en fleurs. Il sentit sa vieille et profonde essence magique. Il eut l'impression de caresser un animal-totem quand ses doigts effleurèrent une fleur d'un blanc délicatement teinté de rose. Il aurait voulut toucher la Fontaine elle-même, mais elle était hors de sa portée.

Rivi posa ses pattes sur la vasque et se mit à laper l'eau bruyamment. Des nénuphars semblaient glisser vers eux, comme s'ils reconnaissaient le lynx. Rivi ronronna et se tourna vers Bibi, une lueur de joie dans ses pupilles jaunes et vertes, le museau trempé.

– Je crois que votre animal-totem vous incite à l'imiter jeune Pur.

Bibi sursauta en se relevant. L'Impératrice lui souriait. Il fut malgré lui très impressionné de la voir de si près. Où s'était-elle cachée ? Il lui fit une révérence maladroite.

– Je… je peux ? demanda ensuite Bibi avec un regard pour l'eau.

– La légende raconte beaucoup de choses sur cette Fontaine et les Purs. Mais voilà bien longtemps qu'aucun Guerrier-Mage n'a pu l'approcher. Et je le déplore. Je verrais un inconvénient à ce qu'un jeune homme, si ardemment désireux de connaître ses origines, boude une si grande part de son histoire.

L'Impératrice fit demi-tour après une dernière révérence de Bibi, le laissant seul. Il prit de l'eau dans ses mains et la but. La sensation était extraordinaire. Affaibli par ses rudes combats passés, il sentit toutes ses facultés lui revenir. Les diamants scintillaient plus fort, leur image collée sur la rétine de Bibi. Soudain, oubliant le lieu où il se trouvait, il se mit à fredonner sa mélodie. La Fontaine lui avait offert une vitalité nouvelle, à lui de faire de même. Il lança sans réfléchir son sort de soin, si étrange et inutile fut-il. Des volutes transparentes, nuancées de vert et de bleu, s'envolèrent de ses mains puis de tout son corps, pour aller se déposer partout sur le bassin, les nénuphars et la Fontaine, tandis que chanter sa mélodie l'aidait à se concentrer.

Bibi rouvrit les yeux, la respiration calme. Le jet d'eau jaillissait avec une nouvelle force et les diamants, toujours scintillants, s'étaient teintés de bleu et de vert. Il avait agi naturellement, comme s'il avait su ce qu'il devait faire dès qu'il avait effleuré l'eau. Il devait être sensible aux vibrations magiques de la Fontaine, sans doute parce qu'il appartenait au Quatrième Ordre. Un Sombre aurait-il pu en faire autant ? Son maître souvent évoquait les mystères engendrés par la Magie, cette énergie si particulière qui les habitait tous. Bibi et Rivi se décidèrent à rejoindre la cour. Couma et Daucus les cherchaient, une nuance de panique dans leurs prunelles. Bibi leur désigna la Fontaine et leurs regards s'adoucirent.

– N'en oublions pas ma Requête Impériale. En avant ! commanda Bibi.

Daucus et Couma éclatèrent de rire et l'encadrèrent tout de même, de peur qu'il ne disparaisse à nouveau. Ils empruntèrent un escalier métallique couvert de plantes grimpantes aux fleurs chatoyantes jusqu'au toit du Palais où l'Obélisque brillait avec violence sous le soleil. À première vue transparente, la Flèche de l'Histoire était si polie qu'elle en devenait réfléchissante. Des inscriptions calligraphiées y étaient gravées par la Force, par des outils ou par la Magie selon les versions.

L'Empereur invita Bibi à s'avancer. Le jeune Pur s'approcha avec une ébauche de sourire. Très vite il ne put détacher son regard de l'Obélisque. Il le trouvait magnifique. Au milieu des courtisans, l'Empereur l'autorisa à faire ce qu'il désirait. Alors, il s'éleva vers le sommet pour admirer les inscriptions, avec une attention très accrue quand elles traitaient des Guerriers-Mages.

Plus bas, Rivi se promenait entre les jambes des courtisans et des nobles, allant jusqu'à renifler l'aînée des princesses. Celle-ci, amusée et honorée, gratifia Rivi d'une douce caresse. Puis, le lynx choisit un endroit au soleil.

Une heure plus tard, Bibi redescendit sur le toit où il ne restait plus qu'une quarantaine de personnes, dont l'Impératrice, le Chef des Guerriers, Couma et Daucus.

– Il est temps de se retirer je crois, souffla une voix près de lui.

Daucus considérait Bibi avec une expression amusée. Le jeune Pur avait les traits tirés, les yeux bouffis par le manque de sommeil et les cheveux aux quatre vents. Tout le bénéfice que lui avait apporté l'eau de la Fontaine de Barbarian avait été épuisé par sa longue élévation.

– À te voir, c'est à se demander comment tu tiens debout, plaisanta le jeune Maître. Et Couma et moi avons très envie de t'imiter. La nuit a été longue et il y a encore beaucoup de travail à fournir.

Bibi redescendit sur terre et sentit dans sa bouche l'amer goût de la réalité. Il eut un regard désolé pour la ville qui s'étendait à leurs pieds et frissonna en voyant les dernières traces des incendies tardivement éteints.

– Allons, viens, souffla Daucus d'une voix douce et compatissante face à l'émotion du jeune Pur.

Bibi acquiesça et se redressa, décidé à prendre exemple sur le calme du Maître. Il alla s'incliner une dernière fois devant l'Impératrice et la remercia de tout cœur. Le masque de sévère dignité se craquela quelques secondes, le temps de lui offrir un sourire chaleureux. Quelques minutes plus tard, Bibi, Daucus et Couma sortaient du Palais Impérial. Bibi avait l'impression d'achever une partie de sa vie et de commencer un nouveau chapitre. Il décida de s'inscrire à l'École Impériale.

Chapitre 10.

Quand Bibi entra dans l'auberge, Rivi sur ses talons, il découvrit la jeune assemblée occupée à préparer le déjeuner. Ils lâchèrent leur poste pour le bombarder de questions. Mouna arriva, chargée de linge sale qu'elle faillit laisser tomber pour se jeter sur lui et l'envoyer au lit, sans manger, cette fois.

Le lendemain matin, une exclamation que Taro poussa dans son sommeil le réveilla. Hébété par une nuit trop longue, Bibi regarda pesamment autour de lui, observa Taro et Rivi endormis et se redressa dans son lit. Sur la table de chevet de Taro, il aperçut sa lettre d'inscription à l'École Impériale, lettre que celui-ci connaissait déjà par cœur, son rêve le plus cher étant sur le point de se réaliser. Bibi constata qu'il n'avait même pas lu la sienne. En faisant le moins de bruit possible, il ouvrit l'enveloppe et déplia l'épaisse feuille de papier. Quand il s'en empara, un petit sort illumina la lettre et Bibi comprit que cette Magie servait à l'identifier et éviter ainsi toute fraude. Impressionné par le processus, il se plongea dans la lecture des caractères écrits à l'encre bleu nuit.

Cher Monsieur Bibi Sans-Nom, Guerrier-Mage Pur de votre état,

Vos performances aux Épreuves de la Rencontre de l'an 95 de la Troisième Ère du Temps vous ont valu le privilège d'être remarqué par nos observateurs. Suite à la lecture de leurs élogieux rapports, notre comité de direction vous propose par la présente lettre de suivre la formation d'Élite, prodiguée par l'École Impériale.

En vous inscrivant, vous vous engagez à trois années d'études minimum, à la suite desquelles vos propres ambitions et les conseils avisés de vos professeurs pourront vous permettre de vous spécialiser dans le domaine que vous aurez choisi.

Notre École étant ouverte à toutes les catégories sociales, aucun frais de scolarité ne vous sera demandé. Seules les fournitures restent à votre charge. Une liste vous sera remise dès votre inscription.

Vous pouvez à présent vous inscrire et ce jusqu'au 29 août 95 inclus. Pour ce faire, veuillez vous présenter à l'accueil de l'École, bâtiment principal, muni de cette lettre et préciser si vous souhaitez être externe, demi-pensionnaire ou interne.

Nous vous rappelons que la date de rentrée a été fixée par notre comité de direction au 1er septembre 95. Les dates de congés et d'examen vous seront transmises au cours de l'année.

En attendant de vous accueillir dans nos illustres murs, veuillez recevoir, cher futur élève de notre grande Institution, nos salutations distinguées.

Maître Tandra Fuilevent,
Responsable de la vie scolaire.

Bibi se sentit légèrement mal à l'aise à la lecture du texte. À la réflexion, cette histoire de sort identifiant l'impressionnait. Et comment allait-il trouver les fournitures ? Il se leva discrètement pour soulager sa vessie. À son retour, Taro relisait encore une fois sa lettre. Avant qu'ils ne puissent descendre, Bibi dut lui confirmer quatre fois qu'il saisirait lui aussi sa chance de rejoindre les rangs de cette célèbre formation.

Lestine, Luce et Ran commençaient à tartiner leurs épaisses tranches de pain. Lestine était épuisée, aussi bien moralement que physiquement. Elle avait activement aidé les secouristes professionnels à rechercher les survivants sous les décombres. Elle ne parla pas beaucoup de ceux qu'ils trouvaient sous les gravats, son expression nauséeuse se passait de longs discours. Toujours aussi démonstratif, Ximo s'assit en marmonnant un bonjour avant de plonger dans son bol de café dont il s'extirpa avec une grimace. Il n'aimait pas le café mais le lait sucré étant considéré comme une boisson pour petit garçon, il avait vite fait son choix. La plupart des clients de Mouna, même les plus fidèles, préféraient quitter la ville meurtrie le plus vite possible. Konogan Chanvrefête partit le premier, au grand plaisir de Bibi qui ne supportait plus sa seule vision. L'auberge était plongée dans un calme ouaté, même le restaurant et le bar n'attiraient plus. Les gens évitaient de sortir de chez eux, endeuillés, profondément apeurés de constater que la menace démoniaque n'était toujours pas contrôlée. Mouna misait sur le beau temps pour sauver la fin de la saison estivale et déplorait son incapacité à soulager le voisinage. En attendant, il n'y avait plus grand-chose à faire. Aussi, Gora et elle s'étaient mises dans l'idée de rénover toutes les chambres sous les combles pour proposer des prix réduits et étoffer la gamme de leur clientèle. Dgel, de son côté, se sentait écrasé de travail face à la logistique de la fin de la Rencontre et toutes les rénovations à venir. Dans l'auberge, son énergie et sa bonne humeur manquaient à tout le monde.

Mauvaise nouvelle de plus, l'entretien de Kael pour décrocher un poste dans la section expérimentale aux armements du Département des Recherches avait été retardé. Bien que sa mère soit peu emballée à l'idée que son fils travaille pour des armes, Kael était très impatient de se mettre à l'ouvrage et de se voir propulsé, par promotion interne, à la section expérimentale des énergies, sa véritable passion.

– On devrait peut-être aller s'inscrire à l'École Imp' le plus rapidement possible au cas où ils viendraient nous dire qu'ils ont fait une erreur, plaisanta Luce qui n'en revenait toujours pas.

Taro pâlit.

– Je rigole Taro, apaisa Luce. Ne va pas t'étouffer dans ta tisane.

– Non, non, ça va, articula-t-il avec difficulté, mais je pense que tu as une bonne idée quand même. Autant consulter notre liste de fournitures le plus tôt possible non ? On aura plus de temps pour se les procurer.

– Ça me déprime d'aller en ville en ce moment, soupira Ran.

– Ne dis pas ça mon garçon. C'est bien ce que je reproche à toute la population qui déserte mes terrasses, lui reprocha Mouna avec un petit rire angoissé. La vie continue ! Tiens, il y a une lettre pour toi dans le courrier de ce matin.

– Merci Mouna, dit Ran. Ça vient de mes parents !

Il se plongea dans sa lecture tandis que Taro insistait.

– Au moins on serait tranquille ! Et puis, si on le fait suffisamment tôt, peut-être que ce sera plus facile pour vous d'obtenir une chambre à deux.

– C'est possible ça ? demanda Luce intéressée.

– Il me semble. Un Élite, il y a quelques années, un ami de mon frère, m'avait dit un truc du genre « et à l'internat si tu te débrouilles bien, tu pourrais te retrouver avec une petite minette dans ta chambre, il y en a pour ça ».

– Des minettes ? taquina Bibi.

– Mais non, des chambres !

– Taro, si c'est une invention pour nous forcer la main à y aller aujourd'hui, reprit Luce…

– Mais non, arrête de me prêter de si mauvaises intentions. Tu sais bien que je ne souhaite que votre bonheur.

Lestine éclata d'un rire à la limite de la cruauté.

– Allons-y, fit alors Ran avec un grand sourire. On n'a rien d'autre à faire de toute façon.

– Je peux venir avec vous ? demanda Lestine. C'est dans un coin de nobles où il n'y aura pas trop de traces du massacre. Ça me changera.

– Et moi je peux ? demanda Ximo. Paraît que leurs écuries c'est vraiment quelque chose.

– Hou, petit frère, tu as réussi à faire une phrase complète et audible. Je suis impressionnée.

– Ferme-la petite peste !

Mouna, qui passait par-là, donna une tape au crâne de son fils en roulant des yeux sévères.

– Mais oui, venez tous ! Une belle petite balade nous mettra du baume au cœur, s'enflamma Ran.

– Ta lettre t'a mis de très bonne humeur on dirait, lança Luce, une expression suspicieuse sur le visage.

– C'est peut-être sa maîtresse de Carvacol qui lui envoie un billet doux, glissa Bibi en cachant son sourire dans sa brioche.

Luce lui envoya une boulette de pain à la tête tandis que Ran et Taro éclataient de rire.

– Mes parents et mes grands-mères vont venir. Au vu de ce qui s'est passé, je vais leur répondre très vite pour les rassurer. Dans tous les cas, Mouna va être contente de pouvoir remplir trois chambres de plus.

– En voilà une bonne nouvelle ! s'exclama Taro.

– Tout à fait d'accord avec toi mon neveu ! s'écria Mouna de loin.

– Ça fait longtemps que je n'ai pas vu tes parents, poursuivit Taro.

– Moins longtemps que moi, mon nounours en sucre rose. Je suis parti plus tôt que toi de Carvacol et si je me souviens bien, ils sont venus souvent à ton chevet.

– C'est vrai, dit-il l'expression mi-rêveuse, mi-souffrante. Tes parents sont vraiment des gens biens.

Bibi riait aux éclats et Taro le regarda, étonné qu'il puisse rire de ça.

– Mais non, c'est Luce. Regarde-la.

– Quoi ? répondit celle-ci agressivement en parvenant difficilement à se détendre et à prendre une posture naturelle.

Lestine rigolait aussi de bon cœur.

– L'angoisse de rencontrer sa belle-famille je parie ! dit-elle.

– C'est plutôt rapide, tu en conviendras, fit remarquer Luce.

– Débrouille-toi avec Ran pour ça ma belle.

– Ne t'en fais pas ma puce, temporisa celui-ci. Tu es loin d'être la première que je présenterai à mes parents et ça s'est toujours très bien passé. Enfin… ce que je veux dire… tenta d'expliquer Ran devant le terrible regard que Luce lui lança sous les éclats de rire des autres.

Bibi en pleurait et Luce lui jeta une nouvelle boulette de mie de pain à la tête. Le jeune Pur riposta, Taro et Lestine bondirent dans la cohue. Ximo s'éloigna de la table, l'air dégoûté et Ran s'efforça de protéger sa lettre et de ne pas s'étouffer en riant trop fort, surtout quand Luce et Bibi ensorcelèrent leurs restes de petit-déjeuner pour qu'ils ne ratent plus leurs cibles. Attirés par le bruit, les jumelles et Rivi surgirent des escaliers et Mouna sortit précipitamment de la cuisine pour mettre le holà à cette épique bataille.

– Ne saccagez pas mon auberge alors que des clients s'annoncent pour bientôt ! Je veux faire bonne impression à la famille de mon petit Ran. Allez me dépenser toute cette énergie dehors ! Mais regardez-moi ce chantier ! Ouste !

Bibi et Luce aidèrent Mouna à nettoyer, sous les quolibets de Lestine, Taro et Ran. Mouna fut à deux doigts de leur lancer elle-même des morceaux de pain quand Luce intervint et leur jeta un sort de mutisme. Bibi éclata de son rire tonitruant et Mouna remercia en silence l'Esprit des Ordres de n'avoir presque plus personne dans son auberge ; aucun de ses clients n'eut pu faire la grasse matinée.

Quelques minutes plus tard, ils étaient en route vers l'École Impériale. Lestine décida de leur trajet pour éviter les zones endeuillées, ce dont chacun lui fut extrêmement reconnaissant. Le voyage se fit dans une bonne humeur forcée, mais salvatrice. Ils avaient quelques bonnes raisons de se réjouir : le sentiment d'être vivant – certes égoïste face à tous ces deuils – les rendait tout de même euphoriques. Taro ne cessait de dire qu'il était bon d'avoir à nouveau Bibi à ses côtés. Ximo marchait le plus dignement possible, les mains profondément enfoncées dans les poches de son pantalon trois fois trop large pour lui, les épaules voûtés, le visage caché par sa mèche et l'expression maussade. La petite bande arriva bientôt dans le quartier où se trouvait l'École Impériale. Le lieu, très huppé, regorgeait de dames aux toilettes soignées et de messieurs au port viril et sévère. La jeunesse évoluait avec une nonchalance étudiée et se parait à la dernière mode. Des serviteurs et des citoyens s'affairaient. La plupart des personnes cachaient leur peur et leur deuil sous le masque de la bonne humeur. Beaucoup d'entre eux se promenaient désormais l'épée au côté, la baguette cachée dans la manche ou le collier serti de sorts de protection. Les maisons s'entouraient souvent de hautes haies, de grilles ou de murs ensorcelés pour éviter les cambriolages. Les hôtels particuliers et les appartements de luxe succédaient aux cossus commerces de quartier, dans une ambiance très petite noblesse.

L'École apparut enfin. Un petit muret surmonté d'une haute grille métallique noire et or en délimitait les abords. Le domaine était très imposant. De grands arbres touffus suivaient le parcours de la grille et cachaient une grande partie du parc de l'établissement.

Sur la grille d'entrée, surplombée d'un fronton, étaient gravées avec art les devises de chaque Ordre :

Que l'amour du labeur vous sauve
Que la Magie vous serve et protège votre route
Que la Force abatte vos obstacles

Bibi aurait aimé y découvrir celle de son Ordre mais, ayant disparue depuis des siècles, il paraissait logique qu'elle ne puisse y figurer.

Ils passèrent la grille et empruntèrent un large chemin de gravier entouré de gazon. Face à eux, trois bâtiments formaient un arc de cercle. De chaque côté du bâtiment principal situé au centre, s'élevaient deux constructions en L. Le chemin de gravier qui coupait l'arc de cercle en deux quart, les mena dans une cour ronde au pied du bâtiment principal. Là, trônaient deux hauts buissons touffus laissés sans soin, séparés d'une dizaine de mètres l'un de l'autre. Ils portaient de larges feuilles en fer de lance, d'un vert très foncé et de superbes fleurs orangées, inconnues de Bibi.

Le bâtiment principal, haut de trois étages, était construit en pierre et en marbre blanc, comme un palais. Par quelques marches polies par les pieds de plusieurs générations d'étudiants, on accédait à la grande porte d'entrée, entourée de colonnes blanches veinées de noir. Un balcon ornementé, toujours de pierre blanche, surplombait l'entrée et dominait la cour. Sur le fronton du toit, sculpté en vagues, étaient représentés les directeurs de l'École. Les bustes avaient été façonnés par différents talents. Bibi reconnut Daucus Magemonde qui s'agitait de temps à autre, ce qui le désignait comme directeur en date. Ces statues entouraient celle, grandeur nature, du fondateur de l'École. Une horloge était encastrée dans la pierre, juste au-dessus de la statue. Fièrement posés sur le toit du bâtiment principal, jaillissant au-dessus du hall d'entrée, les trois Emblèmes des Ordres projetaient leur ombre effilée sur les environs.

Avant de s'inscrire, ils visitèrent le parc. Le gazon était si parfait qu'ils hésitèrent à marcher dessus. Les deux bâtiments en L présentaient moins de faste que le principal, mais paraissaient plus récents. Des massifs de fleurs, des bancs et des tables poussaient comme des champignons autour du bâtiment de droite. La base de celui de gauche se composait de serres aux vitres étincelantes. Derrière la limite de cet arc de cercle, perdu dans des bosquets, un bloc moins élégant fit pâlir Luce. Il s'agissait très certainement du gymnase. Des agents d'entretien, des professeurs et des futurs élèves parfois accompagnés par leur famille, déambulaient. Plus loin, à droite, s'érigeait une nouvelle dépendance, de dimension plus modeste mais aussi beaucoup plus agréable. Une dame leur expliqua qu'il s'agissait de la bibliothèque, collée à un ensemble de salles d'études, d'ateliers d'arts et de musique.

Derrière le gymnase, une piste de course encerclait ce qui semblait être une décharge publique. Un tas de matériels y dormait, souvent couverts de bâches pour les protéger de la pluie. Derrière la piste de course, un nouveau bosquet s'étendait jusqu'à la fin du domaine, évoquant cette fois une forêt. Au grand bonheur de Ximo, ils atteignirent les écuries. Deux longues rangées de boxes se faisaient face, séparées par une longue rue pavée et incurvée vers le milieu pour faciliter l'évacuation du crottin. Des ballots de paille étaient stockés un peu partout. Toutes les cinq portes, une pièce servait à entreposer le matériel d'équitation. Un manège et une carrière complétaient l'ensemble. Des hirondelles sortaient sans cesse des boxes en piaillant furieusement. Dans ce lieu, l'adolescent se métamorphosait en un jeune homme charmant et passionnant. Lestine, fatiguée de courir après ses sœurs, proposa de laisser Ximo à sa passion et de passer aux choses sérieuses. Bibi, un Rivi tapageur et crotté dans les bras, acquiesça. Ximo ayant juré à sa sœur et à son cousin qu'il ne rentrerait pas seul, ils se dirigèrent vers le bâtiment principal. Les jumelles coururent dans le hall en s'émerveillant de l'écho et Lestine eut fort à faire pour canaliser leur énergie.

Pendant ce temps, Luce, Ran, Taro et Bibi s'approchaient de l'accueil tenu par une dame âgée qui leur souriait de façon bienveillante. Ils lui chantonnèrent un bonjour enjoué.

– Jeunes gens ! Bonjour à vous ! Laissez-moi deviner. Quatre lettres contre quatre formulaires d'inscription et quatre listes de fournitures ?

– C'est exactement ça, dit Taro avec son plus beau sourire en tendant le papier.

– J'adore cette période, continua la secrétaire en agitant sa baguette magique qui lui servait aussi de stylo. Tous ces futurs nouveaux élèves. J'essaie toujours d'imaginer ce que vous allez devenir.

Bibi glissa la liste de fournitures dans sa poche et utilisa une des plumes à leur disposition pour remplir le formulaire d'inscription. Ensorcelée, la plume n'avait pas besoin d'être plongée dans l'encre pour écrire. Cela faisait bien longtemps qu'il n'avait pas eu à se servir de ce genre d'outil, mais il s'en sortit plutôt bien. Il ne put remplir tous les blancs : nom, date et lieu de naissance, profession des parents, etc. Il écrivit son prénom, rajouta une case pour spécifier son Ordre et ne put s'empêcher de la souligner agressivement. Il tâcha de se concentrer sur les options artistiques et sportives proposées. Il cocha «chant et danse» sans trop savoir pourquoi, sans doute parce qu'il aimait ça, et lut le petit laïus officiel en bas de page:

Cher futur élève de notre grande Institution, vous êtes sur le point d'apposer votre signature sur un document officiel qui confirmera votre inscription dans notre École. Veuillez prendre en compte que vous serez ainsi lié à l'Empereur durant toutes vos années d'étude et votre future profession.

Vous engagez-vous à être à son entière disposition? Vous engagez-vous à accomplir toute mission commandée par l'Empereur ou son représentant? Vous engagez-vous à faire don de votre vie si nécessaire? Vous engagez-vous à vous soumettre au règlement de l'École Impériale, disponible auprès de vos professeurs et des différents secrétariats?

Bibi releva les yeux avant la fin, troublé. D'après ce que Daucus lui avait expliqué, les Élites constituaient un corps assez indépendant et plutôt rétif à se placer sous la houlette d'un quelconque pouvoir. Il chercha le regard de Taro qui paraissait lui aussi interloqué. Il haussa vite les épaules quand il vit que Bibi le regardait.

– Ce n'est que de la palabre officielle, je suppose. Pas vraiment le choix, conclut-il avant d'apposer sa signature.

De petites étincelles firent briller fugacement l'encre. Bibi l'imita avec une franche hésitation, mal à l'aise à l'idée de signer un document officiel et magique qui sous-entendait une soumission à un pouvoir absolu. Cela semblait différent de ce que Daucus lui avait décrit, mais sa confiance en lui le poussa à faire fi de ses doutes.

– Excusez-moi, intervint Luce, j'ai entendu dire qu'on pouvait être… par deux dans les chambres de l'internat. Vous savez, en couple.

– Bien sûr. De nombreux étudiants ont déjà un âge avancé, quoique ce matin s'est inscrite la plus jeune fille que j'ai croisée de ma carrière. J'ai regardé son dossier par curiosité et ses résultats aux Épreuves sont époustouflants.

– Astrancia Finonde! s'exclama Bibi. Ça ne peut être qu'elle.

– Ça c'est une bonne nouvelle! J'ai hâte de la revoir! s'enthousiasma Luce.

– Je suis soulagé de la savoir en vie, dit Bibi.

– Et sinon, pour la chambre à deux, rappela Ran, ça serait possible d'en avoir une ?

– Bien sûr, je m'occupe de ça tout de suite. Remplissez ce nouveau formulaire s'il vous plaît.

– C'est comment l'internat ? demanda Taro.

– Très convivial. Tous les anciens vous le diront. Personne ne regrette d'avoir fait ce choix.

– Et nos chevaux ? Peuvent-ils résider aux écuries ?

– Tout à fait ! Et pour ça, il vous faut remplir un autre formulaire que voici, s'exclama la secrétaire en riant.

Quand elle leva la tête de ses papiers, elle aperçut Rivi qui, enfin fatigué des jeux des jumelles, s'approchait d'eux.

– Qu'est-ce que c'est que ça ? demanda-t-elle horrifiée, un doigt pointé vers le lynx. Un Raï déguisé ! s'écria-t-elle en paniquant.

– Non Madame, s'interposa vivement Bibi. C'est mon animal-totem, un vrai lynx, dit-il en s'agenouillant près de lui pour le caresser. Faut pas vous en faire, il n'est pas dangereux.

– Les animaux sont interdits dans l'enceinte de l'École, répliqua-t-elle d'un ton sec après s'être calmée, mais légèrement vexée. Interdits, répéta-t-elle pour se donner une contenance sans s'étonner d'avoir un lynx sous les yeux.

– À part les chevaux naturellement, railla Bibi. Mais quand vous dites « interdits », demanda-t-il après un silence, c'est pendant toute l'année ?

– Relisez donc le règlement intérieur !

– Le relire ? Je ne l'ai jamais eu sous les yeux, on vient d'arriver ! répliqua Bibi très agacé par le ton de la secrétaire. Vous ne pouvez pas nous séparer, c'est mon animal-totem. Nous sommes des esprits jumeaux !

– Désolé jeune homme, mais il faudra bien que vous vous sépariez, car dans animal-totem j'entends encore animal.

– Mais…

– Pas d'animaux ici ! Est-ce clair ?

– Alors rendez-moi mon formulaire ! s'enflamma Bibi après un temps de réflexion. Je ne m'inscris plus dans votre… grande Institution de mes deux !

– Bibi ! lança Luce choquée.

– Comment osez-vous ? cria la secrétaire en se levant.

– Qu'est-ce que tu racontes ? Tu ne vas pas rater une chance pareille ? s'écria Taro.

– Taro a raison, insista Luce. Tu ne peux pas prendre cette décision sur un coup de tête.

– Il est hors de question qu'on me sépare de Rivi, alors donnez-moi ce formulaire !

Lestine et les jumelles cessèrent aussitôt leur querelle. Ran, mâchonnait sa plume en faisant semblant de ne pas s'intéresser au conflit, même s'il ne cessait de jeter des coups d'œil à Bibi. Il savait combien ses colères pouvaient être impressionnantes.

– Mouna s'occupera de Rivi. Et tu iras le voir le dimanche.

– Mais tu ne comprends rien ! Rivi n'est pas un caniche domestique ! Il ne va pas supporter longtemps de rester en ville. Ici, il y a un bout de forêt, ça pourrait l'aider quand il reviendra de ses excursions dans le Pré ou la Matriarche. Et nous n'avons jamais été séparés ! Jamais longtemps ! Par rien ni personne ! Et l'Empereur lui-même n'y arrivera pas !

– De toute façon, vous avez signé, affirma la secrétaire avec un air suffisant. C'est officiel, magique et définitif. Vous êtes un apprenti Élite et vous ne pouvez pas faire marcher arrière.

– Je m'en moque ! Rendez-moi ce formulaire ! rugit Bibi en faisant hésiter trois nouveaux futurs élèves qui venaient de pénétrer dans le hall.

– Hors de question ! Il n'y a plus rien à faire ! Vous vous êtes engagés à respecter le règlement de…

– Silence ! hurla-t-il avant de se jeter sur le comptoir et de lui arracher son formulaire des mains.

– Bibi ! s'épouvanta Luce une deuxième fois.

– Bravo ! s'exclamèrent les jumelles.

Bibi reculait dans le hall en bousculant Taro tandis que la secrétaire sortait de son comptoir avec un petit cri pour essayer de le récupérer. Le jeune Pur en colère s'acharnait à le déchirer, sans que rien n'y fasse.

– Lâchez immédiatement ce formulaire ! C'est la preuve écrite de votre engagement vis-à-vis de l'Empereur !

– « Étincelles ! », rugit Bibi.

La feuille n'émit qu'une très faible fumée et la colère de Bibi le fit grimacer.

– Comment osez-vous seulement ? s'emmêla la secrétaire, rouge comme une tomate.

– « Incendie ! »

Le formulaire noircit sur les côtés. Le papier était prêt à s'enflammer quand il s'échappa des mains de Bibi et vola jusqu'à l'autre bout du hall, immaculé. Daucus Magemonde le rattrapa au vol, son expression sévère aurait fait frémir un Kebobs. Pourtant, Bibi se rappela qu'il n'en était pas un et s'avança vers lui, sans crainte.

– Bibi ! Je suis ravi de te revoir si vite. Ta douce voix m'a averti de ton arrivée, aussi…

– Arrêtez votre baratin ! Quand comptiez-vous m'informer que Rivi ne serait pas admis dans l'enceinte de l'École ? lui lança-t-il en désignant l'intéressé qui pour une fois semblait interloqué.

– Ah Maître Magemonde, quelle joie de vous voir arriver ! s'exclama la secrétaire. Cet élève me pose d'énormes problèmes ! Je n'avais jamais…

– Alors c'est vous Maître Daucus ? intervint Ran.

– Ran, tais-toi, s'énerva Luce.

– Maître, il ne faut pas le blâmer trop vite, intervint Taro. Rivi, son ani…

– Silence tout le monde ! tonna Daucus qui les rendit muets comme des carpes. Madame Noradré, continuez à recevoir nos futurs élèves. Dès que vous aurez un moment libre, mettez par écrit votre version des faits et faites-la moi parvenir. Vous tous, suivez-moi.

Bibi ne bougea pas d'un pouce, mais Taro le poussa en le suppliant. Il consentit à se mettre en marche avec une moue exaspérée, résolu à régler ses comptes avec son soi-disant bienfaiteur. Après avoir parcouru quelques couloirs, Daucus désigna des chaises à Bibi, l'invitant à s'y asseoir le temps de s'entretenir avec les autres dans son bureau. Rivi s'assit à côté de son ami et entreprit de faire calmement sa toilette. Au bout de dix minutes, pendant lesquelles Bibi eut tout le temps de réfléchir aux termes effrayants de la secrétaire, il vit une petite feuille ensorcelée voler et passer sous la porte du bureau de Daucus. Cette mégère de Noradré n'avait pas perdu de temps ! Ses copains finirent par sortir du bureau sans prononcer un mot. Comment pouvaient-ils se laisser embobiner si facilement par cet hypocrite de Daucus ?

Deux minutes plus tard, celui-ci ouvrit la porte de son bureau et fit entrer les deux fauteurs de troubles. Daucus invita Bibi à s'asseoir dans un fauteuil à accoudoir aussi gracieux qu'inconfortable, sans doute pour mettre les élèves mal à l'aise. Il fixa Daucus avec un regard chargé de ressentiment. Daucus, les mains jointes sous son menton, le lui rendit.

– Je t'écoute Bibi. Présente-moi ta version des faits.

– Votre vieille cerbère veut empêcher Rivi de résider avec moi à l'École ! Et même d'entrer dans le parc pour venir me voir ! Elle veut nous séparer ! Et elle a utilisé des termes qui sont loin d'être à mon goût ! C'est quoi cette histoire d'engagement à vie aux ordres de l'Empereur ? Et ce contrat magique ? Et ces petites lignes écrites en bas ?

Daucus eut un sourire d'excuse.

– Hélas mon pauvre Bibi, je ne peux rien pour toi.

– Et ? C'est tout ? demanda le jeune Pur après un silence. C'est tout ce que vous daignez me répondre ? Quand vous faisiez la promotion de votre foutue grande Institution, vous n'avez jamais mentionné ce contrat magique ! Et encore moins que les animaux étaient interdits ici, alors que vous connaissiez déjà l'existence de Rivi ! Vous qui êtes soi-disant un très grand Mage, comment pouvez-vous oublier que nous sommes des esprits jumeaux ?

– Attention aux mots que tu emploies Bibi, dit Daucus d'un ton tranquille.

– Bon d'accord, vous êtes un très grand Mage, peu importe !

Daucus sourit.

– Ce n'est pas de cela dont il s'agit. Je le sais très bien et je n'ai pas besoin de le prouver à tout le monde. Choisis tes mots avec précaution.

– Je ne comprends pas.

Daucus se pencha sur son bureau et baissa la voix.

– Ce pour quoi tu es si remonté n'existait pas hier encore. Nous avons eu une nouvelle réunion de direction et quelques changements de dernière minute ont été apportés au règlement de l'École.

Interloqué, Bibi se sentit dégrisé par la diminution de sa colère, ce qui lui permit de remarquer l'air chiffonné de fatigue et de soucis qui barrait le front du directeur.

– Comment ça ?

– Je pense que je peux t'en parler en toute confiance. Mais je t'avertis, il faut choisir avec soin à qui et quand tu le répéteras. Tu comprends ?

– Je crois, oui.

– Recruter des élèves à partir des résultats de la Rencontre était mon idée. Une façon de contrebalancer la mainmise des nobles sur les Élites, d'abolir les pistons, les pots de vins et le népotisme que je voyais s'opérer depuis des années et de donner une chance à d'autres talents. Le corps des Élites trempe dans des tas d'histoires secrètes de la plus haute importance. Un bon nombre de gens haut placés ne reculent devant rien pour y faire entrer un fils, une nièce, un cousin ou un débiteur. Notre réseau perd de ses forces et la sécurité de notre Monde en est menacée. Je m'avance peut-être, mais je pense que l'attaque de Belleterre aurait pu être évitée si nous étions restés tel qu'au temps de la libération du joug du Roi des Sombres. Ma brillante idée, si ma modestie me le permet, a pour but de restaurer l'intégrité des Élites et de soutenir le mouvement citoyen, pour consolider nos actions dans le Monde et favoriser la paix et l'essor de notre société. Bien entendu ce projet ne séduit pas tout le monde. Pas parce qu'ils sont contre la paix, mais parce qu'ils sont trop accrochés à leur position pour se rendre compte du changement nécessaire dont ont besoin les Élites et notre société.

– Alors pourquoi ont-ils adopté votre projet ?

– Parce qu'ils ne peuvent pas avouer ouvertement leurs magouilles, surtout pas quand le mouvement citoyen prend de l'ampleur. Ils craignent une révolution qui entraînerait la fin de leurs privilèges. Je ne suis pas seul dans cette bataille, merci à l'Esprit des Ordres. Il ne faut pas oublier que c'est une École remplie d'adultes ici. Bien que cette année, la moyenne d'âge ait un peu baissé. Donc le règlement était plutôt…

– Pour la galerie.

– C'est ça. En conséquence, ils ont corsé le tout et sont revenus à quelque chose de beaucoup plus traditionaliste. Luce et Ran ont de la chance que les chambres de couple existent encore à l'internat.

– Mais moi, je l'ai dans le c…

– Bibi, s'il te plaît. Maîtrise un peu ton langage. Tu es quand même dans le bureau du directeur.

– Désolé, admit Bibi par politesse. Mais il n'y pas un moyen de me libérer ? Je ne peux pas quitter Rivi.

– Plus depuis que tu as signé.

– On ne peut pas le détruire ce foutu formulaire ? Faire comme si je ne l'avais jamais eu entre les mains ?

– C'est impossible, hélas. Et tu voudrais déjà nous quitter ? Tu pourras voir Rivi dès que ton emploi du temps le permettra.

– Rivi ne va pas passer sa vie à m'attendre en ville ! Il a besoin d'être dans la forêt. Et la plus proche d'ici, c'est la Matriarche. Elle est bien à quatre jours de marche. Je suis conscient de la chance que vous m'offrez Daucus, l'orphelin de Deucolline admis dans la meilleure école du Monde pour devenir un Élite ! Taro m'a expliqué en large et en travers ce que ça signifie et j'en suis très sincèrement honoré. Mais l'idée d'être si lié à l'Empereur me met mal à l'aise, m'effraie aussi. J'ai peur de devenir prisonnier d'une vie dont je ne serais pas satisfait. Mon maître, l'homme qui m'a élevé… j'étais à sa botte et je refuse de revivre ça. Pour que les choses soient claires une bonne fois pour toutes, il est hors de question que Rivi et moi soyons séparés, tança Bibi.

Daucus frottait son menton et semblait réfléchir à toute allure.

– J'aimerais tout de même que tu restes.

– Ça, j'avais bien compris Maître, soupira le Pur lassé de voir ses efforts vains.

– Non, je ne crois pas, dit Daucus en balayant ses dires d'un geste. Je crains de te voir végéter.

– C'est-à-dire ?

– Ton potentiel est extraordinaire et j'ai peur que tu en perdes le contrôle. Ton combat contre Couma était destiné à nous montrer ce que tu pouvais encaisser. Bibi, ton Endurance et ta Résistance sont presque effrayantes. Il y a une véritable rage en toi, une furie dont je devine la cause, mais qu'il ne faut pas négliger pour autant. Je te crois potentiellement dangereux pour toi et pour les autres. Il faut apprendre à te maîtriser du mieux possible, pour pouvoir te juguler à temps si besoin et éviter que tu ne provoques des catastrophes.

Bibi sentit quelques souvenirs de la sorte se cristalliser dans sa mémoire.

– D'un autre côté, il faut cultiver ton don, l'aider à se développer et à nous montrer ce dont il est capable. Tu pourrais créer tant de grandes choses ! À mon sens, cette École est le meilleur endroit pour cela.

Bibi en resta comme deux ronds de flan.

– Mon maître me disait ça aussi. Pas aussi gentiment mais…

– Que comptes-tu faire si tu n'entres pas dans cette formation ?

– Je ne sais pas. Je pourrais rester ici et trouver du travail. Ou bien faire un petit pèlerinage à Deucolline pour en apprendre plus sur mon maître. Il est le seul Pur que j'ai connu.

– Tout cela me semble bien hasardeux. Je comprends très bien ta volonté de connaître tes origines, mais saches que je suis un spécialiste de ton Ordre. J'ai fait de nombreuses recherches que je t'autoriserai à consulter, si tu restes ici.

– C'est du chantage ! s'exclama Bibi interloqué que Daucus insiste tant.

Ce dernier sourit en faisant un signe de « couci, couça ».

– En gros, vous avez peur que je devienne un Sombre et vous pensez qu'étudier ici m'éviterait ce funeste destin, c'est ça ? Vous voulez me surveiller.

– Non Bibi. Je n'ai pas peur que tu deviennes un Sombre. C'est une question de moralité, d'éthique, de comment respecter la vie quand on est capable d'abattre des montagnes par la seule force de son poing ou de sa Magie. Question que nous aborderons au cours de l'année, d'ailleurs. Je ne crains pas du tout que tu deviennes un Sombre. Je veux t'aider à maîtriser tes dons. Et il y a autre chose.

– Oui ?

– Tu es un Pur Bibi. Toujours la même chanson. Tu es potentiellement en danger.

– En danger ?

– La peur des Purs et de leur soi-disant malédiction cache mal les angoisses qu'engendrent leurs…vos immenses pouvoirs. Tu es inquiétant Bibi. Tu es le dernier représentant de l'Ordre disparu et pour cette raison un grand nombre de gens risquent de te nuire. Mais si tu restes ici, si tu deviens un Élite, cela devrait te protéger. Ou tout du moins t'aider.

– Et Rivi dans tout ça ? demanda Bibi perdu avec toutes ces paroles au sujet son pouvoir.

– Il ne peut pas rester avec toi Bibi. Je ne peux rien faire. D'ailleurs, pour ton inscription je ne suis même pas sûr de pouvoir l'annuler. Et si tu t'en allais, tu pourrais fort bien être considéré comme un ennemi de l'Empereur. Bibi fronça les sourcils et s'apprêta à répliquer, mais Daucus l'en empêcha.

– Bibi, je t'ai dit tout ce que j'avais à dire, tous les arguments pour lesquels j'aimerais te voir rester. Le règlement de l'École a changé et je suis moi aussi pieds et poings liés. Je vais te laisser quelques minutes de réflexion, seul. Je serai dans le hall, j'emporte ça, dit-il en agitant son formulaire d'inscription.

Le Maître se leva et Bibi remarqua à nouveau son air préoccupé. Il fut soudain empli de gêne d'être la cause de tant de soucis pour un homme de sa trempe. Avant de sortir, Daucus se retourna :

– N'oublie pas de réfléchir à une façon courtoise de présenter tes excuses à Madame Noradré.

Bibi explosa d'un rire tout à fait cruel qui arracha un sourire exaspéré à Daucus. Sans ajouter un mot, il sortit en secouant la tête. Une fois la porte fermée, Bibi se tourna vers Rivi. Celui-ci lui rendit un regard brûlant.

– Qu'est-ce que je dois faire mon vieux ? Même si je décide de m'en aller, il y a ce contrat magique ! Les discours de Daucus me donnent plus envie de m'enfuir en courant que de rester. Ah, ils m'ont bien eu les salauds !

Rivi sauta sur les genoux de Bibi et frotta son museau contre le sien en ronronnant. Ses yeux jaunes et verts pétillaient d'intelligence.

Il semblait sourire à Bibi d'un air complice. Il se cacha le visage dans sa fourrure épaisse et aspira son odeur de sous-bois.

– Et puis non ! Je ne peux pas. Comment va-t-on faire pour se voir, hein ? Quand tu seras dans la forêt à plusieurs jours de marche d'ici et moi coincé dans une bibliothèque à étudier ? Je ne peux pas l'imaginer. Alors, cette École, tant pis !

À ces mots, Rivi se dégagea brutalement et sauta sur le sol.

– Bah, quelle mouche te pique ?

Rivi fonça sur la porte et l'ouvrit en jouant avec la poignée.

– Mais qu'est-ce que tu fais ? demanda Bibi avec un début de panique dans la voix.

Il n'osait pas comprendre. Rivi se faufila par l'ouverture et Bibi se leva. Le lynx se retourna et le regarda droit dans les yeux, avec un air triste, mais étonnamment résolu. Bibi hocha la tête comme pour dire non, les yeux brûlants de larmes.

– Tu ne vas pas faire ça Rivi ? Tu ne vas pas me laisser ? Ne fais pas ça !

Le lynx fit demi-tour brutalement et détala aussi vite que s'il avait pris un lapin en chasse. Bibi se lança à sa poursuite, un immense vide à la place de l'estomac. Rivi ne pouvait pas le quitter ! Bibi avait besoin de lui. Il ne pouvait imaginer sa vie sans Rivi. Le lynx jaillit dans le hall d'entrée comme un diable de sa boite. Bibi s'étala sur le marbre glissant et se releva sans vraiment arrêter sa course. Daucus, Noradré, Luce, Taro, Ran, Lestine, Ushu et Aïa, Ximo et les trois autres élèves discutaient avec une certaine animation, avant que ce spectacle ne leur cloue le bec. Luce lut une telle détresse sur le visage de Bibi qu'elle attrapa le bras de Daucus sans s'en rendre compte et le serra violemment. Taro et Ran se redressèrent, prêts à combattre un ennemi qui surgirait derrière eux, mais avant qu'ils n'aient compris, Bibi sautait les quelques marches pour atterrir dehors.

Rivi fit de nouveau brutalement demi-tour pour attaquer Bibi qui tomba à la renverse contre les marches. Il ne lui laissa aucun répit et le griffa profondément de l'épaule gauche jusqu'au milieu de la poitrine. Le cri de Bibi alerta tout le monde. Ran tenta de se lancer à la poursuite du lynx, mais le véloce félin disparut en un éclair. Bibi se releva, ensanglanté. Lui aussi voulut courir après Rivi, mais Daucus l'en empêcha.

– Bibi arrête ! Tu ne pourras pas le rattraper.

– Je le savais ! Je le savais ! Les animaux sont dangereux ! s'exclama Noradré à qui voulait bien l'entendre.

– Faites taire cette mégère ou je m'en charge ! hurla Bibi.

Mais il s'arrêta bien vite, les mains crispées sur sa plaie.

Lestine et Ximo tentaient de consoler les jumelles qui fixaient l'endroit où Rivi avait disparu.

Luce essayait de voir l'étendue des dégâts.

– Mais pourquoi Rivi t'a fait ça ? demanda Ximo choqué. Je ne comprends pas. Tu es son humain-totem !

– Je n'en sais rien, gémit Bibi. Je ne comprends pas. Il n'a pas voulu me blesser, il ne voulait sans doute pas me faire ça.

– Foutaises ! s'exclama Noradré. Vous êtes stupide au point de croire, même après une telle attaque, que votre fauve enragé ne vous veut que du bien ?

– Elle va la fermer sa grande gueule, la harpie ?

– Ne le provoquez pas, s'il vous plaît madame Noradré, fit posément Daucus. Bibi est le mieux placé pour savoir que son lynx ne lui voulait aucun mal. Ils ont vécu côte à côte pendant des années et son animal-totem ne lui a jamais fait de mal. Alors, la question est bonne, pourquoi aujourd'hui ?

– Je crois qu'il t'a marqué Bibi, affirma soudain Luce qui avait réussi à examiner sommairement la plaie.

– Marqué ? demanda Taro. Qu'est-ce-que ça veut dire ?

– Montre-moi Luce, intervint aussitôt Daucus.

Luce tint les mains de Bibi et Daucus palpa rapidement les quatre stries parallèles et profondes dans la chair de Bibi.

– Étonnant. Venez tous voir, dit-il à l'intention des spectateurs. Vous surtout, fit-il en désignant les autres élèves. C'est un phénomène magique qu'on ne voit que très rarement.

Bibi luttait contre la douleur et l'énervement pendant que Daucus montrait ses plaies aux autres.

– Professeur, je m'en voudrais de vous manquer de respect, mais il serait peut-être bon d'attendre la rentrée pour commencer vos cours, non ? demanda Taro d'une voix cassante. Surtout dans ce cas particulier où le sang coule.

– Tu as parfaitement raison Taro, s'excusa Daucus avec un air contrit. Je suis navré Bibi. Je suis incorrigible quand il s'agit des mystères de la Magie. Suivez-moi à l'infirmerie. Non, juste les proches de Bibi cette fois.

Installé sur un des lits, Bibi laissa sa douleur s'exprimer :

– Ça fait mal pour une simple griffure.

Daucus observa son visage crispé et en sueur avant de répliquer :

– Ce n'est pas une simple griffure. C'est un cadeau.

– Un cadeau ? demanda Luce intéressée. J'ai déjà entendu parler de ce phénomène mais je ne l'ai jamais compris.

– C'est un don de Rivi. Il a déversé un peu de lui en toi et il a pris un peu de toi pour le mettre en lui. Il s'agit d'un lien magique si fort que, s'il est bien maîtrisé, les deux protagonistes peuvent voir par les yeux de l'autre, partager des impressions, des données et des pensées à distance. Chacun se voit attribuer quelques particularités de son double.

– Lesquelles ?

– Cela dépend.

– Peut-être que tu vas avoir deux jolies oreilles comme Rivi, plaisanta Ran.

– Voilà qui nuirait à mon charme, dit Bibi en tentant maladroitement de faire de l'humour pour cacher sa douleur et sa tristesse.

– La guérison ne peut être accélérée par aucun remède. Rien ne doit perturber le processus. Je vais simplement te mettre une compresse pour arrêter l'hémorragie.

– Quand pourrais-je communiquer avec Rivi ? demanda Bibi que seule la fuite de son ami préoccupait. Aïe ! vous me faites mal.

– Désolé Bibi, répondit Daucus. Pour la communication, je n'ai jamais vu de cas semblable, je n'ai qu'une connaissance théorique du phénomène. Ça va être une expérience fascinante.

Bibi baissa les yeux sur sa plaie à moitié pansée. De délicates et fines étincelles de Magie en sortaient. Les jumelles étaient absorbées par le spectacle.

– Et les échanges de particularités ?

– Là encore je ne peux rien te dire. Nous verrons bien. Toujours d'après la théorie, tu pourrais avoir de la fièvre, des douleurs articulaires, des changements d'humeur ou des hallucinations.

– Pour les changements d'humeur on a l'habitude, souligna Taro.

Lestine et Luce eurent un petit rire tout à fait complice qui agaça Bibi.

– J'apprécierais que tu étudies ce que tu ressens dans les prochains jours.

– Parce qu'en plus de me surveiller, vous voulez m'étudier ?

Daucus eut un rire franc en finissant le bandage qu'il enroulait au-dessus de l'épaule de Bibi.

– C'est exactement ça !

– Soit, concéda Bibi. J'imagine que je peux comprendre.

– Néanmoins, je sens que je vais très vite regretter de t'avoir proposé une place dans mon établissement, soupira Daucus. Regarde tout le travail supplémentaire que tu m'apportes en une seule journée.

– Vous pouvez toujours me renvoyer, railla Bibi.

– Sois poli un peu ! lança Luce en le rappelant à l'ordre. Et reconnaissant d'être admis dans la plus grande École du Monde !

Bibi fut content de devoir serrer les dents pour ne pas crier quand elle l'aida à se rhabiller, ce qui l'empêcha de répondre et de lui donner raison. Elle lui rafistola son haut plutôt habilement avec un sort bien maîtrisé. Daucus parut apprécier. Il fit un petit sac pour Bibi, plein de compresses, de coton et de bandage.

– Refais régulièrement ton pansement. Vu que nous ne pouvons pas y mettre d'antiseptique, mieux vaut laisser les plaies propres. Lave-les à l'eau claire.

– Ça sera fait Maître, assura Luce en prenant le baluchon.

– Bien, je vous revois à la rentrée dans ce cas. Je dois vous laisser, j'ai énormément de travail. Bibi, je suis désolé que Rivi n'ait pu rester près de toi. Sincèrement. Fermez magiquement la porte en sortant s'il vous plaît.

Dès que Daucus eut disparu, Bibi dit :

– Il s'enfuit bien vite, j'aurais eu d'autres choses à lui dire.

– Bibi ! Maître Daucus a autre chose à faire que de s'occuper sans cesse de toi ! Il est le directeur de l'École Impériale, le plus jeune Maître du Monde, un Élite ! Tu as créé beaucoup de problèmes.

– Tu peux rajouter le « comme d'habitude » qui te brûle la langue ma douce Lulu, grogna Bibi en se relevant précautionneusement.

– Ce n'est pas ce que je voulais dire, s'excusa-t-elle, moi aussi je suis désolée pour Rivi. Je ne réalise pas.

– C'est à moi que tu dis ça ? insista Bibi avec une moue désagréable.

– Rentrons, apaisa Taro. La journée a été chargée et elle vient à peine de commencer.

– Rentrez si vous voulez. Moi, je vais chercher Rivi.

Il ne s'arrêta que deux heures plus tard, Luce, Ran et Taro sur ses talons, les autres ayant ramené les jumelles à l'auberge. Exsangue, au bord de l'évanouissement tant il souffrait de ses plaies, il s'agrippa à un mur en cherchant bruyamment sa respiration.

Luce parvint à le convaincre de rentrer, la mort dans l'âme. Le vide qu'avait laissé Rivi se creusait à chaque minute qui passait. Quand reviendrait-il ? Allait-il seulement revenir ? Pourquoi l'avait-il abandonné ? N'aurait-il pu attendre au moins la rentrée pour disparaître ?

La douleur lui vrillait le torse par saccades imprévisibles, l'obligeant à s'arrêter et à s'accrocher pour ne pas s'écrouler. Luce, Taro et Ran le soutenaient de leur mieux.

Dans les rues, des gens les reconnaissaient et les félicitaient pour leurs exploits à la Rencontre, sans s'inquiéter de l'état du jeune Pur, qui devait certainement souffrir des blessures de son mémorable combat contre le Champion du Monde. Et ne racontait-on pas qu'il avait affronté le Sombre durant l'attaque démoniaque ? Ran ne cessait de claironner qu'ils logeaient à l'auberge de Mouna, rue du jardin, et qu'ils pourraient peut-être les y croiser aux repas dans le restaurant ou sur les terrasses à n'importe quelle heure de la journée.

– Mais pourquoi tu fais ça bon sang ? s'énerva Taro. On n'a pas vraiment besoin que des excités du bocal viennent nous harceler à la maison !

– Tu plaisantes ? Je prends soin de toi en faisant ça, pour te trouver une petite chérie !

– N'importe quoi vraiment ! grogna Taro en rougissant.

– Je plaisante. J'essaie surtout d'attirer des clients à l'auberge de ta tante. Autant profiter de notre éphémère célébrité non ?

– Mon chéri est brillant ! s'exclama amoureusement Luce.

– Trop génial oui ! surenchérit Taro. Tu me le prêtes ?

Luce grogna et tout le monde s'en amusa, sauf Bibi. L'après-midi fut éprouvant. Les parents de la petite assemblée accueillirent tristement la nouvelle. Ils avaient fini, eux aussi, par s'attacher à l'animal qui avait en plus le don rare de canaliser l'énergie des jumelles.

– Comme si tu avais besoin de ça ! finit par conclure Mouna, presque en colère contre Rivi.

Bibi, semblait déjà en proie aux malaises décrits par Daucus. En sueur, puis frissonnant, il passait des pleurs à la colère, à tel point que Luce avait envie de le gifler. Il imaginait des scénarios farfelus où Sombres, Démons et chasseurs de trophées poursuivaient Rivi pour le découper en morceaux. Puis il recommençait à pleurer, inconsolable. Il passa une très mauvaise nuit et en fit passer une aussi mauvaise à Taro car ses plaies l'irritaient. Il ne s'endormit qu'à l'aube en appelant Rivi dans son sommeil.

Les quinze jours qui suivirent furent moins mouvementés. Le temps restait au beau fixe, même si quelques orages ponctuaient le ciel bleu et remplissaient les puits. Bibi se sentit rapidement mieux et, à part la douleur, il ne connut plus d'épisodes aussi impressionnants que les heures qui avaient suivi son marquage. Au fur et à mesure des jours, la souffrance physique finit elle aussi par s'estomper, mais Bibi se désespérait de ne sentir aucun des changements annoncés qui lui permettraient de communiquer avec Rivi. Il avait tenté une nouvelle fois de retrouver sa piste à travers la ville, sans succès. Il était même monté jusqu'au Pré pour trouver une trace quelconque. Rivi avait bel et bien disparu. Les quatre futurs Élites menèrent donc une vie plus paisible, au rythme des grasses matinées, des sorties, des jeux de société et des discussions futiles. La blessure de Bibi se cicatrisait, sans doute favorisée par la bonne et solide nourriture de Mouna. Elle voyait comme une réussite personnelle la prise de poids du jeune Pur, sans pour autant relâcher ses efforts. Ils s'occupèrent également de leur liste de fournitures. Luce dut revendre quelques bijoux et Taro offrit tout à Bibi.

– Mais tu es fou ! Tu te rends compte de la somme que tu vas débourser ?

– Écoute, tu n'as pas les moyens de te payer tout ça. Moi je les ai largement. Mes parents sont peut-être avares en affection, mais pas en monnaie. Mon coffre à la banque en est rempli ! Et j'avais déjà quasiment tout ce dont on a besoin. Disons que c'est ton cadeau d'anniversaire !

– C'est idiot, bouda Bibi. On ne connaît même pas ma date d'anniversaire.

– Peu importe Bibi, répondit Taro d'un ton plus doux.

– Je te rembourserai un jour.

– C'est ça, railla le jeune Guerrier, n'oublie pas les intérêts.

La famille de Ran arriva deux jours après leur inscription. Ce furent de superbes retrouvailles. Ran enlaça ses parents comme s'ils venaient de sortir d'un immeuble effondré et ceux-ci lui rendirent son étreinte comme s'il venait d'échapper à une attaque démoniaque sur la Capitale, ce qui était le cas. Ses grands-mères se pâmèrent devant leur si beau et unique petit-fils qui les accueillit avec une infinie tendresse. Amies d'enfance, les deux mamies firent le bonheur de tous les enfants, petits ou grands. Ran demanda à Luce de venir près de lui et la présenta à sa famille. Très intimidée, mais magnifique comme à son habitude, elle attira aussitôt la sympathie des grands-mères et des parents Chantebrise. Ils eurent tous suffisamment de tact pour faire comme si Sanrouge était un nom tout à fait commun. À la fin de la journée, c'était tout juste si les deux mamies n'organisaient pas déjà leurs noces.

Ran était le fils unique de deux enfants eux aussi uniques qui s'étaient rencontrés par leurs mères respectives. Amis d'enfance, ils s'étaient pourtant éloignés à l'adolescence. À l'âge adulte, leur relation s'était mue en un amour pur et simple. Leur seul regret était de n'avoir eu qu'un fils, mais pour leur plus grand bonheur, celui-ci leur en avait apporté un second en la personne de Taro. Ran avait été un enfant sage, réfléchi et brillant, que Taro avait fini par détendre et dévergonder. Les

Drudeplui s'entendirent à merveille avec les Chantebrise. L'auberge se remplissait à nouveau de chaleur humaine. Bibi et Luce profitèrent de chaque minute en leur compagnie. À l'auberge, la publicité de Ran avait porté ses fruits, Mouna dut désinstaller les aménagements de sa terrasse pour être en mesure d'accueillir toute la clientèle. Le vainqueur de l'Épreuve de la musique chanté, Daxi Verpré, qui connaissait l'auberge par Konogan, vint même donner quelques prestations sur la scène. Luce était quelque peu déçue de ne pas être célibataire et Ran lui répliqua qu'elle ne pouvait plus lui échapper après la présentation à ses mamies.

Quelques voyageurs de passage venus enterrer un ami ou un membre de la famille, occupèrent également les chambres. Leur présence teintait de tristesse l'auberge qui, pour quelques heures, se voilait d'un silence respectueux.

À la fin de la première semaine, Kael eut son entretien pour le département de recherche des armes. Le lundi suivant, il débuta son nouveau travail, fou de bonheur. Luce et Lestine commençaient à appréhender leur rentrée, tandis que les garçons sombraient dans une paresse éhontée. Parfois, Bibi, attentif au moindre changement de sa pensée, de sa vision et de son corps, croyait sentir ses plaies se réveiller. Mais il ne s'agissait souvent que d'ordinaires tiraillements de peau en cicatrisation. Alors il se laissa aller, les yeux dans le vague, abattu, muet comme une carpe. Ils profitèrent aussi des vacances pour revoir leurs amis. Piétovar allait mieux, mais il brûlait d'impatience de rentrer avec sa sœur à Carvacol pour retrouver leurs parents. Les adieux furent chaleureux et les promesses de retrouvailles sincères.

La date fatidique approchait. Bientôt ce fut le 31 août, le dernier jour de congé pour tous les enfants et la veille du départ pour la famille de Ran.

La soirée fut magnifique. Les quatre futurs Élites s'amusèrent beaucoup à préparer leurs affaires, d'autant que le sort d'agrandissement de Bibi les aida à tout caser dans leurs sacs. Les jumelles broyaient du noir à l'idée de reprendre l'école et de ne plus voir aussi souvent Luce, Ran, Bibi et Taro. Mouna et Gora s'étaient surpassées en cuisine et avaient réservé leur soirée en fermant restaurant et terrasse. Daxi Verpré s'occupait de la musique, car il était devenu un ami proche de Lestine. Ils dînèrent sur la terrasse, sous les étoiles, éclairés par quelques braseros, une douce musique d'ambiance dans les oreilles. La soirée toucha à sa fin. Bibi aurait aimé connaître un sort capable de figer le temps pour dîner comme ça chaque soir, toute sa vie durant.

Luce, Ran, Lestine, Taro et Bibi ne purent se résoudre à aller se coucher et poursuivirent la soirée avec le jeune chanteur qui leur apprit à chacun un morceau de guitare. Ran et Taro, tous les deux bons joueurs, n'eurent aucun mal à le faire alors que Bibi s'en révéla incapable. Ce qui les fit beaucoup rire. Puis la fatigue s'installa et la sagesse les emmena au lit. Ran et Luce se couchèrent, s'enlacèrent, puis s'aimèrent pour ne pas penser au lendemain. Taro mit du temps à éteindre la lumière car il ne cessait de vérifier ses bagages. Bibi, les yeux au plafond, une main sur ses cicatrices guettait un signe, si ténu soit-il. La rentrée l'inquiétait, les paroles de Daucus résonnaient dans sa tête et Rivi lui manquait. Avait-il pris une bonne décision en s'inscrivant à l'École Impériale ? L'affaire semblait plutôt mal engagée. L'étrange et flou souvenir de la femme qu'il s'imaginait être sa mère revint le hanter avec toutes sortes de mises en garde. Il eut du mal à trouver le sommeil.

Chapitre 11.

Le lendemain matin, ils se réveillèrent avec une drôle d'impression au ventre. L'heure de la rentrée avait sonné. Pendant le petit déjeuner Mouna ne cessa de leur répéter qu'elle trouvait salutaire ce retour à une routine, surtout après la Rencontre passionnante et l'attaque d'un Sombre. Ils ne purent que lui donner raison.

Ran, Taro, Luce et Bibi partirent les premiers, après avoir échangé d'interminables baisers et accolades avec la famille de Ran. Ses grands-mères sanglotaient, le visage caché dans d'improbables mouchoirs fleuris. Ils promirent à Mouna de revenir rapidement.

La troupe chargea au maximum Blouma, Tonnerre et leurs travois respectifs. Les travaux de reconstruction avaient bien avancé et les cicatrices de la Cité se pansaient rapidement. La fréquence des chants, des éloges et des processions funèbres qu'on pouvait encore entendre s'espaçait. Un monument pour les portés disparus et les corps non identifiés avait été dressé. La statue évoquait l'horreur de l'attaque et faisait vibrer les cœurs. Les hommes, les femmes et les enfants représentés, si enlacés que leurs corps s'en confondaient, rappelaient des scènes familières et portaient une telle émotion sur leurs visages tournés vers le ciel, qu'on ne pouvait que les espérer en paix dans le Jardin de l'Esprit des Ordres. Le monument était envahi de fleurs, de rubans colorés, de bougies, de petits sorts colorés voletant, de dessins, de mots d'amour et de mots d'adieu. Autant de cadeaux que chacun voulait offrir à ces âmes perdues pour leur souhaiter bon voyage, pour adoucir leur peine en imaginant la leur apaisée, pour se donner du courage et avancer sans eux, sans les oublier tout à fait.

Parallèlement, Bibi trouvait que les statues à l'effigie des grands de ce monde, l'Empereur, les Chefs des Ordres, quelques nobles importants, profitaient des reconstructions pour pousser comme des champignons. Le jeune Pur, après son expérience à la cour, s'en trouvait ulcéré. Avait-on vu un dirigeant prendre les choses en main pendant l'attaque ? Avait-on seulement vu les troupes de l'Empereur intervenir ? Sans la Fête de Clôture et le rassemblement en conséquence de miliciens, d'Élites et de Champions dans les rues, bien des vies auraient été perdues. Cette idée écœurait Bibi. La grande majorité des habitants, écrasée par le chagrin, n'y prêtait hélas pas la même attention que lui.

La rentrée des internes était prévue à neuf heures et le discours du directeur une heure après. Les internes se regroupaient devant la pelouse du bâtiment en L, à droite du bâtiment principal. D'anciens condisciples se retrouvaient avec de grands cris de joie provoquant un joyeux tumulte. Les chevaux hennissaient et certains nouveaux, apeurés, cherchaient des visages familiers dans l'espoir de ne pas rester seul. À neuf heures pile, une femme d'une quarantaine d'années et une dizaine de jeunes hommes et femmes s'approchèrent du rassemblement d'internes. Tous les étudiants se tournèrent vers eux. Une fois à portée de voix, la femme plus âgée se présenta :

– Jeunes gens, bonjour ! Pour ceux qui ne me connaissent pas encore, je suis la responsable de vie scolaire, Maître Tandra Fuilevent. En conséquence, je veille au respect de votre vie d'interne et d'étudiant. Aussi, si vous enfreignez le tout nouveau règlement, dit-elle d'un air contraint, ou si je vous surprends à faire des âneries, poursuivit-elle plus joyeusement en se tournant vers un groupe qui se mit à rire, j'aurai toute autorité pour vous punir en conséquence. Si vous avez un problème ou des difficultés, je suis à votre écoute. Pour ce qui est de la vie à l'internat, je préfère de loin la bonne ambiance, témoignant d'une véritable camaraderie, mais je n'hésiterai pas à user de mon pouvoir sur ceux qui ne respectent pas un minimum de discipline ! En résumé, il y a des limites à ne pas franchir.

Elle se tut et parcourut l'assistance du regard pour s'assurer que tous avaient compris. Puis elle enchaîna :

– Et pour m'aider dans cette tâche, voici mes adjoints, bien plus nombreux que l'année dernière. Que voulez-vous, les autorités vous imaginent très turbulents. Méfiez-vous, ce sont des Élites, même s'ils se spécialisent dans des domaines qui les obligent à rester ici pour quelque temps encore. Ne les sous-estimez pas. Passons maintenant à la logistique ! reprit Tandra. Vous êtes plus nombreux cette année. Les *première année*, placez-vous devant moi, les *deuxième* devant Dakin et les *troisième* devant Ezabelina dite Zab, dans un silence relatif je vous prie.

Les étudiants s'ordonnèrent. Bibi, Luce, Ran et Taro reconnurent Targo Ferdeciel et son meilleur ami Modo Poderoque. Bibi fut tenté d'adresser un sourire mi-moqueur, mi-sincère à Targo. Après tout, le bougre lui avait fait montre d'une certaine sympathie, mais il savait que son acte d'amabilité serait mal interprété.

– Ceux qui possèdent des chevaux, déchargez-les et sortez leur formulaire d'inscription pour les écuries. Tonine et les autres Élites vont s'occuper d'eux.

Blouma et Tonnerre furent emportés par un jeune homme prématurément dégarni à l'air sympathique.

– C'est dur de les voir partir, soupira Taro.

– Tu te fous de moi ? lança aussitôt Bibi d'une voix agressive. Ils sont au bout du parc ! gronda-t-il.

– Excuse-moi Bibi, se reprit aussitôt Taro, gêné.

– Je m'emporte pour rien, désolé, s'excusa Bibi.

Tandra tentait de se faire entendre, Zab et Dakin paraissaient dépassés par la situation.

– Quel charivari, observa Bibi. On aurait pu croire que les adultes seraient plus faciles à contrôler que les enfants mais…

– C'est tout le contraire, dit en riant un jeune homme à côté d'eux. Les adultes n'ont pas peur des fessées. Je m'appelle Ator, dit-il avec un petit salut cœur-front-ciel. Ator Tourhaute.

– Salut ! Moi c'est Bibi.

– Et moi c'est Luce Sanrouge. Voici Taro Chanteterre et Ran Chantebrise.

– Salut, dit Taro.

– Enchanté, euh…

– Ator.

– Ator, c'est ça ! fit Ran en exécutant le salut à son tour. Je suppose qu'on te l'a déjà faite, mais tu ne dois pas avoir souvent raison.

Luce se tapa le front.

– Il se croit le plus drôle du groupe, dit-elle à l'intention d'Ator. Il ne faut pas lui en vouloir, c'est un esprit simple, conclut-elle en se pendant au bras de son chéri.

Ran explosa de rire.

– Pas de problème, j'ai l'habitude, dit Ator en souriant.

Taro ne suivit pas l'échange, car une fort jolie jeune femme lui avait demandé de l'aide pour porter ses bagages. Bibi détaillait Ator : pas très grand, des cheveux de paille, des traits poupins mais agréables, les yeux très clairs, l'ossature fine, habillé avec recherche, il était avenant.

– C'est marrant, j'ai l'impression de t'avoir déjà vu, dit Bibi.

– Tu as dû m'apercevoir à la Rencontre, raisonna Ator. Merci à elle, je n'aurais jamais osé imaginer venir passer les concours d'entrée. Et encore moins les réussir. Je suis citoyen.

Comme les autres, il porta tout ce qu'il put et fit léviter le reste par Magie.

– En tout cas, moi je n'avais pas oublié ton visage Bibi. Ni les vôtres d'ailleurs. Vous êtes des célébrités.

– Je n'arriverai jamais à m'y faire, dit Bibi avec une expression comique sur le visage.

Tandra avait renoncé à obtenir le silence et les conduisait au premier étage de l'internat, réservé aux *première année*.

– Eux aussi, je me souviens d'eux, dit Ator en désignant Targo et Modo. Dans un autre style que le vôtre, mais tout aussi efficace.

– Les bougres, commenta Luce. Quand je pense que j'espérais en être débarrassée à jamais après la Rencontre.

Dans le couloir du premier étage, Tandra fit patienter tous les étudiants.

– Je vais vous appeler par vos noms et vous viendrez chercher le numéro de votre chambre et un exemplaire du règlement de l'École. C'est parti !

Bibi hérita de la chambre 22, située en plein milieu du couloir. Il s'y rendit et referma aussitôt la porte derrière lui pour profiter de la baisse du niveau sonore. Il était très satisfait. Confortable, relativement spacieuse, claire et fonctionnelle, sa chambre lui plaisait. Il ressortit en verrouillant la porte avec son sort habituel qui s'appliqua cette fois directement à la poignée sans passer par un caillou. Il retrouva Ator dans le couloir et discuta avec lui. Ran et Luce avaient disparu dans leur chambre d'après les dires d'Ator. Taro échangeait de dangereux regards avec Targo. Bibi les surveilla du coin de l'œil en expliquant la situation à Ator.

Quelques minutes plus tard, Tandra les fit redescendre par la plus petite aile du bâtiment où se trouvaient douches et toilettes communes. Elle insista sur le respect à avoir de cet incroyable privilège. La sentence était claire : corvées de récurage au moindre débordement. Bibi n'était pas le seul à ne pas comprendre comment on pouvait envisager de dégrader un tel confort !

Puis elle les emmena au rez-de-chaussée, dans la plus petite aile où se trouvait l'infirmerie, déjà bien connue de certains. Le reste était aménagé en cantine et en espace détente : les apprentis Élites y trouvèrent un billard, jeu très en vogue chez les nobles, des tables pour jouer aux cartes, aux dominos, aux échecs, des instruments de musique et une bibliothèque.

– C'est un palace ! s'exclama Bibi.

Pendant que tout le monde faisait un tour rapide, Tandra s'approcha de lui :

– Bibi le Pur, c'est bien toi ?

De multiples regards se tournèrent alors dans leur direction.

– Oui Madame, répondit-il poliment.

– La guérisseuse t'attend pour examiner ta blessure. Ordre du directeur. Vas-y vite, sinon tu risques de rater le discours de rentrée.

– J'y vais tout de suite, si c'est le directeur qui l'ordonne. Merci, ajouta Bibi pour compenser la raillerie de sa première réponse.

Ator le regardait d'un air intrigué et Bibi devina que Luce se ferait un plaisir de lui exposer la situation.

– Bibi le Pur ! Déjà une légende dans nos murs ! chantonna l'infirmière face à lui. C'est bien la première fois que j'ai du travail avant le discours de rentrée.

– Et encore, je me suis blessé pendant les congés, plaisanta Bibi. Vous auriez eu du travail pendant vos vacances.

– Oui, Daucus m'a expliqué, dit-elle. Assieds-toi s'il te plaît. Je suis une Magicienne, une Élite et une spécialiste des blessures magiques, j'espère bien devenir Maître un jour grâce à mes travaux. Je ne suis pas une amatrice mais je n'ai encore jamais pu travailler sur ce genre de blessure ! C'est fascinant ! C'est encourageant, la cicatrisation semble s'être très bien passée et en des temps records, étant donné que tu n'as pas reçu de soins magiques, ni même traditionnels. Peut-être que cela fait partie du cadeau.

Elle examina Bibi dans tous les sens sans arrêter de discuter et d'émettre des hypothèses.

– Tu ne m'en veux pas si je regarde plus en profondeur ? demanda-t-elle en levant le nez de son affaire.

– Allez-y.

Bibi sentit les picotements de la Magie inquisitrice qu'elle utilisait.

– C'est vraiment fascinant. On sent effectivement qu'il y a quelque chose mais c'est très ténu. L'aspect de la cicatrice paraît tout à fait normal…

Elle poursuivit son examen en prenant des notes.

– As-tu ressenti quelque chose de particulier depuis ? Nausées, fièvre, fatigue, une faiblesse quelconque ? Dérèglements intestinaux ? Agitation, hallucinations, dépression, angoisse, euphorie ?

– J'étais d'une humeur épouvantable le jour de la griffure et j'ai eu de la fièvre. Pas de nausées. Au contraire, j'ai mangé comme quatre. Et puis, j'étais… je suis forcément triste parce qu'il est parti, mais pas de dépression. Luce serait d'un avis contraire, mais j'ai la certitude que je le reverrai et ça me rassure.

– Tous ces symptômes, ça n'a duré que le premier jour ?

– Oui.

– De nouvelles sensations ? Sensorielles ? Des maux de tête ? Des images fugaces ?

– Rien de tout ça.

– Une quelconque transformation physique ? Des poils en plus ? Des muscles qui grossissent ? Changement de couleur des yeux ? Même transitoire.

– Quelques poils de torse peut-être. J'aime manger ma viande moins cuite, mais j'avoue ne pas y avoir franchement fait attention.

– Très bien. Je suppose qu'il va falloir te surveiller. Il faudra revenir me voir de temps en temps.

– D'accord.

– Et la douleur, elle est supportable ?

– Ça va.

– Il faudra quand même que tu y ailles doucement pendant tes premières séances de sport, je ne veux pas que ça se rouvre. Ta professeur est prévenue de toute façon. Même si c'est une tête de bois, elle a fini par comprendre. Eh bien ça m'a l'air de tourner rond tout ça ! C'est parfait !

– On peut dire ça, conclut Bibi avec un sourire.

– Allez, rhabille-toi. On va devoir courir si on ne veut pas rater le discours du directeur.

Bibi la suivit. Elle l'amena vers le bâtiment principal où une foule d'étudiants attendait bruyamment. Les internes avaient été rejoints par tous leurs condisciples. La guérisseuse alla retrouver l'équipe pédagogique à l'intérieur du bâtiment. Bibi fouilla la foule à la recherche de ses amis.

Il croisa Astrancia Finonde qui paraissait terrifiée, la salua chaleureusement, heureux de la revoir et lui proposa de le suivre. Elle accepta avec une immense gratitude, son sac d'école sur le dos. Bibi finit par dénicher Taro, Luce, Ran et Ator. Astrancia les salua tous, timide et rougissante face à Ator. Taro discutait posément avec la jeune femme à qui il avait apporté son aide, elle se nommait Adi Blanchecho. Deux de ses amies l'accompagnaient en minaudant face au beau Guerrier, Hara Dansevent et Ava Bleudecrai. Les trois Ordinaires, avenantes, souriantes, sûres d'elles, constituaient un exemple frappant de la beauté féminine. Adi était la plus jolie et semblait prendre, en conséquence, la tête du trio. Il paraissait donc logique que ce soit elle qui reçoive les intérêts du si beau Taro. Au bout de quelques minutes à piétiner dans la foule et à jauger d'un regard prudent les visages avoisinants, le directeur de l'École et toute l'équipe vinrent se poster sur le large balcon qui surplombait les étudiants. Bibi reconnut Daucus, toujours aussi élégant et charismatique, entouré d'une aura de beauté et de Magie mystérieuse, ainsi que la guérisseuse qu'il venait de quitter. Il vit aussi Maître Tandra et ses assistants, la mégère Noradré, le palefrenier et la bibliothécaire qui les avait renseignés lors de leur première visite et, avec surprise, la haute et imposante silhouette de Couma Fortemaison.

Le directeur s'avança pour prendre la parole. Dans un bref discours, il souhaita la bienvenue aux nouveaux et exprima son contentement et sa fierté de revoir les anciens en bonne santé après les tragiques événements.

– Pour cette rentrée, les *première année* sont particulièrement nombreux et d'horizons différents, et ceci grâce à la Rencontre, qui a, une fois de plus, poussé l'Humanité à se surpasser. La fine fleur de cette Humanité se trouve sous nos yeux ravis par tant de talent. En espérant que nous ferons du bon travail ensemble et que les Arbres de la Réussite nous honoreront de leurs fleurs !

Un véritable tonnerre d'applaudissements jaillit des *deuxième et troisième année.*

– Les Arbres de la Réussite ? C'est quoi ? demanda Bibi en applaudissant à son tour.

– Les buissons aux fleurs orange, indiqua Astrancia d'une voix passionnée en désignant les deux massifs de la cour. Ce sont des arbres magiques plantés lors de la construction de l'École il y a des millénaires, apparemment au début de la Deuxième Ère du Temps ! J'ai lu dans un livre que l'existence de ces Arbres est possible grâce à un chêne magique qui existe dans l'enceinte du parc.

– Mais pourquoi ces arbres et leurs fleurs sont-ils acclamés ? insista Bibi perplexe.

– Leur état de floraison évolue en fonction des résultats des apprentis Élites, lui répondit un *deuxième année* à côté de lui. Plus nous faisons du bon travail, plus l'arbre fleurit. Personne ne connaît vraiment le fonctionnement de cette Magie, mais il semblerait que les Arbres ressentent la puissance des pouvoirs des élèves.

– Comment font-ils pour ne ressentir que nos pouvoirs ?

– Tu verras, lui assura le *deuxième année* en lui faisant un clin d'œil.

– Oui, oui, poursuivait Daucus en apaisant les vivats, soyez fiers de vos performances mais ne vous endormez pas sur vos lauriers. Je compte sur mes enseignants pour que cela ne se produise pas. Je tiens d'ailleurs à vous présenter deux d'entre eux, nouveaux et bienvenus dans nos murs. Notre Champion du Monde, Couma Fortemaison, assurera entre autres les travaux pratiques de Force et quelques séances d'entraînement. Maître Harty Chauffevive, vous enseignera une nouvelle matière : législation, politique et économie. Spécialiste de ces questions, il est le nouveau détaché du Gouvernement de son Altesse Impériale et le nouveau directeur-adjoint, récita Daucus d'un ton si neutre qu'il n'échappa qu'à peu de monde qu'il n'approuvait guère la création de ce poste.

Se rappelant les dires que Daucus lui avait confiés dans son bureau, Bibi sentit une haine aussi intense que surprenante pour ce représentant du Gouvernement qui personnifiait soudain la cause de l'exil de Rivi. Taro avoua qu'une telle matière allait énormément l'intéresser.

– Ceci étant dit et fait, en tant que directeur de l'École Impériale, je déclare la rentrée officielle et la nouvelle année entamée ! déclama Daucus avec une voix qui sonna plus fort qu'habituellement.

Il leva les mains et l'air sembla vrombir autour de lui, puis autour de ses étudiants. Les fleurs des Arbres de la Réussite se rétractèrent et tombèrent au sol, sèches, avant de former une épaisse couche de poussière qui ressemblait à de la sciure. Quelques étudiants se baissèrent pour en ramasser. Les Arbres s'embrasèrent soudain de hautes flammes sans chaleur, disparurent en un rugissement dans le ciel et les feuilles repoussèrent instantanément sous forme de bourgeons d'un vert tendre.

– Et maintenant, tous au travail ! lança Daucus.

– Tu as compris ce que je voulais dire ? demanda le *deuxième année* à Bibi.

– Oui, dit Bibi avec un sourire aimable. Merci.

Il le salua avec un hochement de tête et s'éloigna. Bibi suivit ses amis jusqu'à l'amphithéâtre numéro un où ils s'assirent ensemble dans un joyeux vacarme. Daucus, Tandra et Harty vinrent leur refaire un petit discours de rentrée. Harty fut aussi antipathique qu'un Turbith Sanrouge ayant dérapé dans du crottin de cheval. Puis Tandra et ses adjoints leur firent visiter les salles de travaux pratiques, le gymnase, la bibliothèque, les salles d'étude, l'écurie, le terrain de sport et les serres occupées par les *deuxième année*.

L'heure vint de visiter la cantine, pour le plus grand bonheur de Ran dont l'estomac gargouillait depuis déjà un bout de temps. La nourriture semblait correcte, l'ambiance joyeuse, même si les *première année* se trouvaient isolés. Bibi fit honneur à la cuisine et mangea presque autant que Ran. Astrancia paraissait toujours aussi effrayée mais Ator parvint à lui arracher des sourires avec son sens de l'humour très aiguisé. Quant à Adi, Hara et Ava, elles se montraient très sympathiques.

Leur premier cours fut assuré par le professeur Harty. L'homme, orné d'un fier embonpoint et d'une arrogance phénoménale, descendit les marches en lançant des regards de glace à ses étudiants. Sur une estrade qui portait un bureau fonctionnel, dos au tableau, il balaya la salle d'un regard méprisant et commença :

– Silence maintenant ! Vous me connaissez tous, je ne vais pas me présenter une troisième fois. Perte de temps. De vos bouches puériles et inexpérimentées je n'attends que deux choses : des « professeur » ou à la limite des « Monsieur » respectueux, ainsi que des réponses brèves et pertinentes. Si vous avez des questions, direction la bibliothèque. Le relâchement de la discipline dans cette École est paraît-il dû au fait que vous êtes des adultes responsables, agissez donc en conséquence. Étonnez-moi. Et ne me faites surtout pas perdre mon temps ! Les Ordinaires, levez la main ! Eh bien, vous ne grouillez pas comme les poux sur les pauvres. Il va falloir faire honneur à votre Ordre ! Comptez sur moi pour vous imposer une pression phénoménale ! Vous ! cria-t-il en désignant une jeune femme au premier rang.

– Professeur ? répondit celle-ci en essayant de maîtriser le tremblement de sa voix.

– Êtes-vous une Magicienne ?

– Oui, professeur.

Harty la regarda un bref instant comme si elle ne représentait rien de plus qu'une blatte sur le couvercle d'une poubelle et poursuivit :

– Venez chercher les emplois du temps et faites-les circuler. Un exemplaire par personne. Chaque tas pour un Ordre, dit-il en désignant des paquets de feuilles de différentes épaisseurs sur le bureau. Qui vous a dit de baisser les mains ? rugit-il.

Les Ordinaires, une vingtaine au total, relevèrent précipitamment le bras. La Magicienne leur envoya leur emploi du temps avec un sort mal maîtrisé. Certains l'aidèrent à les remettre à qui de droit, d'autres, Targo en tête, laissèrent échapper quelques rires méprisants. Quand les derniers Guerriers eurent baissé la main, la jeune fille attendit que le professeur Harty prenne la parole, puis, face à son silence qui devenait pesant, elle demanda :

– Professeur ? Il en reste un.

– Ah oui, susurra-t-il d'un ton mielleux. Effectivement. Allez à votre place, celui-là je m'en charge. Le Pur. Où est-il ?

Bibi se leva.

– Il est là, répondit-il aussi glacial que son professeur.

– Descendez, poursuivit Harty.

Bibi obtempéra en restant attentif à ses condisciples au cas où ils en profiteraient pour lui faire une mauvaise blague. Targo et Modo particulièrement. Il grimpa sur l'estrade, ce que Harty parut absolument détester.

– Vous rendez-vous compte du temps qu'il a fallu au directeur et à ses collaborateurs vous faire un emploi du temps personnel ? La rumeur qui prétend que les Purs sont source d'ennui se confirme.

– Je n'ai pas choisi d'être Guerrier-Mage. Vous pouvez déchirer mon formulaire d'inscription si vous y tenez.

– Oui, j'ai entendu parler de votre petit incident. Vous devez en être très fier, n'est-ce pas ?

– Fier d'être séparé de mon animal-totem ? Oh oui alors, quelle rigolade !

Harty le considéra d'un air mauvais et Bibi lui rendit la pareille.

– Je vous aurais à l'œil, faites-moi confiance, le menaça le professeur en baissant la voix.

– Vous aurez fort à faire dans ce cas, répliqua Bibi d'un ton bas.

– Retournez à votre place !

– Oui Monsieur, dit Bibi en prenant son emploi du temps.

Il fit demi-tour et remonta les escaliers alors que Harty commençait son cours d'une voix rapide. Les papiers et les plumes bruissèrent frénétiquement autour de lui. Bibi s'assit lourdement en contemplant la feuille chargée d'encre.

Il lorgna sur celui de Luce, un soupçon moins chargé que le sien. Elle n'avait pas de cours particuliers, ni bien entendu de TP Force, ni de cours de danse. Ceux-là au moins les avait-il choisis. Il soupira et devant l'insistance des rapides coups de coude de Luce, empoigna sa plume et une feuille de papier immaculée. Il leva le nez et fut ébahi de les voir si sérieux, tentant de ne rater aucun mot du professeur. À leur décharge, son rythme d'élocution fusait et son ton était aussi monocorde et lancinant que la pluie d'un dimanche de novembre. Bibi écrivit quelques idées intéressantes qui se retrouvèrent rapidement entourées de dessins. À la fin du cours, pétri d'angoisse, il eut l'impression de s'être montré trop confiant et même arrogant de croire qu'il avait sa place dans cette École.

Les deux heures suivantes sauvèrent l'après-midi et leur moral. Les sciences biologiques étaient enseignées par le professeur Abel Rougétang, une trentenaire magnifique. Longue, toute en jambes, le ventre plat, les seins généreux, de longs cheveux roux foncés, le visage fin et souriant, des yeux d'un vert à rendre Luce jalouse, un doux et suave parfum dans son sillage… Elle envoûta tous les étudiants. Les filles commencèrent par se méfier, mais devant l'excellente pédagogie, elles ne purent que sombrer elles aussi, cherchant inconsciemment son approbation. Le professeur Abel expliqua les ressemblances entre tous les vertébrés de squelettes de différentes espèces avant d'élargir le comparatif à des animaux moins complexes, pour conclure que leur Monde se peuplait d'êtres latéralement symétriques, avec un antérieur, un postérieur et au milieu un tube digestif. Que se serait-il passé si l'évolution, et donc l'Esprit des Ordres, en avait décidé autrement ?

À la fin du cours, Daucus fit son apparition et commença un discours inutile. Les petits coups d'œil et les sourires complices entre Daucus et Abel n'échappèrent pas au regard acéré de Bibi qui décela celui de deux amoureux. La lune avait donc rencontré le soleil.

Avant qu'il n'ait pu exposer sa théorie à Luce, un sourd fracas se fit entendre. Une foule hurlante tambourinait sur les portes fermées de l'amphithéâtre qui s'ouvrirent à la volée. Les lanternes magiques qui éclairaient la salle furent soufflées, plongeant celle-ci dans l'obscurité. Des sorts jaillirent en même temps que des silhouettes confuses. Les *deuxième et troisième année* se déversaient dans l'amphithéâtre, tapant sur les tables, forçant leurs cadets à se cacher sous leurs sièges, réclamant leurs chaussures ou les dérobant par Magie tandis que Daucus et Abel s'éclipsaient, un large sourire aux lèvres. Coincés sous leurs tables, à moitié vautrés les uns sur les autres, Bibi et ses compagnons, d'abord vainement effrayés, se tordaient de rire, soulagés. Les lumières se rallumèrent et les aînés se mirent à entonner un chant vigoureux :

Bizuths, bizuths,
Devenir des Élites c'est ce que vous auriez voulu,
Mais vous n'êtes que des bizuths, bizuths !
Pour atteindre votre destinée,
Pour ça faudra étudier
Tout ce que nos profs voudront bien vous enseigner !
Mais faudra pas trop leur lécher le cul,
Oh non méchants petits bizuths, bizuths !
Vilains petits coquins,
Faudra aussi passer entre nos mains,
Voici vos marraines et vos parrains,
Qui vont aussi vous éduquer,
Peut-être pas pour votre destinée,
Mais pour des choses un peu plus privées,
En tout cas commençons à fêter,
Cette nouvelle rentrée ! Bizuths, bizuths !

Ils ponctuèrent la fin de leur chanson par des hurlements de joie. Quatre étudiants, deux filles, deux garçons, deux de *deuxième année* et deux de *troisième année*, grimpèrent sur le bureau de l'estrade et réclamèrent le silence.

– Salut à tous ! Pour ceux qui ne le savent pas, le bizutage est une tradition de l'École Impériale. Cela permet de nouer nos liens de compagnons d'armes.

– Ça permet surtout de faire les cons et de picoler ! interrompit un des garçons. On veut instaurer une bonne ambiance et on va commencer tout de suite ! Dans chaque rangée, vous allez descendre et vous vous présenterez. Il est possible qu'on vous demande de participer à quelques activités amusantes ! Quand ce sera fini, vous pourrez essayer de récupérer vos chaussures avant de démarrer une petite fête à l'internat pour qu'on fasse plus ample connaissance.

– Allez, c'est parti ! Rangée du fond, vous descendez !

Chacun s'exécuta, de bonne ou de mauvaise grâce. Ran et Ator essayèrent de rassurer Astrancia qui tremblait d'effroi. Luce était tellement excitée qu'elle rigolait sans arrêt et sa bonne humeur contamina Bibi. Adi et ses deux amies gloussaient en tentant d'être les plus belles possible et Taro affichait sa tranquille et superbe assurance virile derrière laquelle il cachait ses appréhensions. Après qu'ils eurent tous précisé leur nom, leur Ordre, leur âge, leur situation sentimentale – célibataire ou en couple, aimant les femmes, les hommes ou les deux – et qu'ils se soient désignés comme étant timide ou déluré, les aînés les soumirent à une série de gages.

Les jeux furent variés, même s'ils tournaient tous de près ou de loin autour du sexe. Les célibataires devaient s'embrasser, les couples s'inter-changer, les timides chanter des chansons paillardes, les délurés mimer les paroles des chansons paillardes. Et ainsi de suite. Bibi et ses amis s'en sortirent bien. Mais ce ne fut pas le cas pour tout le monde. Certains refusèrent d'y participer et sortirent de la salle, sous les huées des aînés. Les nobles faisaient partie des plus virulents. Ensuite, les aînés des apprentis Élites menèrent leurs cadets jusqu'à l'internat. Deux cochons de lait en train de rôtir et des tables surchargées de fruits, de salades et d'alcool n'attendaient plus qu'eux pour débuter les festivités. La musique se déclencha aussitôt. L'ambiance était légère, agréable, de plus en plus détendue, les personnes faisant connaissance, parfois très intimement, soudés sur la piste de danse.

Astrancia partit tôt pour ne pas inquiéter son père. Elle s'était tout de même bien amusée avec ceux qu'elle considérait déjà comme des amis très chers. Ator faisait le fou et étalait son humour impayable à toute une troupe de jeunes gens. Bibi s'amusa énormément à son contact.

Peu après, Adi abandonna Taro à la fin d'une phrase lascive pour se rendre sur la piste. Troublante, la jeune femme fit mine de ne plus s'intéresser à lui, avant de lui envoyer un regard de braise, portée par son pas de danse. Le jeune Guerrier la rejoignit, tourna autour d'elle, ondula à son rythme pour mieux souder ses mains à ses hanches. Il ne suivait plus la musique, il suivait le corps de sa cavalière. Bientôt il ne put se retenir et lui embrassa le bas de la nuque. Conquise, Adi noua ses bras autour de son cou et attira son visage vers le sien, pour lui offrir un baiser qui acheva de les unir.

Le jeune Pur, qui avait suivi la cour de ces deux beaux oiseaux sans ressentir autant de peine que la première fois qu'il avait vu Taro embrasser une femme, chercha Luce et Ran. Ceux-ci venaient eux aussi de s'isoler pour se chuchoter des mots tendres à la limite entre la lumière et l'obscurité. Ne voulant pas les déranger, il décida de retourner manger de bon cœur avec Ator toujours en grande forme. Le cochon de lait grillé au feu de bois lui rappelait sa jeunesse et le souvenir lui parut très agréable. Il dansa et échangea quelques mots avec des gens dont il oublia l'existence dès la fin de leur conversation, avant de se retrouver face à Targo et à Modo. Il leur adressa un signe de tête poli, auquel les deux compères répondirent. L'heure n'était visiblement pas à l'affrontement ouvert.

Bibi, ne distinguant plus de silhouettes connues dans le noir, décida d'aller se coucher. L'heure avancée le persuada de sa sagesse, car dès le lendemain à sept heures, il devait assister à sa première séance de travaux pratiques de Magie. En tête-à-tête avec le professeur semblait-il. Il s'écroula sur son lit, s'enroula dans un drap et s'endormit profondément, l'esprit trop abruti pour être dérangé par ses habituels soucis.

Quelques heures plus tard, Bibi se réveilla en sursaut. L'esprit clair, il bondit à sa fenêtre pour voir si le soleil pointait dans le ciel. Il se prépara en deux temps, trois mouvements, prit son sac chargé de plumes, d'encre et de papier vierge pour courir dans les couloirs encore silencieux. Il était en retard de dix minutes. Angoissé à l'idée de se mettre un autre professeur à dos, il doubla l'allure, guidé par sa perception magique qui n'avait trouvé qu'une personne dans le bâtiment des travaux pratiques. Il entra quand on l'y autorisa. Il referma la porte et observa les alentours. Les étagères étaient pleines à craquer de livres, de pots contenant des fleurs ou des organes séchés – voire des animaux entiers conservés dans un liquide qui sentait très mauvais – de reproductions de champignons ou de feuilles en résine, de fossiles, de pierres, de cristaux et d'insectes. Des tables de bois, usées et patinées par les coudes de générations d'élèves, trônaient au milieu de la salle.

– Voici notre jeune Pur, dit une voix rauque et douce à la fois. Bibi, c'est bien cela ?

Celui-ci repéra enfin son professeur. Le vieil homme, ridé à l'extrême, voûté, les cheveux fins d'un blanc de neige et en pagaille, se leva de sa chaise d'un mouvement lent en refermant soigneusement le livre qu'il était en train de consulter. Il sourit, ce qui entoura ses yeux bleus, vifs et acérés, d'une multitude de pattes d'oie. Ses vêtements usés avaient l'air d'être confortables. Bibi eut l'impression d'avoir affaire à un vieux jardinier.

– Oui, je m'appelle Bibi, confirma-t-il en s'avançant vers lui. Enfin c'est comme ça qu'on m'a toujours appelé. Désolé pour le retard professeur.

– Oh si peu, répondit le vieil homme de sa voix étonnamment douce. Ne vous en faites pas pour ça. Je sais comment se déroulent vos rentrées, surtout à la tombée de la nuit, dit-il avec un clin d'œil. Vous en avez profité hier soir, j'espère ?

– Oui, assura Bibi avec un large sourire. Le cochon de lait était excellent.

Le professeur eut un petit rire complice.

– Parfait, parfait, dit-il en s'approchant d'une démarche un peu lourde. Approchez mon jeune ami, approchez. Et installez-vous. Vous avez l'embarras du choix. Je suis le professeur Malassez Vaguelente. J'enseigne quelques notions de Magie à travers… mais laissons là le laïus officiel vu que la situation est particulière.

Se rappelant la remarque désagréable du professeur Harty concernant la complexité de son emploi du temps, Bibi remercia son professeur d'accepter de le faire travailler si tôt.

– Pensez donc, j'en suis ravi. À mon âge, on ne dort plus beaucoup et depuis quelques années je ne suis plus qu'un intervenant dans cette École. Je participe à quelques cours magistraux et à quelques TP, comme vous les jeunes les appelez, mais je n'ai plus l'énergie pour tenir une classe entière. J'étais très content que Daucus me propose d'enseigner uniquement à un élève. Et quel élève, dit-il en tendant deux doigts vers lui. Vous cachez remarquablement bien vos dons.

Bibi haussa les épaules avec un sourire, sans répondre.

– Revenons-en à nos moutons, si vous le voulez bien, dit-il en se rasseyant face à Bibi. Durant vos travaux pratiques de première année, vous allez tous participer à un projet: la conception d'un objet magique. Lecteur de projection ou de son, accumulateur d'énergie, arme, je vous laisse imaginer toutes les possibilités. En parallèle, bien entendu, nous travaillerons à vous enseigner des sorts de plus en plus complexes, ainsi que des formules de potions et de poudres d'un haut niveau, dans le but de rendre votre pratique de la Magie de plus en plus aiguisée et subtile.

– Alléchant programme, s'enthousiasma Bibi.

Malassez sourit et poursuivit:

– Nous allons commencer par mettre en place notre projet dès aujourd'hui. Pourriez-vous me donner la définition d'un objet magique?

– C'est un objet en apparence tout à fait ordinaire, qu'un Mage a enrichi d'un sort ou d'une dose de sa propre Magie pour en accroître les usages, en augmenter l'efficacité ou simplement pour y stocker des sortilèges. C'est une activité qui rapproche les gens de différents Ordres, les Ordinaires étant réputés pour être des artisans talentueux et les Guerriers de formidables forgerons.

– Très bien. Il faut néanmoins souligner que, dans notre cas, vous devrez seul choisir ou fabriquer l'objet que vous voudrez utiliser. Vous auriez une envie particulière?

Bibi savait, dès le début des explications de Malassez, ce qu'il voulait entreprendre.

– Un bâton magique.

Je me doutais que vous feriez ce choix, connaissant vos dernières déconvenues dont notre ami commun, notre cher directeur, m'a informé. Expliquez-moi les avantages pour un Mage de posséder un tel bâton.

– On peut y stocker des réserves d'énergie Magique, notamment pour des sortilèges de soins ou de Magie blanche auxquels l'essence du bois est très réceptive. On peut aussi y intégrer des sorts défensifs qui se déclenchent dans certaines circonstances ou grâce à des stimuli que le Mage aura définis. L'étincelle magique du bois peut servir de catalyseur pour certains enchantements. Les possibilités me paraissent infinies.

– Vous n'avez peut-être pas tout à fait tort, dit Malassez. Expliquez-moi cette notion de catalyseur, même si cela dépasse de mon programme et rentrerait plutôt dans un TP « essences du monde ».

– C'est ce que j'appelle l'étincelle magique. Chaque chose, chaque entité dans ce Monde, végétal, animal, minéral, possède des propriétés qui lui sont propres. Par exemple, l'eau est liquide, mais la roche solide. Le chêne se rompt, le roseau plie. L'oiseau siffle, l'homme parle. Et ainsi de suite. Les propriétés peuvent changer en fonction de leur environnement : l'homme peut être muet, l'eau peut geler ou s'évaporer. Parmi toutes ces propriétés qui les définissent, ces entités en possèdent une qui nous intéresse ici : l'étincelle magique. Il s'agit de leur façon de réagir face aux étincelles magiques environnantes. Parfois ces étincelles sont démultipliées, beaucoup plus tangibles et on les nomme Magie. Les gens de mon Ordre, ainsi que les Mages bien sûr, en sont dépositaires. Certaines autres formes de vie, tels les animaux-totems, semblent également posséder une étincelle magique, plus spécifique et précise que celle des humains. Les Guerriers par exemple, avec leurs aptitudes physiques bien particulières, pourraient être considérés comme des Mages très spéciaux.

La Magie permet d'augmenter sa puissance musculaire et de se protéger des attaques. Les guerriers ne se jettent pas de sorts pour posséder ces capacités, ils en sont juste dépositaires. Comme les animaux-totems, ils sont nés ainsi, sans doute grâce à une forme de Magie. Comment expliquer leurs dons autrement ? Pour en revenir au bâton, il est précieux pour nous car il possède les avantages de l'animal et du minéral. Le minéral est le réceptacle idéal pour la Magie. Il la stocke, ne l'altère pas, la rend facilement. Mais son essence magique ne vit pas, bien que puissante, elle est lourde, difficile à manier. On ne peut guère qu'y stocker ses sorts et les jeter tels quels. De nombreux Mages sont malgré tout adeptes des bijoux ensorcelés, bardés de sorts préconçus et prêts à être lancés. L'animal, quant à lui, est comme l'homme, il possède une étincelle magique trop complexe pour être un réceptacle à Magie, car la Magie vit en eux, elle pétille, se libère et interfère avec l'environnement. Les essences magiques animales ne sont bien souvent utiles qu'une fois rendues inertes, comme ingrédients dans des poudres ou des potions, comme des cornes pilées de tricornes ou du venin de fourmis rouges. L'essence magique du végétal est le parfait pendant entre ces deux extrêmes. C'est une forme de vie plus lente, donc apte au stockage de la Magie, mais avec une réactivité qui évoque l'animal. Ainsi, son essence n'est pas incompatible à un stockage, tout en restant exploitable. Le bois devient alors un allié du Mage, qui peut utiliser les flux magiques propres à son bâton, pour, par exemple, augmenter la puissance des sorts qu'on y a stockés ou s'aider à jeter des sortilèges compliqués, comme si un ami Mage nous donnait un coup de main, tout en étant gorgé de la Magie et des propriétés que nous avons choisies pour lui. Le bois est donc l'équilibre parfait pour quelqu'un qui a besoin d'une arme magique alliant stockage et soutien.

– C'est plutôt bien. Un peu décousu, mais vous possédez de bonnes notions sur des questions très compliquées qui ont fait, font et feront tourner en bourrique beaucoup de gens plus spécialisés que vous. Je voulais juste m'assurer que vous compreniez cette notion de catalyseur. Et très sincèrement, vous semblez comprendre intuitivement ce processus. Dites-moi maintenant quels avantages possède un bâton par rapport à une baguette.

– La quantité brute de bois, plus importante dans un bâton, fait qu'on peut l'utiliser comme arme de combat rapproché, ce qui est indispensable pour moi.

Ils continuèrent sur le même ton pendant une bonne heure. Bibi lui expliqua les moyens qu'il avait employés pour construire son premier bâton, quelles étaient ses aptitudes et ce qu'il projetait pour son futur outil. Malassez lui fit part de son expérience pour freiner certaines de ses idées.

– Toutes ces envies sont bien belles, mais il vous faut un support pour travailler. Me doutant de votre choix, j'ai apporté un certain nombre d'échantillons de bois des alentours. La plupart viennent du parc de l'École, mais d'autres viennent de l'orée de la Matriarche ou de la Forêt des Lacs, au nord de la Capitale. En espérant que votre choix se porte sur un arbre des environs.

Malassez se leva péniblement pour aller chercher une boîte remplie de brindilles et d'écorces. Bibi la lui prit des mains pour le débarrasser et l'inciter subtilement à s'asseoir. Puis il fouilla à l'intérieur au petit bonheur la chance. Il tâta l'aspect du bois, cassa quelques morceaux pour en voir le grain, les inspecta avec sa perception magique. Bientôt, une minuscule brindille attira son attention. Il la scruta sous tous les angles, la tint entre le pouce et l'index, ébahi par ce qu'il ressentait. Elle semblait pétiller sous ses doigts. Son essence magique paraissait plus proche de celle d'un être humain que de celle d'un arbre. Le bois était d'un beige presque doré et patiné. Bibi se rappela soudain les nénuphars dans la Fontaine de Barbarian et crut tenir son explication. Quand il releva les yeux pour regarder son professeur, celui-ci paraissait étonnamment ému.

– Qui l'aurait cru ? S'agit-il de votre choix ? Vous aimeriez faire votre bâton avec du bois du même arbre ?

– J'aimerais beaucoup oui. Même si c'est un bois très spécial, chuchota Bibi sans réussir à formuler sa pensée.

– Parfaitement exact. Laissez la brindille ici s'il vous plaît, mon cher Bibi, et suivez-moi.

– Mais, le cours ?

– Il a toujours lieu. Je vais vous montrer d'où vient cette brindille.

Malassez se leva d'un geste plus souple, son pas parut plus léger à Bibi qui le suivait en silence dans le parc de l'École encore luisant de rosée. Bibi profita de la caresse des premiers rayons de soleil sur sa peau hâlée d'homme sauvage. Malassez le conduisit tout au fond du parc, dans le plus large et dense bosquet de l'École. Les clameurs de la ville y étaient étouffées et le chant matinal des oiseaux résonnait, en accord avec les craquements des débris végétaux sous leurs pieds.

– Voici l'un des plus grands et beaux secrets de notre grande institution, présenta Malassez en s'écartant pour laisser passer son élève.

Bibi put ainsi admirer un chêne magnifique, à l'écorce lisse, qui s'épanouisait dans une petite clairière. Ses branches et ses rameaux montaient haut et formaient comme un dôme de verdure au-dessus d'eux. Ses feuilles étaient d'un vert sombre soutenu, dépourvues du moindre signe de maladie. Aucun arbre ou arbuste ne poussait à ses pieds où le sol était rebondi par des crevaisons formées par ses puissantes racines. Le jeune Pur posa une main sur l'écorce du tronc, trop large pour qu'il puisse en faire le tour de ses bras. Il ressentit aussitôt l'étincelle magique si particulière qui lui rappelait les antiques nénuphars de Barbarian. Cet arbre n'était décidément pas comme les autres.

– Je… je dois trouver une branche ? demanda Bibi, troublé face au silence de Malassez qui l'observait avec une attention d'ethnologue devant un scarabée inconnu.

– Vous n'en obtiendrez pas une si facilement, dit Malassez. Asseyez-vous Bibi, lança-t-il en se posant entre deux racines. Asseyez-vous. Je vais vous expliquer pourquoi.

Bibi s'efforça de trouver une position confortable.

– Le Quatrième Ordre représente un véritable mystère. La plupart de ses membres cultivaient le goût du secret. Sans doute possédaient-ils trop de pouvoirs pour l'exposer. Et l'Histoire s'est chargée d'effacer le reste de leur passage. Nous pouvons nous baser sur des témoignages, mais de gens éloignés, possédant une culture radicalement différente de la nôtre. Le gouffre entre eux et nous est énorme, ce qui rend très difficile une éventuelle compréhension. Et nous redoutons ce que nous ne pouvons comprendre. Néanmoins, des écrits ou des objets sont restés intacts jusqu'à notre époque et sont des preuves flagrantes de la grandeur des Anciens Temps. Cet arbre en est un exemple, pour ainsi dire, tout à fait vivant.

– Pourquoi ? demanda Bibi.

– Cet arbre est comme un descendant du grand Barbarian Pursoleil.

– Comment ça ? insista Bibi

– Barbarian a eu des enfants. L'une de ses arrières-arrières-arrières petites filles, Eilauri la Syvestre ou la Sagesse, est née lors de l'apparition des premiers Guerriers-Mages noirs, les Sombres. Elle fut l'une des porte-parole des valeurs Pures. Elle prônait la liberté, la paix, l'égalité et le respect entre les hommes, quel que soit leur Ordre ou leur rang de naissance. Spécialiste des plantes, sa Magie s'avérait bien plus puissante que sa Force. Elle vouait une véritable passion aux végétaux. Les chênes devinrent son emblème. Imaginez-la, poursuivit Malassez d'un ton passionné, imaginez-la se promenant dans les bois, légère et vêtue de vert, ses courtes mèches chatouillant sa nuque, imaginez-la caresser les écorces et unir son chant d'amour et d'espoir à la mélodie du vent. Imaginez-la encore se pencher, intriguée par une étincelle de Magie, ténue mais particulière, perdue dans les feuilles, issue d'un jeune gland tombé d'un arbre vénérable. Imaginez-la toujours, faire de ce gland un pendentif qu'elle emplit de sa Magie, de sa bonté et de sa grandeur, au point qu'il devienne une partie d'elle-même.

Eilauri fut assassinée par un Sombre dont l'Histoire a oublié le nom. Cependant, ses affaires, ses recherches et ses œuvres ont été conservées par ses enfants Purs. Quelques dizaines d'années après sa disparition, ce pendentif a été offert au fondateur de l'École. Un Ordinaire. J'ose espérer que vous connaissez son nom?

– Euh…

– Peu importe, vous le trouverez facilement. C'était un homme admirable. Il a sauvé le corps des Élites de la dégénérescence et, un de ses amis Purs, fils d'Eilauri, lui a offert ce pendentif pour porter bonheur à son ultime œuvre: l'École des Élites, qui est devenue l'École Impériale. Le gland fut planté et cet arbre a poussé. C'est lui qui est à l'origine de la naissance des Arbres de la Réussite. Lui encore qui permet d'avoir une petite forêt dans cette portion de la ville à la terre peu fertile. Toujours lui qui nous permet d'avoir des serres exceptionnelles. Sans parler des défenses magiques mises en place très facilement à travers les végétaux du parc. Cet arbre est une bénédiction et presque le fruit des entrailles de lointains ancêtres.

– Ça change tout. Je me vois mal avoir un bâton si prestigieux.

– Allons bon! Qui mieux que vous pourrait y avoir droit? Vous êtes le premier apprenti Élite Pur depuis des centaines et des centaines d'années. Le dernier représentant du Quatrième Ordre! Je sais bien que notre vocation n'est plus ce qu'elle était et n'évoque plus les mêmes valeurs dans vos jeunes esprits, mais c'est une fonction d'une immense importance. Les Élites de la Deuxième Ère du Temps étaient des chevaliers de justice et de paix. Les plus valeureux résistants des années de ténèbres étaient des Élites, tout comme les premiers rebelles à faire face aux Sombres. Notre premier Empereur était un Élite et c'est en partie grâce à son réseau de compagnons d'armes que la Rébellion a vaincu. Tout cela pour vous dire que vous êtes digne de porter un tel bâton! Repensez donc à toutes les aventures de votre vie. Affronter un Sombre, réussir aussi brillamment aux Épreuves, être marqué par votre animal-totem! Et vous n'avez que vingt ans.

Bibi se tortilla sur sa racine, mal à l'aise.

– N'allez tout de même pas imaginer que vous obtiendrez si facilement de quoi fabriquer votre bâton et ce malgré vos exploits, fit Malassez taquin. La brindille que vous avez vue est une relique. Cet arbre ne perd ni ses feuilles ni ses branches. Jamais.

– Comment vais-je faire alors ? demanda Bibi. Et la brindille comment l'avez-vous eue ?

La brindille est un des trésors de nos archives. Elle est tombée quand le fondateur de l'École est mort. L'Arbre d'Eilauri aura sans doute voulu lui rendre un ultime hommage.

– Je vais devoir mourir pour… ? C'est idiot ce que je dis.

– En effet, dit Malassez avec un petit rire. Il y a d'autres moyens d'obtenir du bois de cet arbre. À vous de les trouver.

– Ça sera mon travail pendant mes séances de TP ?

– En partie oui. Je vous conseille de vous atteler à la tâche immédiatement.

Bibi acquiesça, vaguement agacé par l'air satisfait et mystique qu'il lisait sur le visage de Malassez. Ce sentiment s'échappa vite face à la sympathie que lui inspirait le vieil homme. Il lui sourit et se mit à la recherche de la branche qui pourrait lui convenir.

Pendant qu'il escaladait l'arbre, il réfléchissait aux moyens qui lui permettraient d'obtenir une branche. La couper semblait hors de question. Bibi avait suffisamment de notions magiques pour savoir que blesser une telle entité s'avérerait nocif. Attendre qu'elle tombe ? Il faudrait que l'arbre estime suffisamment quelqu'un pour lui rendre un dernier hommage, ce qui pouvait durer longtemps. Sans compter qu'il n'obtiendrait qu'une toute petite brindille. Bibi soupira. Il était face à un être vivant particulier, sans aucun moyen de communication.

Il finit par trouver la branche qu'il lui fallait. Presque aussi longue que lui était haut, porteuse de très peu de ramifications, bardée de quelques feuilles et de quelques glands, elle était suffisamment fine pour bien tenir dans sa main. Légèrement sinueuse, elle avait la particularité de posséder un nœud de bois qui formait une petite cavité dans son tiers supérieur. Bibi pourrait y loger des artefacts comme sa pierre à foudre qu'il avait utilisée pendant son voyage avec Taro. Cette branche était idéale.

Après avoir informé Malassez de sa trouvaille, il essaya de l'obtenir. Il la caressa, la secoua, doucement, et finit même par lui susurrer une explication d'une voix enjôleuse, se sentant tout de même incroyablement stupide. Le professeur Malassez le fit descendre.

– Eh bien Bibi, je crois que ça suffira pour aujourd'hui. Je vais vous laisser aller petit-déjeuner. Je doute que vous ayez pris le temps de le faire ce matin.

– Oui, tiens, c'est exact, réalisa Bibi en ressentant soudain le gargouillis de son estomac, sans parler de la pression sur sa vessie qu'il avait également négligée.

– Nous nous reverrons jeudi matin, puis la semaine suivante, vous suivrez les TP avec vos condisciples Mages. D'ici là, réfléchissez à la manière d'obtenir cette branche.

– Très bien. Bonne journée professeur. Et à jeudi.

– À jeudi Bibi, à jeudi.

Malassez regarda son nouvel élève se faufiler dans les bois avec une aisance de fauve. Après un dernier regard et une dernière caresse à l'Arbre d'Eilauri, le vieux professeur se dirigea de son pas traînant jusqu'au bureau du directeur.

– Ah, Malassez, entrez, entrez, répéta Daucus en se levant pour l'accueillir. Asseyez-vous, je vous en prie.

– Eh bien Daucus, quel travail, observa Malassez en désignant les montagnes de papiers qui s'empilaient déjà sur le bureau du directeur. Vous êtes ici depuis l'aurore je parie.

– Je n'ai pas vraiment le choix. C'est une période étrange et mes fonctions d'Élite s'ajoutent à celles de directeur. Je n'ai guère le temps de me reposer.

– C'est Abel qui doit être ravie.

Daucus eut un sourire complice.

– Elle comprend la situation et ne chôme pas non plus. Racontez-moi comment s'est passé ce premier cours avec notre Pur ? demanda Daucus.

– Bibi est un jeune homme vif qui a déjà de solides connaissances. Il est absolument charmant.

– Ce n'est pas l'avis de tous mes enseignants. Il semble que le professeur Harty l'ait déjà pris en grippe.

– Le professeur Harty a des préjugés sur quoi que ce soit qui sorte un tant soit peu de sa norme.

Daucus eut un petit rire de gorge, chargé de tout le mépris qu'il ne pouvait exprimer à haute voix.

– Comme vous l'aviez imaginé, il veut se procurer un nouveau bâton. Et je vous laisse deviner quel bois il a choisi.

– L'Arbre d'Eilauri ?

– Exactement.

Daucus parut réfléchir à toute allure, le menton posé sur ses mains. Malassez le regardait avec une expression réjouie.

– Il faut que je vous montre quelque chose, dit Daucus en prenant un gros volume sur l'étagère derrière son bureau. Quelque chose que j'ai redécouvert. En plus de la généalogie d'Eilauri dont nous avons déjà parlé.

Il tourna les pages à la recherche de celle qui l'intéressait, avant de la montrer à Malassez. Le portrait d'un homme y était dessiné, complété par une légende écrite à l'encre rouge, que Malassez lut en quelques secondes.

– Par l'Esprit des Ordres ! Qu'est-ce que cela peut bien vouloir impliquer ?

– Beaucoup de choses. Plusieurs très inquiétantes et d'autres plus révélatrices.

– Vous pensez que… ?

– Je pense que les Sombres ne sont pas aussi désorganisés que nous voulons bien le croire. Quel âge a Bibi ? Vingt ans ? J'ai bien peur qu'il n'existe encore une communauté de Sombres dirigée par cet homme. Ce qui implique encore tellement d'éléments que…

– Que vous êtes inquiet.

– Très. Sans parler de l'inertie du Gouvernement et de la plupart des Élites. Personne ne porte foi à ma théorie !

– Les imbéciles. Par leur arrogance, ils nous entraînent vers le chaos !

– Je commence aussi à croire que la présence de Bibi dans cette École est plus importante que jamais. Non seulement elle l'aidera à exploiter et maîtriser ses pouvoirs, mais elle assurera aussi sa sécurité. Je crois que le soir de la Fête de Clôture il l'a vraiment échappé belle. Si Bibi n'était pas ce qu'il est, s'il n'avait pas résisté à la tentation, s'il n'avait pas su se défendre, que se serait-il bien passé ? Que serait-il devenu ?

– Ne vous rongez plus les sangs pour cela.

– Vous avez raison, dit Daucus en regardant Malassez dans les yeux. Abel ne cesse de me le répéter.

Daucus soupira et se frotta les yeux.

– Toujours est-il que je vous informerai tous de mes soupçons et de mes hypothèses. Bibi semble être l'indice que quelque chose de bien plus vaste et de bien plus souterrain est en cours. Quelque chose dont nous avons perdu la trace depuis trop longtemps et que nous n'aurions pas dû perdre. Il nous faudra enquêter dans la mesure du possible. J'aurais besoin de votre aide et de nos fidèles amis.

– Je suis à votre disposition Daucus. Vous savez bien que pour moi, c'est vous qui incarnez le véritable esprit des Élites.

Daucus lui sourit en remerciement.

– Cela étant, sans vouloir vous chasser mon cher Malassez, je dois me remettre au travail. Avec Harty sur le dos, je n'ai guère le temps d'approfondir toutes ces questions. Mais nous reverrons cela lors de notre prochaine réunion.

– Je vous laisse mon ami. Je crois que je vais agiter quelques sonnettes d'alarmes, et ressortir de vieux livres de ma collection personnelle, en attendant.

– Merci beaucoup. Votre aide est la bienvenue.

Le vieil homme laissa le directeur à ses occupations, l'esprit déjà occupé par toutes ces nouvelles questions. Daucus observa le portrait pendant quelques instants, comme s'il allait lui révéler toutes les réponses. Il referma brutalement le livre quand le professeur Harty frappa à sa porte.

Chapitre 12.

– Merci mon amour, murmura Luce à l'oreille de Ran.

Celui-ci, la tête enfouie dans les cheveux et le cou de sa bien-aimée, approuva avec un feulement de plaisir.

– Je suis tellement heureuse ! Qui aurait pu croire que ma vie prendrait un si joyeux tournant ?

– Oui, oui, ma chérie, répondit Ran après qu'elle lui eut donné une légère bourrade.

– Allez, sors de là mon petit cœur, lui lança-t-elle d'une voix enjouée. Il est bientôt huit heures et demie !

– Les cours magistraux ne sont pas obligatoires Luce, marmotta Ran d'une voix ensommeillée.

– Ne crois pas que tu vas rater ton troisième cours de l'année si facilement, dit-t-elle en se jetant sur lui.

Ils bataillèrent quelques secondes, en riant, Ran essayant d'esquiver les attaques de Luce. À la vue de son corps nu, à califourchon sur lui, il ressentit pointer un désir, presque violent, mais c'est pourtant avec une grande douceur qu'il immobilisa Luce pour mieux goûter au parfum de ses lèvres. Après quelques secondes de volupté, Luce le chassa gentiment et le força à se lever. Une vingtaine de minutes plus tard, propres et habillés, les bras chargés de leur plateau de petit déjeuner, ils s'installèrent dans les canapés de la salle commune de l'internat, comme leurs condisciples.

Taro les rejoignit, un journal sous le bras, mal coiffé et tout chiffonné. Il s'assit lourdement à côté d'eux, un sourire radieux éclairait pourtant son visage.

– Je peux vous chiper quelques trucs ? demanda-t-il. J'ai la flemme de me traîner jusqu'à la cantine.

– Sers-toi mon grand, répondit Ran en croquant à pleines dents une pomme juteuse.

– Merci mon lapin, répliqua Taro en s'emparant d'un morceau de pain tartiné de confiture de fraise.

– Comment va Adi ? demanda innocemment Luce en sirotant son café.

Taro eut un sourire mi-exaspéré, mi-amusé devant son expression. La jeune femme éclata de rire, manquant de renverser son café.

– Elle va bien, répondit Adi qui arrivait par derrière.

Luce eut un petit sursaut et un rire plus fort. La séduisante Ordinaire l'imita et s'installa à côté de Taro. Après lui avoir volé un baiser, elle se releva et s'en fut rejoindre d'un pas léger Ava et Hara. Les deux jeunes filles, nauséeuses, avaient le teint pâle. Toujours est-il qu'elles gardaient profil bas et évitaient tout contact trop direct avec la lumière ou le bruit.

– Je me demande comment ça se passe pour Bibi ? demanda Taro. Quand je repense à sa confrontation avec Harty…

– Tu le connais, dit Luce. Il s'attire soit des ennuis, soit des supers amis. Et des fois, même ses supers amis lui causent des ennuis. Pas vrai ?

– Oui, bon, ça va, répliqua Taro. Le sujet est clos.

C'est alors qu'un Bibi bondissant, une pomme et un croissant dans la main gauche, un verre de lait dans la droite, les rejoignit.

– Salut les copains, chantonna-t-il avant de boire d'un coup son verre de lait.

– Je croyais que tu n'aimais que le lait chaud et sucré, observa Taro.

Bibi considéra son verre d'un œil nouveau avant de hausser les épaules et d'entamer son croissant.

– Alors, ce premier TP ? demanda Luce.

– Trop génial ! J'ai eu un vieux prof très sympa que vous aurez en intervenant, si j'ai bien compris. Je vais me refaire un bâton magique ! C'est le but des TP Luce, tu te rends compte ? En plus on a eu une discussion intéressante sur la théorie Magique et sur les Purs !

– Raconte, dit Ran d'une voix posée en beurrant un morceau de pain et en lui tendant.

Celui-ci, qui avait gobé son croissant et sévèrement attaqué sa pomme, avala le morceau de pain avec un sourire de bienheureux. Puis, il leur résuma ce que lui avait dit Malassez, tout en poursuivant son petit déjeuner avec voracité.

– Alors ça ! s'exclama Luce. Ton bâton sera magique avant même que tu ne le traites !

– Il y a de ça.

– C'est passionnant !

– Et comment ! Il faudra que j'en parle à Astrancia, elle a l'air de connaître l'existence de ce chêne. Et à Ator, pensa Bibi en se frottant l'épaule gauche d'un air distrait.

– Tu imagines tout ce que tu vas pouvoir faire avec ! s'enflamma Luce. Un bois imprégné de l'Essence d'une des grandes Pures de ce Monde, tu…

– En parlant de Pur, coupa Taro que les implications magiques du futur nouveau bâton de Bibi intéressaient peu, regardez cet article :

– Ils parlent des Purs dans le journal ? demanda Luce d'une voix dubitative.

– Baissez d'un ton et lisez, les rabroua Taro. Le résultat de l'enquête de l'attaque de Belleterre.

– Il ne parle même pas du Sombre, ragea Bibi.

– La Matriarche, nouveau lieu supposé de rassemblement démoniaque ? s'interrogea Luce, fadaises, vu les rumeurs qui courent sur cette forêt.

– À les entendre, c'est l'Empereur qui nous a tous sauvés, maugréa Ran. Je ne l'ai pas vu se battre avec nous. Ni aucun de ses sous-fifres.

– Mais par contre, trôner dans sa salle d'apparat, ça je l'ai vu faire, ajouta Bibi.

– Il va s'adresser à nous à la fin de la semaine, expliqua Taro. J'ai hâte d'entendre ce qu'il à a dire.

Taro semblait personnellement blessé par la teneur de l'article. Lui qui avait toujours voué une grande admiration et un grand intérêt pour son Gouvernement et celui qui en était le meneur, paraissait amèrement déçu par les propos de l'article, comme trahi. Rempli d'informations erronées, il ressemblait à un pamphlet d'amour aveugle qu'il fallait vouer à l'Empereur et à ses proches collaborateurs.

– Venez, il est l'heure d'aller en cours, finit par dire le jeune Guerrier.

– Quelle énergie pour un jeune homme qui a si peu dormi de la nuit! s'exclama Luce.

La bonne humeur sauvée par la facétieuse Magicienne les accompagna jusqu'aux bancs de leur amphithéâtre où ils retrouvèrent Astrancia. Adi, coquette et grande dame, s'installa dans la rangée au-dessus d'eux et caressait de temps à autre les cheveux de Taro. Bibi discutait avec Astrancia de son futur bâton et de l'Arbre d'Eilauri qu'il promit de lui montrer à la pause déjeuner. Ator arriva quelques minutes avant le début du cours. Il avait voilé ses yeux avec un sort qui lui tombait sur le front tel un essaim de mouches enragées. Il s'assit avec d'immenses précautions et vacilla face aux salutations joyeuses.

– Bonjour tout le monde, répondit-il d'une voix lente.

– Aurait-on fait des excès hier soir? minauda Luce.

Ator ne put que sourire en réponse. Leur nouveau professeur descendit bientôt les marches, tandis que Bibi se plaignit de sentir quelque chose de bizarre. Luce l'encouragea à se concentrer sur le début du cours au lieu de renifler le nez en l'air. Ils ne purent en discuter davantage car le petit professeur, ventru et aux allures gauches, prit la parole.

– Bonjour à tous. Je me présente, je suis le professeur Régène Fleurdeforêt.

Bibi lui trouva l'air singulièrement ridicule. Ses gestes maladroits et son élocution lente hérissérent le poil d'un grand nombre de condisciples de Bibi. Son pantalon trop court, sa barbe mal taillée et son sourire idiot s'ajoutaient au manque de charisme.

– Cette année, je vous enseignerai la botanique et la mycologie. Je mets immédiatement fin aux rumeurs qui disent que ma matière est inutile, car elle vous apportera de solides connaissances pour maîtriser votre environnement et suivre les cours d'essences du Monde. Ainsi, lorsque vous aurez des missions à effectuer en pleine nature, vous pourrez mieux vous en sortir.

La plupart des étudiants s'agitèrent nerveusement sur leur siège à l'évocation de cet avenir angoissant. Ils étaient soudain prêts à apprendre tout ce qu'il fallait pour mieux y faire face.

– Je constate déjà que vous n'êtes pas aussi nombreux que vous devriez l'être. J'en suis profondément déçu. Je ne sais pas si vous imaginez ce que c'est pour un passionné comme moi, d'instruire des petits imbéciles incapables de s'intéresser à quoi que ce soit d'autre que leurs stupides vies insignifiantes.

Le professeur Fleurdeforêt poursuivit ce discours pendant de longues minutes durant lesquelles il entreprit de les convaincre de leur insignifiance et de leur stupidité congénitale.

Très rapidement, les uns et les autres se mirent à chuchoter entre eux, commentant avec une acidité croissante les dires du professeur. Taro, Ran et Luce murmuraient en pouffant de rire. Bibi se pencha vers eux pour mieux les comprendre.

– Professeur quoi celui-là ? Je me sens tellement insignifiant que je n'arrive plus à faire marcher mon cerveau, disait Ran en rigolant.

– Professeur narcissique ?

– Qu'est-ce que vous racontez ? demanda Bibi à voix basse.

– Hier soir, on a essayé de trouver des surnoms aux profs, expliqua Luce. Par exemple, Harty est devenu professeur martyr, parce que son cours est abominable et que c'est un martyr d'y aller.

– Pour Abel, on a pensé à professeur sensuelle, ajouta Taro.

– C'est marrant, dit Bibi.

– Mais là, on ne trouve pas pour Régène, conclut Ran.

– Professeur je m'aime ? proposa Bibi.

– C'est pas mal ça ! s'exclama Taro un peu trop fort.

– Silence ! beugla Régène. Je ne tolérerai pas que vos bavardages m'interrompent ! Alors maintenant silence et écoutez-moi.

– Professeur j'ai la haine ? chuchota Bibi.

– Retenu, murmura Taro.

L'interruption de Taro eut du bon, car Régène commença son cours. L'exécrable petit homme ne brillait pas par ses méthodes d'enseignement. Il cherchait ses mots, consultait souvent ses notes, passait de longs moments en silence devant le tableau avant d'inscrire une information erronée, puis y revenait pour la corriger, voire l'effacer et ne pas donner la bonne explication. Quand le cours se termina, Bibi avait perdu toute sa bonne humeur matinale. Il mourait d'envie de démonter l'école pierre par pierre et faillit se rendre dans le bureau de Daucus pour lui demander si cette grande institution était aussi prestigieuse qu'elle le prétendait.

Heureusement, le deuxième cours sauva une fois de plus le premier. Le cours de démons et éthique était assuré par l'aventurier Mage que Couma avait affronté lors de la finale de la Grande Épreuve, le Vice-Champion du Monde, en conséquence Lahulo Grandefrêne.

Il lança des projections magiques des cinq espèces de Démons et détailla pour chacun d'eux les observations enregistrées lors de ses aventures. Tandis que les projections tournaient sur elles-mêmes, il insista sur les modes d'attaque des monstres et leur fréquence, les Caïs largement en tête et les Kebobs loin derrière.

Lorsque l'heure du déjeuner arriva, Bibi avait délaissé son irritabilité pour plonger dans une excitation si extrême que Luce lui fit une remarque pour tenter d'endiguer son enthousiasme. Profondément blessé, il quitta la table et n'amena même pas Astrancia voir l'Arbre d'Eilauri.

Les choses s'arrangèrent juste avant le début de leurs TP respectifs. Luce, Astrancia et Ator se dirigèrent vers la salle que Bibi avait découverte le matin même. Taro, Ran et Bibi vers leur propre salle de TP, au premier étage. Couma les y accueillit, à leur grande surprise. Modo, qui avait commencé à les railler, se tint coi, surtout quand Couma serra la main de Bibi en lui donnant de vigoureuses claques dans le dos.

La salle de TP était grande, lumineuse et remplie de tables de bois brut, croulant sous des pierres, des rocs, des minéraux, des bois, des marbres et d'autres matériaux. Ses murs étaient recouverts par des étagères pleines de sacs et d'outils divers : marteaux, burins, ciseaux, râpes, scies, pointerolles, règles, équerres, couteaux…

– On dirait une salle de torture, commenta Ran.

Quand tout le monde fut installé, Couma se lança, animé par un sourire :

– Jeunes gens, bienvenue dans mon cours ! Je préfère ne pas perdre de temps à me présenter et commencer tout de suite par faire votre connaissance. Je suis ravi de revenir dans les murs de cette école et j'espère que vous serez heureux de m'avoir comme professeur, vu la qualité de mon enseignement.

Ses étudiants, rendus timides par le respect qu'il leur inspirait – il s'agissait tout de même du Champion du Monde – rirent et commencèrent à se détendre.

– Le but de ces travaux pratiques est de vous apprendre à maîtriser à la perfection votre Force et votre Résistance. Je suis sûr que vous vous imaginez déjà le faire, mais je vous assure que c'est faux. Et vous allez le constater dans quelques minutes.

Ceci dit, Couma se mit à leur distribuer des petits paquets qu'il cueillait sur une étagère. Bibi découvrit le contenu du leur avec son binôme Laume Rivenfeu, un Guerrier d'une trentaine d'années, grande gueule et sympathique. Il tira du paquet de fines aiguilles et des petits rectangles de métal, de la taille de grands ongles, reliés entre eux par un réseau de lacets de cuir.

– Tu peux oublier ça Bibi, expliqua Couma, ce sera pour plus tard. Aujourd'hui, nous allons nous intéresser aux aiguilles. Pour commencer, qui peut me résumer les trois Aptitudes d'un Guerrier ? Toi. Comment t'appelles-tu ?

– Modo Poderoque Monsieur.

– Donc ces Aptitudes ?

– Force, Résistance, Endurance.

– Et pourrais-tu m'expliquer quel intérêt nous avons à les maîtriser ?

– La maîtrise de la Force a plusieurs avantages : nous pouvons la moduler pour tromper l'adversaire ou pour économiser notre énergie et en augmenter plus ou moins l'intensité. Notre Résistance durcit notre corps et le rend invulnérable à la plupart des attaques Magiques ou des agressions extérieures. Quant à l'Endurance, il s'agit de la base de nos autres aptitudes, celle qui nourrit les autres en quelque sorte. Si nous la connaissons parfaitement, nous pouvons mieux connaître nos limites et éviter de commettre des erreurs. En gros, cela permet de mieux gérer nos réserves d'énergie et de réagir de façon appropriée, durcir notre peau pour faire face à une attaque, augmenter notre Force pour abattre un obstacle et gérer notre Endurance pour ne pas épuiser notre énergie.

– Pas mal, mais tu as oublié une chose. Quelqu'un peut-il me dire quoi ? Oui ? C'est Taro, c'est ça ?

– Oui, Monsieur. Taro Chanteterre. Modo a oublié de préciser que la maîtrise des trois Aptitudes peut nous permettre de connaître nos limites, certes, mais aussi de les dépasser. Comment se rendre compte que l'on franchit des frontières si on ne les connaît pas ? Puisque le dépassement des limites est un acte dangereux – pour n'importe quel humain des quatre Ordres – connaître ses frontières et se rendre compte qu'on les dépasse permet de juguler ce déferlement de pouvoir et d'énergie, si extrême qu'il nous met en danger. Connaître ses limites pour les repousser toujours plus loin, sans en souffrir, voilà le but que tout Guerrier devrait se fixer. C'est du moins la théorie de Gauv III l'Érudit, l'un des rois Guerriers de la Première Ère du temps.

– Excellent Taro, excellent. Peux-tu m'en dire un peu plus ? demanda Couma sans faire attention au regard noir qu'échangèrent Taro et Modo.

– Je pourrais ajouter qu'un entraînement constant des trois Aptitudes repousse sans cesse les limites à ne pas franchir. Ce qui nous assure une double sécurité. Celle de mieux savoir ce que l'on fait avec son propre pouvoir – ce qui réduit les risques de le voir échapper à notre contrôle – et celle d'augmenter sa puissance.

– C'est très bien. Mais comprenez-vous réellement tout ce que cela implique ?

Un silence ponctua la question de Couma.

– C'est ce que je m'efforcerai de vous faire comprendre, au-delà du théorique, c'est-à-dire dans votre perception physique, tout au long de l'année. Le pouvoir d'un Guerrier se ressent dans sa chair, dans ses os, ses muscles, ses nerfs. Il faut être très attentif à ce que l'on ressent, aux subtils messages que notre corps nous envoie. C'est un travail de longue haleine. Alors commençons, d'accord ? En premier lieu, car je suis un être prudent, nous allons nous concentrer sur vos Résistances. Prenez chacun une aiguille et plantez-la dans l'épaule de votre voisin sans utiliser votre Force.

Avant que Couma n'ait ajouté quoi que ce soit, chacun se fit un devoir de respecter ses instructions.

– Aïe ! fit Ran pour rire, alors que Taro s'amusait à mimer un sadique armé de son objet pointu.

– Le but est bien sûr de ne ressentir aucun « aïe », explicita Couma en souriant. Et cela en augmentant suffisamment sa Résistance. Mais attention, car les aiguilles sont fragiles et il ne faut pas les casser.

– Euh... trop tard professeur, dit Laume en montrant l'aiguille brisée par la peau de Bibi.

– Bibi, une aiguille n'est pas un poignard, dit Couma amusé par la mine contrariée de son élève Pur. Recommencez.

Couma fit le tour des tables pour prodiguer des conseils. Bien vite, les différents binômes s'amusèrent à se planter les aiguilles dans la peau par surprise. Taro et Ran y arrivèrent parfaitement dès leur troisième essai, se plaçant en tête des étudiants. Fiers de leur succès, ils alimentèrent de leur bonne humeur et de leurs facéties l'ambiance décontractée du cours.

– Vous êtes vraiment puérils, s'étonna Couma mi-amusé et mi-agacé face à une classe qu'il avait du mal à gérer.

– Professeur, j'ai vraiment du mal à ne rien sentir, se plaignit une jeune Guerrière du nom d'Elibou. J'ai beau me concentrer, je n'y arrive pas.

– Continue et n'aie pas peur de casser des aiguilles, je préfère ça plutôt que tu ne sois pas capable de blinder ta peau.

– Maigre consolation, rouspéta Bibi face au tas d'aiguilles cassées qui entouraient Laume.

Celui-ci était pris d'un immense fou rire, soutenu par Taro et Ran, car le binôme de Bibi avait fini par très bien y arriver lui aussi.

– Allez Bibi, fais un effort, le tança Couma un peu durement. Ça ne devrait pas être un exercice difficile pour toi.

La remarque énerva tant Bibi qu'il lui fut impossible de réussir à moduler sa Résistance. Il se bloqua, gainé dans sa carapace à toute épreuve et il usa toutes les aiguilles à la disposition de Laume. Il dut même en réparer par Magie pour pouvoir continuer l'exercice. Toute la classe réussit plus ou moins à ne plus casser d'aiguilles tout en ne ressentant plus de piqûres, sauf lui.

Bibi se vexa face aux railleries de ses camarades ravis de voir que le Pur soi-disant si brillant se révélait finalement inapte et était très certainement rentré à l'École Impériale sous l'influence du directeur. De scandaleuses rumeurs sur la nature de ses relations avec Daucus lui parvinrent aux oreilles, ce qu'il trouvait parfaitement déconcertant. Comment les gens pouvaient-ils se montrer si perfides ?

En chemin vers le prochain cours, une migraine commença à poindre au niveau de ses tempes. Heureusement, le sourire de Luce et d'Astrancia, ainsi que la déjà fidèle amitié d'Ator l'accueillirent sur la piste, derrière le gymnase. Le professeur, une petite femme Guerrière, noire et ronde, aux yeux d'un éclat dur, les cheveux raides coupés au carré les attendait. Elle les envoya se changer. L'épreuve des vestiaires fut pénible pour Bibi. On ne cessait d'observer ses cicatrices, ce qui le mettait mal à l'aise. D'autres que celles de Rivi marquaient sa chair. Il sentit un feu brûlant de honte l'envahir, ce qui l'étonna. Il n'avait pas l'habitude d'être pudique. Pendant ce temps, la réputation de leur nouveau professeur se répandit comme une traînée de poudre au contact des *troisième année*. Remplis d'appréhension, la plupart des *première année* retournèrent sur la piste où les bâches qu'ils avaient observées le jour de leur visite révélaient une course d'obstacles impressionnante. Le professeur les attendait les poings sur les hanches.

– Vous en avez mis du temps ! rugit-elle d'une voix forte que tout le monde put entendre. J'imagine que vous avez papoté avec vos aînés sur ce qui vous attend dans mon cours. Ils vont m'entendre ceux-là ! N'oubliez plus jamais que je ne tolère aucun retard ! Je suis Alucia Clairevent, votre professeur de sport et d'entraînement au combat. Malgré les apparences, je suis une Guerrière, sans doute beaucoup plus talentueuse et puissante que vous ne le deviendrez jamais. Cela dit, je connais les limites et les compétences de chacun. Je n'ai que quatre règles : aucun retard ! Pas d'insolence ! Pas de plainte ! Et surtout une obéissance aveugle ! Compris ?

Un silence suivit et le visage d'Alucia se tendit d'une expression sévère. Elle se mit à marcher de long en large en se frottant les paumes des mains l'une contre l'autre.

– Que les choses soient claires. J'imagine que pour l'instant la rentrée n'a pas été trop dure. Je ne veux en aucun cas critiquer mes collègues devant vous, mais sachez qu'avec moi, ce que vous avez connu est terminé. Vous êtes à l'École Impériale ! Compris ? Je ne veux plus voir d'arrogants ! Je n'en peux plus des arrogants ! Des petits fiers-à-bras qui s'imaginent que la vie leur appartient sous prétexte qu'ils sont le

« fils ou la fille de » ou qu'ils ont obtenu tel résultat à telle Épreuve. Je me fous de tout ça ! Vous êtes des apprentis Élites ! Des vies humaines dépendront de vos actes ! Vous devrez être puissants certes, mais aussi avoir un état d'esprit remarquable ! Vous êtes les futurs chevaliers de la justice et de la paix ! Et pour l'instant je ne vois qu'un ramassis de petits prétentieux pas assez polis pour répondre lorsqu'on leur pose une question ! Je me répète, je n'ai que quatre règles, les avez-vous comprises ?

Impressionnés par la furie qui pointait dans sa voix et ses gestes, les étudiants répondirent un « oui ! » général.

– La rentrée commence véritablement aujourd'hui, ici et avec moi ! Je suis une Élite et pas la plus tendre. Je vous apprendrai à en devenir un ou une, dussé-je vous faire pleurer, crier, couiner devant vos parents, vos protecteurs ou vous envoyer geindre à l'infirmerie ! Votre engagement est d'autant plus important qu'il a été validé par un contrat magique. Et il n'y a qu'un seul d'entre vous qui y ait accordé suffisamment d'attention.

Quelques regards se tournèrent vers Bibi, qui restait de marbre, fasciné par Alucia. Elle était la preuve vivante qu'il ne fallait pas se fier aux apparences. Sa perception magique le laissait pantois. Alucia aurait sans doute pu rivaliser avec Couma lui-même. Une forte musculature et un état physique d'athlète étaient un soutien pour la Force et l'Endurance d'un Guerrier, mais Alucia avait tant de Force à revendre qu'il eut la soudaine envie de défier cette femme et de se battre contre elle, pour mesurer sa puissance et tester la sienne. Le feu qui l'avait pris dans les vestiaires et s'était atténué, redoubla d'intensité, rendant ses yeux piquants et son front moite. Alucia reprit son discours.

– Pour ceux qui n'auraient pas mesuré l'importance de cette signature, je vous certifie que vous ne pouvez plus faire marche arrière. Seul le comité de direction peut vous renvoyer, si vous ne tenez pas le rythme, si vos résultats sont insatisfaisants ou si votre comportement est inacceptable. Mais avant d'avoir recours à cette extrémité, réfléchissez. Sondez les profondeurs de votre âme et voyez si les idéaux et les valeurs des Élites sont bien les vôtres. Accrochez-vous de toute façon et faites-nous honneur. La compétition sera rude. Tous ne seront pas acceptés dans nos rangs. Avez-vous remarqué que vous êtes plus nombreux que les *deuxième année* et les *deuxième année* plus nombreux que les *troisième année*? Les partiels de fin de semestre sont là pour faire le ménage. Croyez-moi, ce qui vous attend ne sera pas une partie de plaisir. Nous n'apprenons pas à sauver des vies dans le monde des ours en peluche! Maintenant vous allez me faire quatre groupes, les Mages à ma droite, les Guerriers à ma gauche, les Ordinaires en face de moi et le Pur, il se rapproche. Puis vous vous séparerez par sexe. Au trot!

Toute la promotion lui obéit, dans un silence nouveau, empreint de gravité et d'une soudaine angoisse. Luce et Astrancia se chuchotaient leurs inquiétudes, rejointes par deux de leurs condisciples, deux sœurs jumelles Magiciennes au teint jaune et aux yeux bridés, Addis et Abeba Finefleuve. Minces, déliées, les cheveux si noirs qu'ils en étaient brillants, les traits délicats, elles se ressemblaient trait pour trait, pleines de grâce.

Taro et Ran affichaient un air de solennelle gravité. Sous les chauds rayons du soleil, ils paraissaient déjà être des Élites accomplis. Ator évitait soigneusement Targo qui le toisait avec un air suspicieux, sans doute parce qu'il côtoyait Bibi. Le jeune Mage sympathique avait pâli mais serrait fermement les lèvres, bien décidé à aller jusqu'au bout de sa formation. Targo, dressé sur son piédestal d'arrogance et de défi semblait prêt à tout pour parvenir à ses fins. Bibi s'était rapproché d'Alucia et lui rendait son regard. Celle-ci finit par se détourner pour observer les autres élèves. Elle leur criait de se hâter et Bibi bouillonnait d'envie de se défouler. Il se rendit soudain compte qu'il n'avait pas fait l'ombre d'un exercice durant leurs quinze jours de congés et eut envie de rattraper le temps perdu. Les élèves en place, Alucia sortit un sifflet de sa poche:

– Aujourd'hui, rien de difficile, je veux juste vous tester. Je sais que vous avez tous une assez bonne condition physique, sinon vous ne seriez pas ici. Mais si je veux vous former correctement, il faut que je vous connaisse par cœur. Alors vous allez commencer l'échauffement par quelques tours du stade. Puis je vous appellerai et vous me rejoindrez au milieu de la piste. Je ne veux pas entendre un gémissement, un râlement ou quoique ce soit d'autre. C'est parti!

La course débuta. Les grands sportifs tels Targo, Ran, Taro, Laume, Modo, Adi et bien d'autres s'élancèrent fièrement, à une vitesse soutenue. D'autres, plus raisonnables et plus sages, partirent à leur rythme, se laissant distancer. Alucia courut parallèlement à eux, à différents rythmes, pour examiner les uns et les autres. Elle prenait quelques notes ou aboyait ce qui ressemblait à des encouragements. Bibi s'était collé au rythme d'Ator, désireux de conserver ses forces, même si ses jambes lui hurlaient de partir plus vite et de les libérer de cette apathie qu'il venait de constater. Ator se débrouillait bien mais parlait à Bibi, ce qui n'arrangeait pas son souffle.

– Tu n'es pas capable d'aller plus vite Bibi ? Tu peux rejoindre les grands pontes si tu veux, je ne t'en voudrais pas.

– Je ne sais pas ce que nous réserve Alucia et je n'ai pas envie de me ridiculiser encore une fois. Alors j'essaie de rester prudent.

– Mais pourtant… Luce m'a raconté que… tu étais plus qu'un enfant… de la campagne… mais carrément… un homme sauvage…

– Luce ferait mieux d'apprendre à se taire. Mais je sais très bien que c'est une bataille perdue d'avance, soupira Bibi.

– Je ne voulais pas… que tu… sois en colère contre elle.

– Je ne le suis pas. Pour l'instant, tais-toi et concentre-toi sur ton souffle. Sinon tu vas avoir un point de côté et je n'ai pas l'impression que notre nouveau professeur ait une once de pitié.

Ator reconnut la sagesse de Bibi et maîtrisa sa respiration. Luce et Astrancia les rattrapèrent bientôt, laissant Addis et Abeba derrière, ruisselantes de sueur. Taro entendit le jeune Ferdeciel dire à Modo que la sélection se faisait sur cette course. Les derniers ne tiendraient pas une semaine, assurait-il à son ami et aux personnes qui l'entouraient. Taro grimaça de dégoût face au plaisir que son concurrent semblait en tirer.

Au bout d'une demi-heure d'efforts, Alucia siffla pour attirer leur attention et leur dit de marcher le temps qu'elle appelle le premier groupe. Puis ils recommenceraient à courir. Cette fois, Bibi distança Ator et Luce. Astrancia peinait derrière eux, tandis que le premier groupe allait se frotter au parcours d'obstacles d'Alucia. Tout le monde essayait de ne pas y prêter attention, mais ce fut un exercice presque plus difficile que la course.

Le premier groupe en sortit épuisé et marcha péniblement à la suite des autres. Peu d'entre eux avaient réussi à en venir à bout. Recommencer à courir au coup de sifflet fut bien difficile, et Bibi, entouré de Luce, Astrancia et Ator, qui faisaient partie du deuxième groupe à être appelé, plaignit les sympathiques jumelles qui avaient les larmes aux yeux. Astrancia fut la suivante à se frotter à la course d'obstacles. La jeune Magicienne regarda avec un soupçon d'horreur les épreuves qui l'attendaient. Une corde à nœuds, puis un mur d'escalade qu'elle devait rejoindre en se balançant à la dite corde, suivi d'un sprint à travers une zone pleine d'obstacles. Celle-ci débouchait sur un plan d'eau à traverser à la nage jusqu'à une échelle verticale qui permettait d'accéder à une autre, horizontale cette fois, et à la franchir à la force des bras. Elle aboutissait à une plate-forme élevée dont il fallait descendre par de hautes et gigantesques marches pour arriver à un nouvel escalier qui, une fois franchi, faisait face à un simulacre de précipice. Il devaient sauter avant de descendre par une corde jusqu'à une série de roues de bois posées au sol, puis passer de petits obstacles en courant, pour bondir ensuite dans du sable et atterrir face à Alucia, son bloc-notes, son sifflet et sa langue acérée.

Astrancia peina dès le mur d'escalade. Elle chuta lourdement durant son sprint dans les obstacles et s'écorcha le visage. Surprise par le froid de l'eau, elle glissa sur les barreaux humides. Quand elle dut se balancer à la force des bras, elle ne réussit à franchir qu'un seul barreau avant de tomber dans l'eau. Elle nagea jusqu'au bord et sortit, pantelante.

Alucia lui hurla de continuer avec des mots d'une dureté de diamant et Astrancia entreprit de gravir l'escalier géant. À bout de souffle, elle se figea face au précipice et dut supporter cinq minutes d'engueulade avant de se jeter dans le vide. Elle rata le bord et atterrit lourdement sur le sol, amolli par Magie. Une fois encore, Alucia ne lui laissa aucun répit et l'obligea à se relever pour finir sa course. Les pieds entravés par le sable, ses minuscules bonds avaient l'air si pénibles que Bibi ne put retenir une grimace d'empathie.

– Contrairement à ce que tu imagines, ce n'était pas si mal. Tu es sportive ?

– Je fais de l'équitation et de la course à pied, répondit Astrancia en serrant ses côtés d'un geste désespéré.

– Tu as pris des cours de sport optionnel ?

– Équitation, souffla Astrancia pliée en deux.

– D'accord, acquiesça Alucia en griffonnant sur son bloc-notes. Tu peux rejoindre les autres. Le suivant, ça sera Ator, appela-t-elle. Ator Tourhaute.

Ator se débrouillait bien, jusqu'au moment où il perdit le rythme et se trouva suspendu à la seule force des bras au milieu de l'échelle. Il tenta de se rebalancer mais ses doigts meurtris lâchèrent prise. Il tomba dans un grand bruit d'éclaboussure et Alucia le força à réessayer trois fois de suite. Il crut ne jamais y arriver quand enfin Alucia le soulagea et lui permit de se frotter à l'escalier géant. Il ne prit pas assez d'élan pour franchir le précipice et se retrouva accroché à la paroi de la plate-forme. Il se hissa tant bien que mal et fatigué, manqua de lâcher la corde. Trébuchant dans un des derniers obstacles, il faillit tomber la figure dans le sable. Faute d'élan, ses sauts étaient laborieux, mais il se tint bientôt, les muscles de ses bras tremblants de fatigue, face à Alucia.

– Je suis aussi dans les cours d'équitation, conclut-il après quelques questions de la part de son professeur.

– Très bien. Ce n'est pas trop mal. Maintenant fais de la place au prochain. Bibi ! appela Alucia.

Alucia dut siffler deux fois et commencer à montrer les crocs pour tirer Bibi de sa léthargie. Le reste rattrapa largement cette première bourde. Il grimpa à la corde avec une facilité écœurante, se balança comme un singe jusqu'au mur d'escalade qu'il franchit avec la dextérité d'un écureuil, avant de courir tel un fauve dans les obstacles qui n'étaient rien comparés à ceux qu'il avait déjà pu connaître. Il nagea comme un dauphin, franchit les échelles sans effort, bondit comme un chamois sur les marches géantes, accomplit un saut magnifique au-dessus du précipice, glissa le long de la corde en une seconde et termina la course sans rater une roue, sans toucher un obstacle, sans paraître gêné par le sable. Bibi se redressa en essuyant ses vêtements, le souffle enfin accéléré, mais plus en forme que jamais.

– Mais qu'est-ce que tu fais dans ce groupe-là Bibi ? demanda Alucia d'une voix menaçante.

– Je ne comprends pas.

– Tu ne comprends pas que je vais te botter le cul pour avoir caché tes capacités à la course ? Tu vas retourner sur la piste et courir vraiment ! Vraiment ! Tu m'entends ? Et après tu retourneras avec les derniers sur les obstacles ! Et ne t'avise plus jamais de faire ton fainéant.

– J'essayais juste de…

– Qu'est-ce que tu fais encore là ?

– Je dis que je voulais juste garder des…

– Je me fous de ce que tu as à me dire ! Tu oublies ma quatrième règle ? Tu vas m'obéir et retourner avec les petits crâneurs sur la piste de course.

– Vous ne m'écoutez pas !

– Je ne veux pas t'écouter ! Pour qui te prends-tu ? Tu t'imagines que les choses que tu as à me dire sont plus importantes que tes camarades qui attendent dans l'angoisse que se règle leur sort ? Je n'ai pas de temps à perdre avec toi et ta suffisance ! Retourne courir !

Bibi fixait Alucia avec une haine intense. Il voulait juste s'exprimer. Il en aurait hurlé de rage. Alucia le regarda alors avec une expression mi-interloquée mi-dangereuse.

– Tu ne voudrais quand même pas que je t'envoie de mes propres mains jusqu'à cette piste de course ?

– Essayez pour voir, murmura Bibi tandis qu'une étincelle blanche claquait dans ses cheveux.

– N'importe quoi Bibi ! s'écria Luce en lui agrippant le bras. Ne sois pas stupide ! J'en ai ma claque de te voir faire n'importe quoi ! Mais qu'est-ce qui te prend aujourd'hui ?

Bibi sembla se réveiller et s'arracha de l'étreinte de Luce, une expression blessée sur le visage. Il rejoignit la piste et courut, étalant sans retenue sa puissance physique. Les premiers, ruisselants de sueur, le regardaient avec dégoût. Seuls Ran et Taro lui sourirent et lui souhaitèrent la bienvenue.

– C'est quoi ton nom déjà ? demanda Alucia à Luce.

– Luce Sanrouge, Madame.

– Sanrouge hein ? dit Alucia d'un ton entendu. Dur à gérer ton copain Pur. Mais la prochaine fois, tu me laisses faire. Est-ce que c'est clair ?

– Oui Madame, mais je vous assure, je ne sais pas ce qu'il a en ce moment… il n'est pas comme ça, je vous assure.

– Cesse donc de radoter et rejoins tes camarades en attendant que ton tour vienne.

Luce obéit. Comme Astrancia, elle fut incapable de traverser l'échelle horizontale mais pour le reste, elle s'en tira honorablement. Vint ensuite le tour du dernier groupe, rassemblant les plus sportifs. Les performances s'approchèrent plus de ce que Bibi avait déjà montré. Son regard noir étincelait de colère et il ne quitta quasiment pas Alucia des yeux. Celle-ci n'en était nullement impressionnée et lui répondait par des regards d'une sévérité à calmer un fauve enragé.

Les deux heures finirent par passer et tout le monde accueillit la fin du cours avec soulagement. Alucia les obligea à faire de nombreux étirements et les encouragea à boire. Avec un sourire qui paraissait aimable, elle leur souhaita de passer une bonne soirée et de la retrouver le lendemain dans le gymnase sans aucun retard. Ils filèrent aux vestiaires se doucher et se rhabiller. Fort heureusement pour Bibi, ses homologues masculins étaient bien trop occupés à critiquer ou à encenser Alucia, pour observer encore ses cicatrices d'un œil mauvais. La plupart des étudiants enchaînaient ensuite avec leurs cours optionnels. Bibi et Luce devaient assister à leur premier cours de chant avec Adi et cinq autres condisciples. Les *deux et troisième année* les toisèrent et l'atmosphère ne s'arrangea pas quand le professeur Lyrem Frangedépé fit son apparition. Cheveux longs, traits émaciés, regard lointain, flottant dans d'amples vêtements et une longue cape, il provoqua une vague d'émotion chez ses élèves. Vu le nombre de cadres contenant des autographes ou des projections magiques, le professeur Lyrem était une vraie célébrité. Le chœur se forma après un léger mouvement de baguette de la part du maître, qui se plaça avec grâce derrière son pupitre. D'une voix lente et suave, il s'adressa aux *première année* :

– Nouveaux venus, bienvenue dans mon cours. Veuillez vous placer correctement dans le chœur je vous prie, et tâchez de suivre.

Bibi en fut tout à fait incapable, ne sachant absolument pas où pouvait bien être sa place dans un chœur. Les dix premières minutes furent donc un calvaire d'embarras pour lui, car il dut subir les sourires moqueurs de ses aînés, ainsi que les regards désespérés de Luce. Quant à Adi et ses autres condisciples, ils se montraient soudain bien railleurs à son égard.

Tout d'un coup, le professeur Lyrem baissa sa baguette de chef d'orchestre en plein milieu d'une gamme et afficha un air affligé.

– Jeune homme, mais que faites-vous dans mon cours si vous êtes sourd et muet ?

Des rires étouffés jaillirent du chœur.

– Comment ?

– Je vous ai demandé de vous placer dans le chœur, vous n'en avez rien fait et après cela, je ne vous ai pas entendu chanter une note. Alors, donnez-moi une preuve que vous n'êtes pas un demeuré.

– Je ne sais pas où est ma place dans le chœur Monsieur, dit Bibi d'un ton las.

– Pardonnez-moi ? J'ai cru mal entendre. Parlez plus fort.

Bibi répéta, honteux, sous les rires beaucoup moins étouffés de ses camarades.

– Allons donc, enchaîna Lyrem. Jamais personne ne vous a appris à faire cela dans vos précédents cours de chant ? Votre professeur devait être un cul de basse terre perdu dans un village sordide, si vous me pardonnez l'expression.

– Je ne vous la pardonne pas Monsieur, dit Bibi qui commençait à s'énerver. Et je n'ai jamais eu de professeur.

– Comment cela ? demanda Lyrem d'une voix de plus en plus aiguë dans un silence choqué.

– Je n'ai jamais eu de professeur de chant, articula le jeune Pur comme s'il avait affaire à un débile.

– Mais que faites-vous dans mon cours alors ?

– Ça me paraît évident. Je viens apprendre à chanter, vu que je n'ai jamais eu de professeur.

Bibi, intrigué par les questions de Lyrem, se sentait revenir quelques semaines en arrière, quand il ne comprenait plus rien aux rapports humains. Les étudiants de Lyrem, sorte d'élite parmi les Élites, ricanaient et discutaient allègrement en montrant Bibi du doigt.

– Mais que croyez-vous ? Je suis le grand Lyrem Frangedépé, lyrique parmi les lyriques ! Regardez autour de vous, regardez mes murs et voyez à qui vous avez affaire ! Jamais je n'accepterai un débutant dans ma classe ! Retournez donc dans votre sordide petit trou du Monde ! Comment avez-vous osé pénétrer dans cette salle de classe ?

Le ton de Lyrem devenait de plus en plus perturbé et ses longues mains arachnéennes étaient secouées de tics, ainsi que son visage. Il continua sur sa lancée face à l'inquiétude grandissante de ses élèves.

– J'aurais dû me douter que vous ne seriez bon à rien, vu vos origines. Vous…

Un frisson l'interrompit.

– Vous et les gens de votre entourage sont-ils… sont-ils… ?

– Sont-ils quoi ? rugit Bibi, qui se doutait bien de ce que cachait cette question.

– Baissez d'un ton ! cria Lyrem en brandissant sa baguette après un violent sursaut. Et surveillez votre langage ! Je ne tolérerai pas que vous criiez dans mon cours ! Déjà que vous osez venir souiller notre communauté de pureté et de grâce ! Je n'aurais jamais dû accepter de vous recevoir dans mon cours de toute façon d'après ce que je savais de vous. Daucus n'aurait pas dû tant insister. Jamais plus je n'aurais de Guerrier-Mage dans mon cours. Plus jamais. Vous risqueriez d'attirer la malchance sur mon nom et ma réputation. Avec votre sale race de porte-malheur !

– Faites-le taire ou je le tue ! hurla Bibi si fort que cette fois tout le chœur sursauta.

Quelques *troisième année* vinrent se placer entre Bibi et Lyrem. Luce se jeta sur son ami et le supplia de se calmer, en le retenant par le bras.

– Comment oses-tu menacer de mort le grand Lyrem ? s'exclama un brun pédant.

– Et comment ose-t-il provoquer un Pur ? rétorqua Bibi, la main levée remplie d'étincelles.

– Vous allez chez le directeur. Je vous chasse de mon cours.

– Vous n'êtes qu'une vieille paire de couilles sèches ! répliqua Bibi hors de lui.

À ces mots, Luce ne put s'empêcher de pouffer de rire. Heureusement personne ne faisait attention à elle.

– Vous, dit le professeur Lyrem en la désignant. Amenez-le au bureau du directeur avec ce mot, dit-il en s'emparant d'une plume et d'un parchemin.

– C'est moi qu'on punit, alors que vous venez d'insulter un autre Ordre que le vôtre et que vous me jetez votre dégoût à la figure ? Alors que je venais apprendre à chanter ? Vous êtes pitoyables ! Tous !

Bibi était rouge de fureur. Ses yeux étincelaient et les veines de ses bras saillaient sous l'effet de ses poings fermés. Il se mit soudain à chanter une chanson grivoise d'une voix forte et juste. Lyrem en fut tellement affecté que ses tics redoublèrent et qu'il dut dicter à un de ses favoris le mot qu'il voulait faire parvenir à Daucus. D'autres favoris le poussèrent dehors, dans un total vacarme. Les ateliers de peinture et de sculpture voisins se vidèrent de leurs étudiants et professeurs pour voir ce qui se passait, ce qui s'ajouta au vacarme. Bibi et Luce s'enfuirent de la bibliothèque en éclatant de rire. Luce en avait les larmes aux yeux. Ils mirent du temps à retrouver leur souffle et s'arrêtèrent devant le bâtiment principal pour se calmer.

– Alors là Bibi, c'était quelque chose ! Si je n'aimais pas autant chanter, jamais plus je ne remettrais le pied dans ce volailler. Non mais tu les as vus tous ? Tu leur as donné une bonne leçon. Et cette chanson ! Et ce grognement à la fin ! C'était grandiose.

– Merci Luce. Je crois que je viens de m'attirer de sacrés ennuis. Mais c'est une superbe excuse pour dire à Daucus ses quatre vérités.

– Ne va pas trop loin quand même Bibi, s'alarma Luce d'un ton soudain inquiet. Parce qu'aujourd'hui tu sembles carrément volcanique !

– Non, non, éluda Bibi d'un geste. Retournes-y maintenant, que tu ne sois pas brimée à ton tour.

– Merci Bibi. Tiens, dit-elle en lui tendant le mot. Et essaie de rester sage ! lança-t-elle en faisant demi-tour. S'il te plaît ! insista-t-elle sur un ton suppliant.

Bibi lui sourit pour la rassurer et pénétra dans le bâtiment principal. Vide et silencieux, il était déserté de la plupart de ses secrétaires et administrateurs. Il se sentait soudain épuisé.

Il croisa Astrancia qui paraissait sortir du bureau du directeur. Elle fut surprise de le voir et se mit à rougir comme une enfant prise en faute. Ils discutèrent quelques secondes, avant que la jeune femme ne s'éclipse, toute gênée. Bibi se dit qu'elle avait dû avoir un entretien avec le directeur et soupçonna, au vu de son embarras, que son incroyable potentiel magique avait été le principal sujet de discussion. Il se sentit rassuré de voir qu'il n'était pas le seul à qui on accordait autant d'attention. Astrancia était tout à fait exceptionnelle, comme, sans doute, un grand nombre de personnes admises dans ces murs. La secrétaire de Daucus étant partie, il s'apprêtait à toquer quand il entendit clairement des voix lui parvenir de derrière la cloison. Sans réfléchir, il colla l'oreille à la porte et reconnut la voix d'Alucia et celle de Daucus :

– Je ne veux pas attendre la prochaine réunion Daucus. Je veux en apprendre plus sur lui.

– Vu ton insistance ma chère Alucia, tu en sais déjà plus que beaucoup d'autres.

– Et as-tu parlé de tes hypothèses farfelues au premier intéressé ?

– Non, répondit la voix gênée de Daucus après un moment de silence. Je ne l'estime pas encore prêt.

– Tiens donc. Et qui es-tu pour l'estimer ou ne pas l'estimer ?

– Alucia cela suffit ! Je ne t'ai pas convoquée pour recevoir tes éternels sermons sur la valeur de l'honnêteté et de la vérité ! Je voulais savoir si tu avais réussi à avoir les informations qu'on me cache.

– Oui, Monsieur le directeur, répondit Alucia, mordante d'ironie. La raison pour laquelle l'enquête évoque la Matriarche comme nouveau lieu à tendance démoniaque, c'est parce que des Élites auraient découvert un campement de Guerrier-Mage noir caché sous les frondaisons de la forêt.

– Réellement Sombre ?

– On ne peut plus. Des Démons y montaient la garde.

– Des Démons dans la Matriarche ? Tu es sûre de cela ?

– Ce sont les informations que j'ai récoltées.

– Sont-elles… ?

Bibi colla son oreille plus fort contre la porte. Il entendait de moins en moins bien, comme si les deux personnages baissaient d'un ton ou s'éloignaient. Il décida de toquer et d'entrer immédiatement, dans l'espoir de capter quelques mots de plus de cette passionnante conversation. Il se retrouva ainsi face à Daucus et Alucia, le premier surpris et la seconde suspicieuse. Le jeune Pur se dandina un instant, son papier à la main, gêné de son acte qui ne lui avait rien révélé de plus. Daucus surmonta sa surprise et dit :

– Bibi ? Qu'est-ce qui t'arrive ? Tu ne devrais pas être à ton cours de chant ?

– C'est-à-dire que… commença Bibi, étonné que le directeur se souvienne de ce détail. Justement, c'est un peu la raison de ma visite.

Bibi lui tendit le papier et essaya de se soustraire aux yeux d'Alucia, qui le foudroyait du regard.

– Oh non non non, ne me dis pas, Bibi le Pur, que tu t'es déjà fait renvoyer de ton cours de chant ? lança la jeune professeur d'un ton cuisant.

– Eh bien… comment le dire sans vous énerver ?

– C'est plus que cela apparemment, dit Daucus en tendant le papier à Alucia qui le parcourut l'air de plus en plus ulcéré. J'attends ta version des faits Bibi, poursuivit le directeur d'un ton calme qui n'augurait rien de bon.

Il raconta l'épisode et en perdit toute crainte face à ses deux professeurs. Il avait eu parfaitement raison de se révolter. Lyrem était un immense cancrelat gluant et Bibi n'avait aucune raison de rester poli face à une créature pareille. Cette conclusion ne fut guère appréciée, ni par Daucus, ni par Alucia qui se leva et s'emporta férocement :

– Tu peux bien penser ce que tu veux de Lyrem, mais il reste ton professeur, à qui tu dois respect et obéissance !

– Respecter un homme pareil ? Jamais ! Et lui obéir, encore moins ! Je ne suis ni son serviteur, ni son gosse, ni son soldat !

– Soldat, tu l'es déjà parce que tu es un apprenti Élite ! rugit Alucia. Et l'un de nos principes est la discipline !

– Discipline ? J'appelle ça ramper aveuglément devant de parfaits imbéciles ! Harty, Régène, Lyrem ! Vous appelez ça des professeurs ? Ce ne sont que des abrutis orgueilleux !

– Ce sont tes professeurs ! Ce sont eux qui vont faire de toi un Élite !

– Élite, Élite, Élite ! Vous n'avez que ce foutu mot à la bouche ! Je me fous des Élites et je me fous même d'en devenir un !

– Alors pourquoi es-tu rentré dans cette École ?

– Demandez ça à l'Empereur et à son merveilleux contrat magique ! Ou demandez à Daucus ! Si ça continue comme ça, je vais en ressortir illico presto, de cette foutue et prestigieuse institution !

– Ça suffit tous les deux ! coupa Daucus d'un ton sec. Asseyez-vous. Nous allons mettre tout ça au clair.

Alucia et Bibi se regardaient comme deux chiens de combat, haletants et prêts à en découdre.

– Bibi, tu vas respirer profondément et tenter de te calmer, d'accord ?

– Daucus, comment pouvez-vous rester si serein ? s'exclama Alucia. Comment pouvez-vous tolérer tous ses actes ?

Daucus sourit et se leva. Il s'approcha de Bibi, lui tâta le front avec son poignet, prit son pouls, regarda ses yeux et sentit son haleine.

– Bibi, je veux que nous repassions ta journée en revue toi et moi. Raconte-la en détails.

– Pourquoi ?

– Ne pose pas de questions et raconte-moi.

Bibi, très étonné, mais ne pouvant faire face plus longtemps au regard de ses professeurs, s'exécuta. Il se rendit compte au fur et à mesure de son récit que quelque chose n'allait pas. Jamais il n'avait été de si mauvaise humeur, si agressif, si révolté, si arrogant, impatient, lunatique …

– Tu comprends ce qui ne va pas n'est-ce pas ? demanda Daucus avec un sourire.

– Ma marque ? répondit Bibi en se touchant l'épaule. Je pensais que c'était passé.

– Tu es brûlant de fièvre et tu n'es pas dans ton état normal. Ce que tu as connu fait figure de légère prémisse.

– C'est pour ça que j'ai été si immonde avec tout le monde ?

– Disons que ça a certainement exacerbé tes opinions et tes humeurs. Je veux que tu passes la nuit à l'infirmerie, peut-être les nuits suivantes. Nous devons surveiller ton état et surtout cette fièvre. Et je ne veux pas que tes émotions détruisent l'école dont je suis responsable, dit-il en riant. Aussi un peu d'isolement ne te fera pas de mal.

– Cette explication est plutôt rassurante, mais j'estime qu'il ne faut pas en rester là Daucus, dit Alucia d'un ton grave. L'attitude de Bibi…

– Est entièrement due à son lien qui est en train de se renforcer. Pour vous en assurer, ayez une conversation avec le professeur Malassez, si ma parole ne vous suffit pas.

– Professeur ? demanda Bibi. Ça veut dire que je pourrais bientôt communiquer avec Rivi ?

– Ne va pas trop vite en besogne Bibi. Attends de ne plus être malade. Après nous verrons. Je t'ai sélectionné certains ouvrages que nous étudierons ensemble.

– Merci ! J'ai croisé Astrancia en venant, fit Bibi. Vous allez lui donner des cours particuliers à elle aussi ?

Daucus sourit et se rassit derrière son bureau.

– Ça, mon jeune ami, ça ne te regarde absolument pas. Et maintenant il va falloir que tu t'excuses auprès des personnes qui ont subi tes sautes d'humeur.

– Bien sûr ; je leur expliquerai. Luce va encore être folle et me sermonner mais…

– Je pensais plutôt au professeur Lyrem.

Bibi regarda Daucus et éclata de rire.

– Présenter des excuses à professeur lyrique ? chantonna Bibi. Jamais, conclut-il d'un ton rude.

– Tu le feras.

– Ne me poussez pas Daucus, ne me poussez pas à faire quelque chose que tout mon être refuse de faire, dit Bibi d'un ton menaçant.

– Ça suffit comme ça ! cria Alucia.

– Silence vous, répliqua Bibi en se tournant vers elle. On ne vous a rien demandé !

– Bibi ! lança Daucus d'un ton indigné.

Alucia paraissait profondément choquée qu'un élève ait seulement osé lui répondre.

– Excusez-moi professeur, finit par dire Bibi à cette dernière en grattant son épaule. À vous, je peux le dire, parce que je vous respecte, ajouta-t-il en se levant. Mais Lyrem ? Jamais !

– Où vas-tu comme ça ? lança Daucus.

– Mais là où vous m'avez dit d'aller professeur, à l'infirmerie, dit Bibi d'un ton moqueur.

Il claqua la porte derrière lui. Daucus soupira profondément.

– Jamais un étudiant ne m'a parlé de la sorte ! s'exclama Alucia. Je sais bien que ce sont des adultes, et que je n'ai pas une carrière longue comme le bras mais… D'habitude, on me craint !

– J'espère que c'est effectivement à cause de son lien et que ça ne va pas être comme ça les trois prochaines années, soupira Daucus.

Chapitre 13.

Avant de se rendre à l'infirmerie, Bibi ne put éviter de faire un détour pour raconter les derniers événements à ses amis. Luce, devant son front moite et son œil fiévreux, finit par l'interrompre et l'envoyer rassembler quelques affaires. Il se présenta à l'infirmerie, où la guérisseuse qu'il avait déjà rencontrée lui passa un savon, d'une part parce qu'il avait mis beaucoup trop de temps à venir et d'autre part parce qu'ils étaient sensés ne pas se revoir de sitôt. Cependant, elle était bien trop intéressée par le cas de Bibi pour l'ennuyer.

La nuit fut éprouvante. Brûlant de fièvre, il se tourna et se retourna, l'esprit égaré dans d'étranges rêves remplis de Rivi, de Daucus, de Sombres, d'Eilauri et de son chêne, de son maître et de l'image floue de sa mère. Son épaule qui le démangeait ne l'aida pas à se calmer.

Vers quatre heures du matin, il réussit enfin à s'endormir. À son réveil, sa température avait suffisamment baissé pour qu'il puisse se rendre en cours. Bien mal lui en prit. Le cours de mathématiques et de physique était d'un niveau bien trop élevé pour lui. Il s'endormit pendant les deux heures, ce qui ne facilita ni ses rapports avec ses condisciples qui continuaient à le voir comme le chouchou du directeur, ni avec ses professeurs. Il voulut expliquer à son enseignante qu'il n'avait que des notions élémentaires, mais elle ne parut ni le comprendre ni lui pardonner.

Le cours de littérature et de philosophie fut beaucoup plus intéressant, mais il dut sortir de l'amphithéâtre, pris d'une subite envie de vomir. Il eut le temps d'atteindre une fenêtre et se vida de son copieux petit déjeuner, ce que parut moyennement apprécier le jardinier qui travaillait dans la haie.

Au déjeuner, Bibi passa son temps à lutter contre ses larmes. Il était fatigué d'être perçu comme un fou et assailli par ses changements d'humeur. Il fit la sieste sous la surveillance de la guérisseuse et parvint à se présenter au TP de botanique et de zoologie. La plupart de ses camarades firent la grimace en le voyant. Quel souci allait-il ramener avec lui ? La rumeur sur la malédiction des Purs enflait. Le TP se déroula pourtant sans souci. Mais au cours d'entraînement au combat assuré par Alucia, Couma et Abel, l'état de Bibi posa à nouveau problème. Les étudiants répartis en fonction de leur niveau devaient se battre par binôme. Bibi rivalisa avec une Guerrière qui lui porta un coup à son épaule gauche. La douleur fulgurante lui fit voir trente-six chandelles. Quand il reprit ses esprits, la colère qui l'envahit fut tellement sauvage qu'il sauta sur la pauvre jeune femme. Acculée contre un mur, Bibi manqua de la mordre au cou. Alucia dut le ceinturer et user de sa Force pour lui faire lâcher prise. Elle l'évacua à l'infirmerie sous les regards atterrés et ulcérés de ses camarades.

Une fois calmé, Bibi eut si honte de ce qu'il avait fait qu'il s'enfuit de l'infirmerie pour s'enfermer dans sa chambre. Il protégea porte et fenêtre par un sort similaire à celui de ses cailloux-gardiens et il ne répondit plus à aucune sollicitation. C'est Daucus qui vint en personne convaincre Bibi de laisser entrer la guérisseuse.

– Comment va-t-il ? lui demanda Luce, dès qu'elle sortit de la chambre. Est-ce qu'on peut le voir maintenant ?

– Il ne veut voir personne.

– Mais pourquoi ? Qu'est-ce qu'on lui a fait ?

– Excusez-moi jeune fille, je m'exprime mal. Il souhaite que personne ne le voie dans cet état. Il craint de blesser quelqu'un.

– Nous savons tous que c'était un accident, tempêta Taro. Bibi n'est pas comme ça.

– Pourquoi accepte-t-il que vous le voyiez dans cet état et pas nous ? s'énerva Luce. Nous sommes ses amis !

– Et moi sa guérisseuse, ce qui est un rapport tout à fait différent. Ne vous inquiétez pas. Il a besoin de s'isoler et très honnêtement, poursuivit-elle en regardant Daucus, je pense que c'est mieux pour tout le monde.

– Très bien Audivine, je vous fais entièrement confiance.

– Je n'aurais jamais cru que la formation d'un lien pouvait s'avérer si problématique, ajouta-t-elle.

– Étant donné le manque d'informations que nous avons, autant nous attendre à tout.

– Quand est-ce que ça va passer? demanda Ran. Quand sera-t-il guéri?

– Je ne peux pas vous répondre pour l'instant, répondit Audivine en haussant les épaules. Il faut s'armer de patience.

C'est ce que tout le monde fit. Les rumeurs les plus folles enflammèrent les amphithéâtres et le lendemain, plus personne n'ignorait le nom de Bibi. Son état, constamment déformé, alimentait les mythes entretenus par les jaloux et les anti-Purs. Targo tenait l'occasion parfaite pour discréditer son concurrent le plus féroce. Modo, son fidèle, l'épaula avec conviction.

Les amis de Bibi furent donc la proie d'une lourde pression qui s'ajouta aux exigences croissantes de leurs professeurs. Perclus de courbatures, les *premières année* attendaient la fin de semaine avec impatience.

La compétition commençait à s'établir insidieusement. Des esprits retors et dépourvus de scrupules débutaient déjà la guerre de déstabilisation. Brimades, moqueries, fausses rumeurs, tout était bon pour semer la zizanie. Arrogance, argent, menaces, dédain, ruse et mépris constituaient leurs armes de prédilection. Toute faille ou toute faiblesse était exploitée. Soudés par intérêt, prêts à trahir ou à être trahi. À la soirée du vendredi, organisée par les plus âgés des apprentis Élites, les premières tensions s'apaisèrent car les rôles n'étaient pas encore totalement distribués. Tout le monde fut tenté de se faire agréablement remarquer. Bibi ne montrait toujours pas le bout de son nez et Audivine peinait à cacher son inquiétude à ses amis. La fièvre de Bibi faisait des pics vertigineux vers le haut et le bas. L'état de ses cicatrices empirait: boursouflées, d'un rouge vif, parcourues de temps à autres par des éclairs douloureux de Magie, elles ne laissaient aucun répit à Bibi qui luttait pour ne pas mettre sa chair à vif. Il grognait de plus en plus fréquemment dans son sommeil, perdu dans des cauchemars délirants.

Le samedi matin, à la place de leurs projets d'études encadrés, Daucus en personne vint faire un cours sur les animaux-totem. Son introduction mit un terme à toutes les folles rumeurs courant sur Bibi. Même quelques professeurs étaient venus assister à l'intervention du directeur. Certains élèves en sortirent encore plus enragés contre le jeune Pur, croyant détenir la preuve du favoritisme de Daucus, voire, pour certaines langues particulièrement fourchues, de leur relation intime.

L'après-midi, Taro, Luce et Ran allèrent à l'auberge raconter leur première semaine à Mouna et prendre des nouvelles de la famille. Ce ne fut que le dimanche matin que Bibi consentit à sortir de sa chambre. Émacié par ses quatre jours de jeûne, il prit un petit déjeuner avant d'aller faire un tour à l'infirmerie. Puis il sortit de l'École avec la bénédiction de sa guérisseuse. Hors de la ville, dans les champs alentours, il fit des bouquets de fleurs de fin de saison et rentra en milieu d'après-midi, juste à temps pour éviter une grosse averse. Il déposa un bouquet devant la chambre de la jeune Guerrière qu'il avait molestée, accompagné par un mot d'excuses, excuses qu'il s'empresserait de renouveler oralement dès qu'il la verrait. Puis il alla jusque chez Mouna, en glissant sur les pavés mouillés. On lui réserva un accueil qui lui fit chaud au cœur. Mouna leur prépara un goûter copieux et Bibi put raconter son calvaire et l'évolution de ses sens. En effet, il avait gagné une ouïe prodigieuse pour un être humain, et sa vue s'était également affinée, surtout la nuit. Son odorat semblait aussi vouloir s'améliorer, sans pour autant lui faire sentir des pistes tel un chien de chasse. Toutes ces nouvelles sensations lui faisaient tourner la tête, surtout qu'elles arrivaient par vagues qu'il ne savait pas comment gérer. Daucus lui avait promis de l'aider à maîtriser ces nouvelles aptitudes magiques.

Le dimanche soir, les quatre futurs Élites s'étaient forgés un moral d'acier et rentrèrent à l'École plus guillerets et complices que jamais. Ran, Taro et Luce s'installèrent dans la chambre de Bibi pour lui raconter tout ce qu'il avait manqué, pendant ce temps il recopia les notes prises par Luce.

– Tu risques d'en prendre plein la tête demain mon Bibi, il faut t'y préparer, disait Taro. La plupart des gens à qui j'ai parlé dans la promotion sont sympas, mais ils ne sont pas tous des enfants de chœur.

– Les surprises ne manqueront pas. On a tous les dents longues et la compétition est féroce ! Une fille m'a conseillé de larguer Ran parce que d'après elle, je n'aurai pas le temps de me consacrer à un garçon et à mes études. En fait, je l'ai retrouvée en train de le draguer à la soirée, la garce !

– Et Targo et Modo ? Comment se comportent-ils avec vous ?

– Ils sont comme ils ont l'habitude d'être, mais on sait à quoi s'attendre avec eux.

– C'est Astrancia et Ator qu'il va falloir surveiller, dit Ran d'un ton pensif. Ils sont très doués tous les deux, mais assez fragiles.

– Je suis plus inquiète pour les jumelles, dit Luce. Addis et Abeba. Une *troisième année* semble les avoir prises en grippe, sous prétexte qu'elles ont les yeux bridés ! Tu imagines l'ambiance ?

– J'ai hâte de m'y replonger.

Le lendemain, Bibi repris les cours. L'accueil qu'on lui réserva fut mitigé mais, à bien y réfléchir, il s'en moquait. Surtout qu'il avait trouvé la parade à ses maux de tête. Il lui suffisait de fermer les yeux et de se boucher les oreilles le temps que ça passe. Il avait l'air stupide mais on oublia bien vite cette nouvelle étrangeté. La semaine se passa sans incident mais fut éprouvante. La professeur de danse lui affirma que, ayant raté les premiers cours, il ne pouvait venir s'y greffer à nouveau. Il apprit plus tard par la bouche d'un *deuxième année* qu'elle était une amie intime de Lyrem. Le détestable professeur de chant avait donc usé de son influence là où il le pouvait.

Ils travaillaient beaucoup et dormaient peu, car leurs condisciples des années supérieures ne cessaient d'organiser des soirées et les rater était très mal vu. Toutes ces activités semblaient faire partie intégrante du processus de sélection et les aînés ne se privaient pas de tyranniser leurs cadets, d'une manière très insidieuse. La conduite à tenir était claire et ceux qui n'adhéraient pas se transformaient en cibles de choix. On les excluait, les raillait, complotait en s'arrangeant pour que tout se sache. Chaque faux pas social pouvait avoir d'incroyables conséquences. Les apprentis Élites ne formaient finalement qu'une toute petite communauté fermée, où chacun se battait ardemment pour survivre. Délicieux huit-clos.

Les professeurs ne leur faisaient pas de cadeaux, surtout Alucia. La peur d'être relégué dans le troisième groupe en sport ou à l'entraînement au combat taraudait tout le monde, tandis que ceux qui y étaient se battaient de toutes leurs forces pour en sortir.

Luce, Ran, Taro et Bibi ne pouvaient se plaindre de leurs vies. Ils se construisaient des amitiés solides avec Ator, Astrancia, Laume, Addis et Abeba, ainsi qu'avec Adi, qui filait le parfait amour avec Taro. Quant à leur cours, malgré les premières déconvenues, ils s'avérèrent vite passionnants. Par exemple, Bibi fut absolument conquis par son TP de biologie du lundi après-midi et il ne fut pas le seul. Animé par Abel et la jeune femme qui s'occupait des TP de botanique, il était étonnant par bien des aspects.

– Vous ne vous imaginez pas à quel point la vie animale et végétale nous entoure, expliquait Abel en se tenant près d'une drôle de petite machine. Ma collègue et moi-même effectuons des travaux révolutionnaires sur la biologie. L'étude des animaux sous toutes leurs formes a pris un autre tournant récemment, lorsqu'une invention d'un confrère Ordinaire nous est parvenue. Ceci est une loupe améliorée, dit-elle en désignant la drôle de petite machine en forme de longue vue renversée. Elle permet de voir l'infiniment petit.

– L'infiniment petit ? demanda une étudiante.

– Comme mon collègue le professeur de philosophie vous le dira très certainement, il y a ce qu'on voit, ce qu'on croit voir et ce qu'on ne voit pas. Et ce qu'on ne voit pas ne signifie pas que cela n'existe pas. Cet instrument nous permet de scruter des choses que nos yeux ne peuvent pas détecter. La vie animale et peut-être même végétale semble aller bien au-delà de ce que nous connaissons. Des êtres minuscules, invisibles, sont pourtant là, vivent et croissent par millions sur vous, sur cette table ou cette fenêtre. Et nous pouvons les faire pousser.

Abel, les joues rouges de passion, exposait sa thèse avec une fougue contagieuse, malgré les soupirs et les légers bruits de dédain de quelques étudiants qui n'y croyaient pas. Elle sortit d'une cuve chauffée par un feu magique, une boîte circulaire en verre.

– Ceci est le fruit de longues années d'expériences ! Cette couche que vous voyez, sur le fond de la boîte, nous l'appelons milieu de culture. S'il est liquide, nous préférons parler de bouillon de culture. Ce milieu précis est constitué d'une sorte de gélatine que l'on obtient à partir d'algues écrasées, d'eau et d'autres substances. Sa fabrication est très compliquée, très coûteuse et nous cherchons à l'améliorer, mais ce n'est pas le thème de notre cours d'aujourd'hui.

– Alors c'est quoi le thème ? demanda Targo railleur. Le ce qu'on ne voit pas que vous y faites pousser ?

– Exactement, dit Abel sans faire attention à la moquerie. Vous voyez ces petits points jaunes ? Presque dorés. Et les autres autours, gris ? Ridés.

Les étudiants acquiescèrent.

– C'est ce que nous appelons des colonies.

Les apprentis Élites n'y comprenaient rien.

– Je pense que j'ai suffisamment piqué votre curiosité. Maintenant, place à la Magie et au visuel.

Elle fit passer tout le monde par l'étrange longue-vue inversée pour y voir les petits points jaunes et gris avant de se laver les mains à l'alcool. Puis elle alluma une flamme magique près de la petite boîte et l'ouvrit avec mille précautions, en dirigeant l'ouverture vers la flamme. Sa collègue expliquait que la chaleur permettait de ne pas contaminer le milieu ; elles s'étaient aperçu que sans cette précaution, d'autres colonies y poussaient. Avec une minuscule spatule, Abel effleura le petit dôme jaune qui poussait sur la gélose et la posa sur le plan de travail carrelé et referma la boîte. Elle éteignit la flamme en fermant son poing.

– La Magie que je vais utiliser est complexe et il est possible que je ne m'en sorte pas du premier coup. Je n'y suis d'ailleurs pas encore tout à fait familiarisée. Mais elle vaut toutes les découvertes de ces vingt dernières années en matière d'avancée scientifique. Je vais utiliser deux sorts : un agrandissant et un fixant. Le fixant sera la toute dernière étape mais le grandissant est le plus compliqué à élaborer dans ce cas précis. Je vais devoir y aller lentement, tout en dosant l'énergie que je vais lui donner. Restez silencieux pour ne pas me déconcentrer.

Abel sortit une baguette magique de sa poche, y enfila une des bagues qu'elle portait habituellement aux doigts et la tendit vers sa spatule, le visage crispé par la concentration. Les débris sur le métal grossirent en un petit tas informe, guère plus grand qu'une tête d'épingle, jusqu'à atteindre la taille d'une noisette qui ressemblait plus à une framboise jaunâtre. Elle en augmenta encore la taille et cela ressembla cette fois à une grappe de raisin. Sa collègue l'aida à en séparer les boursouflures.

Puis Abel relança son sort, faisant briller la bague sur la baguette, jusqu'à obtenir une sorte de ballon bosselé. Après avoir enlevé de nouvelles excroissances arrondies, elle l'agrandit encore pour obtenir quelque chose, d'environ quarante centimètres de long et de vingt-cinq centimètres de haut, qui palpitait et bougeait comme un organe. La surface de cette chose qui paraissait molle et vivante ondulait de plus en plus faiblement.

Les étudiants étaient littéralement fascinés, d'autres foncièrement dégoûtés, et les derniers enfin tout à fait sceptiques. Qu'est-ce qu'Abel avait bien pu agrandir ? Elle leur fit signe de s'approcher.

– Ce que vous voyez là est une forme de vie. Je dirais, trois ou quatre organismes accolés qui se trouvaient auparavant dans cette boîte.

– C'est dingue, souffla Bibi. Ça vit, ça ? Mais qu'est-ce que c'est ?

– Je l'ai obtenu en posant mes doigts sur le milieu de culture il y a environ quarante-huit heures, dans cette étuve qui est chauffée pour obtenir une température proche de celle du corps humain. Si nous observons le milieu, nous pouvons voir qu'il y a d'autres types de colonies que celle-ci. Mais ces colonies bombées et dorées semblent être les plus nombreuses.

– Mais qu'est-ce que c'est ? répéta Luce fascinée.

– Nous en sommes au stade de l'intuition pour l'instant, répondit la collègue d'Abel. Différentes théories s'affrontent. Plusieurs de nos collègues songent à des œufs, à des morceaux de notre corps qui expliqueraient notre croissance, aux particules de Magie qui nous habitent. D'autres parlent de génération spontanée, disent que ces êtres se développeraient spontanément à partir de la matière inerte, c'est-à-dire sans parents ni sexualité. Pour notre part, nous pensons qu'il pourrait y avoir un lien entre ces choses et les maladies.

– Ce dont nous sommes certaines, c'est qu'il s'agit d'animaux, dit Abel les yeux brillants d'excitation. Et qu'ils vivent !

– Comment un truc aussi répugnant pourrait-il vivre ? demanda Ava.

– Regardez-les bouger. Observez ! Leur surface ondule. Ça ne vous paraît pas vivant ? Regardez mon sort fixant.

Abel, en s'aidant du collier qu'elle portait autour du cou, lança sur l'étrange forme arrondie un rai de lumière verte. La chose interrompit tout mouvement. La surface n'ondulait plus.

– Elle est morte, affirma Abel. Cet être est mort. Leur structure est extrêmement fragile. Fixée ainsi, elle ne tiendra pas longtemps. Elle va s'effondrer sur elle-même et finira par se décomposer. Observez tous.

Quelques minutes plus tard, il ne restait qu'une sorte de flaque visqueuse et grasse.

– Étonnant non ?

– Ça me fait penser à la décomposition accélérée d'un Démon mort, murmura Astrancia.

– Belle observation jeune fille. Et pour achever notre argumentation sur le fait que ces choses vivent, sachez que nous en avons observé d'autres, notamment grâce à la loupe améliorée de notre collègue Ordinaire. Certaines sont différentes et ont même des appendices qui ressemblent à des tentacules. Il nous reste tellement de choses à découvrir ! Toutes ces questions sans réponse. Eh bien, j'en viens à vous exposer le programme pour nos séances de TP : nous allons expérimenter et observer ! Et répondre à toutes ces fascinantes questions ! Non seulement nous allons faire beaucoup plus d'avancées et de progrès ainsi, mais nous allons aussi vous former à un esprit scientifique et rigoureux dans les prochaines semaines. Et nous ne nous arrêterons pas là ! Notre loupe améliorée nous permettra d'observer les morphologies d'un tas d'animaux. La différence entre poil et plume, entre écaille et peau, entre moustique et fourmi, entre ver de terre et ver solitaire ! Et vous tenterez d'apprendre ces techniques d'agrandissement-fixation pour ceux d'entre vous qui le pourront. Nous vous guiderons tout en essayant de vous démontrer les différences et les similitudes entre les différentes classes d'animaux.

Bibi et ses amis en apprirent énormément lors de ces TP. Abel leur montra comment disséquer un animal et étudier tel ou tel organe et à émettre des hypothèses sur leur fonction. Elle leur apprit les processus d'enfantement radicalement différent des ovipares et des vivipares et bien d'autres choses encore. Leurs récentes découvertes faisaient grand bruit dans le réseau scientifique du Monde. Un nouvel univers, de nouvelles espèces de plantes, de champignons et d'animaux qui s'offraient à eux ! Une faune et une flore microscopique dont ils étaient les supports, telle que la terre l'était pour eux. Toutes ces nouvelles formes de vie, ces êtres agressifs luttant désespérément pour leur survie, s'enveloppant dans d'épais cocons de matière protectrice, des kystes, lorsque les conditions n'étaient plus favorables. Un nouvel univers, de nouveaux horizons. C'était fascinant !

Ces TP n'étaient pas les seuls à les passionner. Leur projet d'étude encadré les comblait d'aise. Ator et Bibi prévoyaient d'écrire un livre de recettes de potions, de poudres et de décoctions magiques. Luce et Astrancia ne cessaient d'améliorer ou de réinventer l'élixir de croissance pour végétaux que Luce avait présenté lors de la Rencontre. Taro et Ran s'orientèrent plus vers l'historique et étudièrent la généalogie de grands Guerriers disparus. Leurs professeurs les aidaient à tailler dans le diamant brut de leur puissance pour en faire des joyaux ciselés, sublimés.

Le mois de septembre, nuageux et pluvieux, passa avec son lot de bonnes et mauvaises nouvelles. L'enquête sur les Sombres piétinait et les déclarations de l'Empereur consternèrent nos quatre jeunes Élites. Le Souverain démentit toute rumeur concernant les Sombres, et passa sous silence le réel montant des travaux et des pertes de bétails et de nourriture. Taro sombra dans une humeur orageuse quand l'Empereur inaugura une statue à sa propre effigie, « À la gloire de la victoire sur les Démons de l'an 95 de la Troisième Ère du Temps » alors que le problème n'était toujours pas réglé.

Ils reçurent des nouvelles de Piétovar Chantedou et de sa sœur Nity, qui avaient ouvert une crèche pour accueillir les enfants en bas âge dont les parents travaillaient. La demande à Carvacol était forte et ils ne manquaient pas de travail. Piétovar avait rencontré une jeune maman célibataire et se voyait déjà marié et papa.

Le père de Taro vint chez Mouna, car il avait dû monter à la Capitale pour affaires. L'homme semblait prématurément vieilli. Froid et sec, il ne perdait jamais une occasion pour rabaisser Taro. Les repas en sa compagnie furent éprouvants.

– Et encore, commenta Taro à l'égard de Bibi quand ils rentrèrent à l'École le dimanche soir. Mon frère n'était pas là.

Le 17 septembre, Ran reçut une foule de cadeaux pour son anniversaire. Luce et lui étaient plus complices que jamais. Fous amoureux l'un de l'autre, ils faisaient bien des envieux. Astrancia les admirait et Luce devint une sorte de grande sœur modèle pour la jeune femme.

Fin septembre, Luce aussi dut faire face à son père qui demanda à la voir en plein cours. Ne pouvant rien refuser au grand Turbith Sanrouge, Harty l'invita à sortir pour s'entretenir avec lui.

Ils eurent une violente dispute. Il passa son temps à l'injurier, à lui dire qu'elle n'était pas digne de Sanrouge, avant de lui dire que quoi qu'il arrive, elle finirait par revenir sous sa coupe. Luce tempêta, elle ne comprenait pas pourquoi il ne lui fichait pas la paix ayant trois autres filles dévouées et un jeune héritier mâle d'excellente ascendance. Elle hurla qu'elle ne voulait plus jamais le revoir et retourna en cours, digne comme une reine et rouge de colère.

Les rumeurs sur Luce enflèrent à toute allure. Il y avait les nobles opposés au mouvement qui ne comprenaient pas qu'on puisse se détacher d'un tel père, les citoyens arrivistes et ambitieux qui n'avaient plus intérêt à lui parler et les citoyens brimés, tout comme les nobles visionnaires, qui se méfièrent d'elle.

Les choses se passaient plus calmement du côté des Drudeplui. Lestine adorait sa nouvelle école. Rien ne pouvait calmer son énergie et elle effectuait ses missions sur le terrain avec plus de ferveur et de courage à chaque fois. Kael lui aussi adorait son nouveau travail et espérait avoir son avancement dès l'année suivante. L'auberge de Mouna connaissait l'affluence habituelle et Dgel continuait d'être absorbé par son travail, toujours débordé par la fin des travaux de la ville. Ils avançaient vite, approvisionnés par les pierres de la carrière de Belleterre située dans la falaise qui menait au Pré. Celles de meilleure qualité arrivaient du sud-est, de la ville Lavandéesse où les mines et les carrières étaient légions. Les plus jeunes, Ushu, Aïa et Ximo connaissaient leurs petits drames scolaires et rêvaient des prochaines vacances.

Le mois d'octobre fut étonnamment agréable. Les arbres se teintèrent d'orange et de rouge sous l'étonnante clarté du soleil devenu très jaune entre les paquets de nuages paresseux. À l'image du temps, l'ambiance de l'École Impériale était assez plaisante, même si les clans s'affirmaient. Cependant le rythme très éprouvant évitait à chacun de gâcher de l'énergie dans une guerre inutile entre compagnons.

Le mois de novembre commença sur un drame. Addis et Abeba, les deux jumelles, connurent la fin de leur aventure à l'École. Addis se blessa au genou, et Abeba prit conscience de son propre état de santé. Craignant de se blesser également, elle sollicita un entretien au comité de direction. Celui-ci étudia très attentivement son dossier mais refusa sa démission. Deux jours plus tard, sa cheville la lâcha pendant un entrainement au combat. La jeune femme assista à la résiliation de son contrat magique avec un regard accusateur qui signifiait « je vous l'avais bien dit ». Luce et Astrancia en furent très peinées. Leur départ donna le signal du déclenchement des hostilités. Les tensions réapparurent et les disputes, voire les conflits entre jeunes Élites se multiplièrent. La compétition ne touchait plus seulement les élèves. Pendant un de ses cours à l'ambiance toujours aussi lourde, le professeur Harty décida de lancer un débat sur le mouvement citoyen. Il semblait se délecter des discussions passionnées et railla un Guerrier sur sa lenteur à répondre. Il le compara au mouvement citoyen qui n'était pour lui rien de plus qu'un moyen d'occuper le petit peuple, un divertissement vain qui s'achèverait bientôt. Déjà excédée par le débat et scandalisée par les propos de quelqu'un qui aurait dû tenir le rôle neutre d'arbitre, une partie de l'amphithéâtre se révolta. D'autres soutinrent le professeur avec une verve mordante. Targo et Modo furent d'une insupportable cruauté envers le Guerrier qui demanda à Harty d'intervenir. Le professeur se moqua ouvertement de lui, sous prétexte qu'un Élite n'avait besoin de personne pour régler ses problèmes. Le jeune Guerrier acquiesça et se jeta sur Targo. Modo s'interposa. S'ensuivit une sorte de panique générale et une cacophonie de tous les diables. Harty fut incapable de maîtriser ses étudiants et l'échauffourée risquait fort de tourner à la bagarre générale. Le directeur arriva si furieux qu'un rictus de colère barrait son visage d'habitude si impassible. Une détonation magique assourdissante renvoya tout le monde à sa place. Harty eut alors la mauvaise idée d'intervenir et de contredire Daucus. Devant la perverse attaque, destinée à saboter son autorité, le directeur vit rouge et haussa le ton. Quand Harty fit mine de rétorquer, Daucus lui coupa sèchement la parole et l'entraîna dans son sillage, jusqu'à son bureau.

À la fin du mois de novembre, une vingtaine d'étudiants avaient demandé au comité de direction de l'École d'étudier leur dossier pour pouvoir quitter le navire, dégoûtés ou dépassés. En parallèle, un débat propre au Gouvernement était relancé sur l'opportunité de voir le corps des Élites devenir l'armée secrète de l'Empereur ? L'esprit des Élites spécifiait qu'ils ne devaient pas se soumettre à une organisation telle qu'un gouvernement, mais s'y allier pour éviter tout risque de voir ce pouvoir sombrer dans la dictature. Les Élites servaient le peuple, la justice et la paix, et non le pouvoir et la répression. Pourtant, ce bel esprit n'était plus du goût de l'Empereur, inquiet de voir un groupuscule si riche et influent échapper à son contrôle. De même, le mouvement citoyen prenait de l'ampleur et le peuple lui reprochait de ne pas avoir solutionné la menace toujours latente des Démons et des Sombres. Ce qui se passait à l'École ne reflétait que faiblement les tensions du Monde. Des rumeurs couraient au sujet de l'Impératrice et de quelques fidèles prêts à user de leur force pour renverser l'Empereur et s'emparer des rênes du Monde, soutenus par de grands meneurs du mouvement. Par force, n'entendait-on pas… Démons ? Ou l'Empereur nourrissait-il ces légendes de foire pour se débarrasser de son épouse, de nobles qu'il n'appréciait plus et torpiller ainsi le mouvement par la peur et l'éviction de ses têtes pensantes ? Après tout, la Rencontre n'avait pas eu l'effet escompté. Pour redorer son blason et faire oublier le mouvement, il était bien obligé de recourir à d'autres méthodes. Il renforça la surveillance des deux Gouverneurs de ses provinces à Carvacol et à Viverive, démantela les garnisons fidèles aux Gouverneurs ou à de puissants nobles, éloigna les contradicteurs de son pouvoir, menaça ceux en place et étêta quelques branches de ses ministères de manière à réduire le pouvoir de son Cénacle tout en augmentant le sien. Il semblait faire une fixation sur l'intolérable indépendance des Élites, ce que, bientôt, tout le monde dans son entourage trouva suspect. Le Chef des Mages, son conseiller le plus fidèle, allait dans son sens. Sa paranoïa contamina un grand nombre de ses proches, qui l'appuyèrent dans ses tentatives de prise de contrôle. Pour s'approprier le pouvoir des Élites, l'essentiel de sa stratégie consistait à s'emparer de l'École Impériale et influencer à outrance les jeunes esprits en formation. Daucus et ses fidèles lui donnaient du fil à retordre.

Lorsque les examens de fin de semestre approchèrent, l'ambiance de l'École devint exécrable, autant pour les étudiants que pour les professeurs. Taro ne put profiter pleinement de son anniversaire.

Ce dernier, Luce, Ran, Targo et Modo se distinguaient comme meilleurs élèves de leur promotion, toutes catégories confondues. Astrancia, malgré toute sa puissance, n'excellait ni dans le combat ni dans le sport. Ator ne se démarquait pas, restant régulier dans toutes les matières. Adi et ses amies s'en sortaient convenablement. Bibi s'illustrait tel un génie en TP et en activités diverses. Personne n'arrivait à le maîtriser au combat où son incontestable endurance physique forçait l'admiration. Son projet de livre avec Ator était encensé par ses professeurs. Seules Luce et Astrancia, avec ce qui devenait une potion dopante aux propriétés multiples, pouvaient rivaliser. La plus belle réussite de Bibi fut d'obtenir une branche du chêne d'Eilauri après seulement trois tentatives. Comprenant qu'on n'avait rien sans rien, Bibi avait décidé de faire un échange et abreuva l'arbre des bénéfices de son sort de soin. Il eut cette idée en repensant à la réaction de la Fontaine de Barbarian face à sa Magie. La branche qu'il avait choisie se détacha toute seule quand il posa la main dessus, perché dans une fourche du tronc. Hormis tout cela, Bibi peinait énormément avec les notions théoriques. Il se débrouillait avec les sciences biologiques qui le passionnaient, les essences du monde, la botanique, la mycologie et les démons, mais le reste le dépassait complètement. Incapable de comprendre une traître ligne de son cours de législation, il s'en sortait encore moins bien avec les mathématiques et la physique. Quant aux notions de littérature et de philosophie, il n'osait plus ouvrir un roman, même pour le plaisir. Tout ce qui touchait à l'histoire se changeait en une masse confuse d'informations.

Lors d'un cours particulier que lui accordait Daucus au sujet des Guerriers-Mages, il s'en ouvrit à son professeur qui lui proposa d'essayer de nouvelles méthodes d'apprentissage.

En décembre, les tensions s'estompèrent sous la charge de travail. Même les cours optionnels devaient être validés par des examens sérieux. Bibi se réjouit soudain d'y avoir échappé.

Début janvier, après avoir célébré le passage à la nouvelle année, les examens commencèrent : épreuves écrites pour les cours magistraux, oraux pour les TP et enfin épreuves pratiques pour les cours optionnels et sportifs. Les résultats devaient être dévoilés après quinze jours de repos.

Taro, Luce, Ran et Bibi passèrent donc deux semaines merveilleuses chez Mouna. Taro, Luce et Ran s'avouaient confiants, mais Bibi savait qu'il avait raté la plupart de ses épreuves écrites, ce qui ne l'empêchait nullement de profiter des vacances. Secrètement, il anticipait le plaisir qu'il aurait d'être exclu de l'École, surtout lorsque Kael essaya de lui expliquer des théorèmes de mathématiques.

Tous les enfants Drudeplui avaient pris des vacances et la tribu goûta aux plaisirs de la famille, car même Dgel avait pu alléger son travail. Ximo s'ouvrait de plus en plus aux autres. Ushu et Aïa étaient toujours infatigablement turbulentes. Bibi prit le relais de Rivi et parvenait à les épuiser en jouant à cache-cache avec elles. Grâce à ce jeu, il fit de gros progrès dans la maîtrise de son odorat et de son ouïe. À la fin des vacances, où ils fêtèrent dignement la nouvelle année, la tension commença à reprendre le dessus ; Luce, Ran et Taro, au départ si confiants, angoissaient. Bibi, au contraire, s'habituait à l'idée de devoir quitter l'École pour laquelle il n'était de toute façon pas fait. Le lundi de la rentrée, il fallut rempaqueter leurs affaires et partir pour l'internat. La peur les tenaillait.

L'ensemble des professeurs donnait les résultats au cours d'un entretien. L'ordre de passage était affiché dans le hall où un troupeau s'agglutinait. Bibi passa dans les premiers, après Ator, Adi et Astrancia, tous trois reçus, mais avec de sévères recommandations sur les efforts à fournir.

Serein, Bibi toqua à la porte de la salle de réunion. Daucus lui faisait face et l'invita à s'asseoir. Couma lui fit un clin d'œil comme à son habitude. Abel eut un sourire qui se voulait rassurant, mais Bibi la sentait préoccupée. Les expressions d'Alucia et de Malassez étaient impénétrables. Celle du professeur Lyrem exhalait de dégoût et il se signa à son entrée, en dessinant un rond sur son front avec son index et son majeur qui vinrent ensuite se poser sur ses lèvres. Ainsi protégé par l'Esprit des Ordres, il réussit à maîtriser ses tics nerveux. Bibi dut se retenir à sa chaise pour ne pas chanter la chanson paillarde claironnée à leur première rencontre, chanson qu'il s'empressait de replacer dès qu'il croisait dans les couloirs son fugace et hystérique professeur de chant.

– Bien. Bibi, on peut dire que les discussions autour de ton avenir ont été houleuses, commença Daucus. Je vais te donner tes notes. Harty, si vous voulez bien me fournir sa fiche de résultat ? demanda-t-il d'une voix maîtrisée.

– La voici, daigna prononcer le directeur-adjoint avec une moue de mépris.

Bibi avait eu des notes effarantes de brio en épreuves pratiques et s'en sortait assez bien dans quelques cours magistraux. Ce qui était loin d'être le cas pour le reste.

– Tu comprendras maintenant pourquoi ton cas est si difficile à trancher.

– Il n'y a rien à trancher Daucus, intervint Harty aussitôt. Ses notes catastrophiques dans les matières essentielles et, rappelons-le, ses défauts de comportement, méritent l'exclusion immédiate de cette École.

Bibi ne put empêcher un léger et fugace sourire de se poser sur ses lèvres, ce qui n'échappa à personne.

– Harty, je vous en prie, le reprit Malassez d'un ton calme. Il a plus de cours et donc une charge de travail en conséquence. Cet élève est un véritable génie.

– Ça aurait été vrai, pour sa charge horaire, s'il suivait comme prévu ses cours optionnels. Pour ce qui est du génie ? s'esclaffa Harty. Un génie aurait réussi dans toutes les matières que nous lui aurions enseignées. Prenez le cas du talentueux Targo Ferdeciel, par exemple…

– Nous sommes là pour discuter de Bibi, coupa Couma d'un ton âpre.

– Et bien parlons-en, lança Lyrem de sa voix flûtée. J'estime qu'il aurait dû être renvoyé dès…

– L'obscène scandale qu'il a provoqué dans votre cours, récita Daucus d'un ton las. Nous en avons déjà discuté, professeur Lyrem.

– Nous ne pouvons tout simplement pas exclure Bibi ! s'emporta Couma. L'avez-vous vu seulement combattre ? Le renvoyer serait une terrible erreur pour le corps des Élites.

– Un Élite n'est pas seulement un combattant, lança Régène d'un ton placide. C'est aussi un homme de science et de savoir. Et ce jeune homme ne peut tout simplement pas en être, au vu de ces pitoyables résultats.

– Il a une excellente mémoire ! s'exclama Abel. Son raisonnement scientifique est très intéressant. Marajil, je vous en prie, répétez ce que vous m'avez confié.

– Il a fait un hors-sujet d'une profonde aberrance, mais sa syntaxe et son style sont très bons, avoua le professeur de littérature après un petit coup d'œil plein d'un désir frustré sur Abel. Et, à la deuxième relecture, on obtient un raisonnement somme toute intéressant. Bibi est plein de surprises, malgré sa note.

– Dites ? Je peux m'en aller, vous serez plus à l'aise pour discuter entre vous, lança Bibi.

– Tu as raison, s'excusa Daucus. Venons-en au fait. À toi maintenant de nous expliquer tes écarts.

Bibi haussa les épaules.

– J'ai du mal à rattraper mon retard.

– Ton retard ? Quel retard ? s'exclama Harty. Tu t'es mis à travailler trop tard, c'est cela ?

– Non, pour moi la pratique est plus facile que les cours magistraux.

– Ça merci, nous nous en étions aperçus !

– Je ne comprends pas ce que vous voulez que je vous dise, s'impatienta Bibi.

– As-tu travaillé Bibi ? intervint alors Alucia en se penchant en avant. As-tu travaillé toutes tes matières avec la même assiduité et avec sérieux ?

– Bien sûr que non ! s'exclama le jeune Pur.

– Ce qui expliquerait tes mauvaises notes.

– Pas du tout. Ce sont les matières où j'ai le plus travaillé qui me font défaut. J'ai beaucoup travaillé pour combler mon retard.

Voyant que personne ne comprenait, Bibi expliqua :

– Vu que je ne suis jamais allé à l'école, il y a des notions qui me dépassent complètement.

Un silence abasourdi s'abattit dans la salle.

– Tu n'es jamais allé à l'école ? répéta Malassez sans remarquer le coup d'œil qu'échangèrent Couma et Daucus. Mais, où as-tu appris tout ce que tu sais ?

– L'homme qui m'a élevé m'a appris à lire, à écrire et à compter, à faire les opérations de base mais c'est tout. Avant septembre, je n'avais jamais assisté à un cours de ma vie. Pour ce qui est de la botanique par contre, ou des comportements animaux, ça c'était son enseignement. Je suis un gamin de la campagne.

– Mais où as-tu passé ton enfance ? demanda Alucia.

– À Deucolline.

– Il y a une école dans ce village de montagne. Très réputé pour son fromage de chèvre d'ailleurs, lança Harty.

– Mon maître s'en moquait. Il disait que le programme d'éducation du Gouvernement n'était qu'une vaste fumisterie destinée aux fils à papa qui ne savent rien faire de leurs dix doigts.

Harty toussota d'irritation.

– Mais comment as-tu pu arriver jusqu'ici ? demanda Malassez.

– Je suis allé à la Rencontre et vous m'avez remarqué.

La surprise se lisait maintenant sur tous les visages, mais Harty fut le premier à se ressaisir.

– Eh bien ce mode de recrutement n'est peut-être pas au point, susurra-t-il d'un ton plein de venin.

– Il est davantage au point que la sélection par l'argent, le sang et les relations, Harty ! cingla vertement Daucus d'un ton qui exprimait clairement sa perte de patience.

Que le Directeur de l'École Impériale, Maître Mage et Élite de renom expose si ouvertement sa position sonna comme une terrible menace et Harty se tint coi. Daucus reprit :

– Le fait que Bibi n'ait jamais été instruit comme la plupart de ses camarades nous démontre bien que son cas est à part et que son renvoi est à exclure.

– À exclure ? s'étrangla Harty, je ne tolérerai plus que cet attardé reste plus longtemps dans notre prestigieuse institution ! Il n'a tout simplement pas le niveau.

– Il a le niveau, rugit Couma. Mais ouvrez les yeux Harty ! Vous rendez-vous compte de la faculté d'adaptation qu'il a pour nous avoir tous bernés ainsi ? Jamais qui que ce soit d'entre nous n'aurait pu croire que Bibi n'avait pas reçu l'éducation dispensée dans toutes les écoles du Monde !

– Et le fait qu'il n'en ait jamais bénéficié devrait l'exclure définitivement de tout forme d'enseignement ! cria Harty.

– N'oubliez pas que la loi stipule également le droit à l'éducation pour tous, quel que soit son sexe, son handicap, son statut social, ses préférences sexuelles et son âge, dit Daucus d'une voix posée. C'est une notion que vous avez bien du mal à intégrer, mon cher adjoint.

Un silence de mort régna dans la salle. Bibi se sentait dépassé par ce qu'il déclenchait autour de lui et toutes ces tensions politiques.

– Et donc ? Je suis renvoyé ou pas ? demanda-t-il.

– Non, déclara Daucus. Nous allons mettre un mot dans ton dossier qui…

– Cela suffit Daucus ! Jamais il ne pourra suivre le reste du programme s'il n'a pas les bases ! Comment voulez-vous qu'il réussisse ? Comment rattrapera-t-il ses années de retard ?

– J'en prends la responsabilité. Bibi a l'habitude d'avoir quelques cours supplémentaires en ma présence, quelques-uns de plus ne devraient pas le traumatiser. Cela dit Bibi, le prochain semestre sera bien sûr une période d'essai. Tu n'auras pas le droit à l'erreur. Nous réévaluerons ton cas. Si tu n'as pas augmenté dans les matières qui ont pêché ce semestre, il faudra trouver une solution.

– Très bien professeur, acquiesça Bibi déçu de devoir revivre tout cela.

– Et il va également falloir que tu réfléchisses sérieusement aux spécialisations pour ta deuxième année, même si les choix se feront cet été, à la fin du semestre.

Harty eut un ricanement méprisant.

– Tu viendras me voir dès ce soir, après le dîner. Je serais dans mon bureau, conclut Daucus sans un regard pour son adjoint.

Bibi remarqua le petit coup d'œil agacé qu'Abel jeta à son amant. Puis il se leva et sortit prestement, pour échapper au regard d'Harty.

Ses camarades le pressèrent de questions. Il esquiva et partit se promener dans le parc, avec Ator et Astrancia, en attendant que les autres en aient fini. Ils virent, avec tristesse, quelques-uns de leurs camarades partir, bagages sous le bras, les pieds traînants, les joues souvent baignées de larmes.

Luce, Ran et Taro étaient passés avec les félicitations de leurs enseignants. Tout comme Targo et Modo. Targo fut proclamé meilleur élève de la promotion et son classement affiché partout dans l'École, à la sauvette et contre l'avis des enseignants. Le jeune homme, déjà doté d'une puissante capacité à la prétention, n'en pouvait plus de suffisance. Il provoqua Bibi toute la soirée.

– Alors le bouseux ? Il paraît que tu es né avec les chèvres à Deucolline ? C'est minable ce trou non ? Vraiment je ne comprends pas comment tu es arrivé dans cette École !

– Mais oui, elle est si prestigieuse qu'il n'y a que les individus comme toi qui devraient y entrer. Prestigieuse de talent ou de connerie ? Ou en ce qui te concerne, prestigieuse de crétinerie congénitale pure et simple ?

– Vas-y, fais le malin ! Crois-moi, tu ne feras pas de vieux os ici !

– Et tu crois sincèrement que c'est ça qui me gêne ? C'est plutôt de voir que des immenses enfoirés de nobles comme toi puissent devenir des Élites ! C'est ça qui me défrise !

Le conflit finit par un combat tonitruant dans les couloirs, mais les professeurs étaient bien trop occupés pour les punir. Ce furent donc leurs camarades respectifs qui les séparèrent. Puis Luce, Ator, Astrancia, Adi, Taro et Ran se réunirent pour se remonter le moral.

L'heure vint, pour le jeune Pur qui n'en pouvait plus de déclencher de telles tempêtes autour de lui, d'aller retrouver Daucus, l'estomac bien rempli. Abel sortait du bureau, les joues rouges et l'expression orageuse. Bibi lui murmura un désolé gêné, qu'elle accepta avec un fugace sourire de pardon.

– Entre Bibi, lui dit Daucus en se frottant les ailes du nez.

– Désolé de vous saboter votre soirée professeur, dit Bibi en s'asseyant. J'ai croisé Abel et elle avait l'air vraiment furieuse.

Daucus leva la tête, surpris, avant de rire.

– Elle est effectivement énervée, mais pas contre moi. Ni contre toi Bibi. Nous venons de parler de sujets sensibles. Et Abel supporte de moins en moins certains de ses collègues. Je ne devrais pas te dire tout cela, ça ne te concerne pas.

– Ça ne me concerne pas? Après la scène de tout à l'heure? J'étais là, je vous le rappelle. On la subit tous les jours, la pression du Gouvernement sur l'École. Et vous aviez raison, mon statut de Pur n'arrange rien. Personne ne me laisse en paix. Donc franchement, dans l'état actuel des choses, je préférerais savoir à quoi m'en tenir. Pour savoir quoi faire quand on me jettera dehors.

– Moi vivant jamais! cria soudain Daucus en se redressant. Excuse-moi Bibi, temporisa le jeune directeur devant le sursaut de son élève. Il est juste impensable que tu partes. Revenons-en à nos moutons. Ta révélation de tout à l'heure m'a remis en tête que pour Couma et moi, ce n'était pas une telle surprise. Tu l'avais déjà spécifié avant de te présenter devant l'Empereur, si je me souviens bien. J'étais trop absorbé par tes capacités pour retenir cette information. Aussi j'aimerais que tu me racontes ton histoire Bibi. Je n'ai que quelques détails en tête que je n'arrive plus à relier les uns aux autres. Vu que nos rapports commencent à dépasser ceux d'un enseignant à son élève, j'aurais dû m'enquérir de tout cela bien avant.

– Vous aviez autre chose à faire, dit Bibi d'un ton rieur.

Il lui raconta sa vie dans les grandes lignes.

– Atypique, résuma Daucus en hochant la tête. Ça explique bien des choses, reprit-il en baissant le regard sur son bureau avec l'œil caractéristique de l'homme qui réfléchit à toute allure.

– Ça explique quoi exactement? Mon aptitude à m'attirer des ennuis? demanda Bibi en rigolant pour tirer Daucus de ses réflexions.

Celui-ci eut un sourire distrait et enchaîna:

– Revenons sur nos cours. C'était un coup de bluff. J'aurais beaucoup de mal à trouver plus de temps à te consacrer.

– J'en suis rassuré. Vous m'en consacrez déjà beaucoup trop. Et puis, il y a les cours que vous donnez à Astrancia aussi qui…

– Vas-tu arrêter de te mêler de ce qui ne te regarde pas?

– Désolé Daucus, concéda Bibi avec un sourire.

– Toujours est-il qu'il va nous falloir de l'aide. Crois-tu que tes amis seraient prêts à t'épauler ?

– Vous voudriez que mes copains deviennent mes profs ?

– Tu as bien vu ce que ça donne quand tu te débrouilles tout seul. Donc oui, j'aimerais qu'ils t'aident.

– Luce n'en sera que ravie, soupira Bibi. Ran a une patience d'ange. Et Taro m'a toujours fait la leçon alors…

– Bien, dit Daucus en souriant. Cette question est réglée. Mais je veux être bien certain que tu comprennes l'importance de ce travail supplémentaire Bibi.

– Oui professeur, j'ai bien compris. Ça me permettra de rester dans cette École, car si j'échoue, votre politique échoue et vous en serez blâmé. J'aurais d'ailleurs préféré que vous me laissiez en dehors de tout ça.

Daucus garda un silence destiné à cacher son malaise.

– J'en suis désolé Bibi, ce n'était pas du tout mon intention. On dirait que tu déclenches des situations qui finissent toujours par te dépasser.

– Je suppose que c'est ce qui arrive quand on est le seul Pur du Monde connu.

Après une petite heure durant laquelle ils abordèrent des sujets qui touchaient de près ou de loin aux cours, Bibi alla directement se coucher pour attaquer en pleine forme la reprise qui s'annonçait difficile. Dans l'obscurité de la chambre et devant son incapacité à fermer les yeux, il se mit à rêver tout éveillé d'escapade, voire d'évasion de cette École, se rendant compte à quel point il peinait à l'apprécier. Plus que tout, il souhaitait retrouver des jours meilleurs et Rivi.

Chapitre 14.

La fin du mois de janvier et le mois de février furent détestables. Seul l'anniversaire de Luce, le 2 février, leur donna une occasion de se détendre chez Mouna. La pression sur Bibi ne se relâchait pas et touchait ses amis proches qui ne s'éloignaient pas de lui. Au contraire, les cours particuliers devinrent vite des moments privilégiés entre eux.

Targo jouissait de sa victoire et ne laissait aucun répit à qui que ce soit. Ses alliés et amis gagnaient à le fréquenter. Le père du jeune Mage lui avait offert un jeune chiot, amené à devenir un chien de chasse aussi redoutable qu'un fauve. Il avait donc eu l'autorisation spéciale du directeur-adjoint et du comité de direction de pouvoir le garder dans l'enceinte de l'École. Bibi en aurait détruit l'École de rage. D'autres à qui on avait refusé ce privilège en furent tout aussi révoltés.

Targo se pavanait sans cesse avec les cadeaux que sa famille lui envoyait pour l'encourager à rester le premier de sa promotion et les utilisait afin que personne ne l'oublie. Qui l'aurait pu ? Des exemplaires du classement apparaissaient aux endroits les plus incongrus de l'École, allant parfois jusqu'à couvrir des pans de murs entiers ou se glisser dans les livres des apprentis Élites. L'administration faisait très peu d'efforts pour retrouver les coupables et Targo se vantait à qui voulait bien l'entendre qu'il était très souvent invité dans le bureau du directeur-adjoint pour discuter de son avenir. Les enseignants ne diminuèrent pas le rythme pour autant et les élèves devaient sans cesse travailler. Astrancia et Ator résistaient étonnamment bien et se soutenaient l'un l'autre avec loyauté.

À la fin du mois de février, Bibi étudiait un épais manuel de législation à la bibliothèque aux côtés de Luce quand Taro et Ran se précipitèrent vers eux, agités comme des gamins qui viennent de trouver un trésor.

– Bibi, Luce ! Un truc de dingue ! Je crois qu'on vient de franchir une nouvelle étape dans l'enquête sur l'attaque des Démons ! s'exclama Taro de sa voix la plus basse possible.

– Comment ça ? demanda Luce en fronçant les sourcils d'une manière sévère.

– On a surpris un bout de conversation entre, tenez-vous bien, Daucus, Couma, Alucia et le Capitaine des Élites ! expliqua Ran.

– Le Capitaine des Élites ? demanda Bibi. Il est super important ce gaillard là, non ?

– Bibi ! soupira Luce. On a vu ça en légis' au mois de septembre ! On l'appelle aussi l'Élite Commandeur ou le Premier des Élites.

– Ce n'est pas le moment de lui faire la leçon Lulu. Il faut que tu fonces jouer de tes oreilles magiques Bibi !

– Pourquoi ? C'est quoi le rapport entre Capitaine des Élites et Démons de Belleterre ?

– On a entendu le Capitaine dire à Daucus qu'il avait besoin de le consulter en temps qu'expert des Guerriers-Mages, pour un sujet en rapport avec l'attaque du mois d'août !

– Donc c'est du lourd ! s'exclama Bibi.

– Alors qu'est ce que tu fais encore là ? Fonce, lui lança Luce. On te couvre.

Bibi sortit de la bibliothèque le plus rapidement possible. Il supposa qu'ils devaient tous se trouver dans le bureau de Daucus. Il chercha un moyen de se glisser dans les buissons qui couraient sous sa fenêtre, mais l'endroit grouillait d'étudiants en pleine bataille de boules de neige.

Heureusement, Luce, aidée par Astrancia et Ator mis dans la confidence, provoquèrent un joli chaos en ensorcelant des boules et un bonhomme de neige. Bibi profita des hurlements de rire, des cris de joie et des applaudissements pour user de sa souplesse féline et se glisser à l'abri, pile sous la fenêtre du bureau du directeur. Il se concentra et laissa ses facultés opérer. Il distingua le bruit d'une porte qu'on ferme et une voix, bien connue et haïe, s'élever :

– Vous auriez tout de même pu me prévenir que le Capitaine des Élites était arrivé ici Daucus ! s'exclama Harty.

– J'aurais pu, mais je n'ai pas voulu vous déranger dans votre entretien privé avec le jeune Ferdeciel. De plus, Dandrelin Belépoque ici présent, n'a réclamé que mes compétences en matière de Guerrier-Mage et de leur histoire.

– C'est exact Daucus, mais j'apprécie de voir arriver votre adjoint. Ça contrebalance la présence de notre Champion du Monde et de votre très jeune professeur de sport.

– J'aimerais bien vous dire ce que vous pourriez faire à cet instant précis Monsieur, mais ça risque de ne pas vous plaire, claqua la voix d'Alucia.

– Sage décision ma chère, répliqua le Capitaine d'un ton placide, habitué à l'énergie agressive d'Alucia.

– Écoutons plutôt ce que notre Capitaine a à nous dire. Du nouveau dans l'enquête de l'attaque de la Rencontre, si j'ai bien compris ?

– En effet, dit Dandrelin après un silence. Mais ce n'est pas tout. Je vous révélerai la suite après. Discutons tout d'abord d'un fait ancien, dont l'authenticité a été avérée.

– Tiens ? dit la voix sereine de Daucus qui n'augurait en général rien de bon.

– Le Sombre avait laissé un sort semblable à une projection magique au sommet de la Statue des Ordres, vous en souvenez-vous ?

Bibi se maudit. Comment avait-il pu laisser ce souvenir aux oubliettes ?

– Bien évidemment Capitaine, acquiesça Harty de son ton mielleux. Les experts sont parvenus à le décrypter ?

– Le message était très clair dès le début, mais si ahurissant et inconcevable, que nous avons cru à un faussaire. Hélas, ce n'est pas le cas.

– Et que dit ce message ? demanda Daucus.

– Je vous ai apporté une réplique de ce sort.

Bibi entendit un cliquetis de verrerie posé sur une table.

– Je vous laisse le soin de vous en occuper.

Le jeune Pur aux aguets entendit l'acquiescement silencieux de Daucus aux bruissements de ses vêtements, le bruit d'un bouchon qui saute suivi d'une voix d'homme, forte, rauque et bouillonnante d'hystérie :

– Cette attaque n'était qu'un avertissement ! Une broutille, un caillou dans la mare destiné à attirer votre attention ! Nous sommes toujours une menace et nous sommes toujours là. Moi, Kerguélen le Sanglant, l'Être Suprême, héritier légitime du pouvoir des Sombres, déclare ouverte la guerre pour le trône du Monde ! Empereur Euridipe III, tu es ma cible, tu n'es plus en sécurité nulle part. Ni dans ton palais, ni dans ton royaume, nulle part ! Si tu veux éviter une longue période de souffrance, de peur et d'agonie pour ton peuple et ta famille, abdique et rends-toi dans les marécages au nord de Viverive pour la nouvelle année. Avec ou sans escorte, peu importe, car personne n'en sortira à part moi et mes fidèles, prêts à régner à nouveau sur cette terre qui nous revient de droit ! Si vous souhaitez imaginer que cette attaque est notre maximum, à votre guise, nous ne vous en écraserons que mieux ! Vous n'êtes nulle part à l'abri, nous sommes toujours une menace et nous sommes toujours là !

La voix s'éteignit et Bibi, stupéfait, en rata le début de la conversation qui s'ensuivit.

– C'est impossible, souffla Daucus comme s'il avait reçu un coup de poing dans l'estomac.

– Kerguélen ? C'est ahurissant ! s'exclama Alucia.

– Il ressemble comme deux gouttes d'eau à… commença Couma.

– Mais quel âge est-il censé avoir cet animal-là ? le coupa précipitamment Alucia.

– Vous comprendrez maintenant notre incrédulité. Nous avons besoin de vous, Daucus, pour nous donner une confirmation de l'identité de l'individu, pour nous fournir suffisamment d'informations sur lui.

– L'identité de cet individu ? Allons ! Il pourrait s'agir de n'importe qui déguisé de façon magique ! Cela étant, d'après les portraits que j'ai déjà pu consulter, il s'agirait bien du faciès de Kerguélen le Sanglant. Quant à la documentation, il n'y a aucun souci, le temps pour moi de faire un tri et de vous la faire parvenir. Y a-t-il eu une tentative d'approche dans les marécages au début de l'année ? débita Daucus sur un ton pressé, comme s'il fallait qu'il énumère toutes ses pensées pour laisser de la place aux suivantes.

– Non, répliqua le Capitaine des Élites. Et c'est là que vous intervenez.

– Pardon ? demanda Daucus après avoir laissé un silence inquiétant s'installer.

– Nous avons besoin de vous là-bas. Vous êtes un, voire le spécialiste des Sombres, il nous faut vos compétences sur place. Vous êtes chargé d'une mission d'investigation, avec pour but de les dénicher et de nous mener à leur cachette. Nous pourrions ainsi les exterminer tous, sans exception !

– C'est insensé ! s'exclama Alucia. Nous sommes bientôt en mars ! Vous croyez vraiment que les Sombres sont toujours dans les terres franchement inhospitalières des marécages, à se tourner les pouces en attendant l'Empereur ? Ils doivent certainement être en train de préparer leur prochain coup !

– Ce n'est qu'une astuce de l'Empereur pour éloigner Daucus de cette École ! rugit Couma.

– Cher Champion du Monde, veuillez baisser d'un ton et faire attention à ce que vous dites, plaça Dandrelin d'un ton toujours menaçant mais calme. N'oubliez pas que je suis l'Élite Commandeur. Nous doutons fort que les Sombres soient aptes à nous avoir à nouveau par surprise. Que tenteraient-ils de plus que ce qu'ils ont déjà fait ?

– Vous les sous-estimez ! s'énerva Alucia. Il suffirait qu'ils viennent en personne pour que nous ayons du mal à les repousser !

Harty eut un reniflement méprisant.

– Ce ne sont que des pillards désorganisés ! Leurs revendications sont ridicules ! s'exclama le détestable directeur-adjoint.

– Silence tous ! s'exclama Daucus.

Bibi, fébrile, colla son oreille plus près de la fenêtre, car il sentait son endurance diminuer. Pendant un moment les voix ne furent plus qu'un magma de sons incompréhensibles, puis, quand ils recommencèrent à redevenir audibles, Bibi se sentit tiré en arrière par les cheveux.

– Mais alors qui voilà ? Notre petit Pur adoré ! Que fais-tu derrière cette haie ? Tu attends le prochain client qui profitera de tes lèvres douces ? J'espère qu'avec ce qu'il va te donner tu te rachèteras des vêtements ! lui beugla la voix de Targo dans les oreilles.

Surpris par l'assaut, Bibi bascula sur le dos mais parvint à dégager ses cheveux de l'étreinte d'acier du détestable Mage.

– Tu es vraiment le roi des cons Targo ! Tu penses à des trucs tellement tordus que tu dois les inventer toi-même ! Non mais vraiment ?

– Comment oses-tu me parler de la sorte sale citoyen ! Et qu'est-ce que tu faisais là ? Tu espionnais mon entretien avec Harty ?

– Tu crois que parce tu as été favorisé, qu'on t'a propulsé premier de la promo et que tu es le fils Ferdeciel, le monde est à tes pieds ?

Bibi lui faisait face maintenant et leurs éclats de voix attiraient l'attention des autres élèves. Comme à l'accoutumée, les deux jeunes hommes en vinrent aux mains et leurs camarades les séparèrent. Avant de tous se disperser comme une volée de moineaux immatures, Daucus ouvrit sa fenêtre et tous les enseignants présents haussèrent le ton. Bibi entendit Harty jurer à propos de ce satané Pur délinquant et fila s'enfermer dans sa chambre. Bien vite, Luce, Ran, Ator, Taro et Astrancia vinrent le retrouver et Bibi put leur raconter l'échange qu'il avait surpris.

– Kerguélen le Sanglant. Mais, il est sensé être mort lors de la Guerre de Libération de la fin de la Deuxième Ère du Temps, récita Astrancia.

– Daucus pense qu'il s'agit d'un déguisement magique, expliqua Bibi.

– La situation semble encore plus grave que prévu, soupira Ran. S'ils sont nombreux, organisés et en viennent à mettre leurs menaces à exécution…

– À ce propos, dit Bibi. Vous ne croyez pas que leur terrible puissance… En fait, je me demande si ce n'est pas à propos de moi.

– De toi ? s'étonna Ator.

– Il est celui qu'ils attendent, annonça Luce d'une voix grave comme si elle énonçait une prophétie. D'après le Sombre de l'attaque de Belleterre, bien sûr, rappela-t-elle avec un ton pince-sans-rire qui eut moins d'effet.

– J'accompagnerais bien Daucus jusqu'aux marécages, pensa Bibi rêveur. Peut-être que je trouverais quelques réponses là-bas. Des réponses que j'ai toujours mises de côté, fit Bibi comme une révélation.

Taro lui lança un coup d'œil inquiet :

– C'est presque un exil politique cette mission ! Elle est terriblement dangereuse ! À croire que l'Empereur veut se débarrasser définitivement de Daucus.

– C'est sans doute ce qu'il cherche, dit Luce. L'ambiance à l'École va être horrible quand il sera parti. Harty va se prendre pour le chef et va mettre son gros nez dans les affaires des autres.

– Et Targo prendra un tour de tête en plus ! s'exclama Astrancia avec un dégoût non dissimulé.

– Les jours prochains s'annoncent bien sombres ! conclut Ran avec une expression lasse et fatiguée.

Il eut raison. Daucus partit en mission quelques jours plus tard. Voulant rester discret et ne risquer la vie de personne, il ne s'accorda aucune autre présence que la sienne. Bibi avait posé sa candidature lors d'un de leurs cours particuliers du samedi matin mais Daucus faillit s'emporter :

– Il est hors de question que tu m'accompagnes dans une mission pareille Bibi !

– Mais j'aurais bien aimé m'éloigner un peu de l'École, surtout qu'en votre absence, Targo et Harty…

– Jamais tu ne viendras avec moi dans ces marécages ! Tu ne te souviens donc pas que les Sombres te recherchent ? Tu as vraiment envie de te jeter dans la gueule du loup ? Ici tu es à l'abri ! Et ce n'est de toute façon pas possible, vu ton statut. Les institutions en place ne le permettraient pas.

– Mais peut-être que je pourrais échapper à ces institutions et vous suivre sans que personne…

– Mais que vas-tu inventer ? Tu deviendrais un hors-la-loi ! Tu t'es engagé par contrat magique envers l'Empereur ! Écoute, ça suffit ces idées folles ! Tu resteras ici, un point c'est tout ! Je ne veux plus entendre un seul mot sur le sujet !

Bibi s'en tint là mais en fut très contrarié. Il se surprit à étudier les grilles de l'École, les systèmes de défense magique, les horaires des deux veilleurs de nuit. Il passait de longs moments avant de s'endormir, à ressasser sa méconnaissance de son passé, à chanter sa mélodie, en évoquant cette image vaporeuse qu'il associait à sa mère disparue.

Le début du mois de mars fut maussade, à l'image de l'humeur de la plupart des enseignants et des élèves fidèles à Daucus. L'intransigeance et la tyrannie d'Harty grandissaient chaque jour, tout comme celles de sa petite bande de préférés. Certains de leurs précédents amis finirent par se détacher d'eux. Le mouvement citoyen avait échoué à l'École, les nobles retrouvaient leurs privilèges et l'Empereur tenait les Élites d'une main de fer.

Pourtant, ces soucis disparurent quand un nouveau drame toucha Belleterre et ses environs, balayant ces petites considérations. D'après quelques témoins, un vieil homme bossu et un couple de jeunes gens, voyageant dans une charrette tirée par un vieux bœuf, se seraient arrêtés au sommet de la colline Dos d'Âne pour préparer leur repas au milieu des restes de neige et des premières pousses de verdure. En réalité, il s'agissait de trois Sombres qui usèrent d'une puissante Magie destinée à réveiller l'arme secrète des Sombres : le Père Démon. Un véritable monstre, une montagne de muscles, de griffes, de cornes, de plaques osseuses et de dents ; long de quinze mètres, haut de trois. Sa puissante tête de taureau ornée d'une crinière noire, dotée de cornes et de défenses qui pointaient sous sa mâchoire, était juchée sur un corps félin souillé de terre et de mousse. Son pelage fauve percé de pointes et d'écailles dures comme l'acier enveloppait ses épaules d'une carapace agressive. Sa longue queue musculeuse renforcée par des plaques à son extrémité, battait l'air comme un fouet menaçant. Sa tête jaillit dans un grondement de tremblement de terre, avant que son corps n'ouvre une béance fétide dans la colline. Les Sombres s'enfuirent aussitôt et personne ne revit jamais les trois voyageurs.

Le monstre, une fois sorti de sa gangue de terre millénaire, se jeta sur les villages entourant Belleterre : Pierrejoie, Roquedru et Chanteclair. Les pertes humaines furent importantes. Peu de gens réussirent à s'échapper de Pierrejoie avant qu'elle ne fut mise à feu et à sang. Les habitants des deux autres villages eurent plus de chance et parvinrent à se ruer derrière les solides enceintes entourant la Capitale. Les champs, les systèmes d'irrigation et les troupeaux furent anéantis ou disséminés aux quatre vents. La plaine devant Belleterre devint une vaste étendue de pierre et de terre brûlée, où la colline rabotée n'était qu'un trop cruel souvenir de ce qu'elle avait caché jusqu'à présent. Les défenses peinèrent à s'organiser. Le Père Démon défonça la route d'accès à la Capitale, ainsi que les arbres millénaires et les statues de la Première Ère du Temps qui la bordaient avec fierté. Les remparts de Belleterre tremblèrent sous les assauts de cette ahurissante puissance. Le monstre possédait une Force comparable à celle des Guerriers en proportion à sa taille gargantuesque. Les défenseurs de Belleterre – la Milice et les Élites – réussirent à le repousser pendant quelque temps en lui jetant de l'huile enflammée par Magie. Bouté hors des remparts, le Père Démon fit mine de détruire Roquedru qui abritait des silos de grains et des entrepôts de nourriture d'une valeur inestimable. Alors que la situation virait à la catastrophe, la ville fut sauvée par un seul homme, Daucus Magemonde.

Revenu bredouille de sa mission, il avait senti à distance la Magie des Sombres à l'œuvre grâce à sa puissante perception. Usant de la vélocité de sa monture et de Magie, Daucus n'hésita pas un seul instant. Il fonça à la rencontre de l'invraisemblable créature. Silhouette dérisoire comparée au gigantisme de son adversaire, Daucus fut bientôt auréolé d'une lumière blanche teintée de vert, de violet et d'étincelles fumantes. Levant son poing serré autour de sa baguette magique, il fit cabrer son cheval à quelques mètres du Démon qui se retourna vers lui, attiré par la lumière qui émanait du Mage. Daucus lâcha alors une Magie dévastatrice. La lumière qui l'entourait se concentra dans son poing pour se libérer en un éclair ravageur qui atteignit le monstre au poitrail.

Le rugissement qui en suivit fut assourdissant. Blessé, le Père Démon redoubla de fureur et déversa un torrent de feu sur Daucus, qui se protégea, lui et sa monture, avec un ample geste du bras, par un sort qui les engloba dans une boule translucide. Profitant de la concentration de la bête, Daucus piocha une poudre dans son sac de voyage et la jeta au sol, quand les flammes se furent dissipées autour de lui, avant de disparaître dans un claquement sonore pour réapparaître derrière son terrible adversaire. Pendant le temps que l'énorme monstre mit à se retourner, Daucus se nimba à nouveau de la même lumière et leva le poing, d'où s'échappèrent des étincelles d'une terrible puissance. Le Père Démon identifia le sort et réussit à l'éviter en partie en s'aplatissant au sol. Il s'en tira avec une longue égratignure sanglante sur le dos et perdit l'une des pointes qui l'ornait. À ce moment, enfin, les grandes portes de l'enceinte s'ouvrirent et la cavalerie vint à la rescousse de Daucus. Le Père Démon fit le dos rond comme un chat et poussa un rugissement terrifiant qui ne fit pas flancher les soldats de Belleterre, galvanisés par l'horreur de la situation.

Le Père Démon fit demi-tour en boitant légèrement à cause de la blessure infligée par Daucus. Celui-ci, toujours armé de sa baguette magique, se mit en tête de la colonne vengeresse et poussa son cheval dans le sillage de la bête, lui envoyant dès que possible de puissants sortilèges. La taille du Père Démon et son étonnante vélocité ne leur permirent pas d'en venir à bout La poursuite s'arrêta quand ce dernier plongea dans le fleuve Hydre et le traversa, pour aller se perdre dans les gigantesques Plaines du Sud. On envoya aussitôt une garnison prévenir les villages et Najac, la plus grande ville du sud. Le nom de Daucus Magemonde était scandé à pleins poumons et ses collègues Élites le portèrent jusqu'au Palais dans un retour triomphal. L'École Impériale accueillit son directeur par une fête méritée. Abel perdit sa contenance et sa discrétion habituelle pour se jeter dans ses bras. Pendant quelques jours, Harty et ses sous-fifres se firent discrets et l'ambiance à l'École fut plus légère qu'à l'accoutumée.

Puis les cérémonies funèbres se succédèrent, tandis que les experts estimaient qu'il valait mieux raser Pierrejoie et tout reconstruire. Les travaux de Belleterre, qui commençaient seulement à s'achever, se déplacèrent donc vers Roquedru et Chanteclair.

Les retombées économiques furent drastiques. Le coût des matières premières s'enflamma et des convois très surveillés, envoyés par les autres villes du Monde, de Brisemère au nord-est et ses fameux champs, de Floquedebel près des Lacs de Fertilité aux célèbres troupeaux, des Grandes Sœurs et ses vaches à lait de renom, arrivèrent bientôt pour réapprovisionner Belleterre, mais les prix ne diminuèrent pas pour autant.

Les décisions prises par l'Empereur et son Gouvernement n'étaient pas à la mesure de l'ampleur de la catastrophe. Augmentant les taxes sur les achats pour payer les travaux, il ne réussit à éviter la panique qu'en déployant une Milice répressive partout dans le Monde, tout en poussant à un recrutement de masse où toute poursuite judiciaire serait effacée pour les jeunes recrues, ce qui incita brigands, malfrats ou brutes épaisses à s'engager. L'Empereur était plus enragé que jamais pour récupérer le pouvoir des Élites. Il se félicitait secrètement de voir le mouvement citoyen s'essouffler.

Daucus, auréolé de sa toute nouvelle condition de héros, fut soumis à l'implacable rancœur impériale. Voyant d'un très mauvais œil l'aura du jeune Maître croître après son mémorable combat – on le surnommait le Défenseur de Belleterre, le Tueur de Père Démon – l'Empereur l'écarta à nouveau de l'École en l'envoyant en mission à la poursuite de son gigantesque adversaire démoniaque. Accompagné par toute une troupe de miliciens et d'Élites, qui, pour la plupart, avaient mission de le surveiller ou de lui planter un couteau dans le dos à la première occasion, Daucus se mit en route vers les Plaines du Sud au début du mois d'avril.

De multiples inspecteurs impériaux assistaient aux cours des fidèles de Daucus, interrogeaient les étudiants sur leurs habitudes et recueillaient leurs impressions sur leurs enseignants. Harty laissait sa surveillance s'exprimer sans limites et Targo imita son professeur. Turbith recommença à harceler sa fille et Luce dut elle aussi faire face à une pression politique. En effet l'Empereur tentait d'abolir la loi qui permettait aux filles de quitter leur foyer et leurs devoirs familiaux, notamment les obligations d'héritage. Fort heureusement, l'Impératrice y était absolument opposée, n'y voyant qu'un moyen pour les hommes d'opprimer les jeunes femmes de son Monde. La situation stagnait, laissant du répit à Luce. Bibi pensait plus que jamais s'enfuir de l'École. Quand l'Empereur mit en place un système de ronde de nuit sur les remparts, assuré par les apprentis Élites, il vit une magnifique occasion de leur fausser compagnie. Il décida de s'en ouvrir à ses amis. Taro réagit comme il s'y attendait.

– Mais tu es fou ! S'enfuir de l'École ? C'est comme défier l'Empereur ! Tu vas devenir un hors-la-loi ! Et tu ne pourras jamais y revenir ! Tu ne seras jamais un Élite ! C'est une chance d'être dans cet…

– Taro, non, non, ce n'est pas une chance d'être ici, vraiment pas, dit Bibi d'un ton très calme. Je suis conscient de l'honneur qu'on m'a fait en me remarquant à la Rencontre. Cette École était peut-être extraordinaire auparavant, mais dans ces conditions, ce n'est plus possible. Il faut que je m'en aille, sinon je vais mettre le feu ! Daucus ne voudra jamais me laisser partir ! Si le directeur s'y oppose, le comité de direction aussi. Et surtout, surtout, il faut que je trouve des réponses à mes questions. Le réveil du Père Démon prouve bien que les Sombres sont actifs ! Et ils savent des choses sur moi. Je suis celui qu'ils attendent. S'ils me connaissent, ça veut dire qu'ils savent qui je suis et d'où je viens. J'ai besoin de savoir qui étaient mes parents, pourquoi est-ce que je suis celui qu'ils attendent ? Pourquoi ont-ils besoin de moi ?

– Pour savoir tout ça, tu es prêt à te jeter dans leurs bras? C'est insensé et beaucoup trop dangereux !

– Pourquoi tout le monde s'imagine-t-il que dès ma sortie de Belleterre je vais croiser un Sombre au détour d'une forêt ! C'est ça qui est insensé ! J'ai vécu seul et complètement isolé pendant des années. Ils auraient largement eu le temps de me retrouver, tu ne crois pas ?

– On ne sait jamais ! Tu l'as dit toi-même, ils sont beaucoup plus actifs que prévu ! Qui sait ce qu'ils savent ou ce qu'ils mijotent pour te retrouver ? Daucus lui-même ne voulait pas te voir partir d'ici !

– Daucus n'est plus là. Et j'ai bien envie de l'imiter.

– Qu'est-ce que tu vas faire une fois dehors ? demanda Luce.

– Ne l'encourage pas ! s'exclama Taro.

– Je ne peux pas vous le dire, s'excusa Bibi. Pour vous éviter des ennuis. Après mon départ vous serez forcément questionnés. C'est pour ça que je n'en ai pas parlé à Ator et à Astrancia. Je préfère les laisser en dehors de ça, mais à vous, je ne peux rien cacher.

– Je te demande ça parce que j'ai bien envie de partir avec toi, avoua Luce.

– Quoi ? s'étouffa Taro d'ahurissement. Mais tu es folle !

– Il est temps de mettre le plus de distance possible entre mon père, ses appuis, ses amis et moi. La fille rebelle Sanrouge doit innover si elle veut garder sa liberté et je ne veux pas laisser Bibi tout seul. Sans compter que pour moi, devenir Élite, ça n'a jamais été un rêve de petite fille, comme ça l'est pour toi et pour Ran. C'était juste une opportunité magnifique.

Ran ne disait rien mais son expression trahissait largement ses pensées. Il ne souffla qu'un:

– Tu aurais pu m'en parler...

– Pardon mon chéri, s'excusa Luce en se réfugiant dans ses bras alors qu'elle se rendait compte du trouble qu'elle venait de provoquer.

– Écoutez, on s'emballe tous, temporisa Bibi. Je ne vous disais pas ça pour perturber tout le monde. De toute façon, je ne vous demande rien. C'est une décision qui me regarde, un point c'est tout.

– Qui te regarde? s'insurgea Taro.

– Eh oui mon cher, rétorqua Bibi toujours aussi calme. Je décide ce que je veux faire de ma vie, c'est ainsi.

– Ben voyons! Moi je dis que ça suffit toutes vos divagations, trancha-t-il. Tu pourrais au moins demander à discuter avec Harty et le comité de direction pour qu'ils te permettent de quitter l'École légalement.

Ils furent ensuite interrompus par Adi qui prit étonnamment ombrage de son exclusion de leur quatuor. Elle tempêta contre Taro, qui ne l'aimait pas assez, preuve en était qu'il la laissait toujours à l'écart, et ainsi de suite. Ran, Luce et Bibi détalèrent, laissant les deux amoureux s'expliquer.

Trois jours plus tard, Bibi eut un entretien avec Harty. Sa demande fut déboutée. Ses résultats s'étant améliorés, Harty n'avait plus aucune raison de le mettre à la porte. Il paraissait au contraire ravi de voir Bibi lui présenter une requête qu'il pouvait rejeter. Devant les arguments mensongers du jeune Pur, comme quoi il ne tenait plus le rythme, Harty buvait du petit-lait et se moqua de lui, le menaçant de représailles s'il revenait lui mentir pour essayer d'échapper aux responsabilités de ses études. Il prétexta également, avec une bonne dose d'ironie, qu'une telle décision ne pouvait être prise en l'absence du directeur. Bibi était bel et bien coincé. Après quelques jours de réflexion, il avait tout planifié. Il laissa suffisamment de documents pour qu'Ator puisse finir leur livre sans trop souffrir de son absence. Dans le petit mot qui les accompagnait, il s'excusait rapidement et ne pipa mot de ses projets. Il écrivit une lettre à Mouna et à sa famille, débordante d'amour et de remerciements pour tout ce qu'ils avaient fait pour lui. Jugeant qu'elle sonnait comme une lettre d'adieu, Bibi leur assura qu'ils se reverraient tous très bientôt. Il sortit de son placard son vieux sac de voyage et y fourra quelques tenues sportives de rechange, une épaisse couverture, de grosses chaussettes, des gants, une écharpe et deux pulls bien épais car les nuits restaient fraîches. Il y bourra toutes ses réserves de poudres et de potions, y glissa un long poignard avant d'aller chaparder quelques provisions à la cantine.

Deux jours plus tôt, prétextant un sortilège à peaufiner, Bibi était reparti de son TP muni de son tout nouveau bâton. Lisse, relativement droit, d'une belle couleur ambrée, porteur de quelques bourgeons de feuilles qui ne s'ouvraient ni ne périclitaient, ainsi que de trois glands qui semblaient ne jamais vouloir tomber, il était magnifique. Bibi, très fier, lui avait déjà apporté toutes les améliorations de son précédent bâton, dont il glissa les fragments dans son sac.

Il hésita à aller voir Ran, Luce et Taro mais préféra leur griffonner un petit mot. Il ne supporterait pas de leur dire au revoir et il ne voulait pas que sa résolution flanche. Il attendit sur son lit que la nuit tombe et qu'il soit l'heure pour lui d'aller participer à la ronde sur les remparts.

Quelques minutes avant que l'obscurité ne soit tout à fait installée, Luce, Ran et Taro entrèrent dans sa chambre sans frapper. Bibi se leva. Avant qu'il n'ait pu ouvrir la bouche, Taro le fit taire :

– C'est une décision qui nous regarde, un point c'est tout. Nous décidons que faire de notre vie. Nous n'avons plus envie de devenir des Élites dans ces conditions. Nous voulons conserver l'esprit des Élites de Daucus. Et pour ça, nous venons avec toi. Compagnons d'armes jusqu'à la mort. Je n'arrive même pas à accepter l'idée de te laisser partir seul face à de tels dangers.

Bibi tomba dans les bras de Taro qui lui rendit son accolade avec force, sans changer son expression ombrageuse avec ses sourcils froncés et ses mâchoires serrées.

– Merci mon ami, dit Bibi en se dégageant. Je t'aime. Je vous aime. Vous ne savez pas ce que ça représente pour moi.

– Je crois qu'on s'en doute mon Bibi, glissa Luce en lui caressant la joue. Et puis, pour moi, c'est une occasion rêvée de lier l'utile à l'agréable : glisser à nouveau entre les doigts de mon cher papa et me balader dans le Monde avec vous. Je suis curieuse de voir où tu as grandi. Car c'est là-bas que nous allons n'est-ce pas ?

Bibi acquiesça avec un sourire.

– De mon côté, je ne pouvais pas laisser ma puce s'échapper comme ça ! À force d'être dans cette École, j'ai fini par oublier que j'aimais l'aventure et les grands espaces, et qu'à bien y réfléchir, je préférerais être Quêteur, comme mon maître ou celui de Taro, qu'Élite. Et puis tu as été suffisamment livré à toi-même pour le reste de ta vie.

Bibi les serra dans ses bras en refoulant ses larmes, avant de s'activer tout à coup.

– Désolé. J'aurais préféré qu'on me laisse partir sans tous ces éclats.

– Ça nous a permis de nous rendre compte qu'on ne pouvait rien décider, dit Taro. Même nous, sous prétexte que nous sommes doués, nous n'avons pas le droit de quitter cet endroit. Nous sommes bel et bien enchaînés à l'École, à l'Empereur et ça m'a ouvert les yeux.

– Il ne faut pas que je traîne, lança Bibi après un petit moment de silence respectueux, sinon je vais me faire repérer ! Comment va-t-on se rejoindre ?

– On passera par le bois derrière. Astrancia nous a montré un endroit où un arbre permet de sauter facilement au-dessus de la grille sans la toucher, ce qui nous empêchera d'activer les alarmes magiques, expliqua Luce. On se retrouvera à la statue de l'aigle. Tu te rappelles où elle se trouve ?

– Bien sûr, dit Bibi. C'est là qu'on a assisté au combat entre Daucus et le Père Démon. Je pense que la ronde m'y fera passer dans à peu près une heure, le temps que je parvienne jusqu'aux remparts. Il ne faut pas traîner ! Vous avez préparé vos sacs ?

– Ils nous attendent dans notre chambre.

– Et vos chevaux ?

– J'ai envoyé une lettre ce matin à ma tante en demandant que Ximo viennent les chercher ce soir, pour, soi-disant, remplir les écuries de l'auberge pour inciter plus de clients à les leur laisser. Je sais que c'est bancal, mais…

– Ça fera l'affaire. Je leur ai envoyé une lettre aussi.

– Tu lui as dit ce qu'on faisait ?

– Non. Sinon Mouna aurait rappliqué illico presto, affirma Bibi.

– Le contenu de la mienne est un peu plus clair.

– Tu as bien fait, assura Luce. Elle nous aurait mis à cuire à notre retour si on l'avait laissée sans nouvelles.

– Espérons qu'elle attendra avant de venir à l'École alerter les autorités, dit Bibi.

– Connaissant Mouna, elle ne nous fera pas un coup pareil, dit Ran. Elle sait ce que ça implique. Elle sera plutôt du genre à nous protéger bec et ongles et à nier qu'on l'ait prévenue.

– Tout est donc prêt ?

– Tout ce à quoi on a pensé en un temps si court, précisa Taro.

– Alors on est partis.

– Qu'est-ce que vous mijotez encore ? s'exclama une voix derrière eux.

– Adi ! Mais tu nous espionnes ou quoi ? s'énerva Taro. Je t'ai dit que j'avais quelque chose d'important à faire !

– Taro, comment oses-tu ? commença Adi outrée. Ton attitude envers moi m'y oblige ! Qu'est-ce que tu me caches encore ?

– Adi, je n'ai pas le temps de t'expliquer ! Je t'ai laissé un mot dans ta chambre tout à l'heure. Va le lire.

– Un mot ? Pourquoi ? Vous vous vous en allez ? demanda-t-elle après un regard sur le sac de Bibi et les vêtements que Luce portait.

– Entre, Adi, dit Bibi très serein en fermant la porte derrière elle. Nous allons t'expliquer. Nous allons partir rejoindre Daucus.

– Vraiment ? s'étonna-t-elle sans remarquer le coup d'œil entendu qu'échangèrent les quatre complices.

– Oui. Nous avons peur qu'il lui arrive malheur, lors de sa mission, et pas seulement à cause du Père Démon.

– Comment cela ?

– Nous craignons qu'un des membres de son escorte ne commette l'irréparable, dans l'intention de plaire à l'Empereur. Même si nous sommes certains que sa Majesté n'ait pas de telles intentions. Mais les hommes peuvent mal interpréter les choses parfois. Et moi vivant, jamais quiconque ne touchera à Maître Magemonde, dit Bibi avec une telle vigueur qu'Adi goba l'histoire sans hésiter une seconde.

– Mais alors, vous vous opposez à l'Empereur, s'enthousiasma-t-elle avec une jubilation croissante. Vous allez briser votre contrat, votre engagement vis-à-vis de lui.

– On n'a pas le choix.

Adi éclata alors d'un rire froid

– Enfin ! Enfin quelque chose de concret à rapporter à Harty ! Il savait que tu finirais par faire un mauvais coup Bibi, surtout s'il t'empêchait de partir ! Enfin Targo ne sera plus aussi suffisant ! Enfin il me témoignera plus de crédit et comprendra qu'il peut compter sur moi.

À ces mots, Taro se paralysa et balbutia quelques questions inaudibles. Adi se tourna vers lui, animée par une méchanceté profonde et lui cracha à la figure des mots aussi coupants que des rasoirs :

– Eh oui mon pauvre Taro, tu es cocu depuis longtemps ! Je me suis vite rendu compte que tu étais partisan du mouvement, ce qui fait que ton nom ne vaut plus rien. Or, j'ai bien l'intention de me marier avec un homme digne de mes ambitions ! Et Targo sera celui-là. Un vrai noble. Beau et puissant ! Nos enfants seront magnifiques ! J'ai continué cette relation parce que je pensais que tu me serais utile un jour. Et ça faisait tellement rire Targo ! En plus d'être cocu, tu m'as offert des tas d'informations et ce soir c'est l'apothéose ! Regarde ta tête ! Tu as des cornes si longues que ça m'étonne que tu ne t'en sois pas aperçu avant !

– Sale petite pute ! cria Luce en la giflant à toute volée alors que Taro semblait incapable de réagir et les autres stupéfaits par la soudaine vulgarité de Luce.

– Comment oses-tu maudite Sanrouge ! répliqua Adi en se tenant la joue. Foutue traîtresse à ton sang ! Tu me paieras cette gifle Luce ! Tu ne pourras rien faire pour échapper à ton père maintenant que tout le monde va savoir que…

Elle s'interrompit dans sa phrase, touchée à la fois par le sort paralysant de Bibi et par le sort de mutisme que lui lança Luce. Ran, lui, eut fort à faire pour empêcher Taro de se jeter sur elle.

– Quelle immonde traînée ! s'emporta Bibi. Bon allez, on la planque sous mon lit et on fermera la porte à clé, avec un sort que nous connaissons bien !

– Allez mon grand, dit Ran en tapotant l'épaule de son ami. C'est dur, c'est une surprise totale, mais là, elle a eu ce qu'elle méritait.

– Quand je pense que je croyais l'aimer. Comment a-t-elle pu me… nous faire ça ?

– Allez, allez, il faut que tu te concentres mon Taro, dit Luce. Ne laisse pas cette garce tout faire rater. Il faut que tu ailles récupérer le mot que tu lui as écrit pour le détruire. Bibi, avec qui dois-tu faire ta ronde ?

– Ator. Et plein d'autres qui sont plutôt des têtes de cons. Le premier sur la liste, c'est Modo bien sûr, mais il sera à l'autre bout des remparts si tout va bien. En tout cas, Ator est bien le seul à pouvoir comprendre.

– Alors fonce à ton poste. On va gérer le reste ! On te retrouve dans une heure à la statue de l'aigle.

Ils sortirent tous de la chambre de Bibi, dans un couloir désert, car c'était l'heure habituelle où les étudiants se retrouvaient dans la salle commune. Bibi, après avoir passé une épée courte à sa ceinture, verrouilla sa porte et enchanta la poignée du même sort que ses petits cailloux qui gardaient ses affaires en temps ordinaire. Ensuite, il se faufila derrière l'internat par une fenêtre, dans un coin sombre du parc, pour que personne ne remarque qu'il avait un sac à l'épaule et son bâton à la main. Il les lança au-dessus de la grille et fila jusqu'au portail, pendant que Luce, Ran et Taro s'occupaient de leur propre évasion. Le veilleur de nuit vérifia que c'était bien au tour de Bibi de rejoindre les remparts et lui rappela l'heure en lui conseillant de se dépêcher.

Bibi alla à l'endroit où il avait jeté ses affaires pour les récupérer et courut jusqu'aux remparts, s'attirant le regard de quelques passants tardifs. Il gagna à toute allure et en toute discrétion la statue de l'aigle pour y déposer ses affaires. Il préférait arriver en retard et se faire taper sur les doigts plutôt que d'éveiller les soupçons. Il arriva à son poste hors d'haleine et vit qu'Ator tapait du pied en jetant des coups d'œil impatients de tout côté, tandis que leur responsable, une toute jeune Élite, le regardait avec insistance. Malgré les craintes de Bibi, elle fut relativement indulgente. Elle les laissa. Ator et Bibi gravirent les marches jusqu'aux remparts.

– Désolé mon vieux, j'ai été retardé.

– T'inquiète pas, le rassura Ator. Je n'ai pas attendu longtemps, c'est juste que cette nana était profondément inintéressante. Allez, c'est parti pour toute une soirée d'ennui profond.

– C'est-à-dire que… Disons que pour l'ennui, il faudra peut-être…, commença Bibi.

– Quoi ?

– Eh bien…

– Quoi ? lança Ator d'une voix plus dure. Qu'est-ce qui se passe encore ?

– Je… je pars, chuchota-t-il à l'intention de son binôme.

– Tu pars ? s'écria celui-ci en réponse.

– Chut, moins fort ! lança Bibi.

Heureusement, depuis l'attaque du Père Démon, peu de passants venaient encore faire un tour sur les remparts.

– Tu pars de l'École ? C'est interdit ! Le contrat,…

– Je sais, je sais.

– Mais qu'est-ce que tu vas faire ?

– Je te donne la version officielle : je me lance à la poursuite de Daucus pour l'aider, le protéger ou ce que tu veux.

– Très bien, je ne préfère pas connaître la version officieuse, comme ça je ne pourrais rien laisser filtrer. Tu t'en vas quand ?

– Ce soir.

– Ce soir ? Mais…

– À la statue de l'aigle, Ran, Luce et Taro me rejoignent.

Ator garda un silence pensif et boudeur.

– Ator, demanda Bibi d'un ton inquiet devant le long mutisme et l'expression de son camarade. Je sais que je t'en demande beaucoup et de manière abrupte. Dis-moi quelque chose. Tu aurais voulu que je te prévienne avant ?

Ator se tut pendant quelques minutes puis commença à parler, d'une voix très basse et très lente :

– Je me doute que tu as voulu me protéger de toutes les retombées de ta décision. Nous sommes amis et je veux t'aider. Mais je dois me protéger aussi. Tu comprends ?

– Bien évidemment.

– Vous n'aurez qu'à me paralyser, comme ça, je n'aurais pas à donner l'alerte et on ne pourra rien me reprocher. À part peut-être le fait de t'avoir fait confiance.

– Tu m'en veux ?

– Un peu. Oui, je t'en veux. Je croyais qu'on pouvait tout se dire et que je comptais vraiment pour toi.

– C'est le cas. Toi et Astrancia, vous êtes avec Taro, Ran et Luce mes amis les plus chers. Sans vous, je n'aurais même pas survécu à cette année !

– Alors pourquoi ne nous as-tu rien dit ?

– Trop dangereux. Déjà que c'est bien contre mon gré que les autres m'accompagnent. Je ne voulais pas vous mettre face à un tel choix. Et si j'en ai parlé aux autres, c'est parce qu'ils m'ont sorti du gouffre tu comprends ? C'est ma famille. J'aurais dû ne rien leur dire, mais…

– Je crois que je comprends, acquiesça Ator. On y est presque.

– Oui. Je suis désolé pour tous les ennuis que j'ai bien pu t'apporter.

– Tu ne m'as jamais apporté quoique ce soit de négatif. Je peux te dire que je te suivrais bien dans ta quête, mais en même temps je ne suis pas comme toi. J'ai bien trop peur de briser certaines règles.

– Et tu as bien raison.

– Je ne sais pas lequel de nous deux a raison et peu importe. Sache juste que… enfin je veux dire… Soyez prudents d'accord ? Et revenez-nous entiers, par pitié. Je ne supporterais pas de vous perdre.

Bibi lui donna une accolade qui surprit Ator.

– Tu es un véritable ami. Tu embrasseras Astrancia pour nous. Et serrez-vous les coudes tous les deux. Ne craquez pas. Nous ne serons jamais des Élites, mais ça me rassure de savoir qu'il y a des gens comme vous qui en feront partie.

– Vous êtes et vous serez des Élites, quoi qu'en disent ces foutus cons !

– On est arrivé, ponctua Bibi pour contrer son émotion.

Il récupéra ses affaires et Ator le regarda faire. Ils attendirent un peu et, juste avant qu'ils ne commencent à s'inquiéter, Luce, Ran et Taro arrivèrent, chargés de leurs sacs de voyage améliorés par la Magie de Bibi. Luce avait serré un poignard à sa ceinture, Ran et Taro, en véritables Guerriers, portaient leur fidèle épée au côté. Vêtus, comme Bibi, d'habits sombres, avec à leurs pieds des bottines souples pour la marche et des gants d'escalade aux mains, ils étaient prêts.

– Désolé de te faire ce coup-là Ator, s'excusa Taro. Tu es un vrai compagnon d'armes.

– Pitié Taro, les grands mots comme ça, s'exclama Luce en prenant Ator dans ses bras. Tu prendras soin d'Astrancia hein ? Oh, j'ai cette terrible impression de vous abandonner !

– Ne t'inquiète pas pour ça, dit Ator avec un sourire. Ils vont nous chercher des poux pendant trois jours, le temps d'être sûr qu'on ne sait rien et ils nous laisseront tranquilles.

– Allez, il faut y aller les copains ! s'exclama Ran d'un ton joyeux. Merci pour tout mon ami, dit-il en serrant la main d'Ator. À charge de revanche, acheva-t-il avec un clin d'œil.

Puis il déroula une corde qu'il entreprit d'arrimer solidement à un créneau.

– Laisse-moi faire, ça sera plus facile pour la récupérer, argumenta Luce qui ensorcela l'une de ses extrémités.

– Bon, Bibi, tu attends quoi pour me paralyser ?

– Je préférerais un autre sort. Si je le maîtrise mal, je vais bloquer ton diaphragme et ta respiration. Et je ne voudrais pas…

– C'est bien le moment de t'intéresser à tes cours ! s'exclama Ator. Je te fais confiance, tu n'as jamais raté un sort de paralysie.

– Il faudrait que quelqu'un te retienne.

– Ne sois pas bête ! Il faut que ça ait l'air vrai ! Je suis un apprenti Élite ! Alucia nous a appris à ne pas avoir peur des petits bobos.

– Alors c'est parti. Merci pour tout Ator, et encore désolé.

– Allez, abrège tant qu'on est les seuls dans les parages. À bientôt. Et pas de bêtises !

– C'est mal nous connaître, railla Taro.

Bibi lança son sortilège avec rapidité et précision et détourna les yeux quand un Ator raidi, à l'expression ahurie très bien imitée, tomba lourdement sur le sol de pierre. Après quelques jurons bien sentis et avoir vérifié que son ami respirait sans gêne, Bibi enjamba le parapet et glissa comme un fantôme le long de la corde. Luce le suivit et frissonna.

– Vivement qu'on se mette en route, on gèle, commenta-t-elle à voix basse.

Bibi lui fit signe de se taire. Le froid était coupant. Leur souffle créait des petits nuages de vapeur dans l'opacité de la nuit. Ran et Taro les suivirent de prêt et Luce récupéra la corde que Ran enroula soigneusement et rangea dans son paquetage. Ils se glissèrent prudemment et silencieusement comme des ombres jusqu'aux ruines de Pierrejoie. La tension était extrême car ils avançaient à terrain entièrement découvert. Fort heureusement, aucun cri d'alerte ne retentit et ils purent bientôt se fondre dans la nuit. Vers la route, quelques rares voyageurs se hâtaient de rejoindre la sécurité des remparts de Belleterre, à la lumière des torches des miliciens.

Ils traversèrent les ruines, droit vers le nord, le plus discrètement possible, à tâtons, la lumière provenant de Belleterre ne suffisant pas à percer la profonde obscurité de cette nuit sans étoiles. Pataugeant dans la gadoue, les cendres et les débris, ils chutèrent de nombreuses fois et se retinrent de pousser des cris de surprise.

À la limite des ruines de Pierrejoie, ils guettèrent et ouvrirent leurs oreilles toutes grandes, Bibi plus que les trois autres. Rien. Pas un son. Pas d'aboiements de chiens, ni de galops forcenés, ni de battages de campagne.

– On peut y aller, chuchota Bibi. Droit jusqu'aux Bois de la Fertilité. De là, on continue au nord jusqu'aux lacs et on rejoint les montagnes, tout en restant loin de Floquedebel. J'espère qu'on les atteindra avant qu'ils ne nous pourchassent, mais ça m'étonnerait. À pied, on en a pour six voire sept jours, au trot de l'aube jusqu'à la nuit. Il faut commencer à courir cette nuit, pour mettre le plus de distance possible entre eux et nous.

– J'ai apporté notre potion dopante, chuchota Luce. Pas une énorme quantité mais ça devrait nous aider à tenir le choc. Surtout à moi, murmura-t-elle en étouffant un petit rire. Et je vais nous donner un tout petit peu de lumière.

Elle créa dans sa main un minuscule point lumineux qui n'éclairait pas à plus de trois pas devant eux, mais qui leur permit d'éviter les obstacles au dernier moment ou de se fouler une cheville dans un trou de lapin. Ils coururent sans s'arrêter, une longue course d'endurance, une fuite déjà éperdue. Dans le noir complet de cette froide nuit de printemps, il leur semblait sentir dans le dos le souffle chaud de leurs poursuivants et la main de l'Empereur, moite et recourbée comme une serre, prête à les saisir par le cou.

Crédits photographiques : © cranach - Fotolia.com / © Perysty - Fotolia.com /© Christos Georghiou - Fotolia.com / © Kanea - Fotolia.com

Achevé d'imprimer en mars 2014
sur les presses de COGETEFI
Dépôt légal mars 2014
Imprimé en France